Der stotternde Kuckuck am Schwielowsee

Ein perfektes Verbrechen

BOOKS on DEMAND

Liebe Leser,

dieser Kriminalroman ist eine fiktive Geschichte. Ähnlichkeiten zu existierenden Personen oder Begebenheiten, mögen dem einen oder anderen Leser realistisch erscheinen. Aber das ist bestimmt nur eine Täuschung!

Die Handlung selbst und natürlich alle Personen, sind völlig frei erfunden und die Geschichte ist so natürlich nie geschehen.

Mögen alle Leser ihren Spaß haben
und genügend Spannung erleben.

Ihr Adrian Edeland

Adrian Edeland

Der stotternde Kuckuck
am Schwielowsee

Ein perfektes Verbrechen

Bibliografische Information der Deutschen Nationalbibliothek:
Die Deutsche Nationalbibliothek verzeichnet diese Publikation in der Deutschen Nationalbibliografie; detaillierte bibliografische Daten sind im Internet über http://dnb.dnb.de abrufbar.

Illustration: **Adrian Edeland**
Übersetzung: **-**
weitere Mitwirkende: Mein besonderer Dank gilt Helga Scholz für ihr gründliches Lektorat und ihre Anregungen.

Herstellung und Verlag: BoD – Books on Demand, Norderstedt
ISBN: 9783744815000

9 783744 815000

Inhaltsverzeichnis

Inhaltsverzeichnis

Teil I

Kapitel 1   Einen Anfang gibt es nicht

Tatsächlich beginnt die Geschichte einfach irgendwann. Ohne einen richtigen Anfang. Ganz einfach jetzt, im Augenblick.

Der stotternde Kuckuck ist keine Erfindung, es gibt ihn wirklich. So hört er sich ungefähr an: Statt "Kuckuck, Kuckuck" mit den beiden bekannten Tönen zu rufen, klingt er wie "Kukukuckuck, Kukukukukukuck". Bei seinem 2. und langen Wort hebt er seine Stimme an, bis er endlich bei der Endsilbe wieder den richtigen Ton erwischt. Jeder der ihn hört, muss unweigerlich schmunzeln. Die Komik dieses missglückten Vogelrufes offenbart sich erst, wenn man es selbst einmal laut ausspricht. Einen Versuch, liebe Leser, ist es allemal wert.

Dieser stotternde Kuckuck ist der einzige Zeuge in der Geschichte. Nur er kann Auskunft darüber geben, ob ein ausgeklügeltes Verbrechen vorliegt, oder nicht. Aber den Kuckuck kann niemand befragen. Dennoch, nur er hat miterlebt, wie eine Leiche abtransportiert wurde. Der Kuckuck weiß sogar, wer sie transportiert hat und ob noch jemand dabei geholfen hat. Der Polizei ist das natürlich keine Hilfe. Sie muss durch Befragung der Bezugspersonen der aufgefundenen Leiche ihre Untersuchung führen. Die Kunst dabei wird es sein, die richtigen Fragen zu stellen.

Die Handlung trägt sich am Schwielowsee in der Nähe von Potsdam zu. Rund um den See und angrenzenden anderen Gewässern, findet sich eine beschauliche und romantisch gelegene Umgebung. Es ist ein beliebter Landstrich für Feriengäste und Camper. Zahlreiche Boote sind in der wärmeren Jahreszeit auf dem See unterwegs. Der berühmte Albert Einstein lebte einst hier in der Nähe.

Es ist nun an der Zeit, sich mit den Figuren des Falles zu beschäftigen. Im Laufe der Entwicklungen kommen weitere hinzu, andere verschwinden in der Bedeutungslosigkeit. Nicht jeder ist so wichtig, dass er genau beschrieben werden müsste.

Das Verbrechen, um das es geht, ist ein Mord. Er wurde nicht als Mord bestätigt, es gab Verdächtige und Motive. Es gab mehr oder minder gute Alibis und es fehlten verwendbare Spuren. Offensichtlich hat sich der Täter viel Mühe gemacht, seine Untat geschickt zu verschleiern. Oder waren es vielleicht mehrere?

Nur der Autor weiß, was geschehen ist. Dieses Buch wird nun die ganze perfide Geschichte schildern. Eigentlich kann das ja nur der Täter - doch das bin ich nicht. Ich bin nur der Autor, der sich diese besondere Geschichte und natürlich die handelnden Personen ausgedacht hat.

Wir lernen Menschen kennen, deren Beziehungen untereinander, miteinander und gegeneinander verwoben sind. Die Protagonisten sind alle irgendwie kompliziert und individuell. Sie sind durch etwas verbunden, was ihnen entweder nicht bewusst ist, oder was sie lieber verdrängen, weil sie nicht darüber sprechen möchten. So hat es zumindest den Anschein.

Irgendwann entstehen daraus die folgenden furchtbaren Geschehnisse. Ist die Überlegung, einen Mord zu planen und zu begehen, irgendwo von irgendwem auf dem Weg dieser Menschen in ihrem Zusammenwirken entstanden? Aber wer weiß heute noch, an welcher Stelle genau? Es gibt viele Einzelheiten zu betrachten. Kleine Irrtümer oder Versehen können zu überraschenden Änderungen führen. Es kommt auf Details an. Natürlich spielen Planung und vorausschauendes Denken eine große Rolle.

Die Geschichte besteht aus zwei Teilen. Im Teil 1 versucht die Polizei einen Leichenfund aufzuklären. Seltsame Dinge kommen bei Befragungen möglicher Zeugen ans Licht. Einige Personen verhalten sich seltsam und sie berichten von bemerkenswerten Vorgängen rund um den aufgefundenen Toten. Der Verdacht einer Straftat ist nicht von der Hand zu weisen.

Im Teil 2, den man nur richtig begreift, wenn man Teil 1 gelesen hat, wird der Tathergang beschrieben. Der Tathergang für einen perfekten Mord. Und nur der stotternde Kuckuck war Zeuge.

Fangen wir also an. Und zwar mit dem Ende. Dem Ende von Markus Kleinert.

Kapitel 2   Eine Leiche und Ermittlungen

Wie fast jeden Morgen spazierte Laura Heitholm am Sonntag mit ihrem Golden Retriever morgens gegen 7:00 Uhr im Ortsteil Ferch die Uferpromenade am Schwielowsee entlang. Es war einer jener schönen warmen Tage, die sie so liebte. Der Kalender zeigte noch den Anfang des Wonnemonats Mai und viele Vögel veranstalteten ein fröhliches Konzert in den Zweigen der Bäume.

Die ersten wärmenden Sonnenstrahlen waren angenehm zu spüren, denn die Sonne erhob sich bereits am Horizont und tauchte den Schwielowsee in helles Licht. Ein leichter auflandiger Wind wehte aus Osten, der aber nicht unangenehm war. Die Natur war aus dem Winterschlaf erwacht und überall regte sich die Vegetation. Der Hund tollte übermütig umher, trottete dann wieder gelangweilt neben seiner stolzen Besitzerin.

Entgegen der Hinweise auf den Schildern der Gemeinde hatte Laura Heitholm ihren Hund nicht angeleint. Sie hielt das nicht für nötig, da sie fast allein um diese Uhrzeit unterwegs war. Sie war in dieser Hinsicht wie viele Hundehalter. Dem eigenen Lieblingstier traute man keine Untaten zu. Sobald ein Jogger oder Radfahrer näherkam, rief sie nur einen kurzen Befehl und der brave Hund würde sofort zu ihr kommen. Die Gemeinde hatte beim Aufstellen der Schilder aber mehr im Sinn gehabt. Die Tiere am See sollten geschützt werden. Enten und Wildgänse kamen oft ans Ufer und im dichten Schilf nisteten auf den sumpfigen Böden viele Vögel. Die Hunde sollten deren natürlichen Lebensraum nicht stören. Doch so etwas kam in der Gedankenwelt von Laura Heitholm nicht vor. Sie hatte nur das Wohlergehen ihres Hundes im Sinn.

An einer der Stellen, an der die Uferpromenade hoch zur Straße nach Werder und Ferch führt, rannte das Tier zum Ufer und platschte mit Tempo in das flache Wasser am dichten Schilf. Einige Enten ergriffen die Flucht. Etwa fünf Meter lief der Retriever vom Ufer ins flache

Wasser und wandte sich nach links, wo das Schilf begann. Dort blieb der Hund wie angewurzelt stehen und begann zu bellen. Frau Heitholm erkannte am Tonfall des Gebells sofort, dass dort zweifellos etwas Ungewöhnliches sein musste. Sie folgte ihrem Hund bis ans Ufer und sah mit Entsetzen, was die Aufmerksamkeit des Tieres geweckt hatte. Vor dem Schilf trieb, mit dem Rücken nach oben, eine Leiche im seichten Wasser. Offensichtlich ein Mann.

Erschreckt und fast in Panik rief sie energisch den Hund zu sich, nahm ihn an die Leine und hielt ihn fest. Das Herz schlug ihr bis zum Hals. Was war nun zu tun? Weitergehen? Hilfe holen? Hilfe? Wozu? Man musste wahrlich kein Arzt sein, um hier die richtige Diagnose zu stellen. Polizei! Aber welche? Wasserschutzpolizei oder die normale? Egal. Es musste jemand benachrichtigt werden! Die Notfallnummer 110 dürfte wohl immer passen.

Sie kramte ihr Mobiltelefon aus der Jackentasche und tippte mit zittrigen Fingern den Notruf. Es läutete kurz und eine Frauenstimme meldete sich. Laura Heitholm erzählte aufgeregt, dass sie soeben eine Leiche im Wasser gefunden hatte. In ihrer Aufregung brachte sie die Informationen nicht geordnet vor. Es war ein hektisches Durcheinander von Fakten und Eindrücken. Die Beamtin am anderen Ende unterstützte durch strukturiertes Vorgehen. Sie fragte sachlich, kurz und bündig einige Fakten und den genauen Fundort ab. Dann bat sie Frau Heitholm um ihren Namen und wies sie an, bis zum Eintreffen der Polizei vor Ort zu bleiben. Ein Einsatzwagen sei unterwegs. So geschah es.

Die Polizeisirene war schon nach einigen Minuten zu hören und wurde schnell lauter. Ein Streifenwagen näherte sich aus Richtung Werder. Laura Heitholm war die etwa 75 Meter zur Straße hinaufgelaufen und winkte dem Fahrer, um auf sich aufmerksam zu machen. Die beiden Beamten folgten ihr rasch zum Ufer und begutachteten die Szene. Zwei Jogger kamen vorbei, warfen jedoch nur neugierige Blicke in Richtung des Ufers mit den Beamten. Sie setzten ihren Lauf fort, ohne den Grund für den Polizeieinsatz zu erkennen.

Während der eine Polizist über Funk Bericht erstattete und weitere Kräfte zur Spurensicherung anforderte, begann der andere mit der Absperrung des Uferbereiches. Er riegelte mit Flatterband das Umfeld um den Toten ab, das er aus dem Kofferraum des Streifenwagens holte. Der Fundort sollte möglichst unverändert untersucht werden können.

Bis zum Eintreffen weiterer Beamte, nutzten die Polizisten die Zeit. Sie kümmerten sich um Laura Heitholm und ließen sich genau schildern, wie sie ihren grausigen Fund entdeckt hatte. Einer der beiden schrieb ihre Aussage mit.

Nachdem Laura Heitholm zum Auffinden des Toten befragt worden war, wurden ihre Personalien von den Beamten aufgenommen. Dann durfte sie gehen. Sie wollte jetzt nicht nach Hause. Sie brauchte nun unbedingt die Anwesenheit einer Freundin. Dieser Morgen musste zunächst einmal verarbeitet werden. Und etwas zu erzählen hatte sie schließlich ebenfalls. Der Tag an sich war ihr zwar verdorben, aber im Leben einer 72-jährigen Witwe passierte nicht mehr jeden Tag etwas mit derartigem Sensationscharakter. Also machte sie sich auf den Weg zu ihrer langjährigen Freundin, Luise Borgner. Luise hatte ihre Wohnung in Ferch, „Am Dorfweg 4". Das war nur fünf Minuten zu Fuß entfernt. Den Hund durfte sie immer mitbringen, wenn sie dort einen Besuch machte. Luise mochte den Hund leiden und der Hund sie ebenfalls. Vor allem, weil er unablässig von ihr gestreichelt wurde.

Mittlerweile war außer mehreren Zivilbeamten ein Fahrzeug der Gerichtsmedizin Potsdam eingetroffen. Ein Arzt war vor Ort und stellte offiziell den Tod des mittlerweile aus dem Wasser geborgenen Mannes fest. Die Spurensicherung erkannte, dass die Leiche nicht an dieser Stelle auf dem Landweg ins Wasser gebracht worden war. Sie war über Nacht angetrieben worden. Der Einsatz der Spurensicherer war daher bald beendet.

Mit zahlreichen Fotos wurde der Zustand des Tatortes und der Leiche für die weiteren Ermittlungen dokumentiert. Der Tote wurde in einen Plastiksack mit Reißverschluss gepackt und in einem Zinksarg abtransportiert. Die für die Untersuchung kurzzeitig komplett abgesperrte Uferpromenade wurde wieder geöffnet, nachdem die Freigabe durch den Gerichtsmediziner und die Spurensicherung signalisiert worden war.

Der Polizeieinsatz war nicht unbemerkt geblieben und hatte Publikum angelockt. Da in dieser Biegung der Uferpromenade ein Mehrfamilienhaus steht, dessen Bewohner direkt auf den Uferbereich sehen können, hatte sich eine Schar Schaulustiger und Anwohner eingefunden. Die Beamten befragten alle Bewohner der Wohnanlage, ob sie vielleicht eine Beobachtung im Zusammenhang mit dem Leichenfund gemacht hätten. Das Ergebnis war mager. Niemand konnte etwas zur Aufklärung beitragen.

Die Beamten wollten gründlich sein und suchten alle Häuser und Wohnungen auf, die im unmittelbaren Sichtbereich der Fundstelle der Leiche am Ufer lagen. Die Anwohner waren mehr oder minder aufgeregt, als sie befragt wurden. Leider war auf diesem Weg der Ermittlungen kein besseres Ergebnis zu erzielen. Die Leute schliefen um die fragliche Zeit in ihren Betten. Niemand hatte während der Nacht aus dem Fenster gesehen oder darauf geachtet, ob sich irgendwo ein Boot bewegte. Und selbst wenn es so gewesen sein sollte, waren Boote alles andere als ungewöhnlich in diesem Bereich. Immerhin gab es dort in unmittelbarer Nähe eine größere Steganlage.

Während die Leiche in die Gerichtsmedizin transportiert wurde, verbreitete sich die Nachricht wie ein Lauffeuer in der ganzen Gegend. Es passierte nicht viel in den umliegenden Gemeinden, das potenziell eine Sensation werden konnte. Vor allem stand die Frage im Raum, ob es um einen natürlichen Tod ging, oder ob ein Kapitalverbrechen vorlag. Man rätselte, wer der Tote sein mochte und ob man ihn vielleicht sogar kannte. Die Gerüchteküche produzierte, wie in solchen Fällen üblich, einige Fehlinformationen. Der Sache sollten sie wohl ein wenig mehr Spannung verleihen, aber ohne Ermittlungsergebnisse der Polizei oder Pressemitteilungen, gab es nicht wirklich viel an Informationen zu verbreiten.

In der Gerichtsmedizin obduzierte der Arzt am nächsten Montagvormittag die Leiche. In seinem Bericht standen noch am selben Nachmittag die Fakten, die er aus dem Toten sozusagen „herauslesen" konnte.

Der etwa 50-jährige Mann besaß normale, schlanke Statur, 1,62 Meter groß. Er hatte braunes Haar mit deutlichen Geheimratsecken. Man fand keinerlei Papiere oder eine Geldbörse bei ihm, woraus seine Identität hätte ermittelt werden können. Zum Zeitpunkt des Auffindens war der Tod vier bis fünf Stunden vorher eingetreten. Etwa ebenso lange hatte der Körper im Wasser gelegen. Der Tod musste demnach gegen 2:00 bis 2:30 Uhr eingetreten sein. Die Schuhgröße wurde mit 39 angegeben. Er hatte gepflegte Hände und es lag kein Herzinfarkt vor. Das Gehirn wies keine Anzeichen eines Schlaganfalls auf. Im Magen befanden sich Reste eines fast verdauten Abendessens, offensichtlich vom Grill.

Allgemein befand sich der Mann in gutem körperlicher Zustand. Es störte lediglich die Tatsache, dass seine Lunge voll mit Schwielowseewasser war, was offensichtlich den Tod durch Ertrinken verursacht hatte. Eine Wasserprobe direkt vom Fundort der Leiche und drei weitere im Abstand von einigen hundert Metern genommene Proben, bestätigten die Herkunft des Wassers. DNA-Spuren waren durch die Nässe kaum vorhanden und nicht auswertbar. Eine Einwirkung von Gewalt ließ sich am gesamten Körper nicht feststellen.
Im Nacken entdeckte man eine kleine Schürfwunde. Sie war recht frisch, stellte aber keine wirkliche Verletzung oder Gesundheitsgefahr dar. Die Blutuntersuchung ergab keinen vorherigen Drogenkonsum, aber einen Alkoholspiegel von 1,6 Promille. Die Kleidung war unauffällig, keine Arbeitskleidung, Uniform oder Freizeitdress für Wassersport. Insgesamt eine unspektakuläre und fast langweilige Leiche. Einzig und allein die Art der Todesursache bei einem ansonsten offensichtlich gesunden Mann, ließ Fragen aufkommen.

Die Staatsanwaltschaft ordnete Ermittlungen an. Es mussten die letzten Stunden vor Eintritt des Todes recherchiert werden. Die zunächst nach Routine aussehende Aufgabe, wurde der Kriminalpolizei übertragen, der Auftrag noch am selben Tag an Hauptkommissar Bertram erteilt.

Herrmann Bertram war ein 62-jähriger Beamter und ein alter Hase mit viel Erfahrung. Er begrüßte die willkommene Abwechslung, da er in den letzten Jahren mehr und mehr zu unspektakulären Büroarbeiten eingesetzt worden war. Ihm war nie der Durchbruch zu einer weiterführenden Karriere gelungen. Dazu hätte es eines sensationellen von ihm gelösten Falles bedurft. Er galt als guter Ermittler, aber bei seinen Vorgesetzten nicht als Spitzenkraft. Dort schätzte man ihn als gutes Mittelmaß ein. Jedoch schätzte man seine Gründlichkeit und sein Wissen.

Ein paar persönliche Ermittlungen und Kontakte mit Menschen täten ihm sicher gut, dachte Bertram. Seit dem Tod seiner Frau lebte er allein. Ihre beiden längst erwachsenen Kinder kümmerten sich nicht viel um ihn und er sich nicht um sie. Enkelkinder gab es keine. Man hatte wenig Kontakt miteinander, nur sporadisch zu den üblichen Familienterminen oder ab und zu ein kurzes Telefonat. Mehr nicht.

Herrmann Bertram galt bei Kollegen und Vorgesetzten als etwas verschroben. Nicht selten bekam er zu spüren, dass er wegen seiner von der allgemeinen Meinung abweichenden Auffassung, als seltsam angesehen wurde. Ihm war das in fast allen Fällen gleichgültig. Er äußerte seine Meinung. Es lag ihm fern, sich einfach der Mehrheitsmeinung anzuschließen, wenn etwas nicht seiner Überzeugung entsprach.

Bertram interessierte sich nicht sonderlich für Sport. Nur ab und zu sah er sich ein Fußballspiel an. Zu Zeiten von Olympiaden reizten ihn nur wenige Sportarten. Es reichte ihm meistens, wenn er die Ergebnisse mitbekam. Besonders nervtötend fand er die überlangen Berichte im Fernsehen, die man live übertrug. In seinen Augen war das eine Verschwendung von Gebührengeldern. Den abendlichen Diskussionsrunden im Fernsehen über die Leistungen der Sportler konnte er gar nichts abgewinnen. Bei den meisten Kollegen stieß sein geringes Interesse an diesen Vorgängen auf Unverständnis. Sie selbst waren dagegen häufig fasziniert von den Turnieren und ihren Sportstars.

Seit der großen Dopingaffäre im Radsport und den zahlreichen Bestechungsskandalen im Profiboxen, verstand Bertram den Sport nur noch als ein kriminelles Geschäft um Wettbetrug, Werbeeinnahmen und Siegprämien. Der einstige Amateurstatus, der früher als Voraussetzung zur Teilnahme an Olympiaden galt, war völlig verloren gegangen. In den letzten Jahren wechselten millionenschwere Profis für die Dauer einer Olympiade angeblich in das Lager der Amateure. Gleich nach Abschluss der Spiele wechselten sie unter großem medialem Tamtam zurück zu den Profis. Für derartige Machenschaften hatte Bertram nichts übrig. Für ihn war es verwunderlich, wieso sich der Rest der Menschheit von solchen Sachen nicht veralbert fühlte. Er jedenfalls fühlte sich für dumm verkauft, wenn er solche Vorgänge erfuhr. Wie man sich, wie es einige seiner Kollegen taten, derartig unkritisch für den Sport begeistern konnte, erschloss sich ihm nicht.

Die Gehälter von Fußballprofis und deren Ablösesummen bei Wechsel in andere Vereine, lösten bei ihm Unverständnis aus. Nach seiner Vermutung dienten die Transfergeschäfte in erster Linie zur Verschleierung der wirtschaftlichen Situation von Vereinen. Da wurde international Geld hin und her transferiert und verschwand letztlich in den Taschen der Funktionäre, Vereinsvorstände, Manager und Berater. Wenn im Kollegenkreis über Sport sprach, wurde seine Einstellung zu diesen Geschehnissen oft deutlich. Die Kollegen teilten praktisch nie seine Meinung. Leistung müsse bezahlt werden, war die einhellige Sichtweise über ihre verherrlichten Stars. Mit seiner Haltung grenzte sich Hauptkommissar Bertram praktisch selbst aus. Ihm war das nicht unangenehm, andererseits sorgte es für einen kleinen Bekannten- und Freundeskreis. Das bedauerte er bisweilen.

Nachdem Bertram den Obduktionsbericht und die Protokolle des Leichenfundes gelesen hatte, überlegte er sich die erforderliche Vorgehensweise. Er studierte die Fotos des Fundortes, wie die Leiche am Schilf im Wasser trieb und später an Land auf dem Rücken lag. Vermutlich würde das Ergebnis seiner Nachforschungen einen Freitod oder Unfall nennen. Um professionell in seinem Vorgehen zu bleiben beschloss er, nicht zu sehr an diesen vorgefassten Gedanken festzuhalten. Er würde nach Anzeichen für ein Verbrechen suchen. Wenn dabei

16

nichts herauskam, könnte er von einem Unfall mit nicht rekonstruierbarem Hergang ausgehen. Man übertrug ihm immer wieder solche unspektakulären Fälle.

Als erste Maßnahme musste die Identität des Toten geklärt werden. Um damit zu beginnen, startete er seinen Computer, der seitlich auf dem Schreibtisch stand und gab eine Abfrage nach eventuellen Vermisstenmeldungen ein. Fehlanzeige. Also blieb als nächste sinnvolle Maßnahme eine öffentliche Nachforschung, ob jemand als vermisst galt. Bertram erledigte das mit einigen Anrufen bei den drei größten Regionalzeitungen. Allen schickte er zusätzlich eine E-Mail, mit der Bitte um Veröffentlichung. Ein leicht unscharfes kleines Bild vom Gesicht des Toten war im Hilfeaufruf an die Bevölkerung enthalten. Das sollte Erfolg bringen, da war sich Bertram sicher.

Alle benachrichtigten Zeitungen wollten zusätzliche Informationen zu dem Hilfeaufruf haben. Sie beabsichtigten, dazu einen kleinen Artikel zu verfassen, um damit ihre lokalen Nachrichten aufzupeppen. Das war das übliche Vorgehen. Hauptkommissar Bertram gab bereitwillig Auskunft, als ihn die zuständigen Reporter im Abstand einiger Minuten nach dem Erhalt seiner E-Mail anriefen.

Es war ihm lieber, die Journalisten am Telefon zu informieren. Er hatte es nicht gern, wenn sich die Presse in seinem Büro einfand. Für diesen Berufsstand hatte er nicht viel übrig und mied diese Leute, wenn er konnte. Zu oft ärgerte er sich über die Auswahl der verbreiteten Nachrichten und wie sie dargestellt wurden. Er fand Journalismus sei eine Verpflichtung zur neutralen Recherche und Berichterstattung. Nach seiner Beobachtung hatten sich immer mehr Zeitungen zur Haus- und Hofpostille von Politikern und Parteien entwickelt. Mittlerweile unterhielt Bertram kein einziges Zeitungsabonnement mehr.

Schon am nächsten Morgen, Dienstag, sollte er sich zufrieden mit einem kleinen Erfolg in seinem Bürostuhl zurücklehnen. Na also. Der Tote hieß Markus Kleinert, 54, geb. in Berlin Treptow, wohnhaft in Ferch, einem Ortsteil der Gemeinde Schwielowsee. Beruflich war er selbstständig tätig. Er betrieb zusammen mit seiner Ehefrau in Werder einen Copyshop.

Ein Kollege Bertrams nahm die Vermisstenmeldung, erstattet durch die Ehefrau, auf. Sie hatte ihren Mann seit Samstagnachmittag nicht mehr gesehen und war im Laufe des Sonntages unruhig und besorgt geworden. Am Samstag dachte sie sich noch, er sei mit seinen Freunden bei einem schon länger geplanten Männerabend gehörig alkoholisiert gewesen und wollte ihr in seinem Zustand nicht den Abend verderben. Bestimmt hatte er bei einem Freund übernachtet, vermutete sie. Als auch der Sonntag sich zum Abend neigte, hatte sie ernste Sorgen bekommen, wo er wohl sein könne. Sein Handy klingelte zwar, wenn sie versuchte ihn anzurufen, aber dann meldete sich nur die Mailbox. Sie beschloss, noch den Montag abzuwarten, spätestens Dienstag wollte sie zur Polizei gehen. Als der Beamte wegen der Verzögerung nachfragte, erklärte sie, sie könne begründen, warum sie so lange gezögert habe.

So hatte sie es dem Kollegen, der den Anruf entgegennahm, am Telefon in kurzen Worten beschrieben. Sie klang aufgeregt und angespannt, fügte der Kollege ergänzend hinzu. Offensichtlich erreichte die Nachricht sie über einen ihrer Nachbarn aus dem Haus, der ihr morgens die Zeitung mit dem Foto vor die Nase hielt. Das sei wohl nicht besonders sensibel von dem Nachbarn gewesen. Dieser Meinung des Kollegen schloss sich Bertram an.

Der Nachbar war bestürzt und aufgeregt, als er bei Elisabeth Kleinert vorsprach. Es war ihm zunächst nicht in den Sinn gekommen, dass er der Nachbarin mit der Nachricht einen Schock versetzte. Er betrachtete seinen Mitbewohner von nebenan zwar nicht als seinen Freund, aber immerhin wohnte man seit einigen Jahren im selben Haus Tür an Tür. Es hatte das eine oder andere Gespräch gegeben und auch einmal einen kleinen Disput über die Nutzung der Parkplätze in der Tiefgarage. Aber das war lange her und eigentlich schon fast vergessen. Seitdem er ihn in seine Schranken gewiesen hatte, stellte Kleinert sein Auto penibel und gerade in die ihm zustehende Parklücke. So behinderte er die anderen Mitbewohner nicht mehr beim Ein- und Ausparken. Die Tiefgarage war recht eng, da kam man nur mit gegenseitiger Rücksichtnahme klar.

Erst war es ihm damals unangenehm gewesen, seinen Nachbarn auf rücksichtsvolleres Verhalten anzusprechen. Aber letztlich hatte seine Frau ihn dazu angetrieben. Er dürfe sich nicht alles gefallen lassen. Wenn er nichts sagen würde, ändere sich gar nichts. Wenn der Nachbar nicht von selbst darauf käme, dass dessen großes Auto sorgfältig auf dem Stellplatz abgestellt werden müsste, dann sei ihm die Rücksichtslosigkeit wahrscheinlich angeboren. Sie hatte nicht locker gelassen, bis er sich zu dem Schritt, Kleinert anzusprechen, aufraffte. Tatsächlich stieß er auf Unverständnis und sogar Arroganz. Markus Kleinert erdreistete sich zu behaupten, er und seine Frau könnten wohl nicht gut Auto fahren. Und nun war er also tot, der Herr Kleinert.

Die Todesnachricht dominierte nun die Gedankenwelt des Nachbarn und er fragte sich, wie er der armen Frau von nebenan helfen könne. Sie konnte ja schließlich nichts für das Auftreten ihres verstorbenen Mannes.

Bertram rief im Sekretariat der Gerichtsmedizin an und ließ sich einen Termin für die offizielle Identifizierung durch die Ehefrau bestätigen. Man sagte ihm, er könne im Laufe des Vormittages mit der Witwe erscheinen, jedoch bitte nicht vor 10:00 Uhr. Ansonsten sei die Zeit egal. Der zuständige Leichenbeschauer sei momentan bei der Arbeit in einem anderen Todesfall. Sollte es noch Fragen seitens der Angehörigen geben, wollte der Arzt gern zur Verfügung stehen. Daher die zeitliche Eingrenzung.

Bertram notierte sich diese Information und machte sich auf den Weg zu seiner ersten Zeugin: Elisabeth Kleinert.

Kapitel 3   **Der erste Ermittlungsschritt**

Hauptkommissar Bertram belegte für den Tag ein Dienstfahrzeug und machte sich auf den Weg nach Ferch. Sein kurzfristiges Auftauchen kündigte er vorab bei Frau Kleinert telefonisch an. Sie hatte in ihrer unerwarteten Situation natürlich das Geschäft nicht geöffnet und war zu Hause geblieben. Am Vormittag sollte sie in der Gerichtsmedizin zwecks Identifizierung ihres Mannes erscheinen. Das wusste sie momentan noch nicht, sie sollte es während ihrer Erstbefragung erfahren.

Bertram begleitete die Hinterbliebenen oft bei diesem schwierigen Schritt. Manchmal waren sie nur Zeugen oder Angehörige, manchmal waren sie Verdächtige. Er wollte sich stets einen eigenen Eindruck von der Reaktion der Personen verschaffen. Viele waren ihm dankbar dafür, dass sie in diesem sehr belastenden Moment eine Begleitung hatten. Bertram hatte Routine darin. Ihm machte es nach so vielen Jahren nichts mehr aus, Verstorbene zu sehen. Lediglich bei jungen Menschen oder bei Kindern ging es ihm sehr nahe.

Elisabeth Kleinerts Adresse lautete, „Ferch, Am Dorfweg 4". Sie wohnte in einem 4-stöckigen Haus mit acht Wohneinheiten. Ihre Wohnung befand sich in der obersten Etage. Er klingelte und kurz darauf summte der elektrische Türöffner. Mit dem Aufzug fuhr Bertram hinauf. Gemeinsam mit ihm betrat eine ältere Dame den Aufzug, die ebenfalls in die 4. Etage hinauf wollte. Sie musterte ihn unverhohlen. Offensichtlich wohnte sie im Gebäude und sah sich den Fremdling im Aufzug argwöhnisch an.

Die Aufzugkabine war auf einer Seite komplett von oben bis unten verspiegelt. An der gegenüberliegenden Seite waren das Bedienfeld mit den Tastern und dem Notrufknopf montiert. Rundum war ein Handlauf angebracht. Die Verspiegelung war praktisch, denn so stellte Bertram fest, dass seine Krawatte nicht mittig saß und richtete sie. Nun würde er bei seinem Auftreten bei Elisabeth Kleinert korrekt gekleidet erscheinen. Als er die Krawatte gerichtet hatte, trafen sich die Blicke der beiden im Spiegel. Ein anerkennendes Lächeln für die Korrektur der Krawatte huschte über ihr Gesicht. Bertram erwiderte es freundlich. Er wünschte ihr einen schönen Tag, als sie gemeinsam in der 4. Etage ausstiegen. Er wartete kurz, bis sie in ihrer Wohnung verschwunden war und wandte sich zu Elisabeth Kleinerts Wohnungstür, die sich sogleich öffnete. Sie empfing ihn mit ängstlichem Blick und etwas wirrer Frisur. Bertram stellte sich vor und wurde eingelassen.

Elisabeth Kleinert war eine gut erhaltene Endvierzigerin, blond, schlank und mit durchaus gefälligen Gesichtszügen. Sie war wohl etwas größer als ihr verschiedener Gatte. Mit einem Schritt zur Seite bat sie Bertram herein.

Er bekam einen Platz im Wohnzimmer angeboten und sie berichtete ihm, dass sie von einem Verbleib ihres Mannes auf dem Männerabend ausgegangen war. „Wie mein Mann ins Wasser geraten ist, ist mir unerklärlich. Sie sagten mir ja, dass er wohl ertrunken ist."

„Ja, Frau Kleinert, davon müssen wir als Tatsache ausgehen. Ich habe den Auftrag, die Stunden vor diesem schrecklichen Ereignis zu rekonstruieren. Können Sie mir Angaben über die Teilnehmer bei diesem Grillabend machen?", erkundigte sich Bertram.

Natürlich konnte sie detaillierte Angaben zu den anderen Teilnehmern des Grillabends liefern: „Es handelt sich um vier Freunde, mit denen mein Mann privat und bisweilen geschäftlich zu tun hatte. Ich selbst habe keine richtige Freundschaft zu den Herren. Nur ab und zu, also eigentlich eher selten, bin ich bei gemeinsamen Restaurantbesuchen dabei gewesen. Aber nur, wenn auch die anderen Frauen teilnahmen. Das ist wirklich nur selten vorgekommen, weil die Männer wohl am liebsten unter sich gewesen sind. Zu den anderen Damen pflege ich keine regelmäßigen Kontakte. Wir kennen uns eben, das ist alles."

Bertram notierte sich die Telefonverbindungen, Namen und Anschriften der Herren. Frau Kleinert hatte alle Daten in einem kleinen Büchlein parat. Als das erledigt war, bat er sie, ihn in die Gerichtsmedizin zu begleiten. Das kam überraschend für sie. Jedenfalls hatte Bertram den Eindruck. Sie wirkte nicht besonders begeistert von der Vorstellung, ihren toten Ehemann zu sehen.

„Ich brauche einige Minuten Zeit, Herr Bertram. Ich muss mich ein wenig frisieren und etwas anderes anziehen, wenn Sie gestatten", gab se bekannt.

„Aber selbstverständlich, Frau Kleinert. Das ist gar kein Problem." Fast hätte er noch hinzugefügt, dass Eile wohl keine Rolle spielen würde, da ihr Mann wohl nicht mehr weglaufen würde. Er verkniff sich die Bemerlung in letzter Sekunde.

Für Bertram war das kurze Warten tatsächlich kein Problem. Er nutzte die Zeit und sah sich während der Wartezeit unbeobachtet in der Wohnstube um. Er betrachtete die Bilder an der Wand, einige Fotos und las den einen oder anderen Buchtitel auf den Rückseiten einiger weniger Bücher in einem kleinen Regal. Es war nichts Auffälliges dabei. Durchschnittsliteratur, Krimis, Romane, ein Kochbuch und ein Ratgeber für Fitnesstraining, standen einträchtig nebeneinander. Daneben lagen zwei Kataloge mit Druckmaschinen, Kopierern und ähnlichen Geräten.

Das Mobiliar machte einen hochwertigen Eindruck auf ihn. Der Teppich schien ein echter Orientteppich zu sein. Die Tür zur Küche stand offen. Zu erkennen war eine Markenküche mit erstklassigen, modernen Küchengeräten. Ebenfalls eine durchaus gehobene, wenn nicht gar gediegene Ausstattung, bemerkte Bertram anerkennend.

Frau Kleinert war bald fertig und eröffnete Bertram ihre nächsten Absichten: „Ich möchte mit dem eigenen Wagen fahren, weil ich gleich im Anschluss ein paar Dinge zur Bestattung erledigen will. Außerdem muss ich ja wieder irgendwie nach Hause kommen. Ihre weiteren Fragen kann ich problemlos dort oder in Ihrer Dienststelle beantworten. Spricht aus Ihrer Sicht etwas dagegen?"

„Das ist völlig in Ordnung, Frau Kleinert. Am Besten wird es sein, wenn Sie einfach hinter mir herfahren", antwortete Bertram. Ihm war es gleichgültig, an welchem Ort er mit Frau Kleinert seine Routinefragen erörtern konnte.

Die beiden begaben sich zum Aufzug und fuhren gemeinsam bis ins Erdgeschoss, wo Bertram ausstieg. Frau Kleinert fuhr weiter in die Tiefgarage, um ihr Auto zu holen. In der Zwischenzeit stieg Hauptkommissar Bertram in seinen Dienstwagen und ließ den Motor an. Schon bald öffnete sich ein Rolltor unten an der Einfahrt zur Tiefgarage und Frau Kleinert fuhr die Rampe herauf.

Bertram hob eine Augenbraue. Ein ziemlicher neu anmutender, schwarz glänzender Luxusschlitten einer süddeutschen Nobelmarke in ansprechender Aufmachung stand dort im Sonnenlicht. Vielleicht hatte er doch den falschen Beruf gewählt? Ein Copyshop schien jedenfalls eine ergiebige Geldquelle zu sein. Das schöne Auto, die gediegene Wohnungseinrichtung, da konnte man schon ein wenig neidisch werden. Vielleicht war aber alles ganz anders und einer von den beiden kam aus begütertem Elternhaus. Es konnte schließlich viele Erklärungen geben. Aber nun ja: „Jeder ist seines Glückes Schmied", dachte Bertram laut und fuhr voraus, um ihr den Weg zu weisen. Sie folgte ihm und blieb während des Potsdamer Stadtverkehrs geschickt dicht am Heck des Dienstwagens.

Im Leichenschauhaus angekommen, gingen sie, geführt von einem weiteren Beamten, in einen fensterlosen Raum. Dort stand in der Mitte eine Bahre mit Fahrgestell. Die großen Deckenlampen leuchteten den Raum hell aus. Den auf der Bahre liegenden Körper bedeckte ein weißes Leinentuch.

Als der Beamte es am Kopfende zurückschlug, identifizierte Frau Kleinert ohne zu Zögern ihren Mann: „Ja, das ist mein Ehemann", sagte sie leise, drehte sich um und verließ den Raum.

Eine Gefühlsregung konnte Bertram bei ihr nicht erkennen, obwohl er genau darauf geachtet hatte. Er hatte den Eindruck, dass sie gut auf den Moment vorbereitet war und der Anblick für sie keine Überraschung darstellte. Nachdem ein Formular für die Identifizierung des Toten ausgefüllt und unterschrieben war, durfte Frau Kleinert gehen.

Sie fuhren zur Dienststelle und setzten sich in sein Büro. Er ließ Kaffee bringen, den sie gerne annahm. Dafür war eine der beiden Schreibkräfte zuständig. Die beiden Damen wurden zur Unterstützung der insgesamt 16 Beamten der Mordkommission eingesetzt. Neben ihren Aufgaben als Schreibkräfte, kümmerten sie sich um den Betrieb der kleinen Kaffeeküche. Wenn Publikum mit in die Büros gebracht wurde, übernahmen sie die Versorgung mit Getränken.

Bertram fragte immer nur die eine der beiden Schreibkräfte, wenn er etwas benötigte. Die ältere der beiden Frauen. Er konnte sie gut leiden. Die andere war in seinen Augen eine arrogante junge Ziege, die sich für unwiderstehlich hielt und oft mit seinen jüngeren Kollegen herumkokettierte. Ein schnippisches und unreifes weibliches Wesen, welches ununterbrochen plapperte. Dabei alberte sie mit den Kollegen oft mit ziemlich dümmlichen Bemerkungen herum. Sie hatte bestimmt vor, sich einen Mann zu angeln, war seine Vermutung.

„Frau Kleinert, ich muss Ihnen nun ein paar Fragen stellen", begann er seine Untersuchung.

„Nur zu, fangen Sie an", antwortete sie.

„Zunächst möchte ich gern erfahren, warum Sie Ihren Mann erst so spät als vermisst meldeten. Am Telefon sagten Sie, dass er seit Samstag schon weg war. Den Sonntag erklärten sie sich noch mit einer Übernachtung bei einem der Freunde. Erst ab Sonntagabend begannen ihre Sorgen, weil sie ihn auch telefonisch nicht erreichen konnten. Habe ich das so richtig verstanden, Frau Kleinert?"

Sie sah ihn an und nickte leicht. „Ja, so habe ich es erzählt und so war es auch. Sie müssen dazu wissen, dass mein Mann mir nicht Bescheid gibt, wenn er sich etwas anderes vornimmt. Er tut es dann einfach.

Das kann schon mal zwei oder drei Tage dauern, dann ist er wieder da. Jedenfalls war das bisher so."

„Ich finde das ungewöhnlich", streute Bertram ein. „Was für Dinge nahm sich Ihr verstorbener Mann denn spontan vor?"

„Davon erzählte er mir meistens nach seiner Rückkehr. Aber nicht immer." Sie senkte den Blick und wirkte verletzt. Dann fuhr sie fort: „Am Montag habe ich den ganzen Tag allein im Geschäft gestanden. Ich habe überlegt, wen von den Freunden ich anrufen könnte, aber dann war es mir zu peinlich. Wie sieht das denn aus, wenn ich nicht weiß, wo sich mein Ehemann ʹrumtreibt?"

„Sie hatten sich also noch für weiteres Warten bis zum Dienstag entschlossen?"

„Ja. Wenn er im Laufe des Dienstagvormittags nicht nach Hause gekommen wäre, dann wäre ich am Mittag, wenn das Geschäft für die Pause geschlossen ist, wegen einer Vermisstenanzeige zur Polizei nach Werder gefahren."

Bertram beschloss, diese Erklärung erst einmal zu akzeptieren. Sie wirkte auf ihn zwar wegen der langen Zeit zwar außergewöhnlich, aber er wollte zu Anfang ein Grundwissen zu der ganzen Sache aufbauen. Dann würde sich daraus erfahrungsgemäß die eine oder andere Antwort oder Erklärung ergeben. Man musste seine Zeugen erst einmal kennenlernen, dachte er.

„Zur endgültigen und offiziellen Todesursache Ihres Mannes, muss ich eine Straftat ausschließen können. Hatte Ihr Mann Feinde, oder hatte jemand Grund, Ihrem Mann Schaden zuzufügen?", fuhr Bertram fort.

„Mein Mann war nicht überall beliebt, um es vorsichtig auszudrücken. Er hat in den letzten Jahren einige Geschäfte sehr hart durchgezogen. Das hat bestimmt Zorn erzeugt."

Bertram war über die Offenheit überrascht und fragte: „Können Sie mir ein Beispiel nennen?"

Das konnte Elisabeth Kleinert: „Er zog Geschäftspartner gern über den Tisch und nutzte dazu Informationen. Insiderwissen von Behördenmitarbeitern oder anderen, etwa bei Grundstücksangelegenheiten. Die Informanten setzte er anschließend gern unter Druck, damit er über ihre Indiskretionen Stillschweigen bewahren würde. Sie mussten weiter liefern, um nicht aufzufliegen." Frau Kleinert sah aus dem Fenster, um seinem direkten und überraschten Blick auszuweichen.

„Informationen aus Indiskretionen also, deren Bekanntwerden sehr unangenehm hätte werden können. Wussten Sie Details?", hakte Bertram nach.

„Nur wenige. Ich wollte davon möglichst wenig erfahren, um nicht in irgendwelche Dinge verwickelt zu werden. Wenn Sie darüber mehr wissen wollen, können Sie sich bei seinen sogenannten Freunden erkundigen." Wieder sah sie aus dem Fenster, nachdem sie geendet hatte.

„Sogenannte Freunde?", wollte Bertram es genauer wissen. Das Gespräch mit Frau Kleinert nahm insgesamt einen unerwarteten Verlauf.

„Ja, sogenannte Freunde. Nicht jeder davon war von seinen Machenschaften verschont geblieben. Und nicht jede dieser Freundschaftsbeziehungen bestand freiwillig. Da herrschte ein gewisser Erwartungsdruck, dass man ein Freund meines Mannes sein musste." Diesmal sah sie ihn direkt an.

„Konnte ihr Mann schwimmen?", fragte Bertram und wechselte damit unvermittelt das Thema.

„Er konnte schwimmen. Gar nicht mal so schlecht, denke ich", lautete ihre Antwort.

„Was hielten Sie von Ihrem Mann in menschlicher Hinsicht, Frau Kleinert?"

Bertrams Frage schien sie nicht zu überraschen, denn sie antwortete sofort: „Er war charakterlich ein Schwein! Andere Menschen waren ihm egal. Er betrachtete jeden als Opfer zum Ausnutzen. Während unserer Ehe war er mir nicht immer treu. Nun verstehen Sie vielleicht, warum ich so viel Zeit bis zur Vermisstenanzeige verstreichen ließ. Es bestand immer die Möglichkeit, dass er bei einer anderen Frau war." Sie machte eine kurze Pause. „Dennoch habe ich ihn einmal geliebt." Sie wandte den Blick wieder zum Fenster.

Nach einigen Sekunden fragte Sie: „Sind diese Fragen wirklich zur Klärung der Todesursache erforderlich? Für welche Abteilung der Kriminalpolizei arbeiten Sie eigentlich, Herr Bertram?"

Der sah ihr direkt in die Augen: "Ich bin bei der Mordkommission", antwortete er. „Können Sie sich einen unnatürlichen Tod Ihres Mannes vorstellen?", stellte er fragend in den Raum.

Frau Kleinert ließ bis zu ihrer Antwort einige Sekunden verstreichen. Dann erwiderte sie leise: „Das könnte wohl möglich sein."

Frau Kleinert wurde von Hauptkommissar Bertram zunächst entlassen. Er wollte sich die eingeholten Informationen nun in Ruhe ansehen und sie bewerten. Zum Schluss stellte er noch die Frage nach ihrem Aufenthalt zur Todeszeit Ihres Mannes: „Wo waren Sie in der Nacht von Samstag auf Sonntag zwischen 1:00 und 3:00 Uhr, Frau Kleinert?"

„Ich war zu Hause. Ich lag im Bett und schlief", gab sie zur Antwort. „Bezeugen kann das vielleicht niemand für diese nächtliche Zeit, aber eventuell kann meine ältere Nachbarin aus der Wohnung gegenüber in der Etage, Frau Luise Borgner, etwas dazu sagen. Sie hat mich abends im Aufzug gesehen und kann sich vielleicht daran erinnern. Über die Nacht weiß sie aber bestimmt nichts."

„Was gedenken Sie nun als Nächstes zu unternehmen?", wollte Bertram wissen.

„Ich werde nun zügig die Bestattung einleiten. Sobald mein Mann von der Gerichtsmedizin freigegeben wird, lasse ich ihn einäschern. Jetzt, nachdem er von mir identifiziert worden ist, kann das ja wohl nicht mehr lange dauern. Die Beisetzung wird anonym und ohne große Beteiligung Dritter stattfinden. Ich habe keine Lust, für meinen untreuen Ehemann eine langjährige Grabpflege zu leisten. Da es keinen weiteren oder interessierten Angehörigen gibt, kann ich das rasch erledigen. Niemand wird sich aufregen."

Bertram wollte dazu noch etwas wissen und fragte: „Was meinen Sie mit der Bezeichnung „interessierte" Verwandte?"

„Er hat noch irgendwo einen Bruder. Die beiden haben schon seit mindestens 20 Jahren keinen Kontakt mehr. Ich weiß nicht, wo der Bruder lebt. Er heißt Ottmar Kleinert. Mein Mann hat ihn offensichtlich so vergrault, dass er jeden Kontakt abgebrochen hat. Ich weiß nicht einmal, ob er noch lebt."

Elisabeth Kleinert fragte, ob noch etwas zu beantworten wäre. Bertram antwortete, dass es für den Anfang erst einmal genug sei. Er käme wieder auf sie zu, wenn er weiteren Informationsbedarf hätte. Er gab ihr eine seiner Visitenkarten, falls sie ihm nachträglich noch etwas mitzuteilen habe. Nach kurzer Verabschiedung verließ sie sein Büro und ging zu ihrem Wagen.

Bertram saß nachdenklich da und sah ihr nach. Passte das zu ihrer Aussage, sie habe ihren Mann geliebt? Ihr Auftritt und die Äußerungen ließen eher den Schluss zu, dass ihr das Ableben ihres Ehemannes nicht ungelegen kam. Zumindest machte es ihr nicht viel aus. Das galt es auf alle Fälle zu beobachten. Er schrieb sich Notizen zum Verlauf des Vormittages und der Befragung auf. Am Computer verfasste er einen kurzen Bericht an seinen Vorgesetzten zum Beginn der Ermittlungen und des aktuellen Standes. Er fügte an, dass er weitere Ermittlungen aufgrund der vorliegenden Informationen für unbedingt erforderlich halte. Diese wollte er nach der Mittagspause beginnen.

Es gab noch viele Dinge zu klären. Wo waren Kleinerts Handy und seine Geldbörse? Das Alibi der Ehefrau war dürftig. Nach eigener Aussage war sie zum Todeszeitpunkt, also um 2:00 Uhr morgens, zu Hause. Wenn ein gewaltsamer Tod nachgewiesen werden sollte, wäre das keine gute Ausgangsposition für sie. Ihr Verhalten war ein weiterer Grund, über den er sich Gedanken machte. Sie schien fast ungerührt über den Tod ihres Mannes zu sein. Normalerweise flossen bei derartigen Angelegenheiten Tränen. Hier nicht, keine Spur von Trauer. Alles sollte schnell abgewickelt werden. Sehr ungewöhnlich in einem plötzlichen Todesfall. Es schien fast, als sei der Handlungsablauf für den Todesfall schon vorbereitet gewesen zu sein.

Zu seiner ursprünglichen Erwartung, dass hier ein natürlicher Tod oder ein Unfall vorliegen könnte, hatten sich Zweifel gesellt.

Kapitel 4 4 Freunde, 1. Klaus Machner

Mit gut gefülltem Magen, nach der wie immer zu kurzen Mittagspause, machte sich Bertram auf den Weg zum ersten der vier genannten Freunde des toten Herrn Kleinert.

Klaus Machner wohnte laut Angaben der Witwe in „Caputh, Landweg 12". Ein Telefonanruf hatte bestätigt, dass Herr Machner zu Hause war. Die Todesnachricht hatte ihn bereits am Vormittag telefonisch durch einen Bekannten erreicht.

Nachdem die Adresse ins Navigationsgerät eingespeichert war, setzte Bertram den Wagen in Bewegung und folgte den Sprachanweisungen des Gerätes. In diese Gegend kam er selten. Er war mehr nach Norden in Richtung Berlin orientiert und nicht zu von Potsdam aus südlich gelegenen Gebieten. Er würde also neue Erfahrungen sammeln.

Bertram wurde in Caputh schon am Gartentor eines großzügigen Einfamilienhauses von Frau Machner freundlich empfangen. Sie beschäftigte sich mit Unkrautziehen an einem der üppig bepflanzten Blumenbeete. Sie begrüßte ihn und begleitete ihn in ein geräumiges Wohnzimmer. Herr Machner las, in einem großen Ledersessel sitzend, Zeitung. Er erhob sich bei Bertrams Eintreten und begrüßte ihn mit kräftigem Händedruck. Bertram stellte sich und den Grund seines Besuches vor.
Frau Machner fragte, ob sie benötigt würde, was Bertram verneinte. Sie reagierte erleichtert und setzte ihre Gartenarbeit fort.

Klaus Machner war ein etwa 1,80 Meter großer und nicht ganz schlanker Mann von etwa 50 Jahren. Sein hellbraunes Haar war noch ziemlich vollständig erhalten. Hinter seiner dunklen Hornbrille leuchteten zwei stechend blaue Augen. Auf Bertrams Bitte um einen Bericht, begann er zu reden.

„Also wir trafen uns bei einem Freund zum Grillabend in Ferch. Markus Kleinert kam ebenfalls. Insgesamt waren wir fünf Teilnehmer. Einer davon hat mich wegen des Todesfalls angerufen, als die Zeitungsnachricht mit dem Foto am Montag verbreitet wurde. Wir haben uns im Garten eines Bekannten, Herrn Paul Cordelius, in Ferch getroffen und den Grill fertig vorbereitet vorgefunden. Die Adresse lautet, „Am Alten Rathaus 4". Bei der Hausnummer bin ich mir aber nicht ganz sicher. Jeder hatte sich seine vorgesehene Portion Fleisch selbst mitgebracht. Das ist bei unseren Treffen so üblich. Salat und Beilagen sind bei diesen Grillveranstaltungen reine Nebensache. Oft haben wir gar keine Beilagen vorbereitet. Eine gemeinsame Leidenschaft der Gruppe ist das gemischte Grillfleisch, also verschiedene Sorten. Dazu gibt es immer scharfe Soßen."

Machner sah Bertram nachdenklich an: „Vielleicht sollte ich mich umgewöhnen und nicht mehr im Präsens von Markus und unserer Gruppe sprechen. Daran muss ich mich erst noch gewöhnen. Es wird ja nie wieder so sein, wie es war."

„Die Zeitform ist mir nicht wichtig, erzählen Sie einfach wie der Grillabend verlaufen ist. Jedes Detail kann wichtig sein", ermunterte Bertram ihn.

Machner setzte seine Schilderung fort: „Wir unterhielten uns ganz gut. Es gab diverse Biere und anschließend gönnten wir uns zwecks besserer Verdauung ein paar Schnäpse. Die Getränkeversorgung obliegt jeweils dem Gastgeber, denn die Treffen wurden reihum veranstaltet. Nachdem ich mich gegen 22:30 Uhr mit einem der anderen Gäste in einer für mich nervigen Diskussion über Politik wiedergefunden habe, beschloss ich zu gehen. Auf einen Streit mit meinem angetrunkenen Bekannten hatte ich keine Lust."

„Verraten Sie mir den Namen des befreundeten Diskussionspartners?", fragte Bertram dazwischen.

„Thomas Malecki. Als einen Freund würde ich den übrigens nicht bezeichnen. Ja, wir kennen uns schon lange und sind natürlich im

Umgang miteinander beim vertrauten „Du". Aber ich bin nicht unbedingt der gute Freund von Thomas. Meine Bekanntschaft mit ihm wurde ursprünglich durch Markus Kleinert initiiert. Der brachte Thomas Malecki eines Tages einfach zu einem Skatabend mit. Warum er zu einer Skatrunde von vier Männern noch einen fünften anschleppte, hat sich mir nie erschlossen."

„Da werden die Spielpausen wohl zu lang, was?", warf Bertram verständnisvoll ein.

„Ja, genau. Es wird langweilig. Markus, drängte sich gerne in den Vordergrund und war immer bestrebt, im Mittelpunkt zu stehen. Er wollte nicht davon ablassen und brachte Malecki fortan immer mit. Eigentlich wurde immer das gemacht, was Markus wollte. Das ging nun schon sieben oder acht Jahre so und hat sich damit ganz einfach eingebürgert."

Hauptkommissar Bertram wollte etwas näher auf das Verhältnis zum Toten eingehen: „Sagen Sie, Herr Machner, wie nah standen sie sich, Herr Kleinert und Sie?"

„Wir hatten eine gute Bekanntschaft. Eine enge Freundschaft würde es nicht richtig beschreiben. Wir lernten uns vor etwa zehn oder zwölf Jahren, Ende November auf der Bootsmesse in Berlin im internationalen Kongresszentrum ICC, zufällig kennen. Beide interessierten wir uns für ein gebrauchtes Segelboot, das dort zum Kauf angeboten und ausgestellt war", fuhr Machner fort.

„Wir kamen beim Besichtigen des Bootes ins Gespräch und diskutierte miteinander über die Angemessenheit des Preises. Von Segelbooten hatte Markus offensichtlich Ahnung. Als der anwesende Verkäufer ein Entgegenkommen in der Preisgestaltung bei sofortiger Kaufzusage in Aussicht stellte, habe ich nach etwa halbstündiger Besichtigung dem Verkäufer ein Angebot gemacht. Ich wollte 16.000,00 € für das Boot zahlen. Der Verkäufer hatte 17.750,00 € gefordert. Für ihn war das ein zu großer Preissprung, um sofort den Zuschlag zu erteilen. Er sagte, er brauche etwas Bedenkzeit, so etwa eine Stunde. Ich war einverstanden und setzte meinen Rundgang auf dem Messegelände allein fort. Ich wollte mir noch andere Boote und vor allem Zubehör ansehen."

Bertram dachte im Stillen, dass er eigentlich nicht die Lebensgeschichte von Machner und Kleinert nachgefragt hatte. Er wollte noch etwas Geduld aufbringen, nahm er sich vor. Vielleicht kam Machner ja nun bald auf den Punkt der Story.

Machners setzte seinen Bericht fort: „Als ich kurz vor Ende des Messetages zur vereinbarten Zeit wieder bei dem angebotenen Segelboot eintraf, hing ein Schild am Rumpf. „Verkauft". Der Verkäufer war weit und breit nicht zu sehen. Ich war ziemlich betrübt darüber, dass mir das attraktive Boot entgangen war und ich fuhr nach Hause zurück. Als Kompromiss hätte ich mich auf ein etwas höheres Angebot auf alle Fälle eingelassen. Nun ärgerte ich mich darüber, dass ich nicht sofort dem Kaufpreis zugestimmt hatte. Das Boot wirkte sehr gepflegt, war elegant geschnitten und hatte es mir auf den ersten Blick angetan."

„Ist das Boot wirklich so wichtig?", fragte Bertram ungeduldig dazwischen.

„Ja, ist es. Sie wollten wissen, wie Markus und ich zueinander standen. Das Boot ist der Grund, warum wir keine richtigen Freunde werden konnten", entgegnete Machner leicht gereizt.

„Entschuldigen Sie. Dann nur zu, ich bin gespannt auf den Zusammenhang", lehnte sich Bertram wieder zurück.

„Einige Tage später, also in den ersten Dezembertagen, fiel mir beim Blick aus dem Wohnzimmer ein vorbeifahrender Bootstransport auf. Der fuhr die Straße seitlich an meinem Grundstück entlang und hatte auf dem Trailer exakt das schöne Boot aus der Bootsausstellung. Der Transport fuhr in Richtung Ferch. Zu dieser Jahreszeit ein ungewöhnlicher Anblick, dachte ich mir und schnappte mir meine Autoschlüssel. Ich wollte herausfinden, was es mit dem Transport auf sich hatte. Vielleicht war es mir möglich, den Besitzer ausfindig zu machen.

Schon nach wenigen Minuten hatte ich den gemächlich fahrenden Bootstransport auf der Straße von Caputh nach Ferch eingeholt und folgte ihm. Wir fuhren hinab zum Bootslagerplatz in Ferch, neben dem sich die große Steganlage und der Kran zum Heben der Boote befindet. Offensichtlich sollte das Boot dort auf den Lagerplatz bugsiert werden.

Ich stieg aus und sah mich nach Ansprechpartnern um. Zu meinem Erstaunen entdeckte ich den kürzlich auf der Bootsausstellung getroffenen Mann, der mit mir die Preisgestaltung erörtert hatte. Ich sprach ihn an und stellte mich vor. So lernten wir uns kennen. Markus Kleinert erinnerte sich sofort und begrüßte mich. Ja, er hätte das Boot gekauft, kurz nachdem ich gegangen sei. Den Preis wollte er aber nicht verraten. Es sei ein sehr schönes Boot und er war sehr stolz darauf. Dieser Meinung schloss ich mich an, ich beglückwünschte meinen neuen Bekannten zum Erwerb des Bootes. Eigentlich war ich ganz schön neidisch auf ihn."

„Wollen Sie mir sagen, dass Sie mit Herrn Kleinert nicht eng befreundet waren, weil er Ihnen das Boot weggeschnappt hat?", fragte Bertram irritiert dazwischen. So kindisch konnte der Mann doch nicht ernsthaft sein.

„Nein, nein. Natürlich nicht. Warten Sie noch ein wenig ab, dann verstehen Sie es. Markus hat mir während unserer Unterhaltung den Vorschlag gemacht, zu Saisonbeginn vielleicht einmal gemeinsam zu segeln. Dann könnten wir zusammen das Boot ausgiebig auf seine Segeleigenschaften testen. Das nahm ich gerne an und wir tauschten unsere Adressen und Telefonnummern aus. Tatsächlich habe ich Anfang Mai dann einen Anruf von ihm und eine Einladung zum Segeln erhalten, die ich annahm. So hat meine Bekanntschaft mit Markus begonnen, den ich zunächst als möglichen Freund in Betracht gezogen hatte. Doch das schlug dann jäh in Zorn auf ihn um."

Bertram horchte auf: „Zorn? Was ist denn zwischen Ihnen vorgefallen, Herr Machner?"

Dieser schaute ihn an und antwortete: „Zuerst dachte ich, ich hätte einen netten Menschen getroffen. Vielleicht würde daraus eine Freundschaft erwachsen. Aber wie sich nach einigen Monaten herausstellte, hatte er den Zuschlag für das Boot durch eine Lüge erhalten."

Bertram hakte sofort nach: „Das interessiert mich, Herr Machner. Bitte schildern Sie mir, was passiert ist."

Klaus Machners Miene verfinsterte sich sichtlich, als er zu erzählen begann: „Da mir Markus von Anfang an unter keinen Umständen den Kaufpreis verraten wollte, wurde ich gegenüber Markus sehr misstrauisch. Während eines Segelausfluges, die anderen Begleiter waren gerade im Wasser zum Baden, sah ich die Mappe mit den Schiffspapieren in der Kajüte auf dem Tisch liegen. Obwohl ich kein gutes Gefühl dabei hatte, öffnete ich sie und sah kurz die darin befindlichen Bootspapiere durch. Dabei stieß ich auf Namen und Anschrift des Vorbesitzers, die ich mir schnell im Smartphone notierte. Am nächsten Tag suchte ich nach der Telefonnummer des Mannes und konnte tatsächlich Verbindung zu ihm aufnehmen. Ich brachte das Gespräch auf den Bootsverkauf und erfuhr vom Vorbesitzer die Wahrheit über den Ablauf."

Bertram dachte im Stillen, dass Machner nun endlich auf den Punkt käme.

Der fuhr fort: „Etwa 20 Minuten, nachdem ich auf der Messe den weiteren Rundgang angetreten hatte, war Markus wieder bei dem Boot erschienen. Die Messe sollte in etwa 60 Minuten beendet sein und keine weiteren Interessenten hatten sich am Boot eingefunden. Markus hat den Verkäufer dreist angelogen. Er hat ihm erzählt, ich wäre aus der Halle gegangen, ins Auto gestiegen und weggefahren. Ich käme wohl nicht wieder. Aber so kurz vor Schluss der Messe sei es doch schade, wenn er keinen Verkaufserfolg erzielen könne. Markus bot 15.000 € und wollte an Ort und Stelle mit Barzahlung zu diesem Angebot stehen. Er bedrängte den Verkäufer weiter, dass die Ausstellung gleich vorbei wäre und er dann wahrscheinlich keinen Käufer mehr in diesem Jahr finden könnte. Nach einigen Minuten hatte Markus ihn überredet und erhielt den Zuschlag. Auf eine weitere Preisverhandlung ließ er sich nicht ein."

„War der Verkäufer nicht mehr dort, auch nicht irgendwo in der Nähe?", wollte Bertram wissen.

Machner fuhr fort: „Nein, war er leider nicht. Markus hatte vorgeschlagen, dass sie sich zum Vertragsabschluss in die Cafeteria zurückziehen sollten. Dort säße man bequem und ungestört. So geschah es dann. Das Schild wurde an das Boot gehängt und der Kauf in der Cafeteria vertraglich zum genannten Preis schriftlich besiegelt. Die Bezahlung erfolgte an Ort und Stelle mit Bargeld. Das fand der Verkäufer übrigens verwunderlich, aber schließlich akzeptierte er es. Er berichtete mir, ihm sei nicht ganz wohl gewesen, mit so viel Geld in der Tasche herumzulaufen." Machner machte eine kurze Pause.

Bertram stellte eine weiterführende Frage: „Über diese Vorgehensweise von Markus Kleinert waren Sie also aufgebracht, wenn ich das richtig verstanden habe? Weil Sie das Boot selbst haben wollten und er es ihnen weggeschnappt hat?"

„Richtig. Ich war stinksauer, dass Markus sich mit dieser Lüge einen Vorteil zu meinen Lasten ergaunert hatte. Außerdem war ich wütend, weil er mir den ganzen Vorgang und sogar den Preis verheimlichen wollte. Solch unfaires Verhalten ist mir nicht oft begegnet. Fair wäre es gewesen, wenn er sich gleich geäußert, oder mit mir gemeinsam den Bootspreis mit dem Verkäufer erörtert hätte. Markus hat sich aber zu keinem Zeitpunkt mir gegenüber als echter Kaufinteressent zu erkennen gegeben. Ich wusste also gar nicht, dass ich einen Mitbewerber, einen Konkurrenten also, vor mir hatte. Aber es gab in den letzten Jahren mehrere ähnlicher Vorfälle, die einer echten Freundschaft im Wege standen", erzählte Machner.

„Was meinen Sie genau damit?", fragte Bertram sogleich nach. Scheinbar gab es noch mehr Begebenheiten ähnlicher Art.

„Es gab immer wieder kleinere Vorfälle bei denen mir auffiel, dass Markus oft Dinge anleierte, die dann andere mehr oder weniger für ihn ausführen sollten. Er verstand es ausgezeichnet, die Menschen zunächst für eine Sache zu begeistern und sie so Anteil nehmen zu lassen. Wenn man ihn reden ließ, weckte er geradezu Begeisterung für seine Sache, weil er so eindringlich und mitreißend darüber sprach. Dann nutzte er den erzeugten Enthusiasmus aus, so lange er anhielt. Am Ende nahm er den Erfolg wie selbstverständlich für sich in Anspruch und erzählte anderen die Sache so, als wäre alles durch ihn bewerkstelligt worden. Das ist nicht nur mir aufgefallen. Dieser Charakterzug war nicht schön an ihm."

Bertram hörte interessiert zu, weil er von Machner gerade eine Bestätigung für Frau Kleinerts Äußerungen zu diesem Thema erhielt. Er fragte: „Warum haben Sie denn die Bekanntschaft mit Markus Kleinert nicht beendet, wenn Sie sich von ihm unfair behandelt gefühlt haben?"

Machner zögerte kurz, dann sah er zu Boden und sagte: „Als ich diese Verhaltensweise bemerkte, war es schon zu spät. Markus wusste etwas durch mich, was ich ihm nicht hätte erzählen dürfen. Als ich ihn damals wegen seiner Lüge beim Bootskauf zur Rede stellte und eine Erklärung für sein Verhalten erhoffte, da stellte er mir überraschend kaltschnäuzig Bedingungen. Ja, er drohte mir damit, dass ich große berufliche Schwierigkeiten zu erwarten hätte, wenn ich nicht sein Freund bleiben wollte."

Das war ja spannend, dachte Bertram und ließ nicht locker: „Wollen Sie damit ausdrücken, dass Sie von Markus Kleinert erpresst wurden? Sie sollten ihm gegenüber Wohlverhalten im Stil einer Freundschaft an den Tag legen? Worin bestand denn der Erpressungsgrund, wenn ich das fragen darf?"

Machner verschränkte die Arme. Bertram deutete aus diesem eindeutigen Signal der Körpersprache, dass er keine Antwort auf diese Frage erhalten würde.

„Das tut nichts zur Sache", sagte Machner und sah Bertram herausfordernd an.

„Nun gut, zunächst lassen wir es mal dabei. Ich werde aber zu gegebener Zeit auf diese Unterhaltung zurückkommen, das kann ich Ihnen schon jetzt verbindlich mitteilen", sagte Bertram und schickte sich an zu gehen. „Ach ja, zwei Dinge noch Herr Machner. Was sind Sie eigentlich von Beruf?"

„Ich bin Angestellter der Deutschen Bank in Potsdam. Ich betreue als Schwerpunkt Immobilienfinanzierungen", antwortete er.

„Und abschließend möchte ich noch von Ihnen wissen, wo Sie ab dem Verlassen der Grillfeier gewesen sind und ob es Zeugen dafür gibt."

„Ich habe mir ein Taxi kommen lassen. So traf ich kurz vor 23:00 Uhr zu Hause ein. Meine Frau spielte mit ein paar Freundinnen Bridge im Wohnzimmer. Sie alle können bezeugen, dass ich zu dieser Zeit eintraf. Bis etwa 24:00 Uhr gesellte ich mich dazu und wir unterhielten uns noch über Dies und Das. Dann gingen die Damen nach Hause, sie wohnen in der Nachbarschaft. Meine Frau und ich gingen gemeinsam zu Bett."

Diese Erklärung reichte Bertram aus und er verabschiedete sich. Man hatte ihm nichts angeboten. Aber dafür hatte er interessante Informationen für seinen Fall erhalten.

Die Sache begann interessant zu werden. Erpressung war schon immer ein klassisches Motiv für einen Mord. Er würde sich an das Geheimnis des Erpressungsgrundes schon noch heranarbeiten, dessen war er sich gewiss. So leicht wurde man ihn als erfahrenen Ermittler nicht los. Klaus Machner machte auf ihn nicht den Eindruck eines Schwächlings. Der Mann verfügte offensichtlich über ein gutes Gehalt, wenn man das schöne Eigenheim in Betracht zog. Um so eine Position zu erreichen, musste man etwas können und wahrscheinlich in der Lage sein, selbstbewusst und stark aufzutreten. Wenn sich so jemand erpressen ließ, musste es einen wichtigen Grund dafür geben.

Solch eine ungewöhnliche Geschichte war ihm bisher nicht begegnet. Eine Freundschaft durch Erpressung zu erzwingen. Wie sinnlos. Das konnte doch nicht funktionieren, dachte Bertram. Wie kam man überhaupt auf so eine Idee? Wollte niemand mit Markus Kleinert befreundet sein? Oder liefen ihm die Menschen schon wieder weg, bevor eine Freundschaft entstand? Durchschauten ihn einige vielleicht schneller als dieser Klaus Machner? Fragen über Fragen.

Bertram beschloss, diese Dinge während der weiteren Anhörungen zur Sprache zu bringen. Vielleicht sprudelten bei weiteren Gesprächen noch mehr Informationen über den Toten. Bisher war eigentlich nur Nachteiliges über Markus Kleinert berichtet worden. Die beste Methode war erfahrungsgemäß, die Menschen von sich aus erzählen zu lassen. „Wer sich gedrängt fühlt, verschließt sich schneller", war eine der wichtigen Erfahrungen aus der langjährigen Praxis als Polizist.

Mit Machner war er noch längst nicht fertig, das fühlte Bertram instinktiv. Der Mann wollte etwas vor ihm verbergen, obwohl es hier nicht gerade um eine Kleinigkeit, sondern um die Klärung eines Todesfalles ging. Noch dazu betraf es das Wissen des Toten über den befragten Herrn Machner. Dieses Wissen schien immerhin brisant genug zu sein, um damit eine Erpressung durchzuführen. Bertram schloss daraus, dass es sich nicht um eine Bagatelle handeln konnte, womit Machner von Kleinert erpresst wurde. Vielleicht war es etwas so Brisantes, dass ein Mordmotiv vorliegen könnte.

Wenn beim nächsten Zusammentreffen nicht die Wahrheit auf den Tisch käme, würde er Machner vorladen und auf der Dienststelle ausfragen. Mit Vorladungen hatte er gute Erfahrungen gemacht. Die Menschen waren in ihrer heimischen Umgebung stets stärker, als in der ungewohnten Behördenatmosphäre.

Bertram sah in sein Notizbuch, um die nächste seiner Zeugenadressen zu finden. Diese speicherte er ebenfalls ins Navigationssystem und folgte auf seiner Fahrt den Anweisungen. Die Sprachausgabe des Navigationsgerätes hatte er auf die männliche Stimme umgestellt. Er wusste, dass er der Einzige war, der mit den Dienstwagen so umging.

Alle anderen bevorzugten stets die weibliche Stimme. Er schmunzelte, als er sich das Gesicht des nächsten Nutzers dieses Fahrzeuges vorstellte. So etwas machte ihm heimlich Spaß.

Es ging nun nach Berlin. Zum nächsten Zeugen: Peter Berges.

Während der Fahrt registrierte er zahlreiche Werbeplakate. Auf vielen waren englische Begriffe zu lesen. Bertram mochte das nicht. Ihn störte die Verwendung von Anglizismen. Warum mussten diese Werbefritzen so viele englische Begriffe verwenden? Machte das ein Produkt besser? Oder nur interessanter? Die deutsche Sprache war in seinen Augen eine der präsisesten Sprachen überhaupt, jedenfalls so weit er das beurteilen konnte.

Im Fernsehen war ihm die Flut der Anglizismen schon lange ein Dorn im Auge. Nicht nur in der Werbung, es war in vielen Beiträgen und Diskussionsrunden so. Eine wahre Seuche. Manche Leute glaubten wahrscheinlich, wenn man diese ausländischen Vokabeln bevorzugt verwendete, sei das ein Zeichen von hoher Bildung. Er sah ja ein, dass Fachterminologie ihre eigenen Begriffe und Bezeichnungen haben musste. Warum das in den letzten Jahren immer mehr in die Umgangssprache einsickerte, war für Bertram nicht nachzuvollziehen.

Für nervige Fernsehwerbung hatte er schon lange beschlossen, dass er bei Verwendung von Anglizismen in der Werbung, zukünftig dieses Produkt meiden würde. Wenn das alle machen würden, wäre die deutsche Sprache vielleicht noch zu retten.

Er musste schmunzeln, als er in seinen Gedanken mit einem Wortspiel einen seiner stillen Scherze machte: Für Bertram waren Anglizismen ein NoGo!

Kapitel 5

4 Freunde, 2. Peter Berges

Das Navigationssystem führte Bertram durch halb Berlin zur Adresse „Bornholmer Straße 345". Dort sollte er Peter Berges treffen. Der betrieb dort eine Firma für Druckereibedarf und entsprechende Geräte. Seine Wohnung war im selben Gebäude. Bertram war daher sicher, dass er ihn ohne fest vereinbarten Termin antreffen würde.

Das Haus war ein typisches altes Berliner Stadthaus mit sechs Stockwerken. Das Dachgeschoss hatte man vor einigen Jahren zum Wohnen ausgebaut. Der obligatorische Innenhof, führte zu einem weiteren Wohnblock. Im Erdgeschoss zur Straße hin, befand sich das Ladenlokal. „Druckereibedarf Berges", war auf einer großen Leuchtreklame zu lesen. Zum Innenhof ging es durch eine weite Toreinfahrt zu Werkstatträumen und Lagern.

Bertram schritt hindurch und sah sich um. Er war beeindruckt, wie viele Maschinen in den Werkstatträumen standen. Mehrere Mechaniker oder Wartungstechniker arbeiteten daran. Zwei mittelgroße LkW parkten auf dem Innenhof. Daneben standen fünf Kombis mit Firmenlogo und Aufdruck auf den Seiten. Das war kein kleiner Betrieb, den Peter Berges hier besaß, dachte Bertram.

Nachdem er sich im Innenhof umgesehen hatte, fragte Bertram einen der arbeitenden Männer nach Peter Berges. „Hallo, guten Tag. Können Sie mir bitte sagen, wo ich Herrn Berges finden kann?"

„Der Chef ist im Büro. Das ist vom Ladenlokal aus zugänglich. Der Zutritt vom Innenhof ist nur für Mitarbeiter zulässig", gab der Mann Auskunft.

Bertram bedankte sich für den Hinweis und fragte sich im Ladenlokal zum Büro durch. Er wurde von einer Mitarbeiterin zu Peter Berges´ Arbeitszimmer geführt und vorgestellt. Bisher hatte er nur seinen Namen genannt und ein Gespräch mit Berges gewünscht. Die Belegschaft brauchte nicht zu wissen, dass die Polizei im Hause war.

Peter Berges schien Mitte 50 zu sein, war etwa 1,85 Meter groß, von sportlicher Figur, hatte eine Vollglatze und braune Augen. Seine Ohren waren auffallend klein. Er trug Jeans und Sweatshirt, wodurch er gar nicht wie ein Chef wirkte.

Bertram stellte sich vor: „Guten Tag Herr Berges. Mein Name ist Hauptkommissar Bertram. Ich komme von der Kriminalpolizei Potsdam und möchte Sie bitten, mir ein paar Fragen zu beantworten."

„Öha! Von der Polizei sind Sie?, gab Berges in überraschtem Ton zurück. „Da bin ich aber gespannt, wie ich Ihnen helfen kann. Warum interessiert sich die Polizei für mich?"

Bertram fragte sich, ob Berges die Todesnachricht über Markus Kleinert bereits bekannt war. „Sie sind befreundet mit Herrn Markus Kleinert, ist das korrekt?"

„Ja, den kenne ich. Freund ist vielleicht ein wenig zu viel gesagt, aber mit Markus Kleinert bin ich gut bekannt. Erst letzten Samstag haben wir uns getroffen. Zusammen mit einigen anderen Bekannten. Warum ist die Polizei involviert? Ist etwas geschehen?", wollte Berges erfahren.

Bertram war nie begeistert, wenn er als Überbringer einer Todesnachricht auftreten musste. In diesem Fall ließ sich das allerdings nicht mehr vermeiden. Immerhin war Berges kein Angehöriger und eine tiefere Freundschaft schien nach seinen Worten nicht zu bestehen. Er würde es daher kurz machen.
„Markus Kleinert wurde tot aufgefunden. Am Sonntagmorgen in Ferch. Allem Anschein nach ist er ertrunken", berichtete Bertram.

Peter Berges nahm die Nachricht fast unbeteiligt mit stoisch ruhigem Gesicht auf und überlegte einige Sekunden, bevor er etwas dazu sagte.: „Ich bin überrascht und erstaunt. Noch am Samstagabend habe ich mit Markus Kleinert und einigen anderen Bekannten bei einem feucht-fröhlichen Grillabend zusammengesessen. Was ist denn da, um Himmels Willen, passiert?" Er sah Bertram in die Augen.

Ein ruhiger und eher emotionsloser Blick, dachte Bertram. Ihm kam es komisch vor, dass schon wieder ein Zeuge so gelassen und wenig bewegt auf den Tod von Markus Kleinert reagierte. Da hatte er in seinen Jahren bei der Polizei schon ganz andere Szenen erleben müssen.

Bertram berichtete kurz vom Auffinden des toten Markus Kleinert im Uferbereich des Schwielowsees.

Berges unterbrach: „ Ertrunken, sagten Sie? Das kann ich nicht glauben, dass ein Ertrinken vorliegen kann. Markus war ein versierter und ausdauernder Schwimmer. Von totaler Trunkenheit, also Alkoholeinfluss bei einem Unfall, kann ebenfalls keine Rede sein. Also zumindest nicht, als ich so gegen 22:30 Uhr von meinem Mitarbeiter mit einem der Firmenwagen abgeholt worden bin. Wissen Sie, ich organisiere das immer so. Meistens mit einem Auszubildenden als Fahrer. Ich zahle dem lieber eine Prämie von 25 € und gebe ihm zum Wochenende als Zeitausgleich früher frei, als dass ich die unverschämten Taxipreise bezahle. Eine Fahrt vom Bundesland Brandenburg nach Berlin oder umgekehrt, grenzt nach meiner Ansicht durch die hohen Zuschläge an Diebstahl. Als Geschäftsmann muss man das Geld ja nicht zum Fenster hinauswerfen."

Bertram hörte sich das geduldig an und entgegnete: „Es ist sicher, dass er ertrunken ist. Mit dem Alkohol haben Sie vielleicht Recht, vielleicht auch nicht. Er hatte ausreichend davon im Blut, was einen Unfall begünstigt haben könnte. Sie sind gegen 22:30 Uhr aufgebrochen? War das für Sie eine ungewöhnliche Zeit?"

„Ich kann und will nicht so viel Alkohol trinken, wie es die anderen manchmal tun. Eine dicken Kopf kann ich mir nicht leisten. So ein Betrieb bringt nicht nur viel Arbeit mit sich, ich habe gleichzeitig eine hohe Verantwortung für meine Mitarbeiter zu tragen. Mein Tag beginnt im Geschäft spätestens um 8:00 Uhr morgens. Oft auch am Wochenende, wenn ich mit dem Bürokram nicht fertig geworden bin. Andere haben da frei oder morgens ein bis zwei Stunden mehr Zeit, um die Arbeit zu beginnen. Gleitzeit nutzen auch viele Menschen, das ist ebenfalls eine feine Sache. Unternehmer können von so etwas nur träumen. Eigentlich bin ich sogar etwas spät dran gewesen. Sonst breche ich von den Treffen mit den anderen meistens gegen 22:00 Uhr auf. Manchmal sogar etwas früher. Das kommt immer darauf an, was am nächsten Tag im Geschäft anliegt." Berges sah wieder direkt in Bertrams Gesicht.

Der blickte zurück und formulierte seine nächste Frage: „Herr Berges, erzählen Sie mir bitte vom Grad Ihrer Freundschaft zu Markus Kleinert, oder Bekanntschaft, wie Sie es nannten."

Berges wirkte plötzlich schlagartig reserviert. Er druckste herum und wollte um das Thema offensichtlich einen Bogen machen. Aber der Kommissar ließ nicht locker: „Mir wurden von anderer Seite bereits Hinweise gegeben, dass Markus Kleinert ein bemerkenswerter Charakter gewesen sein soll. Die Informationen, die ich erhielt, sind nicht besonders schmeichelhaft. Ich gehe davon aus, dass Sie wissen worum es geht?"

Berges sah Bertram kurz in die Augen. „Also gut.", sagte er mit fester Stimme, ließ Kaffee kommen, schloss seine Bürotür und legte mit seiner Schilderung los.

„Sie sind sicher erstaunt, dass ich nicht sonderlich bestürzt auf die Todesnachricht von Markus Kleinert reagierte?", fragte Berges.
Bertram nickte. Berges fuhr fort: „Ich kannte Kleinert bereits seit über 40 Jahren. Wir waren zusammen in Ostberlin auf der Schule. Zwischenzeitlich haben wir uns ein paar Jahre aus den Augen verloren. Meine Firma habe ich gleich nach der Wende mit wenig Startkapital gegründet. Wie erhofft, hat sich der Betrieb gut entwickelt und ich konnte weitere Räumlichkeiten dazu erwerben. Heute gehört mir der ganze Block mit 16 Wohnungen und den Geschäftsräumen", berichtete Berges nicht ohne Stolz.

Bertram gratulierte: „Ja, Sie scheinen es gut getroffen zu haben. Sie können stolz auf sich sein. Ich kann mir gut vorstellen, dass Sie eine Menge Zeit und Kraft dafür aufwenden mussten. Also nach einigen Jahren ohne Kontakt zwischen ihnen, tauchte Markus Kleinert wieder auf?"

„Ja, es war vor ungefähr 15 Jahren. Da stand er eines Tages in meinem damals noch kleinen Ladenlokal. Er berichtete mir freudig, dass er sich gerade selbständig machen wollte und zwar mit einem Copyshop. Ein geeignetes Ladenlokal hatte er bereits in Aussicht. Es liegt im Werderpark, einem Einkaufszentrum in Werder bei Potsdam. Markus suchte nach der geeigneten technischen Ausstattung für sein Geschäft. Bei einem reinen Copyshop sollte es übrigens nicht bleiben. Er wollte sich um öffentliche Aufträge bewerben und hoffte, diese zu bekommen. Dann sollte letztlich sogar der Bau einer kleinen Druckerei erforderlich werden. Seine Geschäftsräume waren dazu natürlich zu klein, aber er hatte auch dafür schon eine Option. Am Bahnhof in Werder stünden geeignete Gewerbeflächen zu finanzierbaren Konditionen zur Vermietung, in denen sich sein Vorhaben in absolut idealer Weise verwirklichen ließe", berichtete Berges.

Bertram stellte eine Zwischenfrage: „Also begann das Wiedersehen eher als geschäftliche Beziehung?"

„Genau. Markus sagte, er wäre bei der Suche nach der technischen Ausstattung im Branchenverzeichnis über meinen Namen gestolpert und hätte sich unserer alten Freundschaft erinnert. Bei entsprechender Preisgestaltung würde er seinen Copyshop durch mich ausstatten lassen: Später sollte ich die Anlagen technisch betreuen."

„Also eine dauerhafte Geschäftsbeziehung", warf Bertram ein.

„So sollte es sein. Markus hat mich mit seiner begeisterten Darstellung regelrecht bequatscht. Wir könnten ja so gut miteinander reden und es werde sicherlich bei kleineren Problemen, stets einvernehmlich in gegenseitigem Konsens, zu konstruktiven, für beide Seiten lukrativen und vernünftigen Lösungen kommen. Das ging eine ganze Weile so weiter. Schließlich habe ich selbst einen positiven Eindruck von Kleinerts Vorhaben gehabt", setzte Berges seinen Bericht fort.

Bertram hörte gespannt zu, denn nun musste irgendwann ein Haken bei der Sache auftauchen. Wenn die bisherigen Schilderungen über Markus Kleinert nicht falsch waren, war dies die Phase, in der Euphorie und gute Stimmung bezüglich eines Vorhabens von Kleinert erzeugt wurden. Ein Schlückchen von dem nicht mehr ganz heißen Kaffee, verband Bertram mit einem aufmunternden und aufmerksamen Blick zu Peter Berges.

„Wir haben uns dann fast eine ganze Stunde über alte Zeiten und die Sache mit der Maschinenausstattung des Copyshops unterhalten. Aus einer Erbschaft hatte Markus gut 60.000,00 € zur Verfügung. Seine Ehefrau, die ich unbedingt kennenlernen sollte, war für das gemeinsame Betreiben des Geschäftes vorgesehen."

Bertram stellte wieder eine Zwischenfrage: „Und? Haben Sie seine Frau kennengelernt?"

„Ja, aber nur flüchtig. Ein scheues Wesen, zumindest in seiner Gegenwart, hatte ich den Eindruck. Zu unseren Treffen waren die Frauen nur ganz selten dabei. Da haben sich dann die Damen miteinander unterhalten. Viel kam dabei meines Wissens aber nicht heraus. Die Frauen hatten keine nennenswerten Berührungspunkte zueinander.
Mit dem Geld aus der Erbschaft von Markus konnte meine Firma eine für den Betriebszweck angemessene technische Ausstattung anbieten. Wir trafen uns noch mehrmals, um Einzelheiten, weitere Vorschläge und Angebote zu besprechen." Berges machte ein Pause.

„Hatte Herr Kleinert denn Kenntnisse in dem Metier?", erkundigte sich Bertram.

Berges fuhr in nachdenklicherem Tonfall fort: „Eher wenig. Aber er lernte schnell, welche technischen Unterschiede es bei den Angeboten gab und welche laufenden Kosten für seine Kalkulationen zur Grundlage werden sollten. Nach etwa vier Wochen war das Geschäft unter

Dach und Fach. Wir hatten damals nur zwei Mitarbeiter und nur ein Lieferfahrzeug. Aufträge dieser Größenordnung musste ich damals mit einer Zwischenfinanzierung zur Beschaffung der Geräte vorfinanzieren. Das ging mit unserer Hausbank meistens reibungslos über die Bühne. Ich hatte Vertrauen in Kleinerts Finanzen, da er mir einen Kontoauszug seines Tagesgeldkontos mit der geerbten Summe gezeigt hatte."

Bertram wusste, dass nun der Zeitpunkt gekommen war. Gleich erfuhr er, was am Verhältnis der beiden Männer nicht stimmte.

„Unser Bankberater fragte mich damals, warum eine Finanzierung gemacht werden sollte, obwohl die nötigen Finanzmittel vorhanden waren. Damals hätte ich schlauer sein sollen als ich es dann war! Bei mir klingelten aber keine Alarmglocken. Das war schon mein zweiter ausgebliebener Alarm."

Bertram hakte sofort ein: „Wieso? Wann hätten denn Ihre Alarmglocken das erste Mal schrillen sollen?"

Berges sah ihn an und grinste fast ein wenig. „Als er mir seine geschraubten Formulierungen über einvernehmlichen, tragbaren Konsens bei Problemen, mit konstruktiven und vernünftigen Lösungsansätzen, blablabla, erzählte. Das ist doch inhaltsloses Gelaber. Das hätte ich schon damals erkennen müssen."

Bertram nickte leicht amüsiert. „Der Gedanke war mir vorhin auch schon gekommen, aber ich wollte Sie nicht unterbrechen. Lassen Sie uns bitte weiter über die Bank reden."

„Als ich Markus darauf ansprach, dass er doch die Rechnungen vielleicht sukzessive nach Fortschritt der Arbeiten und Einbau der Geräte bezahlen könne, reagierte er abweisend. Er wollte es wie andere Geschäftsleute halten und zunächst die erbrachte Leistung sehen und prüfen. Dann wollte er selbstverständlich bezahlen. In seiner Art und seinem Auftreten machte er mir ein schlechtes Gewissen, weil ich ihm wohl nicht traute. Er äußerte Unverständnis, unterstellte mir fast Geldgier und tat beleidigt. Um den Auftrag nicht zu verlieren, bei dem ich durchaus gutes Geld verdiente und um eine Freundschaft nicht zu belasten, willigte ich ein und ging den Weg der Vorfinanzierung mit einem Bankdarlehen."

„Also richteten Sie in Werder den Copyshop ein?", fragte Bertram.

„Ja, das ging dann recht schnell und reibungslos. Als ich anschließend die Rechnung präsentierte, ging der Ärger los."

„Ach. Wollte er nicht bezahlen?", fragte Bertram dazwischen.

„Doch schon. Aber er wollte mir nur 50% der Rechnungssumme geben. Damit müsse ich zufrieden sein. Wäre ich das nicht, wollte er meiner Frau etwas über meine Vergangenheit erzählen. Dann wäre meine Ehe wohl bald im Eimer."

Bertram war nun hellwach: „Womit hätte Markus Kleinert Sie erpressen können, Herr Berges? Bitte sagen Sie mir das ganz offen, wenn Sie sich damit nicht selbst einer Straftat bezichtigen müssen."

„Ich habe bis zur Wende 1989 für die Staatsicherheit der DDR gearbeitet. Kleinert wusste das schon seit dem Ende unserer Schulzeit. Es war nur inoffiziell, aber dennoch nachweisbar, viele Jahre lang", bekannte Berges mit leicht gesenktem Blick.

Bertram nahm die Sache gelassen: „Nun ja, da haben viele gearbeitet. Das ist doch noch kein Grund für eine Erpressung. Sie bekleiden ja kein öffentliches Amt oder so etwas. Es muss also eher etwas mit Ihrer Frau zu tun haben, vermute ich?"

„Ja, das hat es. Ihre Vermutung ist richtig. Der Vater und ihr älterer Bruder wurden 1982 bei einem Fluchtversuch an der Grenze erschossen. Ihre Mutter, die mit ihr in der DDR zurückgeblieben war, wurde verhaftet und verbrachte einige Monate im Gefängnis der Stasi in Hohenschönhausen. Meine Frau durfte trotz ihrer guten Schulausbildung und ansprechender Leistungen, ihr Studium nicht bis zum Ende fortsetzen. Man exmatrikulierte sie einfach. Meine Frau weiß bis heute nichts über meine Tätigkeit für die Stasi. Das muss auch so bleiben." Bei den letzten Worten klang seine Stimme eindringlich.

Bertram fragte nach einer weiteren Sache: „Worin genau bestand Ihre Tätigkeit bei der Stasi?"

„Ich sammelte und meldete Informationen über Nachbarn und Kollegen. In meinen Meldungen sollte ich herausarbeiten, wer als Kritiker des DDR-Systems in Erscheinung trat. Potenzielle Republikflüchtlinge sollten so entdeckt werden. Damals kannten wir uns kaum, meine Frau und ich. Wir waren nur Nachbarn von der anderen Straßenseite schräg gegenüber. Natürlich habe ich im Laufe der Jahre auch über diese Nachbarn Berichte abgegeben. Ich muss vermuten, dass meine Meldungen zur Entdeckung des Fluchtversuches der beiden Männer beigetragen haben. Gewissheit darüber habe ich nicht. Verliebt haben wir uns erst später, bald darauf geheiratet. Seitdem schleppe ich das mit mir herum und weiß nicht, wie ich es ihr erklären soll." Berges war sichtlich bewegt und rang um Fassung.

Bertram war über den schnellen Erfolg seines Gespräches zufrieden. Alles passte ins bisherige Bild. Nun wollte er Details zur Erpressung erfahren. „Wie lief es denn mit der Bezahlung der Rechnungen weiter? Der Copyshop wurde ja bereits vor etwa 15 Jahren eingerichtet."

Berges´ Gesicht erstarrte zu einem harten Gesichtsausdruck. Ihm war die aufkeimende Wut deutlich anzusehen. „Kleinert erpresst mich seit damals dauerhaft. Es gab keine Pause. Für seine Ausstattung im Copyshop überwies er mir 50% der Summe. Den Rest musste ich ihm als Barzahlung quittieren." Zornesröte machte sich auf dem Gesicht von Peter Berges breit. „Um mein Wohlverhalten ihm gegenüber zu überwachen, verpflichtete er mich dazu, seinem Freundeskreis beizutreten. Ich käme dort mit netten Menschen zusammen und wir könnten uns gemeinsam die Zeit vertreiben. Geplant waren im Sommer Grillabende wie am letzten Samstag. Man ging gemeinsam zum Kegeln oder auf eine Bowlingbahn. Ab und zu trafen wir uns, um mit seinem Boot auf dem Schwielowsee zu segeln oder verabredeten uns irgendwo in einem Restaurant zum gemeinsamen Essen. Dazu waren ab und zu unsere Frauen mit anwesend. Besonderen Wert legte er auf gemeinsames Minigolfspielen auf der Hundewiese an der Uferpromenade in Ferch. Diesen Kinderkram mochte nur er. Bei allen Spielen wollte er der Sieger sein. Das war nervig. Wir anderen haben immer versucht, etwas Vernünftigeres als Kinderspiele zu veranstalten. Er drängte mich auch, in einen Club einzutreten, den „Club Regenbogen". Dort war er aktives Mitglied."

„Was war mit dem Club? Gab es da etwas Besonderes?", fragte Bertram dazwischen.

„Das war mir suspekt. Es gab da nur eine geringe Anzahl von Mitgliedern. Die Minigolfanlage gehört zu dem Club oder wird von ihm betrieben. Genau weiß ich das nicht. Der Club ist für Menschen gedacht, die einander in absoluter Toleranz und gelebter Nächstenliebe begegnen wollen." Berges machte eine Pause und ließ die Worte wirken.

„Was soll ich mir darunter vorstellen?", fragte Bertram vorsichtig nach.

„Dort will man der Öffentlichkeit vorleben, dass man gegen homosexuelle oder sonstige Orientierungen keinerlei Abneigung hegt und sie toleriert, ja sogar gut findet", erklärte Berges. Er sah Bertram an.

Dieser schaute entgeistert zurück. „Beachtlich, wofür in unserem Land Vereine existieren", sinnierte Bertram.

„Wohl wahr! Es ist aber kein richtiger Verein, sondern nur ein Club", korrigierte Berges. „Es gibt eigentlich nicht viel, was es nicht gibt", schob Berges nach.

„Und? Sind Sie eingetreten in diesen......Club?"

„Nein, dazu ließ ich mich nicht erpressen. Ich habe für derartige Veranlagungen meine eigene Sichtweise. Jeder kann das im Privaten halten wie er will. Mir egal. Aber ich habe eine andere Auffassung und will mit solchen Sachen nichts zu tun haben. Basta!" Berges hatte mit fester und klarer Stimme gesprochen.

„Warum konnte Kleinert Sie nicht mit dem gleichen Erpressungsgrund dazu bewegen in den Club einzutreten?", fragte Bertram neugierig nach.

„Er hat es natürlich versucht. Aber ich appellierte an seine Toleranz, dass er meine Meinung und Orientierung dazu laut Clubsatzung ebenfalls zu tolerieren habe. Damit war er sozusagen mit seinen eigenen Waffen geschlagen und gab schließlich Ruhe."

Bertram dachte kurz über den seltsamen Club nach. Dann wollte er weiter über die Erpressungsgeschichte sprechen: „Erzählen Sie mir bitte, wie es mit den weiteren Geschäftsbeziehungen verlief. Was kam nach dem Copyshop?"

Berges Miene verdüsterte sich wieder: „Ich wurde über mehrere Jahre erpresst. Für seinen Copyshop musste ich ihm alle Verbrauchsmaterialien stellen. Kostenlos, verstehen Sie? Wartung und Erneuerung von Geräten wurden meine Pflicht. Dabei erhielt ich stets nur 50% der aufgelaufenen Rechnungssummen für die ausgeführten Arbeiten. Die andere Hälfte musste ich ihm immer als Barquittung bestätigen, als hätte ich das Geld von ihm bekommen."

Bertram wollte sich einen Überblick über die Summe verschaffen und fragte: „Können Sie für den Copyshop eine ungefähre Summe für die vergangenen 15 Jahre nennen, Herr Berges?"

„Nein, ungefähr kann ich das nicht, Herr Bertram. Ich kann es Ihnen aber genau sagen, weil ich natürlich Buch darüber führe."

Berges beugte sich zur Seite und öffnete eine Schublade seines Schreibtisches. Er nahm ein kleines Heft heraus und blätterte darin. Als er die richtige Stelle gefunden hatte, fuhr er fort: „Der Schuft hat von mir im Laufe der letzten Jahre Quittungen über 159.789,55 € für seinen verdammten Copyshop erpresst."

„Was? So viel? Das hätte ich nicht gedacht", platzte Bertram heraus.

Berges lehnte sich zurück. Er musterte Bertram und holte zum nächsten Satz aus: „Vor etwa sieben Jahren war er wieder in meiner Firma und wollte ein weiteres Geschäft beginnen. Er wollte nun, wie angekündigt, eine moderne Druckerei eingerichtet haben."

„Wieder mit den 50% in bar?", fragte Bertram dazwischen. „Exakt.", bestätigte Berges.

„Ich nehme an, es wurde diesmal nicht lange verhandelt?", erkundigte sich Bertram.

„Nein, es wurde gar nicht verhandelt. Er hatte sich bei der Konkurrenz bereits die notwendige Anlage zusammenstellen lassen und forderte nun die Umsetzung dieses Angebotes durch meine Firma."

„Lassen Sie uns das abkürzen, Herr Berges. Sicher haben Sie auch darüber eine minutiöse Buchführung?"

„Natürlich. Der Schaden aus der Druckerei beträgt am heutigen Tage 251.123,50 €", las Berges aus seinem Heft vor.

„Ich bin schockiert", bekannte Bertram. „Wie haben Sie trotz dieser enormen Belastung Ihre Firma dennoch weiterführen und vergrößern können?", fragte er.

„In dem Metier ist viel Geld zu verdienen. Ich habe viel und hart gearbeitet. Meine Mitarbeiter ebenfalls. Wir haben diverse Großunternehmen wie Versicherungen und Krankenhäuser unter Vertrag. Außerdem betreuen wir die Universitäten in Berlin. Die Technik entwickelt sich rasant, die Produktzyklen sind kurz. In den letzten beiden Jahren hat auch Kleinert die wachsende Firma erkannt und mir die Daumenschrauben weiter angezogen. Er war dazu übergegangen, einzelne Maschinen zu verkaufen und mich zur Erneuerung zu zwingen. Das waren zum Teil neuwertige Apparate, die kaum in Betrieb gewesen sind. Stückpreise um die 15- bis 20.000 €. Das hat er nun schon mehrmals gemacht. Er wusste, dass er bei mir abschöpfen konnte. Neulich habe ich ihm gesagt, dass er den Bogen nicht überspannen soll."

„Haben Sie ihm gedroht?", fragte Bertram dazwischen.

„Nicht direkt. Aber es reicht mir schon lange. So kann es nicht auf Dauer weitergehen. Wie Sie nun verstehen werden, haben Sie mir eigentlich eine sehr erfreuliche Nachricht gebracht. Ich kann es noch gar nicht richtig fassen, dass ich diesen Parasiten wirklich endgültig los bin."

„Sagen Sie mal, Herr Berges. Diese Erpressung ist ja keine Kleinigkeit. Wie haben Sie sich denn eigentlich mit Kleinert auf diesen sogenannten Freundschaftstreffen unterhalten? Das muss doch ein ungemein angespanntes Verhältnis gewesen sein?"

„Also das werden Sie kaum glauben. Kleinert war da immer ganz natürlich und entspannt. Er spielte den perfekten guten Bekannten oder Freund. Während dieser Treffen kam niemals ein Wort über die Erpressung über meine oder seine Lippen. Das war von ihm als Bedingung so vorgegeben. Natürlich fiel mir das schwer. Mit der Zeit gewöhnte ich mich aber daran."

„Ist Ihnen je in den Sinn gekommen, dass die anderen Freunde ebenfalls ein ähnliches Schicksal wie Sie haben könnten und irgendwie von ihm abhängig waren?", erkundigte sich Bertram.

„Daran gedacht habe ich wohl mehrmals. Ich habe sogar einmal einen kleinen Versuch gestartet, ein Gespräch im Anschluss an einen Restaurantbesuch zu beginnen. Mit Klaus Machner. Er gehört zu dem Freundeskreis."

„Herrn Machner kenne ich bereits. Ich war erst am heutigen Vormittag bei ihm."

„Klaus war sehr verschlossen und wollte sich nicht auf ein vertrauliches Gespräch über Kleinert einlassen. Daher vermute ich seitdem, dass es da auch etwas geben muss. Aber ich habe keine Kenntnis, worum es gehen könnte."

Bertram hatte genug gehört. Er wollte noch das Alibi testen. „Sie waren also ab ungefähr 23:00 Uhr zu Hause. Kann das jemand bezeugen?"

„Allerdings. Kaum war ich zu Hause, bekamen meine Frau und ich einen Anruf aus der Virchowklinik. In dem Krankenhaus liegt seit 4 Wochen unsere Tochter zur Verhinderung einer Frühgeburt. Das Kind wurde um 3:00 Uhr morgens per Kaiserschnitt, ungefähr sechs Wochen zu früh, geboren. Wir waren die ganze Nacht im Krankenhaus auf der Station. Viel Personal hat uns dort gesehen."

„Sind Mutter und Kind gesund?", fragte Bertram zurück. „Ja, es geht beiden gut. Es ist ein Mädchen. Sie ist unser zweites Enkelkind."

„Ich beglückwünsche Sie und Ihre Familie, Herr Berges. Alles Gute für Sie. Nun will ich nicht länger Ihre Zeit in Anspruch nehmen. Wenn Ihnen noch etwas einfällt, rufen Sie mich bitte an." Bertram legte eine seiner Visitenkarten auf den Schreibtisch und erhob sich. Nach kurzem und kräftigem Händedruck war die Begegnung beendet.

Bertram saß wieder in seinem Dienstwagen und fuhr, ohne große Konzentration auf den dichten Verkehr, stur nach den Anweisungen des Navigationsgerätes. Er dachte über die bisherigen Ergebnisse nach.

Markus Kleinert war schlicht und einfach ein krimineller Mensch. So viel stand mittlerweile fest. Bei Peter Berges lag ein handfestes Motiv für ein Tötungsdelikt vor. Das war ebenfalls klar. Wenn die Überprüfung des Alibis allerdings die gemachten Angaben bestätigen würde, hätte Berges wohl nichts zu befürchten. Darum sollte nun schnellstens eine Kontrolle der bisher vorliegenden Alibiangaben von Peter Berges und Klaus Machner, der die Bridgedamen und seine Ehefrau angegeben hatte, veranlasst werden. Bertram würde damit einen Kollegen beauftragen. Er selbst hatte noch weitere Erstbefragungen vorzunehmen.

Um seinen Bericht zu schreiben, fuhr er zunächst in die Dienststelle und setzte sich an den Computer. Nach etwa zwei Stunden waren alle seine Notizen und die im Gedächtnis haftenden Informationen geschrieben und gespeichert. Er nahm Kontakt mit der Staatsanwaltschaft auf und bat, die Leiche noch nicht frei zu geben. Er wolltee am nächsten Vormittag noch einmal einige Fragen stellen, die eventuell weitere Untersuchungen erforderlich machen könnten. Seinen Vorgesetzten bat er anschließend um einen weiteren Beamten zur Unterstützung der eigenen Ermittlungsarbeit.

Der Fall weitete sich aus, das sah auch der Leiter der Abteilung so. Er hatte sich den Bericht kommen lassen und ihn gelesen. Nun saß Bertram in seinem Büro und besprach das weitere Vorgehen mit ihm. Sein Chef wollte bei jedem weiteren Ermittlungsschritt informiert werden. Natürlich nur, wenn sich ein weiteres Indiz oder Puzzlestück von Bedeutung finden ließ. Bertram sagte das natürlich zu. Er kannte diese jüngeren Vorgesetzten zur Genüge. Sie legten großen Wert auf Karriere und wollten bei interessanten Fällen unbedingt bei einer erfolgreichen Aufklärung in der Öffentlichkeit genannt werden. Sein Chef zählte noch zu den Vernünftigen innerhalb dieser Vorgesetzten. Frei von dieser Unart war jedoch auch er nicht. Wenigstens verhielt er sich stets korrekt und hatte ab und zu einen Anflug von Humor. Kein schlechter Chef.

Bertram begründete gerade, warum er Unterstützung durch einen weiteren Beamten für erforderlich hielt. Er zählte die zu überprüfenden Alibis und die dazu notwendigen Kontakte mit den Personen auf. Sein Chef blickte ihn verschmitzt lächelnd an und sagte: „Ich habe keinen zusätzlichen Beamten für Sie, Hauptkommissar Bertram."

Der war konsterniert, hatte er doch gerade von der Notwendigkeit und mit ausführlicher Begründung versehen, einen guten Vortrag dazu abgeliefert. „Aber Sie...", weiter kam er nicht.

„Darf es nicht auch eine Beamtin sein?", grinste ihn der junge Mann an.

„Aber natürlich. Selbstredend bin ich auch dankbar für Unterstützung durch eine Kollegin", sagte Bertram verwundert.

„Politisch korrekte Ansprache Ihres Personalwunsches hätte beide Geschlechter einbeziehen müssen, Herr Bertram. So ist das nun mal in den neuen Zeiten der Political Correctness", dozierte der Vorgesetzte.

Bertram dachte, dass ihm der Schnösel politisch korrekt den Buckel runter rutschen könne. Am liebsten drei mal. Laut aber sagte er: „Oh, selbstverständlich. Daran habe ich im Moment nicht gedacht. Sie haben ja soooo Recht."

Sein Vorgesetzter lächelte und gab sich gönnerhaft: „Ich werde Ihnen in der Frühbesprechung eine Verstärkung zuweisen lassen."

Das war der Schlusssatz für den Tag. Bertram reichte es. Er dachte über die Menschen nach, die er kennengelernt hatte. Ihre seltsamen Beziehungen zueinander waren noch nicht aufgeklärt. Wie standen eigentlich Machner und Berges zueinander? Aber da waren ja noch zwei weitere sogenannte Freunde zu befragen. Das wollte Bertram zuerst abschließen. Damit hätte er dann sozusagen die „geraden" Beziehungen zum Opfer untersucht. Danach wollte er die Querbeziehungen und -verhältnisse des Freundeskreises ansehen.

Opfer? Hatte er gerade „Opfer" gedacht? Ja, das hatte er. In seinem Bewusstsein festigte sich der Gedanke, dass bereits in diesem Frühstadium der Ermittlungen ausreichende Gründe für einen Mord zu erkennen waren. Kleinert hatte sich durch sein kriminelles Verhalten Feinde gemacht. So wie es aussah, sogar mehrere.

Machner war bis jetzt ein kleiner Fisch, aber der hatte noch nicht ausgesagt, welche Information Kleinert von ihm nicht hätte bekommen dürfen. Vielleicht steckte dort auch noch etwas Größeres dahinter.

Berges hatte bereits so viel gesagt, dass der zweifellos einen Grund hatte, Markus Kleinert zu hassen. Ob er am Tode des Mannes eine Mitschuld trug, konnte jetzt noch nicht abgeschätzt werden. Das Alibi schien jedenfalls erstklassig zu sein.

Elisabeth Kleinert hatte gar nicht erst versucht ihren Mann irgendwie zu schützen. Sein Ansehen war ihr offensichtlich, selbst nach seinem Ableben, gleichgültig. Wahrscheinlich waren von ihr noch mehr Dinge zu erfahren. Das sollte in den nächsten Tagen durch Befragung geschehen, nahm sich Bertram vor. Die kaltschnäuzige Art, mit der Elisabeth Kleinert ihren verstorbenen Mann schnellstmöglich bestatten lassen wollte, weckte sein Misstrauen. Sollte vielleicht nur möglichst schnell die Leiche vollständig verschwinden?

Er fuhr in seinem Privatwagen nach Hause, aß zu Abend und gönnte sich zwei Flaschen Bier auf dem Sofa. Im Fernsehen liefen Talkshows und dümmliche Filme deutscher Produktion. Beim Durchschalten der Sender, traf er auf lächerliche amerikanische Serien und uraltes Zeug als Wiederholungen. Dazu Doku-Soaps und Reality-TV. Frustriert machte er den Fernseher gegen 22:00 Uhr aus und ging zu Bett. Sein letzter Gedanke vor dem Einschlafen war, dass für die TV-Gebühren ein grottenschlechtes Programm geliefert wurde. Nahezu alles Mist. Wo war eigentlich der Bildungsauftrag des Fernsehens aus der guten alten Zeit geblieben? Interessante Sendungen und Magazine über Politik oder Naturwissenschaften liefen meistens spät in der Nacht. Wer hatte schon Zeit und Muße, so lange aufzubleiben, wenn früh morgens der Wecker klingelte?

Kapitel 6   **4 Freunde, 3. Paul Cordelius**

Der nächste Morgen begann wie fast jeder Tag. Hauptkommissar Bertram fuhr, ohne ein Frühstück einzunehmen, zur Dienststelle. Lediglich zwei große Tassen Kaffee waren bei ihm morgens obligatorisch, bevor er die Wohnung verließ. Alles für ein späteres Frühstück besorgte er sich jeden Morgen in der Kantine des Präsidiums.

Er wusste noch nicht, ob er heute zu einem Mittagessen im Präsidium sein würde. Das Essen in der Kantine war nicht schlecht, aber mit den Jahren schmeckte eigentlich alles immer eintönig nach der gleichen Würzmischung. Er würde sich gerne einmal wieder spontan unterwegs in einem zufällig entdeckten Restaurant verpflegen.

Für heute Vormittag war zunächst ein Telefonat mit der Gerichtsmedizin geplant. Er griff zum Hörer, wählte die Nummer und ließ sich den Arzt geben, der die Obduktion durchgeführt hatte. Bertram schilderte ihm seinen Verdacht auf eine mögliche Straftat. Der Mediziner fragte, was er zusätzlich tun könne, um dem Verdacht nachzugehen. Bertram wollte Aussagen darüber haben, ob das Opfer eventuell betäubt worden sei, vielleicht mit nachweisbaren Mitteln. Oder ob im Gebiss oder Rachenraum Anzeichen einer Knebelung zu finden seien. Das müsse bitte noch einmal ganz sorgfältig geprüft werden. Ebenso wollte Bertram eine neue Untersuchung auf mögliche Fesselungen durchgeführt wissen.

Der Arzt sagte die nötigen Schritte zu und kündigte seinen Bericht für den nächsten Tag an. Eigentlich hatte er den Staatsanwalt bereits um die Freigabe des Toten ersucht. Er hielt die Angelegenheit für erledigt, nachdem er nichts Verdächtiges hatte feststellen können.

Während Bertram telefonierte, trat eine junge Dame, vielleicht 30 Jahre alt, unter den Türrahmen und blieb artig stehen. Bertram kannte sie bereits und vermutete in ihr seine Verstärkung. Elke Holbein war Kommissarin in seiner Dienststelle und als heller Kopf bekannt. Sie war vollschlank, etwa 165 cm groß, hatte kurze schwarze Haare und ein leicht rundliches Gesicht. Ihren Beruf hätte man ihr nach ihrem äußeren Erscheinungsbild nicht zugetraut. Aber das hatte schon so manchen getäuscht, denn sie war eine entschlussfreudige und durchsetzungsstarke Persönlichkeit.

Nach kurzer Begrüßung stellte sich heraus, dass sie tatsächlich zur Unterstützung seiner Ermittlungen abgeordnet worden war. Bertram bot ihr einen Sitzplatz an und berichtete ihr von den bisherigen Vorgängen. Er schilderte seine Eindrücke zu den ersten Gesprächen und beschrieb ihre Aufgabe für die Überprüfung der Alibis.

Sie hörte aufmerksam zu, worauf sie besonders achten sollte und in welche Richtung weitergehende Fragen gehen könnten. Im Anschluss druckte sie die bisher erstellten Berichte aus und nahm sie mit. Nachdem sie die Papiere noch einmal bei einer Tasse Kaffee durchgearbeitet hatte, machte sie sich mit einem Dienstwagen auf den Weg zu den Damen des Bridgeabends. Mal sehen, wen sie antreffen würde.

Hauptkommissar Bertram plante heute erneut einen Weg nach Ferch. Sein Termin galt dem nächsten der vier Teilnehmer an dem Grillabend: Peter Cordelius. Der hatte seinen Wohnsitz in Ferch, „Am Alten Rathaus 4". Er sei zu Hause, wie er am Telefon sagte, denn er sei krank und hätte für fünf Tage eine Auszeit vom Arzt bekommen.

Nach 25 Minuten Fahrtzeit erreichte Bertram die angegebene Adresse. Sie war gar nicht weit vom Fundort der Leiche entfernt. Bertram parkte den Dienstwagen auf einem der freien Plätze seitlich des Gebäudes. Das große Anwesen, ein Mehrfamilienhaus im Landhausstil, grenzte mit seinem Garten an die Uferpromenade, die in einigen hundert Metern zum Fundort der Leiche von Markus Kleinert führte. Auf der Wiese am Ufer bemerkte er eine Minigolfanlage mit sieben oder acht Bahnen. Daneben einige hundert Quadratmeter Gras. Das musste wohl die Hundewiese sein, von der Peter Berges gesprochen hatte. Von hier waren es bis zur Wohnung der Kleinerts vielleicht 500 Meter landeinwärts. Also in wenigen Minuten zu Fuß zu erreichen.

Er ging die paar Meter hinunter zur Promenade und sah in beide Richtungen. Ein schönes Fleckchen Erde, ganz bestimmt. Das Gebäude war wohl der Namensgeber für die kleine Straße gewesen. Er konnte sich gut vorstellen, dass es früher einmal als Rathaus des Ortsteiles fungiert haben könnte. Nach der Wende wurde es dann offensichtlich nicht mehr benötigt und verkauft. Das war damals mit vielen öffentlichen Bauten bei der kommunalen Neuordnung passiert.

Bertram ging zurück, an seinem Wagen vorbei, die schmale Straße hoch zum Gebäude, um zum Vordereingang zu gelangen. Er zählte sechs Türklingeln und suchte den Namen „Cordelius". Dabei bemerkte er auch eine Namensbezeichnung „Club Regenbogen". Sollte das der erwähnte Club mit dem seltsamen Daseinsgrund sein? Es war überraschend, dass der Club hier im Haus angesiedelt war. So hatte er das bisher gar nicht verstanden.

Er war gespannt, was sich aus dem Gespräch mit Paul Cordelius ergeben würde. Nach einigen Sekunden hatte er das richtige Namensschild entdeckt und drückte den Klingelknopf. Ungefähr 30 Sekunden später öffnete sich ein Fenster im 1. Stock und ein Mann rief ihm zu: „Bitte öffnen Sie selbst die Tür, ich werfe Ihnen den Schlüsselbund herunter. Gehen Sie die große Treppe hinauf nach links, da finden Sie mich dann."

Nachdem er die Schlüssel aufgehoben hatte, schloss Bertram die alte und renovierungsbedürftige Holztür auf. Er erklomm die breite Steintreppe und wandte sich auf dem Absatz nach links. Oben erwartete ihn Paul Cordelius in leicht gekrümmter Haltung. Er war etwa Mitte 40, 1,70 Meter groß und hatte schwarze Haare. Seine Haltung war leicht gebeugt, als hätte er Schmerzen.

„Entschuldigen Sie, dass ich Ihnen nicht entgegengekommen bin", begann Cordelius. „Ich habe seit dem Wochenende Rückenschmerzen und kann mich nicht gut bewegen. Sie sind sicher der angekündigte Beamte von der Polizei, nehme ich an?"

„Ja, genau der bin ich. Hauptkommissar Bertram, von der Polizei Potsdam", stellte Bertram sich vor und folgte Paul Cordelius in die Wohnung. Mit kleinen Schritten und geneigtem Kopf schlich er voran. In der großen Wohnküche setzte er sich langsam mit einem Seufzer auf einen Stuhl mit Armlehnen, der mit Kissen und Decken ausgepolstert war. Bertram wurde auf einen der anderen bequemen Stühle gebeten. Der Ausblick aus dem Fenster über den Schwielowsee war wirklich sehenswert.

Wie üblich begann das Gespräch zunächst mit ein paar belanglosen Phrasen zu den schlimmen Rückenschmerzen und Wünschen zur baldigen Besserung. Ein paar Sätze wurden über die schöne Wohnlage ausgetauscht.

Um an den Kern seiner Befragung zu gelangen, erkundigte sich Bertram: „Herr Cordelius, wie haben Sie die Todesnachricht von Markus Kleinert erhalten?"

„Ich erfuhr es aus der Zeitung, weil ich das Bild und den Aufruf entdeckt habe", lautete die Antwort von Cordelius.

„Haben Sie sich daraufhin bei der Polizei gemeldet?", war Bertrams nächste Frage.

Cordelius schüttelte den Kopf: „Das hielt ich für unnötig. So was wird sich in der Regel durch andere Leute schon erledigen. So einen öffentlicher Aufruf halte ich nicht für eine Pflicht."

Bertram bestätigte, dass es tatsächlich schnell zu einem Ergebnis gekommen war. Erst überlegte er kurz, ob eine höfliche Ermahnung zur Wahrnehmung von Bürgerpflichten und Unterstützung der Polizei angebracht wäre, aber dann verwarf er die Idee. Lieber wollte er in der Sache weiterkommen und sich nicht an solchen Randthemen abarbeiten.

Mit einer direkten Frage machte Bertram weiter: „Lassen Sie uns über den Samstag sprechen. Herr Kleinert war hier, so viel weiß ich schon.

Was können Sie mir über den Verlauf des Nachmittages und des Abends erzählen?", wollte Bertram wissen.

Cordelius rückte sich mit einem Schmerz signalisierenden Gesichtsausdruck auf seinem Lehnstuhl zurecht und begann zu berichten: „Also ich war diesmal der Zuständige für die Getränkeversorgung. So haben wir das immer gemacht, wenn wir uns trafen. Der Veranstalter besorgt die Getränke. Das Grillen hat hier auf dem Grundstück im Garten stattgefunden. Den Grill habe ich schon früh aufgebaut und mit Holzkohle gefüllt. Es war unser erster Grilltag des Jahres. Angrillen, sozusagen. Daher sollte alles gut vorbereitet sein. Vermutlich habe ich mich an dem Kasten Bier, den ich kaufen sollte, verhoben. Oder an dem großen Grill. Genau kann ich das nicht sagen. Irgendwann fing der Rücken einfach an zu schmerzen. Ich hoffe, dass die Beschwerden bald wieder verschwinden."

Bertram wollte es genauer wissen: „Das Grundstück ist ja ziemlich groß. Wo genau stand der Grill?"

„Er steht noch da. Wenn Sie aus dem Fenster sehen, steht rechts ein kleines rotes achteckiges Häuschen. Davor ist eine Terrasse mit Gartenmöbeln. In dem Häuschen ist unsere Sauna, wissen Sie? Da haben wir gesessen und gegrillt. Es ist da schön windgeschützt. Deshalb sitzen wir immer da, wenn wir uns hier treffen", beschrieb Cordelius den Ort.

Bertram stand auf und ging zum Fenster. Die Gartenmöbel und der Grill standen wie beschrieben vor der Sauna.

Cordelius setzte seinen Bericht fort: „Die Gäste trafen so gegen 16:00 Uhr ein. Nicht alle gleichzeitig, immer im Abstand von ein paar Minuten. Es waren Markus Kleinert, Thomas Malecki, Peter Berges und Klaus Machner. Ich selbst gehörte natürlich auch noch dazu. Wir setzten uns zusammen, köpften ein Bier und begannen eine zwanglose Unterhaltung. Smalltalk, Fußball, Wetter. Das übliche Zeug eben. Im Verlauf einer halben Stunde waren dann alle da und die Holzkohle im Grill wurde angezündet. Nachdem die Kohle anständig glühte, legte jeder sein mitgebrachtes Fleisch auf. Wir hatten Hühnchen, Rind, Schwein, Lamm und sogar ein Straußensteak. Haben Sie schon mal was vom Strauß probiert? Müssen Sie unbedingt machen."

Bertram dachte still für sich: „Einen Scheiß muss ich!" Die Aufzählung der Fleischsorten ließ er geduldig über sich ergehen..

„Markus war wie immer locker und fröhlich. Er machte Scherze über seine Kunden und freute sich auf die Segelsaison. Bald wollte er sein Boot wieder ins Wasser setzen. Er meinte, er wäre sonst bald der Letzte, der sein Boot in den See bringen würde", fuhr Cordelius mit seinen Schilderungen fort.

„Wie würden Sie Ihre Freundschaft zu Herrn Kleinert beschreiben?", erkundigte sich Bertram.

„Ich glaube, wir waren ganz gut befreundet. Seit ungefähr zehn bis zwölf Jahren kennen wir uns nun schon, denke ich. Es begann unten am Bootssteg." Cordelius zeigte aus dem Fenster zu einer kleinen Steganlage am Ufer der Hundewiese.
„Damals sprach er mich an, ob ich ihm einen Liegeplatz für sein Segelboot vermieten könne. Er habe sich kürzlich eines gekauft und bräuchte nun als alter Fercher einen Liegeplatz. Es wäre blöd, wenn er weit fahren müsse, um zu seinem Boot zu kommen. Er selbst wohne nur ein paar hundert Meter weit weg. Das sei hier absolut ideal für ihn." Cordelius machte eine Pause. Bertram schwieg und wartete.
„Markus und ich kamen uns schnell näher. Er bekam seinen Bootsliegeplatz und wir freundeten uns an. Oft war er abends bei mir und wir tranken im Garten zusammen ein Feierabendbier. Zumindest, wenn es warm genug dazu war. Nicht das Bier, der Abend natürlich", stellte Cordelius klar.

„Können Sie mir einen Eindruck über Herrn Kleinerts Wesen vermitteln? Wie war er so?", begann Bertram zu bohren.

„Nun, er war einer, der gerne erzählte. Er hielt sich für zu klein und versuchte daher oft, mit seinen langen Reden Eindruck zu machen. Er heischte stets nach Anerkennung, wollte ein toller Kerl sein. Oft verwendete er Fremdworte. Das sollte wohl seine Bildung beweisen. Leider gelang ihm das nicht immer. Dabei kam oft nur gestelztes, gekünsteltes oder pseudointellektuelles Zeug heraus. Ich fand das sogar durchaus amüsant, muss ich sagen. Den anderen gefiel das nicht so sehr, hatte ich oft den Eindruck. Er baue zu viele Luftschlösser, hat mal einer zu ihm gesagt."

Bertram sah seine Chance, um deutlicher zu werden: „Gab es zwischen den Teilnehmern ihrer diversen Treffen Kontroversen oder vielleicht mal Streit?"

„Eigentlich nicht. Jedenfalls nicht, wenn ich mich da richtig erinnere. Ein wirklich auffälliges Merkmal unserer kleinen Gruppe war, dass man aufkeimende Diskrepanzen einfach nicht austrug. Jeder schwieg einfach ab einer gewissen Schwelle einer drohenden Eskalation", beschrieb Cordelius.

„Gab es in der Gruppe einen wie auch immer gearteten Anführer?", wollte Bertram wissen.

Die Antwort kam sofort: „Ganz klar Markus Kleinert. Er war der Initiator der verschiedenen Zusammenkünfte. Stets schlug er vor, was als nächster Event gemacht werden sollte. Das fand immer gegen Ende eines unserer Treffen statt. So wusste jeder, wann es wieder so weit sein würde und man musste sich nicht umständlich untereinander abstimmen."

„Hat das keiner als Bevormundung empfunden? Waren alle damit immer einverstanden?"

„Jetzt wo Sie das fragen......es hat sich nach meiner Erinnerung keiner dagegen ausgesprochen. Höchstens, dass mal ein Termin ein paar Tage vorgezogen oder auf später vertagt wurde. Es sollten ja immer möglichst alle teilnehmen können."

„Hat mal jemand abgesagt oder ist nicht gekommen?", wollte Bertram wissen.

„Nicht das ich wüsste. Markus hat da gut aufgepasst. Er schickte immer eine Woche vorher eine Nachricht auf unsere Smartphones und erinnerte an Ort und Termin. Am Vortag des Treffens dann noch einmal. Da war er ein wirklich guter Organisator. Er wollte immer alle dabei haben."

Bertram begann zu testen, ob er etwas Negatives über Kleinert erfahren könnte: „Wenn ich Sie nach Kritik an Herrn Kleinert fragen würde, was würden Sie antworten?"

Cordelius überlegte kurz: „Ich mochte ihn. Sein Tod geht mir nahe, das können Sie mir glauben. Wir beide waren nicht nur in dieser Gruppe viel zusammen. Markus war Mitglied im „Club Regenbogen", den ich hier als mein Hobby betreibe."

„Regenbogen?", fragte Bertram unschuldig. „Was macht man denn in dem Club so?"

Bertram versuchte seine Spannung verbergen. Er war aufrichtig neugierig, was sich hinter der Sache mit dem Club verbarg.

„Das ist eine Idee, die ich vor einigen Jahren umgesetzt habe. Es geht dabei um Menschen, die nicht dem klassischen Gesellschaftsbild entsprechen. Ich nenne das Nonkonformität. Ihre sexuelle Orientierung weicht ab oder sie verhalten sich in ihren Partnerschaften oder Ehen nicht nach den gesellschaftlichen Konventionen. Verstehen Sie was ich meine?", Cordelius sah Bertram fragend an.

„So etwas wie ein Swingerclub?", versuchte Bertram eine Antwort.

„Das würde es nicht treffen, aber es birgt Elemente davon. Ich biete hier einen Treffpunkt für Leute in offenen Beziehungen. Wir nutzen dazu die Sauna im Garten und einen Freizeitbereich im Untergeschoss. Dazu gehören 3 kleine Zimmer und ein überdachter Außenbereich gleich neben der Sauna. Der ist mit Sichtschutzfeldern abgetrennt, damit man von der Uferpromenade und der Straße aus nichts sehen kann. Wir sind Leute die „es" mit ein wenig Abwechslung schätzen. Dabei ist mit Abwechslung das Geschlecht gemeint. Heterosexuell lebende Menschen suchen gleichgeschlechtliche Abenteuer und umgekehrt. Das ist in groben Zügen der Sinn des Clubs. Wir haben ungefähr 30 Mitglieder, um die genaue Zahl zu nennen, müsste ich nachsehen".

„Sind alle Clubmitglieder in der beschriebenen Art aktiv?", wollte Bertram wissen.

„Nein, nicht alle. Einige. Andere kommen her, um sich an Rollenspielen zu beteiligen. Dabei machen sie meistens bei Rollenspielen von Paaren als zusätzliche Player mit. Das können dann Frauen oder Männer als dritte oder vierte Person sein. Jeder toleriert die Art des Anderen. Toleranz ist das oberste Gebot im Club."

Bertram hatte als klassisches Rollenspiel die Krankenschwester oder den Postboten im Sinn. Auch von Feuerwehrmännern hatte er schon einmal in diesem Zusammenhang irgendwo gehört. Für ihn mit seiner konservativen klassischen Einstellung war die ganze Sache eher bizarr und entbehrte nicht einer gewissen Komik. Rollenspiele muteten lächerlich an.

„Sie wirken überrascht? Was halten Sie davon?", fragte Cordelius mit leicht affektiertem Tonfall.

„Meine Meinung dazu spielt keine Rolle. Ich untersuche den Todesfall von Markus Kleinert und soll die Umstände dazu eruieren", umging Bertram die Frage.

„Schade, ich höre immer gerne zusätzliche Meinungen dazu", kam es von Cordelius.

Er redete von sich aus weiter, bevor ihm Bertram die bereits im Raum schwebende Frage stellte: „Also bevor Sie mich das direkt fragen, erzähle ich es Ihnen gleich. Markus Kleinert liebte Rollenspiele und machte gerne bei anderen Paaren mit. Er hatte eine Vorliebe dafür, als der große Verführer aufzutreten. Jedenfalls wenn er die Rolle als Mann inne hatte. Wenn er eine Frau spielte, ließ er es sich gerne von einem Mann besorgen."

„Sie meinen, er war bisexuell?" Bertram war überrascht. Er hatte an viele Dinge schon gedacht, daran jedoch nicht. „Sonstige Vorlieben? Gab es da noch mehr?", wollte Bertram ergänzend wissen.

„Ja, ein harmloser Fetisch kommt noch dazu. Markus hatte eine Affinität zu Dingen aus Plastik, also Kunststoffe allgemein. Er deckte zum Beispiel das Bett stets mit einer Plastikfolie ab, bevor er sich ans Vergnügen machte. So etwas wie man beim Renovieren gegen die Farbspritzer ausbreitet. Wir haben auch Mitglieder, die sich in Lack, Leder oder Samt als Fetisch vergnügen. Übrigens war Markus in seiner Bisexualität nicht aktiv, er war nur der passive Teil, wenn Sie verstehen?"

Bertram nickte und versuchte diese seltsamen Informationen zu sortieren. „Wie war Ihr eigenes Verhältnis zu ihm, Herr Cordelius?"

„Na, das können Sie sich doch denken. Ich habe ihm oft den Mann gespielt. Wir beide harmonierten wunderbar zusammen. Meine Veranlagung ist genau gegenteilig zu seiner. Das ist ideal, beide haben immer etwas davon", gab Cordelius bekannt.

„Genug. Mehr Details sind nicht erforderlich", beendete Bertram das Thema. Er wollte nun zum Ablauf des Abends noch einige Dinge erfragen.

„Herr Cordelius, an dem Abend soll sich ein kleiner Disput zwischen Herrn Berges und Herrn Malecki angedeutet haben. Ist Ihnen das aufgefallen?"

„Ja, natürlich. Thomas Malecki ist ein sehr politischer Mensch. Er versucht dauernd politische Themen anzureißen und seine Positionen zu vertreten. Er ist ein Vollblutlinker. Damit kommt er bei Peter Berges, einem Unternehmer, natürlich regelmäßig nicht gut an. Worum es im Detail ging, kann ich nicht wiedergeben. Ich höre da gar nicht erst zu. Berges hat ihm klipp und klar gesagt, er soll ihn mit seinen linken Spinnereien verschonen. Dann hat er ihn stehengelassen und sich zu Markus Kleinert und mir gesetzt. Mit Klaus Machner war das ähnlich. Der wollte die sozialistischen Propagandareden von Thomas auch nicht hören. Kurze Zeit später wurde Berges dann von seinem Fahrer abgeholt. Es war sowieso schon vergleichsweise spät für ihn. Er blieb bei unseren Treffen selten länger als 22:00 Uhr."

Bertram wollte noch einige Angaben zur Person haben und bat um eine kurze Selbstbeschreibung. „Also ich bin 44, verheiratet, meine Frau weiß genau was ich hier mache, es ist mir egal, was andere von mir halten und ich bin als Beamter im Grundbuchamt Potsdam tätig. Ach ja, wir haben übrigens keine Kinder. Sonst noch Fragen?", meinte Cordelius mit einem Lächeln im Gesicht.

„Ja. Wann verließ Markus Kleinert am Samstagabend Ihre Grillfeier? Oder blieb er gar hier?"

„Nein. Er ging gegen 23:30 Uhr. Er wollte noch nicht nach Hause. Markus war ganz schön angetrunken und hatte vor, noch einen Spaziergang zu machen. Er hatte allen Ernstes vor, nach Ferch zu laufen und nach seinem Boot zu sehen. Also die Uferpromenade entlang, durch Ferch, am Rathaus vorbei, hinunter zum Yachthafen. Dort steht sein Boot auf einem Lagerplatz."

„Sie haben ihn gehen lassen?"

„Natürlich. Ich war doch froh, dass er endlich ging. Markus war wie so oft sehr redselig und laberte wieder irgendwelche Sachen über seine geschäftlichen Beziehungen und wie toll er alles und jeden im Griff habe. Mein Interesse daran ist gering, wissen Sie? Mich interessierte an Markus nur die andere Sache, die im Club, wenn Sie verstehen?"

Bertram verstand. „Wann war der Abend beendet? Wann verließ der letzte Gast die Party?", stellte Bertram die abschließende Frage.

„Markus war der letzte Gast. Die anderen waren, glaube ich, alle so gegen 22:30 Uhr und einige Minuten danach jeder für sich allein aufgebrochen. Ich räumte noch das Geschirr weg und ging dann in die Clubräume. Dort saßen noch drei Mitglieder, die den Abend dort miteinander verbracht hatten. Mit denen habe ich mich noch bis spät in die Nacht unterhalten. Als Absacker trank ich mit ihnen noch einen Rotwein. Ich glaube, es war schon weit nach 2:00 Uhr, als die Gäste weggefahren sind."

„Das war es für den Anfang, Herr Cordelius. Vielen Dank für Ihre Zeit und die Informationen. Sollte ich weitere Fragen haben, melde ich mich wieder. Wenn Ihnen noch etwas Wichtiges einfallen sollte, scheuen Sie sich bitte nicht, mich anzurufen. Hier ist meine Karte. Gute Besserung für Sie." Bertram legte eine seiner Visitenkarten auf den Tisch und stand auf.

Cordelius bat, sitzen bleiben zu dürfen, da sein Rücken ihm vor allem beim Gehen wehtat.

Bertram fand allein hinaus und ging zum Auto. Was für einen Eindruck hinterließ der Mann? War das ein Perverser, oder ein lockerer und aufgeklärter Zeitgenosse? Bertram war unschlüssig, wie er Cordelius einordnen sollte. Stand der Mann ebenfalls unter Druck? Spielten der Club oder die sexuelle Orientierung dabei eine Rolle? Gab es andere Gründe? Welche Meinung vertrat seine Frau dazu? Ob sie ebenfalls im Club mitmachte? Irgendwie wurde die Angelegenheit immer verworrener.

Diese Freunde von Markus Kleinert passten eigentlich gar nicht zusammen. Da prallten Welten aufeinander. Dennoch traf sich die Gruppe nun schon mehrere Jahre regelmäßig. Offensichtlich war dafür der Druck, der von Markus Kleinert ausgeübt wurde, verantwortlich. Der gab sich viel Mühe, die Gruppe zu organisieren und zu führen. Konflikte wurden angestaut oder unterdrückt, nicht ausgetragen. Dem wollte Bertram noch genauer nachgehen.

Auf dem Rückweg nach Potsdam, entschloss er sich zu einem Abstecher nach Werder zum Einkaufszentrum Werderpark. Es ging ihm darum, den Copyshop zu sehen. Vielleicht war es interessant, davon einen Eindruck zu bekommen.

Das Ladenlokal war unspektakulär. An der Eingangstür hing ein Schild. „Wegen einem Trauerfall geschlossen". Bertram dachte sich, dass Bildung eben nicht jedem wirklich etwas gebracht hätte. Er jedenfalls hätte den Genitiv verwendet. Aber der war wohl insgesamt im Aussterben begriffen.

Er ging zurück zum Haupteingang des Einkaufszentrums, neben dem sich ein griechisches Restaurant befand. Sogleich erinnerte er sich an seine morgendliche Überlegung bezüglich des Mittagessens. Er setze sich an einen Tisch und bestellte eine Mahlzeit. Eine willkommene Abwechslung, selbst wenn er allein am Tisch saß.

Zurück in der Dienststelle sah er im Rechner nach neuen E-Mails. Der Gerichtsmediziner hatte noch immer nicht geantwortet. Also kümmerte sich Bertram zunächst um die Vervollständigung seiner Notizen und fertigte einen Bericht für seinen Vorgesetzten an. Er wollte ihn, wie zugesagt, stets auf dem aktuellen Stand halten. Die seltsamen Beziehungen der Männer untereinander und die möglicherweise deshalb vorhandene Motivationslage waren vielleicht interessant für den Chef.

Am Nachmittag wollte er sich mit Thomas Malecki treffen. Ein Anruf bei ihm ergab, dass dieser erst um 17:00 Uhr Zeit haben würde. So etwas kam vor, war aber kein Problem für den Kommissar. Er teilte seine Arbeit selbst ein und konnte die Überstunde anderweitig als Freizeit nehmen.

Eine kleine Überraschung war die Adresse von Malecki. Er wohnte im selben Haus wie Elisabeth und Markus Kleinert. Schwielowsee OT Ferch, „Am Dorfweg 4". Warum war ihm das nicht aufgefallen, als er bei Elisabeth Kleinert die Adressen der Freunde notiert hatte? Warum war ihm das entgangen? Es war ihm auch nicht aufgefallen, als er kurze Zeit darauf seinen Bericht schrieb, in welchem diese Daten enthalten waren. Bertram dachte sich, wie leicht man doch etwas übersehen konnte. Selbst nach so vielen Jahren beruflich bedingter Aufmerksamkeit entgingen ihm noch immer Details. Sogar wenn sie direkt vor seinen Augen lagen.

Er füllte gerade das Fahrtenbuch des Dienstwagens aus, als der ergänzende Bericht des Gerichtsmediziners eintraf. Er enthielt nur wenig neue Details, ließ aber trotzdem wegen einiger Hinweise aufhorchen.

Bei einer erneuten genauen Begutachtung war festgestellt worden, dass an Händen und Füßen tatsächlich nicht die geringsten Spuren von Fesselungen zu finden waren. Im Mund- und Rachenbereich gab es keine verdächtigen Fasern oder Dinge, die auf eine Knebelung hinwiesen. Hinweis: Zumindest was Knebel aus Stoff angeht. Elastische Knebelmaterialien, die keine Fasern abgeben, schließt das jedoch nicht aus. Verletzungen im Mundraum wurden nicht gefunden. An der rechten Wade war erstmals eine Druckstelle entdeckt worden, die jedoch nicht als vollständiges Hämatom ausgebildet war. Die Größe betrug ca. 20 cm², längliche Form, senkrecht. Herkunft ungewiss, aber vor Eintritt des Kreislaufstillstandes entstanden. Neueren Ursprungs, also erst wenige Stunden alt und mit hoher Wahrscheinlichkeit am Tag des Todes durch einen Schlag oder dauerhaften Druck entstanden. Weiterhin hatte eine erneute Blut- und Urinuntersuchung ergeben, dass keine Rückstände von Medikamenten oder Narkotika festgestellt werden konnten. Dabei wurde als Hinweis mitgeliefert, dass der Nachweis für den Einsatz schnell flüchtiger Mittel nach nur einigen Stunden nicht mehr möglich sein würde. Die an der Kleidung und am Körper befindlichen DNA-Spuren wurden als zerstört und nicht auswertbar eingestuft. Das Wasser hatte ganze Arbeit geleistet.

Bertram war das schwierige Nachweisen flüchtiger Mittel aus seiner Berufspraxis hinlänglich bekannt. Er hatte schon diverse Morde und Totschlagsdelikte untersucht oder durch Ermittlungsarbeit zumindest Anteil daran gehabt. Kaum nachweisbare Betäubungsarten gab es mehrere und das Verwischen von DNA-Spuren war zwar durch die Fortschritte der Kriminaltechnik schwerer geworden, aber nicht unmöglich. Nun musste er also mit diesen Fakten weiterarbeiten. Mehr lieferte der Leichnam von Markus Kleinert nicht. Es gab nur noch von den Lebenden mehr über ihn und sein Umfeld zu erfahren. Das musste er aus den zu befragenden Leuten herausholen.

Im Moment ließ sich mit den spärlich vorhandenen neuen Obduktionsergebnissen nichts anfangen. Noch nicht. Aus Erfahrung wusste Bertram, dass manche vermeintlich belanglosen Dinge sich am Ende als wichtiges Indiz entpuppen konnten. Er nahm sich vor, in seinen Gedanken immer wieder auf den Obduktionsbericht zurück zu greifen. Möglicherweise bekam dann die eine oder andere Information ein anderes Gewicht.

Während er seine Gedanken sortierte, trat seine Kollegin ein. Die Tür seines Büros stand stets offen, es sei denn, er hatte Zeugen zu verhören oder Arbeiten mit hoher Konzentrationserfordernis zu erledigen. Elke Holbein wollte ihm über ihren Besuch bei den Damen des Bridgeabends berichten. Sie hatte sich mit Frau Machner und zwei weiteren Damen aus der Nachbarschaft unterhalten. Dabei wurden die Angaben von Klaus Machner bestätigt.

Zeitlich stimmte alles überein. Die Unterhaltung fand bei Familie Machner statt. Die Hausfrau bot Kaffee und Plätzchen an, was von allen Anwesenden als angenehm empfunden wurde und für eine lockere Gesprächsatmosphäre sorgte. Oft waren Menschen im Gespräch mit der Polizei gehemmt oder ängstlich. Dabei hatten die meisten überhaupt nichts zu befürchten oder konnten zur Sache ohnedies fast nichts beitragen. Hier war jedoch bei der Plauderei durchaus noch etwas Neues zu erfahren gewesen.

Bertram schaute interessiert auf und war gespannt auf den Bericht. Kommissarin Holbein freute sich, dass sie etwas in diesem Fall erreicht hatte und ihre Zeit nicht in einer aussichtslosen Sache vergeudet hatte.

Sowohl Frau Machner, als auch eine befreundete Nachbarin, hatten sich über die Zusammenkünfte der Männer ausgelassen. Sie erzählten abwechselnd über verschiedene Treffen und ergänzten sich dabei immer wieder gegenseitig. Das Gesamtbild ergab, dass den Frauen schon geraume Zeit aufgefallen war, dass die Treffen nicht auf Freiwilligkeit beruhten. Klaus Machner hatte sich häufiger geäußert, dass er zu diesem „Mist" oder zu diesem „Käse" mit diesen „Typen" hingehen „müsse". Die Nachbarin hatte ihn sogar einmal darauf angesprochen, warum er dann überhaupt hinginge, wenn es ihm gar nicht gefiele. Daraufhin habe er sie ein wenig schroff, fast unhöflich, zurechtgewiesen. Das ginge sie nichts an, da sie sowieso keine Hintergründe dazu kannte. Aber später habe er sich für seinen rauen Ton höflich bei ihr entschuldigt.

Bertram wollte wissen, ob die Kollegin seinen Hinweis auf das ominöse Hintergrundwissen über Kleinerts Charakter und die Erpressungen aufgegriffen und entsprechende Fragen gestellt hätte? Oh ja, sie hatte. Nachdem es klar wurde, dass die dritte Nachbarin außer der Zeitbestätigung für Klaus Machner nichts beizutragen hatte, sorgte Elke Holbein dafür, dass sich die beiden Nachbarinnen als entlassen betrachten konnten. Nachdem sie gegangen waren, wandte sie sich noch einmal an Frau Machner und versuchte, etwas über Hintergründe zu dieser Männergruppe zu erfahren.

Frau Machner wollte zunächst nicht über so etwas sprechen, sie hatte Angst, dass sie dabei ihren Mann irgendwie verdächtig machen könnte, oder ihre Aussage Schaden hervorrief. Es erfolgte die obligatorische Belehrung, dass sie sowieso nichts gegen Ihren Mann aussagen müsste. Aber es wäre wirklich hilfreich, wenn sie wenigstens einen Hinweis geben könnte. Frau Machner entschloss sich dann, doch etwas über die Männer zu sagen.

Sie war schon länger der Überzeugung, dass ihr Mann nur unter Druck zu den Treffen bereit war. Zunächst hatte die Bekanntschaft mit Markus Kleinert recht vielversprechend begonnen. Die beiden Männer hatten sich mehrmals zum Segeln auf Kleinerts Boot getroffen. Sie selbst war nie mitgegangen. Segeln war nichts für sie. Ihrem Mann gönnte sie diesen Spaß aber gern. Doch musste dann einmal etwas vorgefallen sein, was die Stimmung zwischen den beiden Männern vergiftete.

Eines Abends sei ihr Mann wütend vom Segeln gekommen und habe Kleinert einen „verschlagenen Bastard" genannt. Er sei ein Lügner und habe ihn übers Ohr gehauen. Schon einige Tage später sei ihr Mann aber zu einer weiteren Einladung, bei der auch die anderen Männer anwesend waren, wieder hingegangen. Ohne zu schimpfen.

Frau Machner beteuerte, dass sie keine Ahnung habe, worum genau es bei der Angelegenheit ging, wegen der ihr Mann so wütend auf Kleinert war. Er habe aber einmal eine kleine Andeutung gemacht, dass Kleinert über einige geschäftliche Dinge aus der Bank etwas wüsste. Mehr hatte er nicht erzählt. Wenn die Polizei also zu einem Spannungsverhältnis zwischen ihrem Mann und Markus Kleinert etwas erfahren wolle, dann müsse man in dieser Richtung weiter Fragen stellen. Sie wollte aber unbedingt vermeiden, dass ihr Mann etwas von ihrem Hinweis an die Polizei erfuhr. Ihre Ehe sei mit den Jahren etwas fad geworden und sie wolle auf keinen Fall eine weitere Belastung erzeugen. Elke Holbein hatte ihr versprochen, in dieser Sache nur ganz behutsam weitere Fragen zu formulieren. Ihr Mann werde nichts über den Ursprung der Frageabsicht heraushören können. Damit endete der Bericht.

Bertram nickte nachdenklich vor sich hin. Er formulierte bereits im Stillen seine Fragen an Klaus Machner, den er ohnehin noch einmal aufsuchen wollte, weil dieser ihm noch Antworten schuldig geblieben war.

„Gute Arbeit. Sehr gut gemacht", lobte Bertram seine Kollegin. „Bitte schreiben Sie einen Bericht darüber und lassen Sie ihn mir dann zukommen, ja?"

„Wird erledigt", bestätigte Kommissarin Holbein.

„Ich halte es für sinnvoll, wenn Sie sich einmal selbst mit Peter Berges, dem Unternehmer, unterhalten. Er hat nach meiner Einschätzung das stärkste Motiv gegen Markus Kleinert. Sein Alibi schien mir wasserdicht, aber eine weitere Meinung dazu kann ja nicht schaden."

„In Ordnung, das kann ich ja als nächstes in Angriff nehmen", bestätigte Holbein den Auftrag. Sie erhob sich und ging in ihr Büro, um den Bericht zu schreiben.

Der nächste und vorerst letzte bekannte Teilnehmer an dem Grillabend war Thomas Malecki. Bertram war auf dessen Darstellung des Abends gespannt. Vielleicht würden sich neue Informationen ergeben oder einige Sachverhalte besser erklären lassen.

Kapitel 7   **4 Freunde, 4. Thomas Malecki**

Der Staatsanwalt hatte sich telefonisch nach dem Stand der Erkenntnisse erkundigt. Bertram schilderte ihm kurz die ungewöhnlichen Zusammenhänge und das Vorhandensein von Motiven für einen Mord in der kleinen Gruppe. Allerdings musste er zugeben, dass durch die Gerichtsmedizin bisher keine Anzeichen eines gewaltsamen Todes festgestellt wurden. Bertram hatte gegen eine Freigabe der Leiche nichts einzuwenden. Seine Ermittlungen wollte er noch ein paar Tage fortsetzen. Irgendetwas stimmte an der ganzen Sache nicht und er wollte herausfinden, was es war. Außerdem war Kleinert ohne Handy und Brieftasche gefunden worden. Das könnte ein weiteres Indiz für ein Verbrechen sein.

Der Staatsanwalt gab sein Einverständnis und bat für die nächste Woche um einen Bericht von Bertram. Danach wollte er in Absprache mit Bertrams Vorgesetztem, je nach Inhalt des Berichtes, über weitere Ermittlungen entscheiden.

Als Hauptkommissar Bertram vor dem Wohnhaus von Thomas Malecki und den Kleinerts aus dem geparkten Dienstwagen stieg, kam ihm Frau Borgner entgegen. Sie waren sich schon einmal im Aufzug begegnet. Sie hatte eine Mülltüte in der Hand und ging zu den seitlich in einer Nische versteckt aufgestellten Mülltonnen.

Auf dem Weg zur Haustür kamen sie zeitgleich auf dem Weg zusammen und grüßten sich beide höflich. Frau Borgner war auf dem Rückweg zum Hauseingang.

„Sie sind bestimmt der Herr von der Polizei, nicht wahr? Schreckliche Sache, das mit Herrn Kleinert. Seine Frau hat mir erzählt, dass Sie sie verhören mussten. Auch von der Identifizierung und so. Furchtbar das alles. Mein Name ist übrigens Luise Borgner, ich wohne oben gegenüber von den Kleinerts. Wir sind gute Nachbarn, wissen Sie?"

„Ja, Frau Borgner, ich erinnere mich an Sie, wir sind uns bereits im Aufzug begegnet, als ich neulich Frau Kleinert abholen musste."

„Wenn ich Ihnen irgendwie helfen kann, dann sagen Sie es nur", bot sich Frau Borgner an.

Sie gingen zum Aufzug und er drückte den Knopf um den Aufzug zu holen. Die Tür öffnete sich sofort und sie betraten die Kabine. Während sie nach oben fuhren, Bertram hatte für sich die drei gedrückt, kündigte er seinen Besuch bei ihr an: „In der Tat möchte ich Sie etwas fragen, Frau Borgner. Ist es Ihnen recht, wenn ich in etwa einer halben Stunde oder 45 Minuten kurz bei Ihnen läute?"

„Aber sicher, Herr....", „Bertram", ergänzte er und stieg in der dritten Etage aus. „Also dann bis gleich, Frau Borgner."

Da er mit Frau Borgner das Gebäude betreten hatte, konnte Thomas Malecki nicht wissen, dass sein Besucher bereits vor der Wohnungstür stand. Daher drückte Bertram zunächst auf den Klingelknopf und klopfte anschließend noch an die Wohnungstür, um sich bemerkbar zu machen.
Nach einigen Sekunden öffnete sich die Tür und Thomas Malecki stand vor ihm. Er war ungefähr Ende vierzig, hatte kurze blonde Haare, war schlank, sportlich, mindestens 1,70 Meter groß. Bertram wurde hereingebeten und stellte sich vor.

Sie gingen durch den kurzen Flur zum Wohnzimmer. An der Garderobe bemerkte Bertram eine Handtasche, der Spiegel hätte Bedarf für einen Putzlappen gehabt und auf der Erde standen mehrere Paar Laufschuhe. Zum Teil ganz schön verdreckt.

Sie saßen in einem konventionell eingerichteten Wohnzimmer mit kleiner Sitzgruppe und einigen einfachen Möbeln. Malecki erzählte von dem Grillabend, was sich mit den Schilderungen der bisher angehörten Zeugen durchaus deckte. Malecki sagte, er sei so gegen 22:45 Uhr nach Hause gegangen.

Bertram ließ ihn erst einmal von sich aus reden. Aber von Malecki kamen keine Impulse, die von seinen bisher eher langweiligen Schilderungen zu den interessanten Dingen führten. Also fragte Bertram zielgerichtet danach: „Sie hatten nach dem Essen, wie ich hörte, eine kleine Diskussion mit Peter Berges. Worum ging es da?"

„Ach, der Peter. Ein reicher Unternehmer, der von den Problemen der kleinen Leute keine Ahnung hat. Ich versuche immer wieder gerne, sein soziales Gewissen anzustacheln. Dabei regt er sich stets ein wenig auf. Ich hatte mit ihm über höhere Lohnzahlungen für seine Angestellten und Arbeiter gesprochen. Ich finde nämlich, er behält für sich zu viel Geld ein, welches schließlich seine Leute für ihn erarbeitet haben."

Bertram hakte nach: „Kennen Sie sich so gut, dass Sie ihm ins Geschäft reden können oder dürfen?"

„Nein, natürlich nicht. Aber ich provoziere die Bonzen recht gern. Ich habe für Ausbeuter nicht viel übrig. Ich bin Parteimitglied der Linkspartei müssen Sie wissen. Mein Arbeitgeber ist die Arbeiterwohlfahrt in Potsdam, dort bin ich als Sozialarbeiter angestellt. Ich bin hier im Gemeinderat tätig und vertrete die Interessen der kleinen Leute", beschrieb Malecki seine Position.

„Und um was geht es Ihnen da, bei den Interessen der kleinen Leute?", wollte Bertram erfahren.

„Das beginnt bei den Kitagebühren, geht über die Kosten der Schulspeisung bis hin zu Zuschüssen für Pflegeheime oder Vereine", erläuterte Malecki.

„Aha," meinte Bertram.

„Von Berges wollte ich eigentlich eine Spende oder ein Sponsoring für den Jugendfußball herauskitzeln. Aber er zeigte sich hartherzig und geizig. Eben ein Ausbeuter und gieriger Egoist."

„Ist ja ein Zufall, dass Sie mit den Kleinerts im selben Haus wohnen, oder?", wechselte Bertram das Thema.

Malecki sah ihn an und erklärte: „Na ja, wir lernten uns im Zusammenhang mit den Wohnungen kennen. Meine Eltern starben vor einigen Jahren durch einen Autounfall. Da erbte ich diese Wohnung und die Wohnung, in der Elisabeth und Markus Kleinert nun wohnen. Ich habe sie ihm damals verkauft."

„Das mit Ihren Eltern tut mir leid. Wieso sind sie nicht Eigentümer geblieben, Herr Malecki? Sie hätten sie doch vermieten können?", versuchte Bertram seine Neugier zu stillen.

„Wohneigentum passt nicht zu mir und meiner politischen Marschrichtung. Außerdem waren die Wohnungen mit einer gemeinsamen Hypothek belastet und ich wollte nicht noch mehr Verpflichtungen am Hals haben. Der Autokredit und die Miete reichen mir", entgegnete Malecki.

„Und was ist mit dieser Wohnung?", wollte Bertram wissen.
„Die habe ich ebenfalls verkauft. An einen anderen Investor. Damit konnte ich dann die Hypothek, die ja auch für diese Wohnung galt, ablösen. Es blieb sogar noch etwas übrig."

„Und jetzt wohnen Sie zur Miete hier?", vergewisserte sich Bertram, der die Verkäufe nicht nachvollziehen konnte.

„Genau." bestätigte Malecki.

Bertram wollte sich über Sinn oder Unsinn dieses Vorgehens lieber nicht äußern. Der Mann war schließlich erwachsen und musste sein Leben selbst gestalten. Bertram selbst, hätte jedenfalls anders entschieden.

„Herr Malecki, was können Sie mir über ihre kleine Gruppe von Freunden erzählen? Stimmt es, dass Sie sich alle durch Herrn Kleinert kennengelernt haben?"

„Das mit dem Kennenlernen kann ich nicht genau sagen. Die Gruppe war schon vor meiner Zeit zusammen. Es mag stimmen, aber ich habe das nie beobachtet oder bemerkt. Ehrlich gesagt, habe ich mir darüber noch nie Gedanken gemacht. Wir wurden einfach Bekannte. Ich war der letzte Zugang in der Gruppe."

„Bekannte? Nicht Freunde?", wollte Bertram es genauer wissen.

„Das waren keine Freundschaften. Es waren Beziehungen, die nicht selbständig zwischen den Leuten entstanden sind", stellte Malecki in striktem Tonfall fest.

„Also meinen Sie, die Gruppe wurde künstlich geformt oder geführt?"

„Genau. Markus war die treibende Kraft. Er führte immer das große Wort und sagte, was zu tun sei. Wir mussten uns wohl oder übel fügen", sagte Malecki.

Bertram vergeudete keine weitere Zeit: „Wenn Sie mir das so klar beschreiben, dann kann ich Sie ja auch direkt fragen. Welches Druckmittel hatte Markus Kleinert gegen Sie in der Hand? Mir ist bereits bekannt, dass es bei den anderen Teilnehmern der Gruppe so etwas gab."

„Das sage ich Ihnen nicht, weil ich mich selbst belasten müsste", bekam Bertram zur Antwort.

Bertram überlegte, was zu tun sei. Natürlich konnte er den Mann nicht zwingen, sich selbst zu bezichtigen. Er wusste ja nicht, worum es bei diesem Erpressungsgrund ging. Aber er versuchte es dennoch: „Herr Malecki, ich kann Ihnen nur raten, sich ein reines Gewissen zu verschaffen. Was immer Sie angestellt haben, kommt früher oder später heraus. Es gibt da so ein altes Sprichwort, ich glaube von da Vinci: „Die Wahrheit ist die kleine Tochter der Zeit." Durch eine Selbstanzeige können Sie auf ein abgemildertes Maß der Sanktionen hoffen. Dann haben Sie es hinter sich und sind wieder frei von einem Geheimnis, welches Sie sonst vielleicht Ihr Leben lang belastet."

Malecki schwieg und schien zu überlegen. Dann sagte er: „Ich bin Sozialarbeiter. In meinem Beruf kümmert man sich um andere Menschen. Was mir passiert ist, passt nicht dazu." Malecki schien nervös zu sein und schwieg erneut.

Bertram spürte Hoffnung, dass aus Malecki noch mehr herauszuholen sein könnte. Er ließ die Pause andauern. Malecki sah erst zu Boden, dann aus dem Fenster. „Na los, das war doch schon ein Anfang. Was ist geschehen?", versuchte Bertram sein Gegenüber zu ermuntern.

Malecki wandte sich wieder Bertram zu und begann zu erzählen: „Ich habe schwere Schuld auf mich geladen. Seit einigen Jahren bin ich in psychologischer Behandlung, weil sich das Geheimnis immer weiter in mich hineinfrisst. Ich habe viele schlaflose Nächte deswegen. Die Schuldgefühle sind erdrückend. Mein Psychologe hat mir schon oft geraten, die Schuld durch eine Offenbarung gegenüber den Behörden loszuwerden."

Bertram ließ nun nicht mehr locker: „Herr Malecki, wenn es sich um einen Konflikt mit dem Gesetz handelt, dann rate ich Ihnen zu einer Abwägung zwischen weiteren seelischen Qualen und dem Ertragen einer Bestrafung. Je nachdem, was Sie für ein Problem haben, ist die Strafe eventuell die bessere Lösung. Dann sind sie die Sache los."

„Also gut. Dann bin ich jetzt vielleicht so weit. Es ist wohl eine Straftat, wenn ich mich nicht irre", begann Malecki mit seinem Bericht. Dafür bekomme ich bestimmt kräftig eins drüber. Aber man wird mir am Ende wohl nicht den Kopf abreißen. Es war der Tag, als der Notarvertrag für den Verkauf der Wohnung an Markus Kleinert unterzeichnet wurde. Markus war mit dem Bus aus Potsdam gekommen. Ich hatte mein Auto dabei. Nachdem wir beim Notar in Werder fertig waren, wollte Markus unbedingt auf den Immobilienerwerb anstoßen. Er ließ einfach nicht locker. Auf seinen Vorschlag hin sind wir dann in eine Gaststätte gegangen. Markus meinte, ein oder zwei Gläschen könnten nicht schaden. Dieses Vorhaben wurde in die Tat umgesetzt und es blieb tatsächlich nicht bei einem einzigen Glas.

Bertram stellte eine Zwischenfrage: „Es läuft darauf hinaus, dass Sie eigentlich nicht mehr ans Steuer gedurft hätten, oder irre ich mich?"

„Nein, Sie irren sich nicht. Im Anschluss an den Gaststättenbesuch bat mich Markus, ihn im Auto mit nach Ferch zu nehmen. Er meinte, er hätte sich anders entschieden und wollte nun noch einen Freund besuchen, der ganz in der Nähe wohnte. Wir stiegen also ins Auto und fuhren los. Auf der Verbindungsstraße zwischen Petzow und Ferch, die damals ganz neu ausgebaut war, kam uns auf halber Strecke ein Fahrzeug entgegen. Die Straße ist nicht sehr breit und hat an beiden Rändern einen weißen Strich. Trotz des Radweges neben der Straße, wird der Platz neben dem Begrenzungsstrich oft von Radfahrern genutzt. Ich musste mit meinem Wagen an den rechten Rand der Straße, um Platz für das entgegenkommende Auto zu schaffen. Dabei übersah ich einen Radfahrer und streifte ihn. Der Radfahrer kam von der befestigten Straße ab und stürzte gegen einen der Straßenbäume. Kleinert schrie vor Schreck auf, fing sich aber schnell. Ich fuhr in Schockstarre weiter, anstatt sofort anzuhalten. Auch das andere Fahrzeug setzte die Fahrt fort. Der Unfall war vom Fahrer wohl nicht bemerkt worden. Kleinert starrte mich unentwegt von der Seite an. Ich fuhr bis zum Ortseingang von Ferch weiter und hielt auf dem großen Parkplatz an der rechten Seite an. Dann legte ich den Kopf nach vorn gegen das Lenkrad. Ich war ratlos und völlig schockiert. Kleinert schwieg erst und machte dann einen Vorschlag.

„Es ist also eine Fahrerflucht mit Trunkenheitsfahrt, mit der Sie von Kleinert erpresst wurden?", vergewisserte sich Bertram.

„Ja, genau. Markus meinte, die Sache sei nun mal passiert, die Fahrerflucht sei bereits begangen, nun müsse man das Beste für mich daraus machen. Er schlug vor, Spuren am Auto zu suchen und wenn nötig zu entfernen. Dann sollten wir uns trennen und uns später noch einmal zu dieser Sache unterhalten. Markus wollte das am nächsten Morgen im Laufe des Vormittages erledigt wissen."

Bertram versuchte sich die Situation vorzustellen. Da saßen zwei relativ fremde Menschen nach einer Fahrerflucht im Auto. Anstatt der verletzten Person zu helfen fuhren sie lieber davon, wollten den Unfall verschweigen und alles verheimlichen. Für beide Charaktere war das wahrlich kein Ruhmesblatt.

Malecki fuhr fort: „Ich willigte verstört ein. Ich konnte zu diesem Zeitpunkt noch keinen klaren Gedanken fassen. Am Auto war nicht viel zu sehen. Der rechte Außenspiegel war nur verstellt, nicht beschädigt. Am Kotflügel und an der Tür war nur eine Schleifspur im Schmutz zu sehen. Keine Kratzer oder Dellen im Blech oder im Lack, kein Blut. Der Lack war schnell sauber gewischt. Das Auto sah nun unverdächtig aus. Markus verabschiedete sich und ging zu Fuß zu seinem Freund. Einige Tage später lernte ich den Freund bei meinem ersten Treffen mit den anderen kennen. Es war Paul Cordelius."

Bertram hatte gespannt zugehört. Das war ja allerhand. Da gestand ihm gerade jemand eine Fahrerflucht unter Alkohol mit wahrscheinlich schwerer Körperverletzung oder sogar Todesfolge.

„Wissen Sie, was aus dem Radfahrer geworden ist?", versuchte Bertram das Geständnis fortzuführen.

„Ich sehe ihn manchmal beim Einkaufen im Werderpark. Er trug lange einen Arm in einer Schlinge. Viel länger, als bei einem einfachen Bruch. Wahrscheinlich hatte er sich beim Aufprall die Schulter gebrochen. Er sieht jetzt wieder gesund aus. Er hat wohl durch die Knochenbrüche keinen bleibenden Schaden erlitten. Aus der Zeitung habe ich später noch Informationen entnehmen können, dass er nicht lebensgefährlich verletzt wurde. Es tut mir unendlich leid, aber ich kann es ja nicht rückgängig machen", versuchte Malecki eine Rechtfertigung.

„Aber Sie hätten sofort helfen können. Dann wäre der Schaden vielleicht geringer gewesen", antwortete Bertram.

„Verhaften Sie mich nun?", fragte Malecki.

„Nein. Das werde ich nicht. Sie gehen selbst zur Polizei in Werder und erstatten dort eine Anzeige gegen sich über den Vorfall. Sie werden dort genau das Geschehen bezüglich der Fahrerflucht schildern, welches Sie mir eben erzählt haben. Ich werde mich bei den Kollegen danach erkundigen und zwar Morgen um 16:00 Uhr. Bis dahin müssen Sie dort gewesen sein. Ist das klar? Dann bekommen Sie vielleicht Strafmilderung, weil Sie selbst gekommen sind. Sonst nicht. Dann melde ich es und sorge dafür, dass ein Verfahren in Gang gesetzt wird."

„In Ordnung. Das wird das Beste sein", sagte Malecki mit leiser Stimme.

„Also, wie ging es dann weiter, nachdem Sie sich am Parkplatz getrennt hatten?", nahm Bertram das Gespräch wieder auf.

„Ich fuhr nach Hause und versuchte, mich zu beruhigen. Ich kämpfte mit mir, ob ich mich stellen sollte oder nicht. Am Ende entschloss ich mich, bis zum nächsten Morgen zu warten. Markus wollte ja noch einmal vorbeikommen. Ihn wollte ich nicht unnötig in die Sache hineinziehen und erst mit ihm sprechen. Schließlich war er ja durch die unterlassene Hilfeleistung irgendwie mit drin in der Sache. Doch es kam anders."

„Na dann lassen Sie mal hören, was denn anders kam", ermunterte Bertram Malecki.

Der berichtete nun vom Auftauchen Kleinerts am nächsten Tag: „Er kam gegen 10:30 Uhr und unterbreitete mir ohne Umschweife seine Forderungen. Damit er mich nicht anzeigen würde, verlangte er von mir eine schriftliche Bestätigung, dass ich den halben Kaufpreis der Wohnung nach dem Notartermin in bar von Kleinert erhalten hätte. Das waren immerhin 66.000 €. Er würde die andere Hälfte auf das Notarkonto überweisen."

„Das ist ja allerhand! Eine ganz schöne Summe", entfuhr es Bertram.

„Wir gerieten kurz in Streit über diese Erpressung, aber letztlich beugte ich mich wegen der Angst vor Strafe. Ich musste dann eben auch noch die selbst bewohnte Wohnung verkaufen. Nur so konnte ich dann diese blöde Hypothek tilgen. Für den Notar wäre nichts auffällig. Er konnte nichts bemerken. Nur musste ich schnell Geld auftreiben, damit der Notar genügend Geld zur Tilgung erhielt. Das Geld sollte aus dem zweiten Wohnungsverkauf kommen. Zum Glück gab es einen weiteren Kaufinteressenten. Weil ich beide Wohnungen zum Kauf angeboten hatte, waren diverse Interessenten erschienen. Ursprünglich wollte ich nur eine Wohnung wirklich abgeben und die andere selbst bewohnen. Egal welche. Damit es schnell zu einem Kaufabschluss käme, bot ich beide Wohnungen an. Davon versprach ich mir mehr Kaufinteressenten. Das hat auch prima geklappt. Nun war alles anders gekommen."

Malecki hatte tatsächlich erhebliche Schuld auf sich geladen. Bei seinem sozial engagierten Beruf wohl als besonders schäbig einzustufen.

„Sie leben allein, Herr Malecki?", erkundigte sich Bertram.

„Ja, das schon. Aber nicht einsam. Von Zeit zu Zeit habe ich Beziehungen", antwortete Malecki.

„Aha, aber in der Wohnung leben Sie für sich, das meinte ich."

„So ist es", stimmte Malecki zu.

Nachdem sich die beiden Männer verabschiedet hatten, ging Bertram die Treppe in die 4. Etage hinauf. Bei Thomas Malecki hatte es nun doch länger gedauert als zunächst gedacht. Frau Borgner war zum Glück nicht verärgert. Sie bat ihn herein und bot ihm ein Glas Mineralwasser an.

„Entschuldigen Sie bitte die Verspätung, Frau Borgner. Da Herr Malecki und Herr Kleinert sich gut kannten, hat es dort etwas länger gedauert als zunächst vermutet."

„Aber das ist doch gar kein Problem, ich bitte Sie", säuselte Frau Borgner. „Ich hoffe, Sie konnten für Ihre Untersuchung von ihm wichtige Hinweise erhalten?"

Sie stellte das Glas mit dem Mineralwasser vor ihn auf den Tisch und begann sofort zu erzählen: „Ich habe ja schon am Morgen Bescheid gewusst. Meine Freundin, die Frau Heitholm, war mit einer spannenden und verstörenden Geschichte zu mir gekommen. Sie hatte am Seeufer tatsächlich eine Männerleiche im Wasser gefunden. Besser gesagt, ihr Hund. Natürlich haben wir da noch nicht gewusst, dass es der arme Herr Kleinert war, der dort tot im Wasser lag."

Bertram stellte sich innerlich auf einen Monolog von Frau Borgner ein. Er sollte nicht enttäuscht werden.

„Wie schrecklich das doch alles ist. Meine Freundin hat mir alles ganz genau geschildert und war dabei vor Aufregung ganz rot im Gesicht, obwohl sie ja sonst eher ein wenig blass ist. Und die arme Nachbarsfrau ist ja nun ganz allein und hat diesen Copyshop nun allein am Hals. Das man damit seinen Lebensunterhalt verdienen kann, ist mir sowieso schleierhaft. Aber die moderne Technik verstehe ich ja ohnehin in meinem Alter nicht mehr so richtig. Alles nur noch digital, Computer und diese neuen Telefone. Die Dinger kann ich gar nicht richtig bedienen, weil ich die ganzen Begriffe nicht verstehe. Alles auf englisch. Mit einem Geldautomaten kann ich ja mittlerweile umgehen, aber früher am Bankschalter habe ich mich sicherer gefühlt. Früher war überhaupt eigentlich alles besser. Es war überschaubarer."

Bertram nahm einen großen Schluck Wasser. Das konnte dauern, dachte er sich.

„Schon dieser Aufzug hier im Haus bringt mich manchmal um den Verstand. Der fährt mal ganz schnell und mal ganz langsam, obwohl man es eigentlich nicht spürt. Außerdem spielt die Etagenanzeige im Aufzug manchmal verrückt und zeigt falsche Zahlen an. Am Tag vor dem Auffinden von Herrn Kleinert, war ich zum Beispiel mit dem Aufzug in den Keller gefahren. Ich wollte dorthin, um nach der

Waschmaschine zu sehen. Ich hatte Buntwäsche aufgesetzt, wissen Sie? Als ich mit der Wäsche wieder zum Aufzug kam, wartete Frau Kleinert davor, die aus der Tiefgarage gekommen war. Wir beide stiegen ein und unterhielten uns kurz. Komischerweise ist Frau Kleinert im Erdgeschoss gleich wieder ausgestiegen. Mir kam es so vor, als ob der Aufzug für das eine Stockwerk ganz schön lange gebraucht hätte. Dann fuhr er aber wie der Blitz in die oberste Etage hinauf. Das kann ich alles nicht verstehen, wie diese modernen Sachen funktionieren. Wo doch nur die guten alten Zeiten geblieben sind?"

Bertram hatte sich das Lamento von Frau Borgner geduldig angehört. Die Dame schien ihm etwas verwirrt zu sein. Aufzüge fuhren nach seiner Kenntnis mit konstanter Geschwindigkeit, zumindest in so kleinen Anlagen. Das Unbehagen mit den Geldautomaten konnte er gut nachvollziehen. Der Kontakt mit einem Bankangestellten, wie es früher üblich war, fehlte ihm nicht. Er hatte es immer als nervig empfunden, wenn er vor dem Schalter in einer Schlange warten musste. Der Umgang mit Mobiltelefonen war ihm zu Anfang ebenfalls schwierig erschienen. Aber mit der Zeit hatte er sich daran gewöhnt. Er brauchte es selten privat. Meistens kamen dienstliche Dinge darüber an.

„Und wie kann ich Ihnen nun helfen, in dieser schrecklichen Sache?", fragte sie ihn direkt.

„Meine Aufgabe ist es, den Tod von Herrn Kleinert zu untersuchen. Es soll festgestellt werden, ob eine Straftat vorliegen könnte oder eine natürliche Ursache in Betracht kommt. Ich benötige für die direkten Bezugspersonen von Herrn Kleinert Angaben, wo sie sich zum Zeitpunkt seines Todes befunden haben. Können Sie mir sagen, wo Frau Kleinert sich am Abend vor dem Fund bis 2:00 Uhr morgens aufgehalten hat?"

Frau Borgner tat erstaunt: „Aber das habe ich Ihnen doch eben erzählt. Sie war hier. Wir haben uns doch im Aufzug getroffen. Wo sie den ganzen Tag oder den ganzen Abend war, kann ich Ihnen aber nicht sagen. Meinen Sie etwa, sie hätte ihrem Mann etwas angetan? Das kann doch nicht Ihr Ernst sein? Diese nette Frau doch nicht."

„Nein, nein, Frau Borgner. Das ist Routine. Wir müssen so etwas erfragen. Machen Sie sich bitte keine Gedanken. Hier steht niemand unter Verdacht, dass er etwas Böses getan haben soll." Jedenfalls bisher nicht, dachte Bertram innerlich.

Damit war das Gespräch mit Frau Borgner erledigt. Bertram verabschiedete sich, bedankte sich dabei höflich für das Wasser und ging zurück zu seinem Dienstwagen. Auf dem Weg ins Präsidium ließ er die beiden Zeugenaussagen in Gedanken Revue passieren.

Thomas Malecki war nach seinem ersten Eindruck ein Dummkopf. Abgesehen von seiner politischen Überzeugung, die Bertram nicht teilen konnte, hatte er verantwortungslos und feige gehandelt. Aber Politik durfte auf seine Ermittlungen keinen Einfluss haben. Nur die Tatsachen galt es zu bewerten. Er bemühte sich, seine Ablehnung der politischen Einstellung Maleckis nicht als Aversion gegen ihn zuzulassen.

Die Fahrerflucht hätte man noch als Affekthandlung einstufen können, wenn er umgehend zur Unfallstelle zurückgekehrt wäre. Eindeutig ein schwerer Fehler. Dafür musste er nun nachträglich die Verantwortung übernehmen. Die Einschätzung von Malecki traf wohl zu, man würde ihm nicht den Kopf abreißen. Aber eine Verurteilung zu Schadenersatz und Schmerzensgeld war mit Sicherheit zu erwarten. Dazu kämen wohl noch ein paar Monate auf Bewährung und der Verlust des Führerscheins für eine ganze Weile. Das war auszuhalten.

Den zweiten kapitalen Fehler beging Malecki zweifellos, als er sich aus Feigheit nicht gegen Markus Kleinert zur Wehr setzte. Anstatt ihm die Quittung zu unterschreiben und die zweite Wohnung auch noch zu verkaufen, verpasste er damals die Chance, diesen kriminellen Zeitgenossen aus dem Verkehr zu ziehen. Gleichzeitig wäre damit die Fahrerflucht korrigiert worden. Die versuchte Erpressung und die Beteiligung an einer Fahrerflucht mit schwerer Körperverletzung hätten wohl für eine Verurteilung von Markus Kleinert ausgereicht.

Maleckis schwacher und feiger Charakter hatte wahrscheinlich zu dessen Annahme geführt, durch die Zahlung der 66.000 € sei die Angelegenheit beendet. Wie dumm manche Menschen doch waren. Erpressungen sind so gut wie immer Dauerläufer. Er musste sich Thomas Malecki erneut vornehmen. Wahrscheinlich war von ihm noch mehr zu erfahren. Da bei ihm und seinem Einkommen kaum noch mehr Geld zu erpressen sein dürfte, musste es noch etwas anderes Wertvolles für Markus Kleinert gegeben haben, das ihm Thomas Malecki liefern konnte.

Der Gedanke an die alte Dame zauberte dem Kommissar ein Schmunzeln ins Gesicht. Sie war auf ihre Art bemüht zu helfen. Dabei wirkte sie schutzbedürftig und zerbrechlich, dazu nicht mehr besonders leistungsfähig in dieser hektischen Umwelt. Mit der modernen Technik war sie überfordert, aber dennoch machte sie ihre Erfahrungen. Sie hatte nichts entscheidend Wichtiges beitragen können. Eine Bestätigung für Elisabeth Kleinerts Aufenthalt bedeutete die Begegnung im Aufzug jedenfalls nicht. Warum diese im Erdgeschoss wieder ausgestiegen war, konnte er sie bei nächster Gelegenheit noch einmal fragen. In der Tat ergab das ohne Erklärung keinen Sinn. Aber das würde Frau Kleinert bestimmt als einen harmlosen Vorgang aufklären können.

Bertrams Abend verlief wie die meisten seiner Abende - auf dem Sofa. Er hatte sich für ein Glas Rotwein entschlossen und zappte nun durch die verschiedenen Sender. Irgendwann blieb er bei einer Talkshow hängen. Irgendwelche Wissenschaftler diskutierten über sogenannte Genderwissenschaften.

Bertram hörte sich einige der Redebeiträge an. Er erinnerte sich an seinen Chef, der ihn mit der geschlechterspezifischen Anrede genervt hatte. War das nun ein Scherz von ihm oder hatte der es wirklich ernst gemeint?
Dieser Unsinn mit der Aufzählung aller Geschlechter oder, wie eben in der Talkshow gehört, die geschlechtsneutrale Ansprache, beschäftigten ihn. Statt "Liebe Kollegen" musste es also immer heißen: "Liebe Kolleginnen und Kollegen". Statt "Radfahrer" oder "Radfahrerin"

sollte in Zukunft der Begriff "radfahrende Menschen" in die Straßen-verkehrsordnung aufgenommen werden, hatte einer der Diskussions-teilnehmer gesagt. Sollte das tatsächlich eine Wissenschaft sein? Oder werden?

Bertram hatte den Eindruck, dass vor allem männliche Attribute oder Endungen vermieden werden sollten. Weibliche Endungen wurden toleriert, als optimal wurde eine geschlechtsneutrale Ausdrucksweise gefordert. Das zweite Glas Rotwein wirkte und er begann in Gedanken zu scherzen. Das Wort "Krankenschwester" endete mit dem männli-chen „er". Musste man zur Betonung der Weiblichkeit nicht statt "Krankenschwester" besser "Krankenschwesterin" sagen? Und was machte eine solche feministische Genderwissenschaftlerin eigentlich, wenn sie mit Nachnamen "Bergmann" heißen würde? Das musste doch furchtbar für so eine Frau sein, wenn ihr Name auf „Mann" en-dete? Er beschloss, die Diskussion im Fernsehen abzuschalten. So ein Quatsch. So ein absolut überflüssiger Quatsch, waren seine letzten Gedanken an diesem Abend.

Bertram grinste zufrieden und schlief dann ausnahmsweise auf dem Sofa im Wohnzimmer. So etwas war für ihn die Ausnahme. Er war sonst ein sehr an Regeln gewöhnter Mensch.
Seit seine Frau gestorben war, hatte er sich selten gehen lassen. Nur die Anfangszeit war für ihn schwierig. Er hatte viele Aufgaben seiner Frau übernehmen müssen, die er für selbstverständlich gehalten hatte. Nun verrichtete niemand mehr die diversen notwendigen Handgriffe im Haushalt. Es hatte einige Monate gedauert, bis er sich fing und alles in den Griff bekam. Sie hatten eine sehr harmonische und liebe-volle Ehe geführt. Streit gab es eigentlich nie, jedenfalls nicht ernst-haft.

Sie fehlte ihm oft. Der Schlaganfall kam damals aus heiterem Him-mel. Etwas, was sich viele Menschen für ihren eigenen Abgang wün-schen. Aber nicht so früh. Nicht so verdammt früh mit 54 Jahren.

Kapitel 8 **Die ersten Indizien**

Am nächsten Morgen kam Bertram gut ausgeruht im Büro an und setzte sich in den Besprechungsraum zu einigen Kollegen. Er hatte sich einen großen Kaffee aus der kleinen Kaffeeküche der Abteilung mitgebracht. Man traf sich häufig morgens dort, um sich über verschiedene Themen auszutauschen. So konnte man vor der Arbeit zur Abwechslung sogar etwas aus dem Privatleben loswerden.

Die Kollegen begrüßten sich und sprachen über allgemeine Themen. Nichts von Bedeutung. Bertram hatte seine Aktentasche neben sich auf die Bank gelegt und genoss den heißen Kaffee. An der Wand gegenüber hing eine große Landkarte. Sie diente bei diversen Besprechungen zur Lokalisierung von Tatorten oder der räumlichen Abgrenzung von Gebieten. Ab und zu wurde sie bei Einsatzplanung zur Begleitung von Demonstrationsmärschen benutzt. Deren Verlauf wurde dargestellt und geplant, wo wegen möglicher Gefahrenstellen Polizeipräsenz erforderlich wäre. Das war zwar eher eine Aufgabe der Kollegen der Verkehrspolizei, die Kriminalpolizei unterstützte dabei jedoch oft. Die Personaldecke war insgesamt dünn. Seit Jahren wurden verschiedene Planstellen nicht nachbesetzt, sondern einfach gestrichen.

Bertram suchte auf der Karte den Schwielowsee und Ferch. Er ging hinüber, stellte sich davor und schaute sich aus der Nähe die Schauplätze seines Falles an. Schon bald hatte er gefunden, wonach er suchte. Die Entfernungen waren gering, stellte er fest. Einige der Zeugen wohnten nicht weit voneinander entfernt. Paul Cordelius hatte ihm erzählt, Kleinert sei angetrunken in Richtung dessen Segelbootes aufgebrochen. Also war er nach Süden gegangen. Das konnte stimmen, musste es aber nicht. Der Schwielowsee ist ein See ohne größere Wasserbewegung. Er ist letztlich nichts weiter als eine große Bucht. Eine Ausbeulung der Havel sozusagen.

Bertram fühlte, wie Spannung in ihm aufstieg. Die Kartenbetrachtung ergab, dass im See entweder wenige, vielleicht sogar gar keine Strö-

mungen auftraten. Jedenfalls nicht auf der Höhe von Ferch, wo Cordelius wohnte. Dort musste es eigentlich sehr ruhiges, mehr oder weniger stehendes Gewässer geben. Am Nordende des Schwielowsees, bei
der großen Hotelanlage und der Brücke hinüber nach Geltow, musste
durch die dort fließende Havel dagegen eine Strömung vorhanden
sein.

Bertram ging zu seiner Aktentasche und zog die Berichte zum Fall
heraus. Er blätterte darin und suchte die Seiten, die das Auffinden der
Leiche und den Fundort beschrieben. Nach seiner Erinnerung stand in
dem Bericht eine Passage über das Wetter und den Wind. Schon bald
hatte er die Stelle entdeckt. Zum Zeitpunkt des Fundes herrschte ein
leichter auflandiger Wind aus Osten. Also direkt auf das Ufer zu, das
in Höhe des Fundortes des Toten und der Adresse von Paul Cordelius,
„Am Alten Rathaus 4", von Nord nach Süd verlief. Nun verstärkte
sich seine Spannung erheblich.

Da war zunächst der Fundort der Leiche. Das war das nördliche Ende
der Uferpromenade, die dort wieder hinauf zur Fercher Straße führte.
Die Gegend nannte sich laut Karte „Ferch Mittelbusch". Einige hundert Meter südlich lag der Wohnort von Paul Cordelius „Am Alten
Rathaus 4". Davor befanden sich am Seeufer der kleine Bootssteg und
die Hundewiese neben der Minigolfanlage. Noch weiter südlich, in
ungefähr zwei Kilometern Luftlinie, schätzte Bertram, lag das Zentrum der Gemeinde Schwielowsee/Ferch. Das Seeufer krümmte sich
dort zu einer Bucht, in deren Mitte die Marina lag. Zu ihr gehörte die
Steganlage mit dem Kran zum Einsetzen oder Herausholen der Boote.
Direkt daneben war das Gelände mit dem Lagerplatz für Boote während der Winterzeit.
Der Zeuge Cordelius hatte Kleinert in Richtung Süden weggehen sehen. Die beiden hatten sich sogar noch über den Weg unterhalten. Die
Leiche wurde jedoch am nächsten Morgen einige hundert Meter nördlich der Grillparty am Ufer gefunden. Kleinert konnte vom Wind nicht
dorthin getrieben worden sein. Jedenfalls nicht aus einer südlichen
Position unterhalb des Standortes „Am Alten Rathaus 4". Um ganz
sicher zu gehen, wollte er noch ein Detail zum Wind genauer überprüfen. Jeder Irrtum sollte ausgeschlossen werden.

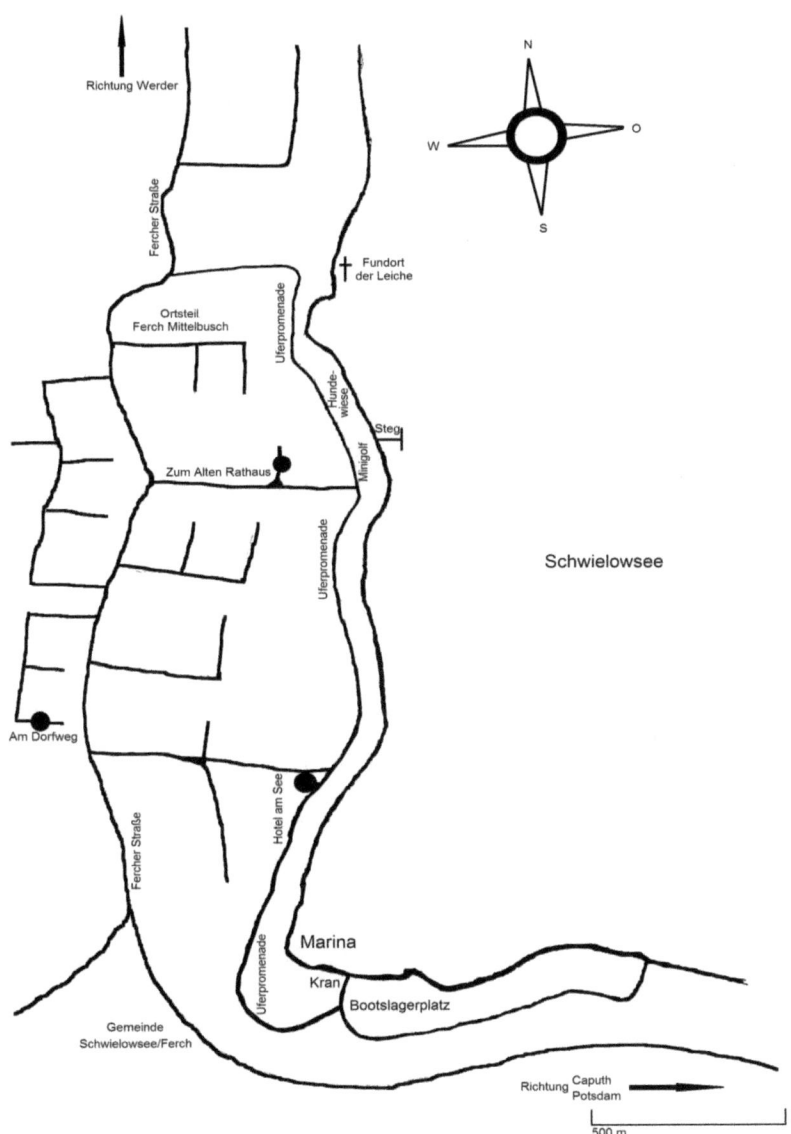

Richtung Werder

Fercher Straße

Uferpromenade

Ortsteil
Ferch Mittelbusch

† Fundort
der Leiche

N

W   O

S

Hunde-
wiese

Steg

Minigolf

Zum Alten Rathaus

Uferpromenade

Schwielowsee

Am Dorfweg

Fercher Straße

Hotel am See

Marina

Uferpromenade

Kran

Bootslagerplatz

Gemeinde
Schwielowsee/Ferch

Richtung Caputh
Potsdam

500 m

Bertram griff seine Sachen und begab sich ins Büro und telefonierte. Die Kaffeetasse hatte er in diesem Moment bereits vergessen. Er ließ sie achtlos im Besprechungsraum stehen, was ihm den missbilligenden Blick eines Kollegen einbrachte. An das Wegräumen der Tasse hatte er überhaupt nicht mehr gedacht.

Die Telefonnummer des Potsdamer Wetterdienstes fand er rasch im zerfledderten Telefonbuch aus einer seiner Schreibtischschubladen und rief dort an. Eine Mitarbeiterin benötigte nur wenige Minuten, um ihm seine Frage zu beantworten. Tatsächlich hatte in der Nacht vor dem Fund der Wind zwar schwach, aber gleichmäßig und dauerhaft aus Osten geweht.

Bertram bedankte sich und lehnte sich in seinem Bürostuhl zurück. Das war ja eine höchst interessante Entdeckung! Er hob die Arme und verschränkte die Hände am Hinterkopf. Nun war er sicher, an dem Todesfall war etwas faul. Er erhob sich und ging zurück in den Besprechungsraum. Er sah sich „Ferch Mittelbusch" und Umgebung an und ging in Gedanken die bekannten Details durch.

Irgendjemand log hier! Bertram war mit sich zufrieden, weil er aus eigentlich banalen Punkten der Berichte etwas kombinieren konnte. Die Leiche sei nicht am Fundort ins Wasser gelangt, stand im Bericht. Sie musste von ganz woanders als bisher vermutet, angeschwemmt worden sein. Aufgrund der Windrichtung brauchte man eigentlich nur vom Fundort aus gerade Richtung Osten zu schauen. Also auf das Wasser hinaus. Auf diesem Stück, bis zum anderen Ufer des als eine Bucht geformten Schwielowsees, musste es passiert sein. Entweder vom anderen Ufer aus, oder auf dem Weg dazwischen, musste Markus Kleinert ins Wasser gelangt sein.

Hauptkommissar Bertram wollte der Sache, wenn möglich sofort, nachgehen und telefonierte mit der Abteilung Spurensicherung. Er wollte nicht selbst und allein nach Spuren suchen. Dafür gab es schließlich ausgebildete Spezialisten.

Ein Team der Spurensicherung war frei und konnte mit Bertram dessen Vermutung nachgehen. Die Vermutung lautete, dass am gegenüberliegenden Ufer Spuren zu finden sein müssten. Wenn Kleinert hier ins Wasser gegangen oder gebracht worden war, dann konnte man das vielleicht noch nachweisen. Immerhin fehlten Brieftasche und Handy des Toten. Eventuell tauchte davon etwas bei der Suche auf. Vielleicht gab es durch einen Raubüberfall eine plausible Erklärung für alles. Allerdings passte der Zustand der Leiche nicht zu einem gewaltsamen Verbrechen. Vielleicht konnten das Handy oder die Brieftasche gefunden werden. Dann wäre klar, dass die bisher angehörten Zeugen doch nichts mit Markus Kleinerts Tod zu tun hatten. Der Täter müsste ganz woanders zu suchen sein.

Sie fuhren mit zwei Fahrzeugen zum gegenüberliegenden Ufer. Die Koordinaten für das Uferstück hatten die beiden Spurensicherer schnell ermittelt. Ein 500 Meter langer Uferstreifen sollte untersucht werden. Ausgerüstet mit Gummistiefeln, wollten die Beamten sich das Gelände und besonders das Ufer ansehen. Sie wollten gründlich nach möglichen Hinweisen suchen.

Vor Ort angekommen, wurde bald klar, dass hier nichts zu finden war. Das Ufer war mit einem Schilfgürtel dicht bewachsen. Sie stapften zwar möglichst nah am Ufer durch den morastigen Boden, fanden aber auf dem ganzen Stück nichts, was auf Markus Kleinert hätte schließen lassen. Ein paar Fußspuren von Tieren, ein paar Abdrücke von Kinderfüßen, ein wenig Müll. Das war alles. Am Schilf selbst war nichts zu sehen, was auf ein Durchdringen hingewiesen hätte.
Vom Ufer bis zur Straße war der Landstreifen unterschiedlich breit. Ein Radweg verlief neben der Straße. Die drei Beamten verbrachten den gesamten Vormittag auf dem Geländestück und suchten nach Kleinigkeiten. Gefunden wurde nichts, was als Hinweis hätte dienen können.

Bertram brach die Aktion zur Mittagspause ab. Die Kollegen der Spurensicherung versprachen einen kurzen Bericht zu verfassen. Sie waren etwas ungehalten darüber, dass sie so plötzlich und im Endeffekt vergebens ausrücken mussten. Bertram selbst blieb in Ferch. Er fuhr zu der Marina im Scheitel der Bucht. Dort war ihm ein kleines Restaurant aufgefallen, in das er zum Mittagessen einkehren wollte.

Tatsächlich hatte die Gaststätte geöffnet und die Speisekarte bot genügend Auswahl. Bertram bestellte sich Zander mit Kartoffeln und Gemüsebeilage. Dazu ein alkoholfreies Weizenbier. Im Lokal war nicht viel Betrieb, es waren kaum Gäste da. Er wollte sich nach dem Essen hier gründlich umsehen. Das Segelboot von Markus Kleinert musste sich hier irgendwo befinden. Vielleicht fand er heraus, welches der Boote es war.

Nach dem Essen spazierte Bertram an der Lagerstelle der Boote vorbei. Ein paar Segelboote und einige Motorboote mit und ohne Außenbordmotoren standen auf dem eingezäunten Gelände. Etwa 20 leere Bootstrailer standen ordentlich neben- und hintereinander. Ein müde aussehender Schäferhund näherte sich von innen der Umzäunung und musterte Bertram aus einigen Metern Entfernung.
Am Kran der Marina, mit dem die Boote ins Wasser gehoben werden, werkelte ein Mann im blauen Arbeitsoverall. An der Steganlage dümpelten einige wenige Boote im Wasser. Der Kran wurde gerade vorbereitet, um ein weiteres Boot ins Wasser zu hieven.

Bertram erkundigte sich bei dem Arbeiter, ob er Markus Kleinert kannte. Der Mann bestätigte das, kannte Kleinert aber nur als Kunden für den Lagerplatz und für den Kran. Mehr wusste er nicht von ihm. Von einem Leichenfund hatte er gehört, wusste allerdings bis jetzt nicht, dass es Markus Kleinert war. Er wollte nun Kontakt mit Frau Kleinert aufnehmen, was jetzt mit dem Boot geschehen solle. Die Adresse und Telefonnummer hatte er in seinen Akten für den Bootslagerplatz. Er bedankte sich bei Bertram für die Information über Kleinert und wandte sich dem wartenden Kunden zu, der mittlerweile seinen Bootstrailer in Position zum Anheben des Bootes rangiert hatte.

Bertram verabschiedete sich und schlenderte zurück zu seinem Wagen. Er hatte sich mehr von der Suchaktion am Ufer versprochen. Ganz vergebens war sie ja, genau betrachtet, nicht. Immerhin konnte er nun davon ausgehen, dass Markus Kleinert mit hoher Wahrscheinlichkeit nicht vom anderen Ufer aus ins Wasser gelangt war. Damit blieb nur noch eine Lösung übrig. Kleinert war kurz vor seinem Ertrinken sehr wahrscheinlich auf einem Boot. Von dort war er entweder ins Wasser gefallen, oder er wurde hinein geworfen. Blieb nur noch die Frage zu klären, warum er nicht zum Ufer geschwommen war. Eigentlich sollte er angeblich ein recht passabler Schwimmer gewesen sein. Ob das jemals zu ermitteln war? Bertram runzelte die Stirn. Wo sollte er nun ansetzen? Kleinert war allein unterwegs gewesen. Er war wohl der Einzige, der dazu Fragen hätte beantworten können.

Bertram beschloss, sich noch einmal mit Paul Cordelius zu unterhalten. Vielleicht hatte der eine schlüssige Erklärung parat. Nach wenigen Minuten Fahrtzeit kam er bei Cordelius an. Er parkte wieder neben dem Gebäude und klingelte bei seinem Zeugen. Es dauerte eine Weile, dann öffnete Cordelius die Haustür.

„Ach, Sie noch einmal, Herr Bertram. Entschuldigen Sie, dass es so lange gedauert hat. Die Sprechanlage funktioniert nicht und der Türöffner gibt keinen Mucks von sich. An der Bude ist dauernd irgendwas kaputt. Ich kann schon wieder etwas besser gehen, aber noch nicht so richtig flott. Es geht alles noch recht langsam, verstehen Sie?"

„Kein Problem, Herr Cordelius. Wir Beamten haben Zeit. Wir ermitteln nicht im Akkord."

Die beiden gingen in die Wohnung und nahmen wie bei Bertrams letztem Besuch Platz. Erneut genossen beide den herrlichen Ausblick auf den Schwielowsee. Bertram berichtete von seinen Vermutungen über Strömungen im See und den Wind aus östlicher Richtung. Dann stellte er die Frage nach dem offensichtlichen Widerspruch von Kleinerts nächtlichem Fußweg Richtung Süden und dem Fundort seiner Leiche im Norden.

Cordelius hatte schweigend zugehört und dachte kurz nach. „Sie liegen richtig. Hier gibt es kaum Strömung, nur weiter nördlich. Wenn das mit dem Wind stimmt, dann ist ihre Schlussfolgerung ebenfalls plausibel. Dann befand sich Markus nicht südlich von hier."

Bertram stellte eine Frage: „Was wäre, wenn er seinen Plan geändert hätte und doch lieber den Weg nach Hause gegangen ist?"

„Dann hätte er entweder bei dem „Hotel am See" oder hier „Am Alten Rathaus" zur Straße hochgehen müssen. Seine Wohnung liegt aber weiter südlich von hier, nur mehr landeinwärts. Das hätte ihn also auch nicht weiter in Richtung Norden gebracht", überlegte Cordelius laut.

„Können Sie sich irgendwie erklären, was Markus Kleinert weiter nach Norden gebracht haben könnte?", wollte Bertram wissen.

„Nein, im Augenblick ist das für mich völlig unklar. Ich bin verwirrt darüber. Im Normalfall hat Markus immer gemacht, was er angekündigte. Es ist mir rätselhaft, was da passiert ist."

Im Anschluss an diese Fragen unterhielten sich die beiden noch kurz über das schön gelegene Haus. Bertram erfuhr, dass es nicht Cordelius gehörte. Der Eigentümer war ein Münchner Unternehmer, der als gebürtiger Potsdamer hier seinen Altersruhesitz geplant hatte. In der Zwischenzeit war das Gebäude nur eine Kapitalanlage und in vermietete Wohnungen aufgeteilt. Das konnte damals nach dem Kauf mit wenig Aufwand so eingeteilt werden. Er, Cordelius, durfte sich die Räume für den Club im Souterrain ausbauen und herrichten. Als Wohnung hätten sie nicht getaugt. Dafür müsse er nur eine recht geringe Miete zahlen. Die Sauna in dem kleinen extra stehenden Gebäude, stünde auch den anderen Bewohnern zur Verfügung. Gegen geringes Entgelt und natürlich nur, wenn kein Clubbetrieb sei. Cordelius lächelte dazu vielsagend.

Der Unternehmer, ein Spediteur, der viel mit dem Balkan und Österreich zu tun hatte. Er transportiere Waren und Güter innerhalb der Europäischen Union hin und her und käme nur alle drei bis vier Jahre hier vorbei. Später sollte das ganze Haus für dessen Ruhestand komplett umgebaut und saniert werden. Deshalb würde jetzt immer nur das Nötigste an Reparaturen ausgeführt. Er, Cordelius, habe dafür so eine

Art Hausmeisterfunktion. Die würde er im Gegenzug für die preiswerte Miete der Clubräume gern ausführen. Die jetzigen Mieter müssten sich später alle eine neue Bleibe suchen. Das wäre der Plan. Nur er durfte wahrscheinlich weiterhin als eine Art Hausmeister wohnen bleiben. Es war nur noch nicht ganz klar, in welchem Gebäudeteil. Mit dem Club wäre dann natürlich ebenfalls Schluss. Schade.

Bertram fragte zwischendurch, ob denn der Hauseigentümer mit dem Club einverstanden sei. Cordelius sagte, dass der Mann sich nicht dagegen geäußert habe. Dabei beließen sie es und Bertram verabschiedete sich. Er fragte im Gehen nach den anderen Bewohnern des Hauses.

Bei der Gelegenheit erfuhr Bertram, dass zwei weitere vermietete Wohnungen im Gebäude zu finden waren. In der einen wohnte ein junger Soldat, der aber meistens auf irgendwelchen Lehrgängen oder Schulungen unterwegs war. In der anderen lebte ein Rentnerehepaar.

Bertram ging hinunter zu den Klingeln und läutete bei dem genannten Rentnerehepaar. Nach kurzer Zeit öffnete sich ein Fenster im Erdgeschoss und eine Frau blickte heraus: „Ja, Bitte?" fragte sie in seine Richtung.

„Guten Tag Frau Zwiesling, ich bin Hauptkommissar Bertram, Polizei Potsdam. Darf ich Ihnen ganz kurz eine oder zwei Fragen stellen?", fragte Bertram höflich.

„Was? Polizei? Was ist denn los? Ist was passiert?", drang eine aufgeregte Männerstimme aus dem Inneren der Wohnung.

Bertram ging auf die Frau zu und bat erneut, sie und wenn möglich ihren Mann, kurz zu sprechen. „Machen Sie sich bitte keine Sorgen, hier ist nichts geschehen. Ich muss in einer anderen Sache etwas überprüfen, wobei sie mir eventuell helfen können."

„Na, dann kommen Sie mal herein. Wenn Sie bitte dort vorne zum Seiteneingang kommen würden, ich mache Ihnen auf." Sie schloss das

Fenster und Bertram ging den angewiesenen Weg. Am Ende stand Frau Zwiesling schon in der Tür. Sie bat ihn herein und führte ihn in eine geräumige Wohnküche. Am Tisch saß ein älterer Mann, offensichtlich ihr Mann. Er erhob sich, als Bertram eintrat und begrüßte ihn mit weichem Händedruck. Die Hand war feucht und unangenehm kühl.

„Ich untersuche den Todesfall, der sich wenige hundert Meter nördlich von hier vor ein paar Tagen ereignet hat", erklärte Bertram sein Anliegen. „Wir wissen mittlerweile, dass der Tote kurz vorher noch hier auf dem Grundstück war. Können Sie mir dazu vielleicht irgendetwas berichten, haben Sie eventuell etwas beobachtet, was uns weiterhelfen könnte?"

„Das war der Herr Kleinert, nicht wahr?", fragte Frau Zwiesling. Der war öfter mal drüben bei Herrn Cordelius. Es stimmt, am Samstag habe ich Herrn Kleinert hier gesehen. Die Freunde von Herrn Cordelius waren zum Grillen hier. Da drüben, vor dem Saunahäuschen." Sie deutete mit der Hand in die Richtung.

Bertram erblickte durch das Fenster das achteckige kleines Gebäude mit dem rundem Spitzdach. „Können Sie mir sagen, wie lange Herr Kleinert am Samstag hier war?", versuchte Bertram sein Glück.

„Also ich habe darauf nicht geachtet", antwortete Frau Zwiesling und blickte auf ihren nervösen Mann. „Heinrich, hast Du etwas bemerkt, was dem Herrn Kommissar helfen könnte?", fragte sie ihn.

„Nein, um Gottes Willen! Nichts gesehen. Nichts gehört. Polizei im Haus, oh Gott oh Gott. Wie furchtbar."

Meine Güte ist der hektisch, dachte Bertram im Stillen. Der ist ja infarktgefährdet.

„Wissen Sie, wir haben mit Herrn Cordelius nicht viel gemeinsam. Unsere Interessen gehen weit auseinander, wenn Sie verstehen was ich meine?" Frau Zwiesling sah Bertram forschend an und versuchte zu ergründen, ob er von dem Club in den Kellerräumen wusste.

„Sie sprechen vom „Club Regenbogen", nicht wahr?", fragte er nach.

„Ja, Sie wissen also davon. Uns ist das ein Dorn im Auge, wissen Sie? Früher war das hier ein ehrbares Haus. Seit Herr Cordelius diesen Club ins Leben gerufen hat, ist es damit wohl vorbei", seufzte sie. „Wir haben damals erst gar nichts gemerkt. Später gab es Tuscheleien und Gerüchte in der Nachbarschaft. Zunächst haben wir nichts davon geglaubt. Aber dann kam noch der Schaukasten hinzu." Sie blickte über das Grundstück in Richtung Uferpromenade. Am Grundstücksrand stand am Zaun ein Schaukasten, auf dessen Rückseite man von der Wohnung aus blickte.

„Was ist denn so Schlimmes an dem Schaukasten?", erkundigte sich Bertram.

„Na, darin hat Herr Cordelius eine kurze Beschreibung ausgehängt", sagte sie empört.

„Darf ich nach dem Inhalt fragen?", wollte es Bertram genauer wissen. Er war sich sicher, dass er sich das Lachen würde verkneifen müssen. Die beiden schienen der Sache des Clubs nicht aufgeschlossen gegenüber zu stehen.

„Da steht drin, dass sich hier Schwule und Lesben treffen. Außerdem solche, die das nur mal ausprobieren wollen. Wer Lust dazu hat, soll sich bei Herrn Cordelius melden. Ist das nicht skandalös?", stieß Herr Zwiesling empört und aufgeregt vor. Der bisher unruhig am Tisch sitzende Mann erhob sich: „Wissen Sie, man kann sich nicht mehr ungestört in den Garten setzen. Da gehen unten Leute vorbei, lesen den Aushang und schauen dann zu uns herüber. Die denken natürlich, wir gehören dazu, oder das ich so ein Schwuler bin. Das ist wirklich unerhört, was der Cordelius da macht!"

„Ruhig, Heinrich. Bitte nicht schon wieder aufregen", versuchte Frau Zwiesling ihren aufgebrachten Ehemann zu beschwichtigen.

Die beiden konnten ihm in der Tat nichts Verwendbares oder Neues zu seinem Fall berichten. Er erkundigte sich noch nach dem jungen Bundeswehrsoldaten und wann er den wohl antreffen könnte. Frau Zwiesling ging in ein anderes Zimmer und blickte aus dem Fenster an der Vorderfront des Gebäudes.

„Herr Sander ist da, dort steht sein Auto", berichtete sie. „Vielleicht macht er Ihnen auf. Er ist im Schichtdienst, wissen Sie? Da schläft er oft tagsüber ein paar Stunden."

Hauptkommissar Bertram bedankte sich für die geopferte Zeit und verließ die beiden Rentner. Er begab sich zurück zur Klingelanlage und drückte den Knopf für Herrn Sanders Wohnung. Nichts tat sich. Er läutete noch einmal. Nach einigen weiteren Sekunden Wartezeit, brummte der Türöffner. Bertram drückte die noch immer in bedauernswert reparaturbedürftigem Zustand befindliche Eingangstür auf und sah sich im Treppenhaus um. Tatsächlich stand ein junger Mann links im Erdgeschoss in der Wohnungstür. Offensichtlich hatte er geschlafen.

Bertram stellte sich und sein Anliegen vor. Der junge Mann bat ihn herein. „Entschuldigen Sie die Unordnung, ich bin heute noch nicht zum Aufräumen gekommen", sagte der junge Mann.

Bertram trat ein und hatte den Eindruck, dass hier wohl schon deutlich länger als angegeben nicht aufgeräumt worden war.

Er stellte einige Fragen und erfuhr, dass der junge Mann gar nichts zu dem Fall beitragen konnte. Er war bis zum Wochenanfang auf einem Lehrgang gewesen, die Rückreise war am Montag. Er war erst abends in Ferch angekommen. Somit hatte er nichts von dem Grillwochenende mitbekommen. Ja, Herrn Kleinert habe er gekannt. Zumindest vom Sehen. Der sei öfter mal bei Cordelius gewesen. Einen näheren Kontakt hatte er aber nicht gehabt.

„Aus reiner Neugier, Herr Sander, was veranstaltet man denn bei der Bundeswehr auf solchen Lehrgängen?", wollte Bertram wissen.

„Ach, das ist ganz unterschiedlich. Da gibt es alle möglichen Ausbildungsinhalte. Ich bin angehender Feldwebel. Dieser Lehrgang war der letzte, den ich als Voraussetzung für meine Beförderung bestehen musste." Der junge Mann sah ihn stolz an.

„Meinen Glückwunsch", sagte Bertram. „Was muss man denn als Feldwebel so wissen?", fragte er weiter.

„Da gibt es einige handwerkliche Dinge, wie Umgang mit Waffen, Geländeerkundungen, Gestaltung von Unterricht oder rechtlicher Kram. Zum Beispiel Gesetze wie das Grundgesetz, die Vorgesetztenverordnung, das Soldatengesetz und das alles Handeln der Soldaten auf dem Primat der Politik beruht. Da muss man eine Menge auswendig lernen." Wieder war dem jungen Soldaten anzusehen, dass er Freude an seinem Beruf hatte.

Bertram ließ es dabei, denn ein Zeuge der zur fraglichen Zeit gar nicht anwesend war, konnte ihm mit Sicherheit nicht weiterhelfen. Er verabschiedete sich, entschuldigte sich für die Störung und verließ das Gebäude in Richtung seines Dienstwagens.

Auf dem Weg zum Präsidium überlegte Bertram, ob er von Cordelius wahrheitsgemäße Angaben bekommen hatte. Der Mann war ihm von Anfang an merkwürdig vorgekommen. Cordelius wirkte verschlagen. Irgendwie unehrlich. Es war eine schwer zu beschreibende Wesensart. Jedenfalls hatte Bertram kein Vertrauen in die Aussagen des Zeugen Cordelius. Bis jetzt konnte er ihm keine falsche Aussage unterstellen oder gar nachweisen. Aber es stand fest, dass seine Angaben nicht mit den realen Abläufen übereinstimmten. Nachdem ihm Cordelius seine Vermutung über die nicht vorhandene Strömung bestätigt hatte, musste eine andere und plausible Erklärung für den nördlich gelegenen Fundort der Leiche gefunden werden. Sonst müsste er als Ergebnis der bisherigen Aussagen von Cordelius diesen Zeugen als unglaubwürdig einstufen.

Die Aussagen des Rentnerpaares Zwiesling hatten ebenfalls nichts Neues erbracht. Den überaus hektischen Mann bezeichnete er in Gedanken spontan als die „Inkarnation des Bluthochdrucks". Er war selbst nicht der ruhigste Mensch, das wusste Bertram sehr wohl einzuschätzen. Aber so einen Hektiker hatte er selten erlebt. Wahrscheinlich hatte es seine Frau schwer mit ihm. Da kam es wohl häufiger zu Streit oder Aufregung, vermutete Bertram. Die Abneigung Zwieslings gegen den Club konnte er gut verstehen. Als Bewohner des Hauses geriet man tatsächlich wegen des Aushangs im Schaukasten in ein merkwürdiges Licht. Von dieser Seite hatte er bisher den Club noch gar nicht betrachtet.

Für Bertram stand fest, wenn so etwas wie dieser „Club Regenbogen" in seinem Wohnhaus im Aushang auftauchen würde, wäre das Plakat nach kürzester Zeit weg. Dafür würde er schon Sorge tragen.

Der junge Soldat hatte sich ebenfalls als Reinfall entpuppt. Als amüsant stufte Bertram eine Formulierung ein. Sie kam vor vielen Jahren in seiner Ausbildung auf der Polizeischule ebenfalls vor. Alles Handeln unterlag dem „Primat der Politik" . So lautete die Bezeichnung. Er hatte die Formulierung schon ewig nicht mehr gehört und musste grinsen. Für ihn bedeutete der Satz im Umkehrschluss, dass Politiker dann wohl Primaten sein müssten. Eine erheiternde Vorstellung, dass in den Parlamentssälen Affen herumtobten. Oder war das kein großer Unterschied im Vergleich zur aktuellen politischen Lage? Er beschloss, sich wieder ernsthaft um seine Aufgaben zu kümmern und verbannte die letzten Gedanken aus seinem Kopf als Albernheit.

Im Büro angekommen, begann Bertram mit der üblichen Routine und hämmerte wie gewohnt im Zweifingersystem seinen Bericht in die Tastatur. Gerade als er die Funktion zum Speichern des Textes angeklickt hatte, betrat seine Kollegin Elke Holbein das Büro. Bertram bot ihr einen Platz an und wollte hören, ob sie an weitere Informationen gekommen sei.

Elke Holbein war tatsächlich nicht untätig gewesen. Zuerst hatte sie Elisabeth Kleinert aufgesucht. Von ihr hatte sie bereits unmittelbar nach ihrer Abordnung zur Unterstützung von Bertrams Fall, telefonisch die Rufnummer des verschwundenen Handys erfragt. Anhand der Rufnummer hatte sie anschließend eine Handyortung durchführen lassen.

Bertram biss sich leicht auf die Lippe. Verdammt war die Kollegin gut. Warum hatte er nicht daran gedacht, wie dilettantisch von ihm! Das war eigentlich Grundwissen für einen Ermittler.

Anschließend hatte sie den Provider ausfindig gemacht und auf weitere Informationen gehofft. Sie hatte damit ebenfalls Erfolg. Im Smartphone von Markus Kleinert war die Funktion zur Standortdetektion aktiviert. Der Provider konnte ein Bewegungsprofil des Telefons für den ganzen Tag erstellen. Bertram setzte sich spontan aufrechter hin. Er war nun sehr neugierig, was dabei herauskommen würde.

Das Bewegungsprofil ergab, dass Markus Kleinert um 8:30 Uhr seine Wohnung verlassen hatte. Er war zu seinem Geschäft gefahren und dort bis 15:00 Uhr geblieben. Zwischendurch hatte er um 13:00 Uhr eine etwa 1-stündige Mittagspause eingelegt. Zum Essen war er zum Chinesen in Ferch gefahren. Die Adresse des Lokals Roter Drachen lautet: „Unter den Linden 25".

„Dafür bin ich nach Werder gefahren, um diese Information durch Nachfragen bei einigen Restaurants zu verifizieren. Die Handyortung ist nur auf etwa 200 bis 300 Meter genau. Damit hätte man das Restaurant nicht feststellen können", informierte sie Bertram.

„Nach dem Essen war Kleinert wieder in seinem Copyshop. Um 15:00 Uhr fuhr er zurück in die Wohnung, wechselte wahrscheinlich die Kleidung und begab sich auf den Weg den halben Kilometer zu Paul Cordelius. Dort blieb das Telefon, bis um 20:00 Uhr abends der Kontakt abbrach und das Handy nicht mehr geortet werden konnte. Es ist nicht wieder im System erkannt worden. Mit dem Smartphone wurde während der ganzen Zeit nicht telefoniert, keine SMS empfangen oder verschickt. Im Laufe der nächsten Tage gab es elf Versuche das Smartphone anzurufen. Alle Versuche gingen von Elisabeth Kleinerts Handy aus. Ob er zu Cordelius gefahren oder gelaufen ist, können wir nur vermuten. Aber die Kleinerts haben nur ein Auto. Das hat mir Frau Kleinert bestätigt, als ich sie danach gefragt habe."

Bertram wurde sich wieder einmal bewusst, warum er nicht weiter als bis zum Hauptkommissar gekommen war. Er hatte oft davon geträumt, Kriminaloberrat zu werden. Doch er hatte nie Aussicht auf Erfolg. Bei Beförderungen wurde er stets abgelehnt und später von jüngeren Kollegen überholt. Der Kommissar war ehrlich genug, seiner Kollegin zu der gründlichen Arbeit zu gratulieren. Das Mobiltelefon war nur so lange anzupeilen, wie es der Akku mit Strom versorgte. Das hatte sie sofort erkannt und richtig gehandelt. Er fühlte sich gehörig blamiert und belämmert. Ein richtig guter Ermittler durfte so etwas nicht übersehen.

Mittlerweile haderte er nicht mehr mit dem Stand seiner Karriere. Als er Witwer war, änderte er seine Einstellung. Ihm war das alles unwichtig geworden, es war ihm egal. Nun hoffte Bertram nur noch auf eine ruhige Zeit bis zur Pensionierung. Er schluckte. Und nun wurde ihm so ein Fall mit Wasserleiche zugeteilt, bei der er laut Auftrag nur eine Straftat ausschließen sollte. Da konnte man nicht viel falsch machen. Die Kollegen und Vorgesetzten kümmerten sich derweil um die interessanten und schwierigen Fälle. Eigentlich deprimierend, aber das waren nun einmal die Folgen seiner bisherigen Arbeit.

Kommissarin Holbein war noch nicht fertig. Sie hatte die Smartphones aller anderen beteiligten Personen ebenfalls überprüfen lassen. Innerlich seufzte Bertram. Das Handy von Cordelius befand sich die ganze Zeit am selben Ort. Beim Grillfest. Peter Berges konnte man bei seiner An- und Rückreise verfolgen. Zwischendrin hatte er abends nur ein einziges Gespräch geführt. Wohl das, bei dem er seinen Fahrer bestellte. Die Uhrzeit traf zu. Alles passte ziemlich genau auf die von ihm gemachten Zeitangaben. Das Telefon von Thomas Malecki ergab keine verwertbaren Ergebnisse. Es war den ganzen Nachmittag in seiner Wohnung. Offensichtlich hatte er es nicht zum Grillabend mitgenommen. Für Klaus Machner ergab sich ein identische Bild wie bei Peter Berges. Seine Angaben deckten sich zeitlich mit dem Bewegungsprofil. Bei ihm war ebenfalls nur ein Anruf festgestellt worden, nämlich der Taxiruf.

Der einzige, der nach seiner eigenen Aussage mit Markus Kleinert nach dem Ende des Grillabends länger zusammen war, hieß Paul Cordelius. Von der Gruppe war er der Letzte, der Markus Kleinert lebend gesehen hatte. Das war zumindest der aktuelle Erkenntnisstand aus den vorliegenden Informationen.

Bertram fühlte sich bei der Betrachtung der erzielten Ergebnisse gegenüber seiner Kollegin nun definitiv im Hintertreffen. Während er sich zum Mittagessen zur Abwechslung Restaurants ausgesucht hatte, war sie intelligent, zielstrebig und professionell vorgegangen. Parallel dazu hatte sie die Gespräche mit den Damen um Frau Machner geführt. Respekt. Das hatte sie wirklich gut gemacht. Die Kollegin würde ihren Weg im Laufe der Jahre wahrscheinlich erfolgreicher gehen, als es ihm gelungen war.

Um nicht als ganz unfähig dazustehen, berichtete Bertram von seiner Entdeckung bezüglich der Widersprüche im Bezug auf die Windrichtung, fehlende Strömungen und unpassende Angaben von Cordelius. Das wiederum fand Kollegin Holbein höchst interessant. Sie gab zu, dass sie Ermittlungen in diese Richtung nicht erwogen hatte. Für sie war das Stöbern in Texten weniger attraktiv. Holbein hatte sich den Fundort und die Adressen der Beteiligten ebenfalls auf der Karte angesehen. Ihr war jedoch der Widerspruch in der Aussage von Paul Cordelius nicht aufgefallen.

Nun, ging es Bertram durch den Kopf, dann war er vielleicht doch noch als Polizist zu etwas zu gebrauchen. Handarbeit nach guter alter Art, konnte vielleicht zukünftig etwas Entscheidendes zum Ergebnis beitragen.

Als nächstes erfuhr Bertram von Kommissarin Holbein, dass Markus Kleinerts Witwe ihren Mann aus der Gerichtsmedizin hatte abholen lassen. Eine große Beerdigung würde nicht stattfinden. Das Bestattungsinstitut hatte den Auftrag, Kleinert in ein Krematorium zu bringen. Der Tote wurde bereits eingeäschert. Seine Urne sollte im Anschluss nach Rostock gebracht werden. Von dort würde sie in den nächsten Tagen als eine unter vielen an einer anonymen Seebestattung teilnehmen. Eine der preiswertesten Bestattungsmöglichkeiten. Angehörige schien Kleinert außer seiner Frau und seinem Bruder nicht zu haben.

Bertram hatte eine so rigorose Beendigung der Ehe nicht erwartet. Markus Kleinert wurde sozusagen vollständig ausradiert. Nichts würde mehr an ihn und sein bisheriges Dasein erinnern. Seine Witwe schien jedenfalls nicht vorzuhaben, sein Andenken in Ehren zu bewahren.

Kommissarin Holbein berichtete weitere interessante Neuigkeiten: „Frau Kleinert besitzt übrigens ebenfalls ein Smartphone. Damit fanden in den vergangenen Monaten diverse Kontakte zum Handy von Thomas Malecki statt. Es gab Telefongespräche in beiden Richtungen und diverse Textnachrichten, ebenfalls in beiden Richtungen."

Bertram hob die Augenbrauen und sah seine Kollegin an. Bisher hatten alle betont, dass die Frauen selten an den Treffen teilnahmen und es keine nennenswerten Kontakte gab. Von Kontakten der männlichen Teilnehmer mit den Frauen war überhaupt noch nichts bekannt. Vielleicht wurde in dieser Angelegenheit nicht korrekt ausgesagt? Von allen? Oder nur einigen, oder nur von einer? Die beiden verabredeten, dass Kommissarin Holbein sich mit Elisabeth Kleinert näher beschäftigen sollte. Die Kontakte zwischen Thomas Malecki und Elisabeth Kleinert waren vielleicht völlig harmlos. Dennoch sollten die Anlässe für die Telefonate erforscht werden. Möglicherweise steckte mehr dahinter. Bertram wollte sich als nächstes um Klaus Machner kümmern. Da gab es noch einiges klarzustellen.

Bertram entschloss sich, bei Herrn Machner anzurufen. Der war nicht erbaut davon, sich erneut mit der Polizei unterhalten zu müssen.

„Ich bin tagsüber nur in der Bank zu sprechen, Herr Bertram. Zur Not würde ich Ihnen auch ausnahmsweise abends zur Verfügung stehen, aber nur höchst ungern. Da will ich mich zu Hause entspannen. Bitte haben Sie Verständnis dafür, dass meine Frau und ich nicht begeistert darüber sind, wenn die Polizei in unserem Heim ein- und ausgeht. Wir können uns gern bei mir in der Bank unterhalten. Ich verfüge über ein eigenes Büro und außerdem selbst über meine Zeiteinteilung. Da gibt es also keine Probleme und es würde Ihnen sogar den Weg nach Caputh ersparen. Was meinen Sie? Geht das in Ordnung, Herr Bertram?"

„Aber selbstverständlich Herr Machner. Das ist gar kein Problem. Ist Ihnen 10:00 Uhr genehm?"

„Ja, das passt gut. Also dann bis Morgen Vormittag, Herr Hauptkommissar."

Hauptkommissar Bertram begann unmittelbar nach dem Gespräch, sich die erforderlichen Fragen an Klaus Machner zurecht zu legen. Diesmal würde er sich nicht abwimmeln lassen, nahm er sich vor.

Kapitel 9   Erpressungsgründe

Hauptkommissar Bertram ergatterte nach zunächst vergeblicher Parkplatzsuche endlich einen Stellplatz für den Dienstwagen. Das Gebäude der Deutschen Bank befand sich am Ende der „Yorckstraße" in der Potsdamer Innenstadt. Ein großer alter Gebäudekomplex mit fünf Etagen und einer großen Schalterhalle. Er fragte nach Herrn Machner und wurde aus der Halle in einen Seitengang geleitet. Der führte an zahlreichen Bürotüren vorbei. Die Türen waren zum Teil offen, zum Teil geschlossen. Alle Türen bestanden aus Klarglas. In den meisten Büros saßen zwei oder drei Angestellte vor Computerbildschirmen.

Das letzte Büro auf der linken Seite führte zu Klaus Machner. Das Türschild wies ihn in seiner Position als den „Leiter der Immobilienfinanzierung Potsdam" aus. Bertram brauchte nicht zu klopfen, Klaus Machner sah ihn durch die Tür und stand sofort auf, um ihn einzulassen.

Das Büro wirkte auf Bertram imposant. Es war gut und gerne 50 Quadratmeter groß, verfügte über eine schwere Sitzgarnitur aus dickem schwarzem Leder, einen Besprechungstisch mit zwölf gepolsterten Konferenzstühlen, einen großen Schreibtisch mit angewinkeltem Computerarbeitsplatz und einige Aktenrollschränke entlang der Wände. Mehrere große moderne Gemälde schmückten den Raum zusätzlich. Auf dem Boden lagen zwei große, farblich aufeinander abgestimmte Orientteppiche. In zwei mächtigen Kübeln standen große Zimmerpflanzen. Alles strahlte gediegenen Wohlstand aus. Eine Bank eben.

Eine Sekretärin schaute zur Tür herein und fragte, ob etwas Kaffee oder Wasser gewünscht sei? Machner orderte beides und bot seinem Gast auf der Couch einen Platz an. Er selbst ließ sich in den voluminösen Sessel fallen.

„Nun Herr Hauptkommissar, was kann ich noch für Sie tun? Sind Sie in der Sache weitergekommen oder stehen gar vor dem Ende der Ermittlungen? Ich denke, es war ein natürlicher Tod durch Unfall, oder sind Sie zu anderen Erkenntnissen gelangt?"

Na, der ist ja nervös, dachte Bertram. Stellt gleich mehrere Fragen auf einmal und dann wird das Ergebnis sofort selbst in den Raum gestellt. Er sah sein Gegenüber prüfend an: „Unsere Ermittlungen sind noch nicht beendet, Herr Machner. Es haben sich Anhaltspunkte ergeben, die weiterer Überprüfung bedürfen. Ich suche Sie heute auf, weil Sie mir bei meinem letzten Besuch Informationen vorenthalten haben. Sie erinnern sich sicher daran, dass ich Ihnen damals angekündigt habe, darauf zurückzukommen."

Machner wollte gerade etwas erwidern, da betrat die Sekretärin mit einem Tablett und den Getränken das Büro. Er wartete, bis sie sich der Tür zuwandte und bat sie, im Hinausgehen die Tür zu schließen. Machner schenkte Kaffee ein und begann dann zu reden.

„Ja, ja. Natürlich habe ich das nicht vergessen. In den letzten Tagen habe ich oft und intensiv darüber nachgedacht, ob ich es Ihnen erzähle oder nicht."

„Und zu welcher Entscheidung haben diese Überlegungen geführt?", fragte Bertram dazwischen.

„Unter der Bedingung, dass Sie mir absolute Vertraulichkeit zusichern, werde ich reden. Diese Sache darf meinem Arbeitgeber nicht bekannt werden, sonst bin ich meinen Job los. Können Sie mir das garantieren?"

Bertram war klar, dass er das nicht konnte. Sobald sich ein Verdacht auf ein Kapitalverbrechen ergab, konnte er die Informationen nicht geheim halten. Dennoch entgegnete er: „Ich werde Ihrem Arbeitgeber darüber definitiv nichts aus eigenem Antrieb erzählen. In unseren Akten kann ihre Aussage aber nicht geschwärzt werden. Ihr Arbeitgeber hat dort keinen Einblick, wenn Sie das beruhigt. Es gibt daher meines Erachtens wenig Grund zu einer Befürchtung, dass ihr Arbeitgeber etwas erfahren wird."

Klaus Machner nickte. Dann begann er seine Geschichte: „Als die Bekanntschaft zwischen mir und Markus Kleinert nach den ersten Segelausflügen sich bereits zu einer Freundschaft zu entwickeln schien, hatte ich gegenüber Kleinert einige Informationen über Kunden und deren Verschuldung erzählt. Ich wollte mich vor Markus Kleinert wichtig machen, der sich immer als Unternehmer und selbständigen Geschäftsmann darstellte. Damit er mich nicht dauernd nur als kleinen Bankangestellten ansah, hatte ich unter anderem von einem aktuellen Fall erzählt, in welchem ich die Entscheidungen zu treffen hatte. Verdammte Eitelkeit, ich weiß", fügte Machner selbstkritisch hinzu.

Bertram übte sich in Geduld. Er war gespannt, was ihm der Zeuge gleich über den Erpressungsgrund mitteilen wollte.

Machner fuhr fort: „Ein Mann kam in die Bank und beabsichtigte, wegen einer Erbsache mit jemandem von der Immobilienfinanzierung zu reden. Dabei ging es um einen Autounfall, bei dem ein Ehepaar ums Leben gekommen war, dem zwei Wohnungen in Ferch gehörten. Die Wohnungen waren über unsere Bank finanziert worden. Der Mann war der Erbe und hatte Angst, die monatlichen Belastungen für die beiden Wohnungen nicht tragen zu können. Er wollte sie verkaufen. Anbieten wollte er beide. Wenn eine davon verkauft sei, wollte er entscheiden, ob er die andere dann selbst bewohnen würde. Abhängig machte er das von der Möglichkeit der Hypothekentilgung. Ein Kollege beriet ihn, sich einer Umschuldung zu bedienen. Da beide Wohnungen gemeinsam für die laufende Hypothek als Sicherheit dienten, konnte die Darlehenssumme nicht einfach verringert und werden."

Machner erklärte: „Eine Hypothek kann nur nach den vertraglichen Bedingungen abgebaut werden. Beliebige Sondertilgungen gibt es nicht. Das hat mit den im Hintergrund laufenden Refinanzierungen der Bank zu tun. Erforderlich war entweder der Verkauf beider Wohnungen und Ablösung der gesamten Hypothek, oder der Verkaufserlös einer Wohnung reichte zur Tilgung der Resthypothek auf beiden Wohnungen aus. Tatsächlich war der Schuldensaldo durchaus in Reichweite einer völlig Tilgung, wenn die größere der beiden Wohnungen verkauft wurde."

Bertram bat: „ Bitte, gehen Sie nicht zu sehr auf die Details von Finanzierungen ein. Ich bin froh, dass ich meine Wohnung längst bezahlt habe. Von solchen Dingen will ich nichts mehr hören. Eine Lebensweisheit meines Vaters war: „Der beste Kredit ist der, den man nicht hat." Das habe ich immer zu beherzigen versucht."

Machner erzählte weiter: „Meine Mitarbeiter wurden in dem Anliegen des Erben aktiv. Sie unterstützten den Verkauf zu einem marktgerecht hohen Preis. Ich selbst habe den Mann damals nie gesehen. Der Vorgang ging nur als Akte zur Genehmigung über meinen Schreibtisch. Daher wusste ich den Namen des Verkäufers, Thomas Malecki.

Bertram hatte im Verlauf der Erzählung bereits daran gedacht, dass die Geschichte genau auf Malecki passen würde. Nun sah er sich bestätigt. Er war gespannt, was sich aus diesem Zusammentreffen der Ereignisse und Personen im weiteren Verlauf ergäbe.

„Ich hatte gegenüber Markus während eines Segelausfluges nicht nur den Namen Maleckis genannt, er erfuhr von mir auch die Adresse der Wohnung und die benötigte Summe zur Tilgung der Hypothek. Wir unterhielten uns eine Weile über das Thema und über die Vor- und Nachteile von Eigentumswohnungen. Einige Tage später bekam ich eine Anfrage für eine Hypothek von Markus Kleinert auf den Tisch. Mein Kollege brachte mir die Anfrage ins Büro und berichtete mir den Auftritt von Markus. Der hatte zunächst darauf bestanden, persönlich zu mir gebracht zu werden. Das haben meine Mitarbeiter jedoch abgelehnt. Daher ließ Markus für mich auf dem Formular seines Finanzierungsantrag mit einer Notiz mitteilen, dass er nur mit mir persönlich den Vertrag abschließen wollte. Den Mitarbeitern hatte er erzählt, weil er mich gut kenne und er mir die sicherlich fällige Provision zukommen lassen wolle, käme ich nur persönlich infrage. Das war mehr als ungewöhnlich bei einer Finanzierungsangelegenheit."

Bertram trank Kaffee und sah sein Gegenüber aufmunternd an. Nun musste sich bald ein Zusammenhang ergeben, erwartete er.

„In einem Telefonat klärte ich Markus auf, dass die Abteilung die Provisionen ausgeglichen an die Mitarbeiter auszahlt. Schließlich arbeiten wir als Team zusammen, wir sind hier keine Einzelkämpfer. Möglicherweise ist das bei anderen Instituten nicht so geregelt, bei uns in der Abteilung schon. Markus fragte mich nach einer günstigeren Zinsvariante, da er doch Geschäftsführer und Unternehmer sei. Aber da ließ sich natürlich nichts machen. Im Gegenteil, ist bei Selbständigen das nicht als feste Summe nachweisbare Einkommen oft ein Problem. Wie dem auch sei, Markus Kleinert bekam seine Finanzierung nach wenigen Wochen genehmigt und der Kauf wurde in die Wege geleitet. Schon damals hatte ich eine Vorahnung, dass es Schwierigkeiten wegen meiner Indiskretionen geben könnte. Markus wusste über die Situation des Verkäufers viel zu viele Einzelheiten und hatte deshalb leichtes Spiel für seine Verhandlung über den Kaufpreis. Ich empfand es als dreist, dass Markus die Informationen genutzt hatte, sich an Thomas Malecki zu wenden. Ich machte mir Sorgen, denn immerhin konnte der Informationsfluss durch einen dummen Zufall publik werden. Andererseits suchte Malecki öffentlich nach Käufern für zwei Eigentumswohnungen. Über diesen Weg hätte der Erstkontakt zwischen Kleinert und Malecki völlig unauffällig stattfinden können."

„Haben Sie Herrn Kleinert denn mal darauf angesprochen? Ich meine, haben Sie ihn um Diskretion gebeten, damit es nicht publik wird?", fragte Bertram dazwischen.

„Nein. Das habe ich ganz bewusst nicht getan. Ich wollte ihn nicht auf dumme Gedanken bringen. Aber auf die ist er dann ganz allein gekommen. Kurz nach Abschluss des Kreditvertrages mit Markus, hat sich die Sache mit den Papieren auf dem Boot zugetragen und die Geschichte mit der Lüge beim Bootskauf kam heraus. Ich stellte Markus wegen seiner Lüge auf der Bootsmesse damals zur Rede. Daraufhin begann die Erpressung. Markus drohte mir, dass ich meine berufliche Stellung in der Bank verlieren würde, wenn er meine Indiskretionen bei der Direktion melden würde. Von da an hatte ich als Freund von Markus aufzutreten."

„Hat er das wirklich wörtlich so gefordert?", wollte Bertram es genauer wissen.

„Ja, ganz explizit. Nun, da die Polizei bereits meine Indiskretionen im Bezug auf das Immobiliengeschäft kennt, will ich Ihnen den Rest auch noch erzählen", fuhr Machner fort. „Markus Kleinert beließ es nicht bei der Sache mit der Freundschaft. Als sein Copyshop nicht so gut lief, wie er es erhofft hatte, kam eine Gelderpressung dazu. Ich musste zu den Treffen des sogenannten Freundeskreises Briefumschläge mit Bargeld mitbringen. Die Summen variierten. Mal waren es 1500 €, mal 1800 € einmal sogar 3000 €. Insgesamt habe ich in den letzten paar Jahren über 50.000 € an den sauberen Freund Markus Kleinert übergeben müssen. Jetzt bin ich von diesen Erpressungen befreit und darüber recht froh, obwohl immerhin ein Menschenleben dabei zu Schaden gekommen ist."

„Das sind ja ganz schöne Beträge, die da erpresst wurden. Haben Sie nie versucht, aus der Sache herauszukommen? Etwa durch eine Flucht nach vorn, indem Sie selbst zu Ihrer Direktion gehen und die Sache beichten?", hakte Bertram nach.

„Nein habe ich nicht. Sie haben sicher Verständnis dafür, dass ich keinerlei Trauer für den Kerl empfinde. Ich bin froh, dass diese Bedrohung endlich aufgehört hat", schloss Machner seine Erzählung und trank seinen mittlerweile kalten Kaffee aus.

„Wären die Konsequenzen für Sie denn wirklich so schlimm gewesen?", erkundigte sich Bertram erneut.

„Unsere Regeln in der Bank für solche Angelegenheiten sind sehr streng. Ich wollte da nichts riskieren. Heute ist man über jeden Bankangestellten froh, den man loswerden kann. Ich verdiene hier sehr gut, weil ich einen Vertrag aus besseren Zeiten der Bank habe. Wissen Sie, ich muss damit rechnen, dass ein Kündigungsgrund eine willkommene Sache wäre."

„Das heißt, Sie werden aus Gründen der Geheimhaltung nichts weiter unternehmen?", wollte Bertram wissen.

„Markus Kleinert ist tot, die Sache ist beendet. Ich will nichts mehr darüber hören und ich bitte Sie, nichts davon verlauten zu lassen", bestätigte Machner sofort.

„Ich muss Ihre Schilderungen in meinen Bericht aufnehmen. Die Erpressung zur Freundschaft ist nicht besonders schlimm, aber die Sache mit dem Geld ist eine schwere Straftat von Markus Kleinert. Ihnen ist ein erheblicher finanzieller Schaden entstanden. Das könnte als Mordmotiv ausgelegt werden, falls ein gewaltsamer Tod von Markus Kleinert festgestellt oder vom Staatsanwalt vermutet wird", gab Bertram zur Kenntnis.

Klaus Machner war schlagartig blass geworden. Mit leicht erhobener Stimme entgegnete er: „Mord? Jetzt machen Sie mal halb lang! Ich bin doch kein Mörder. Bei meinem Einkommen war das nicht ruinös für mich. Natürlich hatte ich eine Wut auf Kleinert, gehörig sogar. Aber schließlich habe ich mich damit arrangiert, weil ich selbst die Grundlage der Erpressung durch mein Fehlverhalten geliefert habe."

„Beruhigen Sie sich, Herr Machner. Ich muss so vorgehen, das ist mein Beruf. Sie sind bisher nicht als Verdächtiger im Fokus. Ihr Alibi wurde bestätigt. Die Todeszeit und die Zeitspanne im Wasser bis zum Auffinden der Leiche entlasten Sie durchaus. An der Leiche wurden außerdem keine Spuren von Gewalt oder Gift gefunden. Markus Kleinert ist laut Gerichtsmedizin eindeutig im Schwielowsee ertrunken", versuchte er Machner zu beruhigen.

„Da bin ich ja erleichtert", gab Machner zu und lehnte sich zurück.

„Es gibt ein paar Ungereimtheiten, die noch der Erklärung bedürfen. Sie sind außerdem nicht das einzige Erpressungsopfer", ergänzte Bertram.

„Das kann ja dann nur Peter Berges sein. Bei den anderen ist ja nicht viel zu holen", warf Machner sofort ein.

Bertram sah ihn an und versicherte: „Wir untersuchen das noch."

Nun wollte Bertram noch ein paar Beschreibungen über die Zusammensetzung und Charaktere der Männergruppe haben. Er fragte nach den Eindrücken, die Klaus Machner von den anderen Teilnehmern hatte. Dieser war sichtlich entspannt, nachdem er sich die Erpressung von der Seele geredet hatte. Nun gab er bereitwillig Auskunft über die Männer.

„Paul Cordelius halte ich für einen perversen Nichtsnutz. Seine ständigen Zoten und schlüpfrigen Bemerkungen empfinde ich als niveaulos und primitiv. Er entspricht so gar nicht dem Klischee eines Grundbuchbeamten, finde ich. Was auch immer Markus Kleinert mit Cordelius verbunden hat, ist mir verborgen geblieben. Das Markus in diesem „Club Regenbogen" Mitglied war, könnte etwas damit zu tun haben. Aber von den dekadenten sexuellen Spielchen, diesem Schweinkram mit dem Fremdgehen und so, davon will ich nichts wissen. Cordelius wurde von Markus oft ausgenutzt und regelrecht herumkommandiert. Das fand ich auffällig. Eigentlich habe ich mich aber nicht darum gekümmert, weil mir Cordelius gleichgültig ist".

„Vielen Dank für die offenen Worte, Herr Machner. Und was halten Sie von Herrn Berges?", wollte Bertram wissen.

„Peter Berges hätte unter anderen Umständen ein echter Freund werden können. Wir beide gehören der gut situierten Einkommensklasse an. Berges wahrscheinlich noch mehr als ich. Das Bildungsniveau von Peter ist erstklassig und die Denkweise als Unternehmer ist vorbildlich geradlinig. Peter segelt sehr gerne, hat aber keine Zeit für ein eigenes Boot. Das Segeln war wohl der einzige Grund, warum Peter überhaupt mitmachte. Oder es muss einen schwerwiegenden Grund geben, um ihn zu erpressen. Worin der bestehen könnte, entzieht sich meiner Kenntnis. Unter anderen Umständen hätte ich gern Peter Berges meine Freundschaft angeboten."

„Nun fehlt uns noch Thomas Malecki. Über den möchte ich auch gern ein paar Worte von Ihnen hören."

„Thomas Malecki. Ein Reizthema für mich. Dieser verkappte Kommunist hat eine penetrante Art an sich. Ständig politisiert er und äußert dogmatische Aussagen zu Umverteilung von Volksvermögen. Lauter Schlagworte wie „Schwache Schultern und starke Schultern", „Vermögensteuer für Reiche", „Luxussteuer", „Gerechtigkeit", „bedingungsloses Grundeinkommen", „Enteignung", und viele andere Spinnereien nerven mich. Peter ist ebenfalls kein Freund von Malecki. Mit Geld kann Malecki jedenfalls nicht umgehen. Die Sache mit den Wohnungen war absolut dumm. Die Hypothek hätte sich durch Vermietung locker weiter bedienen lassen. Als er ganz plötzlich auch die zweite Wohnung verkaufte und sich selbst dort als Mieter einbrachte, da habe ich nur den Kopf geschüttelt. Ich bin Malecki erst später persönlich begegnet. Vorher hatte ich ja nur die Akten und Verträge zu genehmigen. Ich erinnerte mich an den Namen und hatte nun ein Gesicht zu dem geschäftlichen Unsinn, als Thomas eines Abends von Markus Kleinert in die Gruppe eingeführt wurde."

„Was meinen Sie, Herr Machner, womit Malecki unter Druck gesetzt worden sein könnte?"

„Ich habe da höchstens eine Vermutung. Markus Kleinert war nach eigenem Bekunden selbst ein erfolgreicher Geschäftsmann. Eine gemeinsame Wellenlänge mit dem Linkspolitiker hat es eigentlich nicht geben können. Aber vielleicht konnte man bei Malecki etwas anderes als Geld bekommen."

„Woran denken Sie da?", hakte Bertram nach.

„An Informationen. Informationen aus dem Rathaus. Es schadet nie, wenn man als Unternehmer dorthinein einen guten Draht hat. Ein Wissensvorsprung vor der Konkurrenz kann ein riesiger Vorteil sein."

Bertram notierte sich das. Seine Gemeinderatstätigkeit erwähnte Malecki. Bertram hatte dem bisher keine größere Bedeutung zugemessen. Wieder ein Detail, dem mehr Aufmerksamkeit gewidmet werden müsste.

Das Gespräch dauerte länger, als Machner vermutete. Er müsse nun aber wirklich an die Arbeit, ein paar Häuslebauer warteten auf seine Kreditentscheidungen. Die Prüfung der Einkommensverhältnisse sei zeitaufwändig. Bertram verabschiedete sich, dankte für den Kaffee und die Offenheit im Gespräch. Dann verließ er das Gebäude und fuhr zu seiner Dienststelle zurück.

Der übliche Bericht zum Gesprächsinhalt war bald erledigt. Noch immer beschäftigte sich Bertram in Gedanken mit den Aussagen über Thomas Malecki. Der passte genau so wenig in die Runde, wie die anderen. Eigentlich war er so etwas wie der Exot in der Gruppe. Es war an der Zeit, dem Zeugen noch einmal auf die Finger zu sehen. Mit Geld konnte er Markus Kleinert nicht großartig dienen. Als Sozialarbeiter scheffelte der sicher keine Reichtümer. Eine große Summe, immerhin 66.000 €, hatte Markus Kleinert von Malecki bereits erhalten. Finanziell gesehen, war da wahrscheinlich Schluss. Worauf beruhte die dauerhafte Attraktivität eines Thomas Malecki für Markus Kleinert? Der Club und der sexuelle Kontakt? Vielleicht war der Hinweis von Klaus Machner gar nicht schlecht. Vielleicht hing die Erpressbarkeit, wenn es überhaupt eine weitere geben sollte, mit der Tätigkeit in der Gemeinde zusammen. Wenn da nichts zu finden wäre, könnte alles auf der Fahrerflucht beruhen. „Wer weiß?", dachte Bertram laut.

Er saß, wie so oft, an seinem Schreibtisch, die Arme erhoben, mit am Hinterkopf verschränkten Händen. Die Männer um Markus Kleinert waren untereinander nicht befreundet, wie es schien. Alles wurde durch Druck aufrecht erhalten. Eine Inszenierung von Freundschaft und Harmonie. Beruhend auf Fehlern anderer, hatte sich Markus Kleinert einen Freundeskreis zusammengestellt. Eine besondere Form von Gewalt, die nach außen nicht wahrnehmbar war. Was für ein seltsamer Vorgang! Nahm Kleinert die Gruppe wirklich als seine Freunde wahr, oder war er ein kranker Mann? Ein Psychopath, ohne Empathie, ohne Skrupel, ohne Gewissen, ohne Moral? Die sexuelle Veranlagung konnte ebenfalls eine Rolle spielen. Wollte er vielleicht mit den Männern in gleicher Weise diesbezüglich in Kontakt kommen? Aber nein. Das schien zu weit hergeholt. Außerdem spielte es gar keine Rolle mehr.

Bertram beschloss, sich nicht weiter auf Vermutungen in diese Richtung einzulassen. Es lagen genügend Fakten oder vermeintliche Fakten vor. Damit konnte man arbeiten. Paul Cordelius hatte Angaben gemacht, die nicht zum Ablauf passten. Aber ausgerechnet Cordelius schien der harmloseste unter den Männern zu sein. Wenn der ebenfalls unter einer Erpressung durch Markus Kleinert litt, was war der Grund? Was hatte Cordelius zu bieten? Geld konnte bei einem Grundbuchbeamten, also wahrscheinlich mittlere Beamtenlaufbahn, wie bei Malecki nicht die Grundlage sein. Gab es als Erpressungsgrund ein Wissen über eine Verfehlung von Cordelius oder konnte der relevante Informationen für Kleinert haben? Das herauszufinden, war Bertrams Aufgabe.

Er beendete die Mittagspause und fuhr nach Ferch. Am Telefon hatte Bertram erfahren, dass Cordelius noch krank geschrieben und zu Hause war. Diesmal musste Bertram nicht lange an der Tür warten, bis sie geöffnet wurde. In einem der Baumwipfel rief ein Kuckuck und begann dabei zu stottern. Bertram schmunzelte unwillkürlich.

Cordelius kommentierte: „Der ist lustig, nicht wahr? Der ist schon ein paar Jahre in der Nähe. Oder es gibt mehrere Viecher mit Sprachfehler. Jeder hier in der Gegend kennt ihn."

Um gleich zur Sache zu kommen, schilderte Bertram kurz seine Eindrücke von der Zusammensetzung der Gruppe. Dabei erwähnte er auch seine Vermutung, dass auf die Teilnehmer Druck ausgeübt worden war, damit sie überhaupt mitmachten.

Dann fragte er Cordelius direkt: „Wurden Sie durch Markus Kleinert unter Druck gesetzt, sagen wir mal, erpresst?"

Cordelius schaute kurz aus dem Fenster auf den See hinaus. „Wie kommen Sie darauf, dass er mich erpresst haben könnte?", wollte Cordelius wissen.

„Weil das bei allen anderen in Ihrer Gruppe offensichtlich in mehr oder minder großem Ausmaß der Fall war." Bertram beobachtete, ob sich eine sichtbare Regung bei seinem Gegenüber zeigte.

„Ehrlich? Jetzt bin ich aber überrascht. Das hätte ich nicht geglaubt." Cordelius wirkte ungerührt und nicht überrascht.

„Also war es bei Ihnen genau so, oder gab es kein Druckmittel gegen Sie?" fragte Bertram weiter.

„Na, wenn wir sowieso alle im gleichen Boot sitzen, dann kann ich es Ihnen ja erzählen", räumte Cordelius ein. „Kurz nachdem Markus und ich uns am Bootssteg kennen gelernt hatten, trafen wir uns häufiger und freundeten uns an. Markus benötigte manchmal Werkzeug, Strom oder Wasser für sein Boot. Das bekam er immer von mir. Eine Gegenleistung habe ich nie dafür erhalten. Sogar das Bier hat er mir weggetrunken und nur ganz selten selber mal ein Sixpack mitgebracht. In unseren Unterhaltungen sind wir irgendwann einmal auf meine Tätigkeit im Grundbuchamt gekommen. Markus hat mich damals gefragt, ob ich ihm vielleicht einen Gefallen tun könnte. Er wollte etwas über die Belastungen mit Grundschulden der anderen Eigentümer in seiner Wohnanlage wissen. Angeblich wollte er, der tolle Geschäftsmann, sein Geld in dieser Wohnanlage weiter investieren und vielleicht noch eine oder zwei Wohnungen kaufen. Ich habe das zunächst abgelehnt, schließlich nach einiger Zeit aber doch dem Wunsch nachgegeben. Markus benahm sich penetrant. Immer wieder fing er davon an, dass es doch nur eine kleine Gefälligkeit unter Freunden sei. Er versprach, alles absolut vertraulich zu behandeln, da er vor unserer Freundschaft tiefen Respekt habe und niemals sein Wort zum Schaden eines Freundes gebrochen habe. Natürlich war das eine Verletzung meiner Dienstpflichten. Das ist mir schon klar gewesen. Aber ich wollte meine Ruhe haben.

Bertram fragte: „Ist denn mit diesen vertraulichen Grundbuchdaten etwas geschehen?"

Cordelius verneinte: „Ich habe nichts darüber gehört, dass dort weitere Wohnungen verkauft worden sind. Aber einige Zeit nach der Herausgabe der Daten ist Markus immer dreister geworden, wenn es um Unterstützung für sein Boot ging. Er wollte, dass ich regelmäßig das Boot reinige und stets für einen vollen Tank des kleinen Außenbordmotors zu sorgen hatte. Unentgeltlich natürlich. Sollte ich dieses Arrangement nicht einhalten, dann werde er den Dienststellenleiter des Grundbuchamtes schnellstens über meine Indiskretionen unterrichten. Das zöge mit ziemlicher Wahrscheinlichkeit ein Disziplinarverfahren nach sich. Also habe ich mich dem Zwang gebeugt und wie von Markus gefordert, das Boot gepflegt und betankt."

„Sie haben mir neulich erzählt, dass Sie Markus Kleinert gern mochten. Das Ihnen sein Tod nahe ginge. Stimmt das heute auch noch?"

„Ja, durchaus. Er war zwar kein guter Mensch, aber ein attraktiver Partner. Im Club ging ich gern mit ihm um. Im anderen Leben war er ein Mistkerl. Ich sagte Ihnen ja schon, dass unsere Veranlagungen eine ideale Ergänzung waren. Die Dienstleistungen für ihn machten mir nicht viel aus. Hauptsache wir kamen im Club oft genug auf unsere Kosten."

„Sie haben die erzwungene Dienstverpflichtung für das Boot also nicht als Erpressung empfunden?"

„Doch schon. Aber das war nicht existenziell bedrohlich für mich. Lästig, aber zu ertragen. Schließlich war ich ja blöd genug gewesen, ihm auf den Leim zu gehen."

Dabei beließ es Bertram und verabschiedete sich. Auf der Fahrt zurück nach Potsdam ging er die Angelegenheit noch einmal in Gedanken durch. Markus Kleinert konnte offensichtlich bei seinen Opfern so viele Schuldgefühle erzeugen, dass ihnen die Erpressungen wie eine gerechte Strafe vorkamen. Jeder von Ihnen hatte sich in diese Richtung geäußert. Psychologisch eine Meisterleistung, das musste Bertram anerkennen. Die offensichtliche Skrupellosigkeit dieses Mannes wurde durch diese neuen Sachverhalte untermauert. Eigentlich war es verwunderlich, dass diese durch Erpressung zusammengeschweißte Truppe so lange funktionierte. Niemand hatte aufbegehrt, alle erlagen ihrer Angst. Alle leisteten Gehorsam. Unglaublich. Führung durch Angst. Fest stand, dass sich für den einen oder anderen, zumindest aber in der Summe der Erpressungen, ein hinlängliches Motiv ergab, Kleinert aus der Welt zu schaffen.

Paul Cordelius konnte er sich nicht als Täter vorstellen. Er trug die geringste Last als Opfer. Cordelius konnte der Gesamtsituation sogar noch positive Aspekte abgewinnen. Was für ein Trottel. Ihm schien es neben seiner Veranlagung gegenüber Männern zusätzlich angenehm zu sein, ausgenutzt oder gedemütigt zu werden. Cordelius´ Frau hatte Bertram bisher noch nicht gesprochen. Gesehen hatte er sie ebenfalls noch nicht. Seltsam.

Peter Berges, Thomas Malecki und Klaus Machner hatten starke Motive. Da war viel Geld geflossen. Bei Malecki kam die Straftat mit der Fahrerflucht hinzu. Berges und Machner hatten recht brauchbare Alibis. Bei Malecki sah es nicht so gut aus, weil seine Darstellungen nicht besonders stabil untermauert waren. Blieb noch zu bedenken, dass der Gerichtsmediziner keine Anzeichen für einen gewaltsamen Tod an Markus Kleinerts Leichnam gefunden hatte. Eigentlich müsste man sich nun auf Malecki konzentrieren. Er war der Kandidat mit der wackeligsten Geschichte bezüglich seines Aufenthaltes am Abend von Kleinerts Tod.

Bertram erwartete, dass ihm weder Staatsanwalt noch Vorgesetzte eine Fortsetzung der Ermittlungen erlaubten. Man könnte den Fall als Unglück mit Todesfolge einstufen zu den Akten legen und schließlich vergessen. Es tat ihm fast leid, dass es so kommen sollte. Bertram war mittlerweile überzeugt, dass man nur lange genug suchen müsste, um die Wahrheit herauszufinden. Die Zusammenhänge passten nicht. Es musste ein Verbrechen vorliegen. Wo war der Schlüssel zu den wahren Abläufen? Welche Kleinigkeit hatte er übersehen? Er war sich bewusst, dass ihm ab zu ein Detail entging. Daher wollte er noch einmal gründlich die Unterlagen durchgehen und auf alle Kleinigkeiten achten, die ihm bisher keinen zündenden Gedanken entlocken konnten.

Bertrams Kollegin Elke Holbein folgte ihm, als er in sein Büro ging. Sie konnte Neuigkeiten berichten. In einem Gespräch mit Elisabeth Kleinert waren viele Äußerungen gefallen, die eine stark belastete Beziehung zu ihrem verstorbenen Mann vermuten ließen: „Diese Ehe stand vor dem Ende", berichtete die Kommissarin. „Das Paar war alles andere als glücklich. Zumindest was Elisabeth Kleinert betraf. Eine Lebensversicherung zu Ihren Gunsten existiert nicht. Deshalb sind Versicherungsbetrug oder Geldgier nicht als Motiv zu vermuten. Der Copyshop läuft nicht gut, sondern ist eine mehr schlecht als recht laufende Nullnummer. Die kleine Druckerei arbeitet angeblich ganz passabel, kann aber ebenfalls nicht als solide Einkunftsquelle eingestuft werden. Frau Kleinert will sich schnell von beiden Betrieben trennen. Sie wird umgehend alles stilllegen und verkaufen."

„Bei derartig unsicherem Einkommen, haben die beiden allerdings einen beachtlichen Lebensstandard gepflegt", stellte Bertram fest.

„Die Druckerei profitiert vorwiegend von öffentlichen Aufträgen. Sie wird nur stundenweise durch einen angestellten Rentner als Minijob betreut. Markus Kleinert ist dort nur jeden zweiten oder dritten Tag erschienen. Die Aufträge kommen über das Internet und die Anweisungen hat Kleinert per Telefon mit dem Rentner abgesprochen. Als Druckaufträge hat man dort Formulare und Vordrucke für die Gemeinde, einige Krankenhäuser und Werbebroschüren erstellt. Private kleinere Aufträge kommen unregelmäßig herein."

„Das klingt nicht gerade nach einem großen Geschäftserfolg", stimmte Bertram zu. „Eher langweilig."

„In den letzten Monaten hat Markus Kleinert nahezu neuwertige Maschinen verkauft und durch neue ersetzt. Das ist betriebswirtschaftlich unnötig gewesen und seine Frau hat das nicht verstanden. Wahrscheinlich ist deshalb der Gewinn aus der Druckerei nicht besonders hoch gewesen, vermutete sie. Ihr Mann hat stets über Geld verfügt. Er ging damit allerdings nicht großzügig um. Für ihn selbst ist nach ihrer Aussage das Beste immer angemessen gewesen. Sie selbst hat nicht schlecht gelebt, aber eben abhängig von ihm und seinen finanziellen Entscheidungen. Ein festes Gehalt bekam sie nicht. Ihr Mann hat stets darauf gepocht, dass sie im Copyshop mitarbeiten soll, weil sich Eheleute gemeinsam um das Einkommen kümmern müssten. Sie selbst ist damit zunächst zufrieden gewesen, aber die fehlende Altersvorsorge macht ihr zunehmend Angst. Sie will nun kurzfristig in eine neue Beschäftigung wechseln, damit sie noch in ihre Rente einzahlen kann. Als gelernte Krankenschwester wird sich sicherlich kurzfristig etwas finden lassen. Mit etwas Glück im Öffentlichen Dienst."

Kommissarin Holbein fügte als eigenen Eindruck hinzu, dass nach ihrer Einschätzung Elisabeth Kleinert nicht besonders intelligent und willensstark zu sein schien. Wenn man das Gesamtbild der Frau betrachtete, habe sie sich von ihrem Mann gnadenlos ausnutzen lassen. Sie sei seiner Persönlichkeit weit unterlegen und hätte sich gegen diesen Mann weder in Wort noch in Tat auflehnen können.

Bertram hörte sich die Beschreibungen interessiert an. Ihm gegenüber hatte sich Elisabeth Kleinert von Anfang an nicht besonders freundlich über ihren Mann geäußert. Nun wurde das ganze Ausmaß dieser Ehe deutlich. Markus Kleinert war tatsächlich ein gewissenloser egoistischer Ausbeuter. Ihm war jedes Mittel genehm, wenn er Vorteile für sich herausschlagen konnte. Seine Frau war genau so Opfer, wie die erpressten Männer, die er zu seinem Freundeskreis geformt hatte. Was für ein mieser Charakter dieser Markus Kleinert gewesen war! Sein ganzer Lebensentwurf schien darauf zu beruhen, dass er auf Kosten anderer sein eigenes Leben gestaltete. Sobald sich das nicht auf freiwilliger Basis ergab, wandte Markus Kleinert Gewalt durch Erpressung an.

„Kommen wir mal zurück auf die Handykontakte zwischen Malecki und Frau Kleinert. Was halten Sie davon?", wollte Bertram von seiner Kollegin wissen.

„Ich weiß nicht so richtig, wie ich das einordnen soll. Vielleicht ist es ganz harmlos, vielleicht steckt mehr dahinter."

„Sie meinen, die beiden stehen sich näher, als sie bisher gezeigt haben?", versicherte sich Bertram.

„Ja, warum nicht? Einsame Männer und vernachlässigte Ehefrauen.....", sie sah Bertram lächelnd an.

Bertram dacht nach. Eine sehr vage Vermutung. Wie sollte man da nähere Einzelheiten über die beiden erfahren? Wahrscheinlich führte eine direkte Nachfrage am ehesten zum Ziel.

Damit seine Kollegin den Bericht von Elisabeth Kleinert nachvollziehen konnte, informierte Bertram sie über sein letztes Gespräch mit Peter Berges. Der hatte ihm von den Verkäufen neuwertiger Maschinen erzählt, mit denen Kleinert sich ein zusätzliches Einkommen verschaffte.

Die Kaufpreisgestaltung mit nur 50% des tatsächlichen Wertes und die unentgeltliche Lieferung der Verbrauchsmaterialien für die Druckerei, versetzten Elke Holbein in Erstaunen. Das verstärkte nach ihrer Ansicht die Motivlage von Berges gegen Kleinert erheblich. Darin stimmte ihr Bertram ohne Einschränkung zu.

Sie erörterten ausführlich die Erpressungsgründe der einzelnen Betroffenen. Jeder hatte etwas auf dem Kerbholz, mit dem er durch Kleinert gefügig gemacht werden konnte. Noch nicht ausreichend geklärt, war eine mögliche Verbindung zwischen der Gemeinderatstätigkeit von Thomas Malecki und der Art der Druckaufträge für Kleinerts Druckerei. Vielleicht hatte da ein nicht erlaubter Informationsfluss stattgefunden, der noch nicht zur Sprache gekommen war. Das würde erklären, warum Markus Kleinert an Thomas Malecki festgehalten hatte, obwohl bei ihm finanziell bereits alle Möglichkeiten für die Abzocke erschöpft waren.

Um diese Vermutungen zu untersuchen, musste Bertram erneut das Gespräch mit Thomas Malecki suchen und ihn dann einfach direkt nach dem tatsächlichen Hintergrund fragen. Vielleicht ließ sich bei der Gelegenheit der Handykontakt zu Elisabeth Kleinert näher beleuchten. Bertram begann sich an den Gedanken zu gewöhnen, dass eine Verbindung zwischen den beiden angesichts der zerrütteten Ehe der Kleinerts, nicht unwahrscheinlich sei.

Sollte dabei eine feste Bindung zwischen Elisabeth Kleinert und Malecki ans Tageslicht kommen, hätten die beiden allerhand zu erklären. Denn das Motiv, den offensichtlich mittlerweile ungeliebten Ehemann verschwinden zu lassen, wäre offensichtlich. Es ergaben sich immer mehr Hinweise auf eine vorliegende Straftat. Einzig und allein die Leiche selbst schien ein guter Gegenbeweis. Ihr Zustand konnte bisher die These eines Verbrechens nicht untermauern, sondern stellte sie im Gegenteil als Spekulation dar. Sollte Markus Kleinert tatsächlich ermordet worden sein, war er nicht nur das Opfer, sondern gleichzeitig der beste denkbare Entlastungszeuge. Es war zum Verrücktwerden.

Kapitel 10 **Die unbekannte Beziehung**

Es war wieder erst am frühen Abend möglich, mit Thomas Malecki zu sprechen. Bertram richtete sich wie immer darauf ein und machte sich erst gegen 18:00 Uhr auf den Weg. In Ferch angekommen, musterte er das Haus und stellte sich die Vorgänge um den damaligen Wohnungskauf vor.

Markus Kleinert kannte die Verhandlungsposition von Malecki bis ins Detail. Er kannte den Mindestpreis, den Malecki zur Ablösung der Hypothek benötigte. Der Zufall hatte Kleinert anschließend den Unfall mit dem Fahrradfahrer in die Hände gespielt, dem die Erpressung folgte. So hatte sich Kleinert durch die erpresste Barquittung sofort den halben Kaufpreis zurückgeholt, bevor er anschließend die andere Hälfte der Summe auf das Konto des Notars überwies. Warum Malecki nach dem Verkauf der zweiten Wohnung in der Nähe seines Erpressers als Mieter geblieben war, konnte Bertram nicht nachvollziehen.

Im Aufzug richtete er seine Aufmerksamkeit auf seine Krawatte. Der Spiegel war eine praktische Sache. Er sah darin nicht nur sich selbst, sondern auch das hinter ihm angebrachte rot leuchtende Display mit der Angabe der jeweils erreichten Etage.
Der Aufzug fuhr an und die Zahl wechselte, je nach erreichter Position. Der Aufzug hielt in der 3. Etage. Im Spiegel sah Bertram "E". Die eckig dargestellte rot leuchtende Zahl 3 erschien als "Ǝ" spiegelverkehrt! Das war eine überraschende Entdeckung! Die Erzählungen von Luise Borgner waren plötzlich nicht mehr so wirr. Sie hatte von unterschiedlichen Fahrzeiten zwischen den Etagen gesprochen und falschen Zahlenangaben im Display. Sie hatte dabei lediglich nicht an den Spiegel gedacht, der die Zahlenangabe verdrehte.

Frau Borgner hatte gesagt, der Aufzug sei im Keller losgefahren und Elisabeth Kleinert sei im Erdgeschoss seltsamerweise gleich wieder ausgestiegen. Der Aufzug habe ganz schön lange vom Keller zum

Erdgeschoss gebraucht. Danach sei er aber schnell in der 4. Etage angekommen. Bertram war sich nun sicher, was vorgegangen war. Elisabeth Kleinert war keineswegs im Erdgeschoss ausgestiegen. Es war die 3. Etage, die eckige 3 im Display erschien spiegelverkehrt und wurde von Frau Borgner als "E" gelesen und damit fehlinterpretiert.

Ausgestattet mit dieser neuen Erkenntnis wollte er nun Thomas Malecki genauer auf den Zahn fühlen. Es gab demnach nicht nur telefonische Kontakte, sondern auch persönliche Treffen mit Elisabeth Kleinert.

Die Selbstanzeige wegen seiner Fahrerflucht hatte Thomas Malecki tatsächlich erstattet. So weit so gut. Das hatte Bertram bei seinem angekündigten Kontrollanruf bei den Kollegen in Werder in Erfahrung gebracht.

Bertram wurde an der bereits geöffneten Wohnungstür erwartet. Malecki hatte einen Jogginganzug an, offensichtlich wollte er noch Laufen gehen.

„Guten Abend, Herr Malecki. Danke, dass ich abends noch bei Ihnen vorbeikommen darf", begann Bertram das Gespräch.

„Keine Ursache, das ist mir lieber, als selbst zur Polizei zu gehen. Was treibt Sie noch einmal zu mir?", wollte Malecki wissen.

Hauptkommissar Bertram berichtete, ohne nähere Einzelheiten preiszugeben, dass ihm mittlerweile von allen Beteiligten erpresserische Vorgänge durch Markus Kleinert bestätigt worden waren. Bei ihm, Malecki, ergäbe sich nun die Frage, woran denn Markus Kleinert nach der Gelderpressung und dem Wissen über die Fahrerflucht weiterhin interessiert war?

Inzwischen stünde fest, dass von dem verstorbenen Markus Kleinert eine beachtliche kriminelle Energie ausgegangen sei. Vor diesem Hintergrund sei nicht plausibel, dass er keine weiteren Leistungen von Malecki eingefordert habe. Eine Freundschaft zwischen ihm und Kleinert vorzutäuschen, könne angesichts der Gier von Markus Kleinert eigentlich nicht ausreichend gewesen sein.

Malecki seufzte. „Ich hatte gehofft, dass mir das Folgende erspart bleibt. Die Selbstanzeige wegen meiner Fahrerflucht ist für mich schon hart genug. Ich war bereits bei der Polizei in Werder und einen Anwalt habe ich mir ebenfalls besorgt. Er schätzt, dass ich mit einer Bewährungsstrafe davonkommen werde. Natürlich werde ich auch ein Schmerzensgeld aufgebrummt bekommen."

„Das Ihnen was erspart bleibt?", fragte Bertram nach.

„Markus erpresste mich tatsächlich weiter. Nicht um Geld. Er wollte, dass ich ihm Informationen über Verwaltungsangelegenheiten gebe. Darunter Dinge, die im geschlossenen, also dem nicht öffentlichen Teil der Gemeinderatssitzungen erörtert oder beschlossen werden."

„Woran war er denn da interessiert?", erkundigte sich Bertram.

„Er wollte wissen, woher die Verwaltung ihre Unterlagen bezieht, also wo sie drucken lässt. Er wollte von mir erfahren, wie die Ausschreibungen dazu ausgewertet werden. Ich sollte ihm außerdem das zur Verfügung stehende Budget für einzelne Aufträge verraten, damit er seine Angebote darauf zuschneiden konnte. Natürlich wollte er während der laufenden Ausschreibungen die Angebotsunterlagen von Konkurrenten als Kopie bekommen, damit er die Mitbewerber unterbieten konnte. Außerdem sollte ich mich als Ratsmitglied dafür einsetzen, dass er als ortsansässiger Unternehmer möglichst viele der Aufträge erhält."

„Und? Konnten Sie das Gewünschte liefern? Haben Sie darauf überhaupt einen Einfluss?"

„Es hat nicht oft geklappt. Viele derartige Entscheidungen treffen der Kämmerer, oder die Büroleiter in Eigenverantwortung. Nicht für jeden Kram braucht man einen Beschluss des Gemeinderates. Nur manche Angelegenheiten werden im Gemeinderat beschlossen. Aber es gelang zum Beispiel, ihm den Druck des „Havelkuriers", unserer Gemeindezeitschrift, den Druck des regelmäßig erscheinenden Amtsblattes und einige Aufträge für Formularvordrucke zu verschaffen. Viel war es nicht, aber es war verbotene Informationsweitergabe. Muss ich mich dafür nun auch noch anzeigen?"

Malecki war fast ein wenig frech, fand Bertram. „Das liegt ganz bei Ihnen, ich habe an der Verfolgung derartiger Dinge im Moment kein Interesse. Ich rate Ihnen aber dazu, Ihr eigenes Verhalten und Unrechtsbewusstsein zu hinterfragen. Vielleicht sollten Sie einfach ihr Mandat in der Gemeindevertretung niederlegen. Das halte ich für eine saubere Lösung", schlug Bertram vor.

„Warum sollte ich das aufgeben? Markus ist tot. Einen weiteren Informationsfluss wird es also nicht geben. Das bezeichne ich als Beendigung der Unregelmäßigkeiten. Es ist am Ende niemand geschädigt worden. Außerdem sind es doch nur öffentliche Gelder", entgegnete Malecki in trotzigem Ton.

Bertram überlegte, ob er Thomas Malecki eine Predigt über den sorglosen Umgang mit öffentlichen Geldern halten sollte. Als Geschädigte sollte man besonders die Konkurrenten von Kleinert ansehen, denen wahrscheinlich Aufträge entgangen waren. Die Kostenstruktur bei Markus Kleinert war viel besser, als bei dessen Konkurrenten. Für das Papier und die sonstigen erforderlichen Dinge zum Drucken, bekam er nicht nur Sonderkonditionen, viele Sachen erpresste er zum Nulltarif von Peter Berges. Die Maschinen kosteten Kleinert nur die Hälfte der marktüblichen Preise. So war es für ihn einfach, Konkurrenten zu unterbieten.
Bertram entschloss sich, nichts zu sagen. Er war überzeugt davon, dass bei einem Linken wie Thomas Malecki höchst wahrscheinlich kein Respekt vor Steuergeldern zu erwarten war. Außerdem wusste Malecki nichts über die Art der Erpressung von Peter Berges und die daraus entstehenden Wettbewerbsvorteile für Markus Kleinert. Die konnte er Malecki jetzt nicht als bekannt unterstellen. Mitteilen wollte er sie Thomas Malecki erst recht nicht.

„In Ordnung. Ihre Entscheidung, Herr Malecki. Von mir aus behalten Sie Ihr Mandat. Nun zu einem anderen Thema. Im Rahmen meiner Ermittlungen hat sich ergeben, dass Sie und Elisabeth Kleinert zumindest telefonisch mehrere Kontakte hatten. Frau Kleinert ist am Todestag ihres Mannes bei Ihnen in der Etage aus dem Aufzug gestiegen. War sie an dem Tag bei Ihnen?"

„Ja, das war sie. Sie war oft hier."

„Wie darf ich das deuten? Oft?", fragte Bertram weiter.

„Wir haben seit einigen Monaten ein Verhältnis", gab Malecki zu. „Frau Kleinert war in ihrer Ehe nicht mehr glücklich. Sie war dabei, ihre Trennung von Markus zu planen. Sie bereitete das mit mir gemeinsam vor, denn wir möchten zukünftig zusammen wohnen und leben."

Bertram verstand nun die Zusammenhänge. Ihm ging ein Licht zu einem übersehenen Detail auf. Bei seinem ersten Besuch in Maleckis Wohnung hatte er eine Handtasche an der Garderobe bemerkt. Nun bekam die Tasche eine Bedeutung. Sie konnte nur Elisabeth Kleinert gehören. Sie wollte wahrscheinlich ihre vergessene Handtasche holen, als sie an Maleckis Wohnung in der dritten Etage aus dem Aufzug stieg. Aber ihr Liebhaber war an dem Tag noch nicht zu Hause, weil er noch bei dem Grillabend weilte.

„Herr Malecki, Sie konnten mir bisher ihren Aufenthaltsort zur Todeszeit von Herrn Kleinert nicht zweifelsfrei nachweisen. Ihre Beziehung zu Frau Kleinert verbessert diese Sachlage nicht gerade. Ist Ihnen etwas eingefallen, wie Sie mir Ihren Aufenthalt nachprüfbar darlegen können?"

Thomas Malecki sah ihn an und entgegnete: „Da Sie ja nun von Elisabeth und mir wissen, habe ich nun ein sicheres Alibi. Elisabeth und ich haben Ihnen vorher nicht die Wahrheit gesagt, ich war nicht allein zu Hause. Elisabeth Kleinert war den gesamten Abend und die ganze Nacht bei mir. Als ich von dem Grillabend nach Hause kam, lag sie schon im Bett. Zum Anwärmen, wenn Sie verstehen?" Dann grinste er.

Bertram stockte fast der Atem. War der Mann wirklich so blöd, dass er nicht merkte, wie er sich gerade um Kopf und Kragen redete? Frau Kleinert hatte die Nacht mit ihm in seiner Wohnung verbracht! Das geschilderte Verhalten deutete unmissverständlich darauf hin, dass die beiden wussten, Markus Kleinert würde an diesem Abend und in dieser Nacht nicht nach Hause kommen.

„Wusste Markus Kleinert von Ihrem Verhältnis oder ahnte er etwas?", wollte Bertram von Malecki wissen. Vielleicht gab es doch noch eine plausible Erklärung. Im „Club Regenbogen" gab es ja angeblich solche offenen Beziehungen. Vielleicht gehörte diese bisher unbekannte Beziehung dazu?

„Nein, wo denken Sie hin? Natürlich wusste er nichts davon. Er hätte das niemals geduldet und mich fertig gemacht." Malecki sagte das mit überzeugendem Tonfall. Er meinte es also wirklich ernst. Das machte ihn nun zusammen mit Elisabeth Kleinert verdächtig. Eine Trennung von ihrem Mann wäre sicher eine schwerwiegende Angelegenheit geworden. Der Tod von Markus Kleinert löste dieses Problem auf fundamentale Weise.

Bertram beschloss, Malecki nicht auf die Wirkung seiner Aussage hinzuweisen. Er wollte diese brisante Entwicklung zunächst mit seiner Kollegin, seinem Vorgesetzten und dem Staatsanwalt abklären. Ob hier nun eine weitere Untersuchung, ein Haftbefehl oder eine Anklage fällig waren, hatte Bertram nicht zu entscheiden.

Als Motiv für eine Straftat war die Trennungsabsicht jedenfalls ein Klassiker. Selbst wenn es keine Lebensversicherung zu Gunsten von Frau Kleinert gab, wäre sie dennoch Erbin der Wohnung. Es sei denn, in einem Testament wäre etwas anderes verfügt worden. Bisher war vom Vorhandensein eines Testaments nicht die Rede gewesen. Bertram musste vor dem Hintergrund dieses neuen Verdachtes die Eigentumsverhältnisse der Wohnung prüfen. Es gab dafür mehrere Möglichkeiten. Vielleicht gehörte sie beiden Eheleuten gemeinsam, vielleicht nur ihm oder vielleicht nur ihr. Das Grundbuch konnte darüber genaue Auskunft geben. Das bot sich als neue Aufgabe für die Kollegin Holbein geradezu an.

„Nun, Herr Malecki, das war es für den heutigen Besuch erst einmal. Vielen Dank für ihre Geduld," wandte sich Bertram an Malecki.

„Gern geschehen. Ich weiß zwar nicht, warum Sie ständig von einem Verbrechenshintergrund ausgehen, aber das scheint in derartigen Fällen üblich zu sein." Malecki schien tatsächlich ungehalten über die vielen Fragen zu sein. „So weit ich Elisabeth verstanden habe, gibt es bei ihrem Mann keine Anzeichen eines gewaltsamen Todes. Das stimmt doch, oder nicht?"

„Das ist nun einmal die Aufgabe der Polizei. Es muss festgestellt werden, dass kein Verbrechen vorliegt. Die Todesursache ist zweifelsfrei festgestellt, jedoch nicht die Umstände, die zum Eintritt des Todes bei Herrn Kleinert geführt haben. An der Klärung dieses Umstandes arbeite ich noch." Bertram wunderte sich, dass sein Gegenüber die Ermittlungen offensichtlich als ungewöhnlich oder sogar als überflüssig betrachtete.

Die beiden Männer verabschiedeten sich. Bertram fuhr ins Präsidium zurück und schrieb rasch anhand seiner Notizen einen Bericht. Auf seinem Schreibtisch lag eine Mappe mit einem weiteren Bericht von Kommissarin Holbein. Den wollte er am nächsten Morgen lesen. Für heute hatte er keine Lust mehr. Er fuhr nach Hause und verbrachte den Abend wie jeden Abend.

Während er die Tagesschau sah, gönnte er sich ein kühles Bier. Nach einer politischen Nachricht über die EU in Brüssel, wurde ein angeblicher EU-Experte eingeblendet. Dieser kommentierte die gerade verbreitete Nachricht. Bertram ärgerte dieses Vorgehen der Redaktionen. Warum musste ihm vorgetragen werden, wie die Nachricht zu werten sei? Hielt man ihn als Zuschauer für zu blöd? Sollte er sich keine eigene Meinung dazu bilden? Man ließ ihm als Zuschauer keine Sekunde Zeit, sich mit der Nachricht zu befassen. Der Kommentator setzte ihm praktisch sofort vor, was er zu denken hatte und wie die Nachricht einzuordnen sei. Bertram empfand das als unerwünschte Bevormundung und Indoktrination. Man hielt ihn seitens der Redakteure entweder für unmündig oder unfähig, sonst hätte man die Nachricht seiner eigenen Beurteilung überlassen können.

Früher wurden die Nachrichten von den Sprechern vorgelesen, erinnerte sich Bertram. Sachlich, unbeteiligt, neutral. Einfach so vom Blatt. Seit einigen Jahren verkamen Nachrichten zu regelrechten Shows. Man zeigte aufwendige Studios, darin gestylte und geschniegelte Moderatoren anstatt Nachrichtensprechern. Teilweise wurde mit mehreren Moderatoren gearbeitet, die in teils dümmlichen Dialogen die Nachrichten vermittelten oder Überleitungen zwischen ihnen zu formulieren versuchten. Im Grunde genommen, wurden dadurch die Nachrichten mehr oder weniger versteckt und unkenntlich. Sie verkamen zu erzählten Geschichten.

Der zeitlich hohe Anteil von Sportnachrichten störte Bertram. Es gab aus der Welt mit Sicherheit Wichtigeres zu vermelden. Warum bekam die Berichterstattung über die mit Millionen zu bezahlenden Senderechte für Sportereignisse einen derart großen Anteil in Nachrichtensendungen? Das interessierte doch wirklich nicht jeden Zuschauer. Die Fernsehgebühren wurden hier nach Bertrams Meinung in großem Stil verschwendet. Er verstand sie als versteckte Subventionen eines korrupten Systems. Eine tägliche Sportschau als eigene Sendung, könnte Zuschauern das Warten auf den Wetterbericht während des Sportteils ersparen. Dann könnten sich die am Sport Interessierten ohne Belästigung anderer Zuschauer mit ihrem Hobby beschäftigen.

Wenigstens kam auf einem der privaten Sender ein spannender amerikanischer Film. Die Besetzung mit einigen seiner liebsten Hollywoodstars war erstklassig. Laut Programmzeitschrift hatte der Streifen sogar zwei Oscars gewonnen. Er kannte den Film noch nicht. Es war eine Erstausstrahlung
Die Aussicht auf den Film versöhnte Bertram wieder mit dem Fernsehen. Er holte sich ein weiteres Bier aus dem Kühlschrank, nahm sich eine Tüte Salzgebäck mit ins Wohnzimmer und ließ den Abend mit dem Film gemächlich ausklingen.

Den nächsten Arbeitstag begann er, wie die meisten der Kollegen, mit einer Tasse Kaffee im Besprechungsraum. Das Hauptthema der Anwesenden war ein Fußballspiel vom Vorabend, das Bertram sich nicht angesehen hatte. Er konnte also nur zuhören und selbst nichts dazu beitragen. Als Elke Holbein eintraf, gingen sie gemeinsam in sein Büro. Der ungelesene Bericht lag noch immer auf dem Schreibtisch.

„Haben Sie da schon reingesehen?", fragte sie.

„Nein, noch nicht. Ich bin eben erst eingetroffen. Nach dem Kaffee wollte ich ihn mir ansehen. Was steht denn Neues drin?"

Elke Holbein legte los und berichtete von ihren Überlegungen. Sie hatte überlegt, ob zwischen den vier Männern nicht weitere Verbindungen bestanden haben könnten. „Ich vermute Kontakte, die sich der Kontrolle oder Steuerung von Markus Kleinert entzogen haben. Vielleicht gab es untereinander so etwas wie ein Abkommen, das Spiel mitzumachen und sich gegen Kleinert zu formieren. Ich kann mir nicht vorstellen, dass tatkräftige, erfolgreiche und entscheidungsfreudige Männer wie Peter Berges und Klaus Machner sich derartig leicht und widerstandslos erpressen ließen. Bei Paul Cordelius, der übrigens von seiner Frau getrennt und in Scheidung lebt, habe ich eher den Eindruck einer schwachen Persönlichkeit."

Bertram nickte: „Ähnliche Überlegungen habe ich auch schon angestellt. Die Gruppe verheimlicht uns etwas, da bin ich mir sicher."

Elke Holbein fuhr fort: „Einen ähnlichen Eindruck macht Thomas Malecki auf mich. Er ist keine starke Persönlichkeit. Meine Theorie geht in die Richtung, dass sich die vier zu einer Koalition verbunden haben. Immerhin kalkuliere ich es als möglich ein. Gemeinschaftlich hätten sie Kleinert aus dem Weg räumen können. Ich kann nur nicht sagen, wie das abgelaufen sein soll. Nach meiner Ansicht müsste man zur gründlichen Aufklärung eine Menge Zeit aufbringen. Ich zweifele jedoch daran, dass man uns die erforderliche Zeit genehmigen wird."

„Das sind Überlegungen, die mich in ähnlicher Weise beschäftigen. Mir war nicht bekannt, dass Cordelius in Scheidung lebt. Wie haben Sie das erfahren?", fragte Bertram seine Kollegin.

„Ganz einfach. Er hat es mir erzählt. Ich war gestern bei ihm. Ich wollte mir den möglichen Tatort selbst genauer ansehen. Wenn es ein Verbrechen war, dann hat es vermutlich dort stattgefunden oder zumindest begonnen. Auf dem Grundstück. Während des Grillabends. Oder besser, danach. Der festgestellte Todeszeitpunkt liegt irgendwo um 2:00 Uhr morgens herum."

„So sehe ich das auch", bestätigte Bertram. „Ihre Überlegungen in allen Ehren, liebe Kollegin, aber bei Lichte betrachtet ist das nicht viel Verwertbares. Es sind alles nur Mutmaßungen. Wir haben nicht viel in der Hand. Außer vielleicht der Tatsache, dass Elisabeth Kleinert sich tatsächlich mit Thomas Malecki eingelassen hat."

Elke Holbein setzte sich ruckartig aufrecht. Sie hörte sich interessiert an, wie Bertram ihr von seiner Entdeckung der gespiegelten „3" im Aufzug erzählte. Sie musste sich die Situation in der Kabine des Aufzuges erst vorstellen, dann war es ihr klar.

Holbein musste lächeln, als er ihr die Technikaversion von Frau Borgner schilderte und das es nun eine plausible Erklärung für die angeblich seltsamen Vorgänge mit dem Aufzug gab. Mit großem Interesse verfolgte sie die Offenlegung der intimen Beziehung zwischen Elisabeth Kleinert und Thomas Malecki. Interessant war, dass die beiden bereits an konkreten gemeinsamen Zukunftsplänen arbeiteten.

Obwohl er Elisabeth Kleinert nun nachträglich als Alibi angegeben hatte, half das Thomas Malecki nicht. Er hatte damit sich selbst und seine Geliebte einem starken Verdachtsmoment ausgeliefert. Weil sie offensichtlich vom Wegbleiben von Markus Kleinert für die Nacht ausgingen, waren sie jetzt verdächtig. Das Alibi war nicht mehr viel wert, weil es gegenseitig von zwei Personen mit Mordmotiv für den jeweils anderen gegeben wurde. Wenn sie beide bisher konsequent gelogen hatten, wäre es durchaus möglich, dass die beiden Markus

Kleinert während der Nacht ermordet hatten. Lediglich die unversehrte und damit entlastende Leiche blieb ein echtes Problem.

„Hochinteressant!", merkte sie am Ende von Bertrams Bericht an. „Das ist ja eine unerwartete Wendung. Ich werde Frau Kleinert noch am Vormittag dazu befragen. Sie wird im Copyshop sein. Womit machen Sie weiter?", wollte Kommissarin Holbein erfahren.

Bertram erwiderte: „Ich werde mir einen Termin beim Chef holen. Er soll seine Meinung äußern. Die Berichte hat er bekommen und hoffentlich gelesen. Wenn wir mehr Zeit auf den Fall verwenden sollen, dann muss das angeordnet werden. Wie der Staatsanwalt den Fall bewertet, kann ich gar nicht abschätzen. Wenn wir Pech haben, sieht er keine Anhaltspunkte, die einen Anfangsverdacht ergeben oder vielleicht sogar einen Haftbefehl rechtfertigen. Die Vorgesetzten wollen heute alle nur stichhaltige Beweise haben. Ein paar Widersprüchlichkeiten reichen denen nicht aus. Daher kommt wahrscheinlich die hohe Dunkelziffer nicht aufgeklärter Verbrechen. Wenn man diese sorgfältig plant, ist die Chance hoch, nicht entdeckt zu werden." Bertram sah auf die Schreibtischplatte und wirkte resigniert

„Unsere anderen Zeugen oder Verdächtigen haben alle recht gute Alibis. Cordelius übrigens mittlerweile auch. Nachdem Kleinert gegangen war, hat er sich in den Clubräumen zusammen mit drei weiteren Gästen des Clubs die Nacht vertrieben. Mit Rollenspielen sexueller Art, allerdings nur den Erzählungen darüber", lächelte sie.

„Steht alles so im Bericht?", fragte Bertram.

Wieder lächelte sie: „Ohne Einzelheiten natürlich. Cordelius hat mir die Namen der Leute genannt. Ein Ehepaar aus Potsdam und eine frustrierte Ehefrau. Sie bestätigen sein Alibi bis etwa 3:00 Uhr morgens. Da hatte er übrigens bereits starke Rückenschmerzen. Er kommt wohl für einen Mord eher nicht in Betracht, da er sich kaum bewegen konnte. Die Männergruppe wurde von den drei Zeugen am Abend im Garten beim Grillen gesehen. Sie haben aber nicht mitbekommen, wann sie die Party beendeten und auseinandergingen. Außerdem wussten sie nicht, wie viele Personen dort waren. Da betätigten sie sich bereits im Club anderweitig. Ursprünglich hatten sie sich für die Sauna angemeldet. Die Sauna war aber kaputt und sie haben sich etwas anderes ausgedacht. Cordelius soll zwischen 23:30 und 23:45 zu ihnen gekommen sein."

„Schon gut. Einzelheiten des Clubs brauchen wir ja nicht zu erörtern", sagte Bertram und schickte sich an das Büro zu verlassen.

„Ich fahre jetzt zu Frau Kleinert", sagte Elke Holbein und machte sich auf den Weg.

„Viel Erfolg", wünschte ihr Bertram.

Tatsächlich war der Copyshop geöffnet und Elisabeth Kleinert war anwesend. „Guten Morgen Frau Kleinert, Sie erinnern sich an mich? Elke Holbein, Polizei Potsdam."

„Wie könnte ich Sie vergessen!", antwortete Frau Kleinert.

„Ich habe aus einer weiteren Ermittlungsquelle erfahren, dass Sie mit Thomas Malecki die ganze Nacht zusammen waren, in der Ihr Mann ums Leben kam. Ist das richtig?"

„Na, sie kommen ja direkt auf den Punkt! Ja, das ist richtig. Thomas und ich waren die ganze Nacht zusammen. Sonst noch was?", fragte sie schnippisch.

„Ist es Ihnen unangenehm, dass Herr Malecki uns von Ihrer Beziehung berichtet hat?"

„Eigentlich nicht. Jetzt ist es ja egal. Nun kann uns nichts mehr passieren. Zumindest von meinem Mann droht keine Gefahr der Entdeckung mehr. Es ist also nun bekannt. Na und wenn schon. Es spielt keine Rolle mehr."

„Frau Kleinert, ist Ihnen klar wie das gedeutet werden kann? Wir müssen davon ausgehen, dass Sie wussten, dass Ihr Mann nicht heimkommen würde", bohrte Holbein weiter.

„Es ist mir völlig egal, wie Sie etwas deuten oder nicht. Um mich herum bricht gerade alles zusammen und Sie nerven mich mit Fragen. Mein verstorbener Mann war offensichtlich ein Verbrecher. Meinen Sie, das ist eine einfache Erkenntnis für mich? Wollen Sie mir jetzt etwa auch noch seinen Tod anhängen? Ich habe ihm kein Leid zugefügt! Merken Sie sich das!" Elisabeth Kleinert war laut geworden. sie schien den Tränen nahe.

„Schon gut Frau Kleinert, ich bitte um Entschuldigung. Ich störe Sie nicht mehr lange. Doch habe ich habe die Pflicht, Alibis von Beteiligten zu prüfen. Dafür bitte ich um Ihr Verständnis. Wenn der Aufenthalt jedes Beteiligten zum Todeszeitpunkt geklärt ist, dann dient das doch als Entlastung von Verdacht gegen den Beteiligten. Sehen Sie es doch bitte einmal von dieser Seite. Es tut mir leid, wenn ich Sie aufgeregt haben sollte. Auf Wiedersehen", sagte die Beamtin und wandte sich zum Gehen. Der Laden war leer. Keine Kunden hielten sich darin auf. Keine Kopiermaschine arbeitete und Frau Kleinert hatte offensichtlich ebenfalls tatenlos dagesessen. Der Copyshop schien tatsächlich nicht gut zu laufen.

Elke Holbein hatte die Tür erreicht, drehte sich aber noch einmal um: „Haben Sie und Herr Malecki zunächst absichtlich ihre Beziehung für sich behalten? War Ihnen bewusst, dass es unser Interesse wecken würde und als Motiv ausgelegt werden könnte?" Es sollte ein letzter Versuch sein, von Elisabeth Kleinert noch etwas zu erfahren.

„Natürlich haben wir darüber geredet. Sie müssen das so sehen, Markus vergnügte sich nach solchen Abenden ab und zu woanders. Ob im Club oder privat, war mir gleichgültig. Wenn er nach Hause gekommen wäre, hätte er zur Abwechslung diesmal mich nicht vorgefunden. Das habe ich nun schon mehr als einmal erlebt, wenn ich über Nacht bei Thomas blieb. Wenn Markus nicht bis etwa 23:00 Uhr zu Hause war, lag er längst in einem anderen Bett."

Sie sah Kommissarin Holbein unverhohlen aggressiv an und fuhr fort: „Meine Ehe bestand eigentlich nicht mehr. Höchstens noch auf dem Papier. Da war keine heile Welt mehr. Kein Glück. Es war ihm egal und es war mir egal. Verstehen Sie das? Wenn nicht, ist das ebenfalls egal."

„Ist es denn vorgekommen, dass ihr Mann sie bei seiner Heimkehr nicht vorgefunden hat?", wollte die Beamtin abschließend wissen.

„Nein. Das kam kein einziges Mal vor. Wie gesagt, 23:00 Uhr war eine ziemlich sichere Grenze. Morgens kam er dann natürlich auch nicht in aller Frühe heim. Thomas und ich hatten immer Glück, wenn ich die Nacht bei ihm verbrachte. Und hier im Haus hat es bestimmt auch noch niemand bemerkt." Elisabeth Kleinert sah sie nun mit fast triumphierendem Blick an.

„Na gut, Frau Kleinert. Nun will ich Sie nicht länger von der Arbeit abhalten", sagte Kommissarin Holbein und ging davon.

Nach dieser aufschlussreichen Unterhaltung wollte sich Elke Holbein die Druckerei ansehen. Sie fuhr nach Werder in Richtung Bahnhof. Dort, in den Gewerbehallen, sollte die Druckerei angesiedelt sein.

Als sie ankam, sah sie das auffällige Firmenschild. Vor der breiten Doppeltür stand ein Lastwagen. Er gehörte laut Werbeaufschrift der Firma Berges in Berlin. Elke Holbein nahm das überrascht zur Kenntnis und ging durch das geöffnete Doppeltor. Nach wenigen Metern stand sie vor einer Art Bedientresen, der den vorderen Teil von der eigentlichen Druckerei trennte. Der Tresen diente offenbar als Büro. Auf ihm standen zwei Computer und ein Telefon. Einige Aktenordner befanden sich seitlich in Regalen entlang der Wand. In dem etwa 150 Quadratmeter großen fensterlosen Raum, standen nebeneinander mehrere Großkopierer und Druckmaschinen. Hinter der Reihe der Maschinen stand ein großes Stahlregal, das mit zahlreichen Kartons, ein paar Flaschen und Kanistern, sowie Papierrollen bestückt war.

Zwei Männer in hellgrünen Firmenoveralls der Firma Berges, verpackten eine vom Sockel gehobene Maschine in Plastikfolie. Sie stand auf einer Europalette, die wiederum auf einem Hubwagen stand. Als nächstes sollte sie wahrscheinlich mit der Hydraulikbühne am Heck des Lastwagens in dessen Laderaum gehoben werden. Offensichtlich wurde hier abgebaut. Wie es schien, setzte Frau Kleinert ihre Pläne mit großem Nachdruck in die Tat um.

„Guten Morgen meine Herren", sprach sie die Männer an. „Gehören Sie zu den Angestellten der Druckerei?"

„Nein, von der Druckerei ist im Moment niemand hier." Er wandte sich an seinen Kollegen. „Jochen, weißt Du wo der Alte steckt?"

„Nee Sveni, weiß ich nicht. Ich werde mal Volker fragen." Der Arbeiter ging zu einer Tür neben dem großen Regal, klopfte an und rief: „Volker, wo ist der Alte von der Druckerei hin?"

„Der kauft gerade im Supermarkt gegenüber was ein. Der kommt bestimmt bald wieder." Dann hörte man eine Toilettenspülung.

„Wissen Sie, gute Frau, die haben hier dicht gemacht. Wir bauen die Maschinen ab. Hier ist Feierabend", bekam sie vom älteren der beiden Arbeiter zu hören.

Elke Holbein bedankte sich und wandte sich zum Gehen. Ein etwa 70 Jahre alter Mann betrat gerade die Halle. „Kann ich etwas für sie tun?", fragte er freundlich.

Das musste der Rentner sein, von dem Elisabeth Kleinert gesprochen hatte. Sie blickte ihn freundlich an und sagte: „Ja, das können Sie wirklich. Wenn Sie bitte ein paar Minuten ihrer Zeit einer polizeilichen Ermittlung widmen? Mein Name ist Holbein, ich bin von der Kriminalpolizei in Potsdam. Wir ziehen Erkundigen zum Umfeld des verstorbenen Herrn Kleinert ein."

142

Er wollte natürlich helfen, sagte er und bat Kommissarin Holbein hinaus. Die Arbeiter sollten das folgende Gespräch nicht mitbekommen. Die Beamtin bat den Mann, ihr etwas über seine Art der Tätigkeit und seinen ehemaligen Chef zu erzählen.

„Vom Tod meines Chefs habe ich durch einen Anruf von Frau Kleinert erfahren. Sie hat mir berichtet, dass ihr Mann unerwartet gestorben ist. Der Copyshop sollte daher zunächst geschlossen bleiben und niemand wie gewohnt das Telefon abheben. Neue Aufträge für mich und die Druckerei wären nicht mehr zu erwarten. Sie bat mich, alle noch anstehenden Druckaufträge abzuarbeiten. Anschließend sollte ich die Produkte verpacken und an die Auftraggeber versenden. Dann könnte ich abschließen und nach Hause gehen. Sie wollte sich bei mir später noch einmal melden, um die Beendigung meiner Anstellung mit mir zu besprechen. Bei der Gelegenheit sollten wir eine Endabrechnung der Handkasse in der Druckerei vornehmen und über meine noch ausstehende Gehaltszahlung sprechen. Sie teilte mir mit, dass sie nicht beabsichtigt, die Druckerei weiter zu betreiben. Ich muss mich also kurzfristig nach einem anderen Minijob umsehen."

„Na, dann drücke ich Ihnen mal die Daumen, dass Sie bald etwas finden", machte Elke Holbein ihm Mut.

Er berichtete weiter: „Zur Aufbesserung meiner Rente hier die Maschinen zu bedienen, war als Job gar nicht schlecht. Das ist gar nicht so schwer, wie es anfangs ausgesehen hat. Ich muss Druckaufträge nach Vorlage aus dem Internet oder aus E-Mails in die Maschinen übertragen. Dann lasse ich zuerst ein Probeexemplar drucken. Das muss ich dann einscannen und dem Kunden über das Internet zur Begutachtung senden. Sobald der Kunde mit dem Ergebnis einverstanden ist, starte ich die Maschine und drucke die gewünschte Anzahl von Exemplaren. Bisweilen sind kleine Nachbesserungen durch Kunden gewünscht, die ich dann einarbeiten muss. Meistens geht es dabei um die Schriftgröße oder die Verteilung der Texte auf der Seite. Einfacher ist es, wenn Formulare gedruckt werden müssen. Die erforderlichen Vorlagen sind in den Maschinen gespeichert und ich muss den Vorgang einfach nur starten."

Die Beamtin wollte im Anschluss an diese Beschreibung noch Genaueres über seinen Chef hören.

„Nun, da gibt es nicht besonders viel zu erzählen. Markus Kleinert tauchte nicht oft hier draußen in der Druckerei auf. Wir kommunizierten aber häufig über das Telefon und natürlich per E-Mail, wenn Aufträge übermittelt wurden. Die Kunden geben ihre Aufträge nicht in der Druckerei ab. Sie besprechen ihre Wünsche immer beim Chef in seinem Copyshop. Ich habe hier in der Halle nur die Ausführung zu übernehmen und die Maschinen zu bedienen. Natürlich muss ich auch die Räume sauber halten."

Er erzählte noch einige private Dinge. Es sei schade, dass er sich nun eine andere Nebenbeschäftigung suchen müsste. Eigentlich war das hier ein guter Job, bei dem man sich nicht abrackern musste. Seine Frau und er verdienten beide nebenher etwas Geld. Davon gönnten sie sich jedes Jahr einen schönen zusätzlichen Urlaub. Beide liebten Kreuzfahrten. Er habe sich hier wirklich nicht überarbeitet. In den letzten Monaten seien nicht viele Aufträge hereingekommen. Die meiste Arbeit habe es gemacht, in der Halle wieder für Sauberkeit und Ordnung zu sorgen, wenn Maschinen getauscht wurden. Das sei im letzten Jahr mehrmals der Fall gewesen, obwohl einige Exemplare kaum in Betrieb waren. Hier hätte man sehr viel mehr drucken können, als der Routinebetrieb für Aufträge hergab. Es hätte locker das Drei- bis Vierfache mit der Kapazität der Maschinen bearbeitet werden können.

Elke Holbein hatte genug gehört. Alles schien so zu laufen, wie es ihr bereits vorab geschildert worden war. Sie wollte sich noch einmal mit Hauptkommissar Bertram beraten. Die Erklärung des Verhältnisses zwischen der Witwe und Malecki war durchaus einleuchtend. Sie war aber nicht überprüfbar. Man glaubte das entweder so, oder eben nicht. Die beiden besaßen weiterhin das am wenigsten belastbare Alibi.

Eine neue und interessante Entwicklung war der Abbau der Geräte in der Druckerei. Offensichtlich hatte Elisabeth Kleinert das vorhin mit dem Zusammenbruch um sie herum gemeint. Die Druckerei wurde aufgegeben, der Copyshop wahrscheinlich demnächst ebenfalls. Elisabeth Kleinert befand sich vor dem Wechsel in eine andere berufliche Richtung. Von der Selbständigkeit in die Abhängigkeit. Kein leichter Weg, vermutete Holbein. Es gab sicher viele Dinge zu entscheiden und zu regeln. Es würde den Kollegen bestimmt interessieren, dass die Geschäftsaufgabe bereits in vollem Gange war und Peter Berges sich offensichtlich seine Geräte zurückholte.

Die Beamtin fuhr zurück nach Potsdam. Als Nächstes wollte sie erfahren, wie die Besprechung mit ihrem gemeinsamen Vorgesetzten gelaufen war. In den letzten Tagen hatte sie bei dem Fall zusehends in die Richtung eines Verbrechens tendiert. Die nicht erklärbaren Anteile der Geschichte ergaben keinen Sinn und die Zeugen wichen von ihren Versionen nicht ab. Nur das bisher unbekannte Verhältnis zwischen Elisabeth Kleinert und Thomas Malecki und deren gegenseitiges und damit schwaches Alibi waren neu. Es vereinfachte die Dinge aber nicht. Die Ermittlungsmöglichkeiten für den Tod Markus Kleinerts waren erschöpft. Neue Informationen zum zeitlichen Ablauf gab es nicht mehr. Alle Vorgänge waren gut beschrieben. Niemand hatte Markus Kleinert nach seinem Aufbruch von der Party irgendwo gesehen. Erst der Hund hatte am Morgen das zweifelhafte Vergnügen.

Wenn ein Verbrechen vorlag, konnte es ebenso von einem Unbekannten verübt worden sein. Vielleicht war er sogar mit allen bisher aufgetretenen Personen nicht bekannt. Ermittlungen wären dann im bisherigen Umfeld sinnlos gewesen. Der Täter wäre über alle Berge.

Eine andere Option war ein ausgeklügeltes Zusammenspiel mehrerer, vielleicht sogar aller bisher befragten Personen. Ein letztes Rätsel blieb der Tod durch Ertrinken. Der Tote war nach allgemeiner Ansicht ein guter Schwimmer. Markus Kleinert hätte sich bestimmt heftig gewehrt, wenn man ihn gewaltsam ertränkt hätte. Dabei hätten sich Blessuren ergeben müssen. Ein schwieriges, schier unlösbares Rätsel.

Kapitel 11   **Der Fall wird kein Fall**

Hauptkommissar Bertram saß in seinem Büro, die Hände hinter dem Kopf verschränkt. Ein Fuß stand auf der halb herausgezogenen untersten Schublade seines Schreibtisches. Er blickte aus dem Fenster. Er tat nichts. Diese Haltung empfand er als entspannend. So konnte er gut nachdenken.

Elke Holbein kam herein und fragte, was der Dienststellenleiter entschieden habe.

„Er hat nichts entschieden. Ich soll erst gegen 17:00 Uhr wieder zu ihm kommen. Bis dahin hat er dann endlich unsere Berichte gelesen, hoffe ich."

„Hat er da wirklich noch nicht reingeschaut?", fragte sie ungläubig nach.

„Nein, die Papiere hat er nur überflogen. Er hat gemeckert. Ihm seien das zu viele Details, hat er gesagt. Er wollte nur die Routineüberprüfung eines Todesfalls haben. Kein Aufblähen zu einem Mordkomplott."

„Hat er wirklich Aufblähen gesagt?", staunte Elke Holbein.

„Ja, hat er. Besonders motivierend ist so ein Verhalten von Vorgesetzten nicht", stellte Bertram fest. Er wirkte angesäuert.

Sie stimmte ihm zu, dass durch Desinteresse an Ergebnissen der Mitarbeiter keine Motivation erzeugt werden könne. Im Anschluss berichtete sie von ihrem kurzen aber interessanten Gespräch mit Elisabeth Kleinert im Copyshop. Ausführlich schilderte Holbein die Bestätigung der Beziehung zu Thomas Malecki. Bertram sollte vor allen Dingen die kühle und kaltschnäuzige Art von Elisabeth Kleinert aus der Beschreibung erkennen.

„Das Alibi von Malecki ist damit nun ebenfalls geringfügig besser abgesichert. Bisher hatte er angegeben, allein in der Wohnung gewesen zu sein. Die neue Version ist etwas glaubhafter, allerdings nur, wenn man den beiden vertraut. Wenn sie beteiligt sind, ist das Alibi nichts wert", rekapitulierte sie ihre Gedankengänge.

Bertram sah sie an und wunderte sich, dass sie ihren Gedankengang nicht zu Ende gebracht hatte: „Dann sind alle Alibis nichts wert, die wir bisher haben!", stellte Bertram fest. „Alle sind wertlos, wenn sie uns als geschickt eingefädeltes Drehbuch vorgesetzt worden sind."

Elke Holbein sah ihn an und wollte wissen: „Befürchten Sie, das die Angelegenheit in diese Richtung läuft? Ein nicht aufklärbarer Mord, weil eine gut gemachte und erfolgreiche Verschleierung der Vorgänge inszeniert wurde?"

„Genau das befürchte ich. Vielleicht höre ich ja die Flöhe husten. Mag sein. An den Aussagen zweifele ich nicht, die passen fast alle gut zusammen. Bis auf die Schilderungen von Paul Cordelius und das Weggehen von Markus Kleinert in Richtung Süden. Wissen Sie, ich zweifle an den Menschen. Die Vielzahl der Erpressungen, die hohen Geldsummen, vertuschte Straftaten, verschwiegene Stasizugehörigkeit, intime Verhältnisse.....das ist mir alles zu viel. Die Grundlage für ein Mordmotiv ist nach meiner Meinung für mehrere einzelne Personen oder sogar für die ganze Gruppe auf jeden Fall vorhanden."

„Ich bin da ganz Ihrer Meinung, Herr Kollege. Wir müssen nur etwas beweisen können. Sonst haben wir beim Staatsanwalt schlechte Karten."

„Wohl wahr!", stimmte Bertram ihr zu. „Wir haben mehrere ausreichende Einzelmotive. Wir haben in der Summe eine Motivationslage für eine Gruppentat. Wir haben aber ein riesiges Problem mit der Leiche."

„...die keinerlei Hinweis darauf zulässt, dass der Tod durch einen anderen absichtlich herbeigeführt wurde", ergänzte Elke Holbein den Satz.

„Eben. Der Tote ist hier ein Entlastungszeuge, so blöd sich das anhört", stellte Bertram fest. „Ein erstklassiger Entlastungszeuge. Egal, wie wackelig oder glaubwürdig die Alibis sind."

Sie beschlossen, zu Peter Berges zu fahren und mit ihm über die Abholung der Druckmaschinen zu reden. Immerhin war das eine unerwartet rasche Aktion, die da ablief. Peter Berges konnte sicher Auskunft darüber geben, warum alles so zielstrebig voran getrieben wurde. Sie machten sich nach einer leicht verkürzten Mittagspause auf den Weg. Beide wollten um keinen Preis die Besprechung um 17:00 Uhr mit den zuständigen Vorgesetzten verpassen. Das würde sonst nur Ärger geben.

Peter Berges empfing die beiden in seinem Büro: „Ich habe nicht viel Zeit für Sie, es liegt viel Arbeit an. Worum geht es denn noch?

Alle nahmen Platz und blickten sich gegenseitig an. Bertram begann: „Sie werden sich die Zeit nehmen müssen, Herr Berges. Entweder hier, oder in meinem Büro im Präsidium."

„Ja, ja. Ist ja schon gut. Wir machen das natürlich hier und jetzt, wo Sie schon mal da sind", entgegnete Berges schnell.

Bertram fuhr fort: „Wir haben mitbekommen, dass Ihre Leute mit dem Abbau der Maschinen in Kleinerts Druckerei begonnen haben."

Berges unterbrach ihn schroff: „Kleinerts Druckerei? Das soll wohl ein Scherz sein, was? Sie kennen doch die Zusammenhänge. Er hat nicht einmal die Hälfte davon bezahlt!"

„Und wie sind Sie beim Wert der Geräte mit Frau Kleinert finanziell verblieben? Sie hat doch wahrscheinlich einen Anspruch geäußert?", fragte Elke Holbein.

Berges setzte sich bequem in seinem Schreibtischstuhl zurecht, schlug ein Bein über das andere und antwortete in ruhigem und sachlichem Ton: „Also ich weiß eigentlich nicht so recht, ob Sie das tatsächlich etwas angeht. Markus Kleinert ist tot. Ihm kann man seine Gaunereien und die Erpressung nicht mehr anhängen. Seiner Frau natürlich genau so wenig. Sie war es ja nicht. Na gut, hören Sie zu. Ich war bei Frau Kleinert im Copyshop. Dort habe ich ihr gesagt, dass mich ihr Schweinehund von Ehemann erpresst hat. Wir sind die ganzen Kaufbelege, Originalrechnungen und die jeweils nur zu 50% überwiesenen Zahlungen für die Rechnungen durchgegangen. Ich habe ihr die Durchschläge der Quittungen für die angeblichen Barzahlungen gezeigt. Sie war sehr überrascht, das können Sie mir glauben."

Peter Berges war offensichtlich sehr direkt mit Frau Kleinert umgesprungen. Eine Rücksicht auf mögliche Trauer schien er nicht zu nehmen.

Elke Holbein mischte sich erneut ein: „Wie hat sie das insgesamt aufgenommen? Wusste sie es, oder hatten Sie den Eindruck, dass sie ahnungslos war?"

„Sie hatte keinen Schimmer davon. Für sie löste sich damit das Rätsel, wieso ihr Mann bei flauer Geschäftstätigkeit über relativ viel Geld verfügte. Wir haben ein Arrangement getroffen. Ich habe ihr einen Deal vorgeschlagen und finde es sehr anständig von ihr, dass sie darauf einging. Mein Vorschlag war, ich hole die gesamte Hardware und die Betriebsmittel ab. Die Betriebsmittel gehören mir sowieso komplett. Von den gebrauchten Apparaten gehören mir weitere 50% an Wert. Den Erlös, den ich beim Weiterverkauf der Geräte erziele, werde ich ihr abzüglich meiner 50% auszahlen. Das Geld gehört dann ihr." Peter Berges lehnte sich zufrieden in seinem Bürostuhl zurück und lächelte.

Als Geschäftsmann oder Erpressungsopfer war er offensichtlich über diese Vereinbarung recht zufrieden. Er erhielt mit dieser Verabredung einen ansehnlichen Teil des verlorenen Geldes zurück.

„Was darf ich mir denn unter den Betriebsmitteln eigentlich vorstellen?", fragte Bertram.

„Das sind in erster Linie Papier, Toner, Druckerkartuschen, Reinigungsmittel für die Photozellen der Scanner und Kopierer. Dazu kommen Ersatzteile, und viel Kleinkram. Alles was solche Maschinen verbrauchen und was zur Wartung erforderlich ist", erläuterte Berges.

Damit war die Sache mit dem raschen Abbau der Druckerei für die Beamten ausreichend geklärt. Das Erpressungsopfer Berges würde damit seine erlittenen Verluste teilweise ausgleichen. Wenn Elisabeth Kleinert wirklich nichts von der Erpressung gewusst haben sollte, dann musste die Wahrheit ein Schock für sie gewesen sein. In ihrer ersten Anhörung hatte sie davon gesprochen, dass ihr Mann bei harten Geschäften seine Partner über den Tisch zog. Von Erpressung in solchem Ausmaß war sie wahrscheinlich nicht ausgegangen. Es musste insgesamt ein peinliches Zusammentreffen der beiden gewesen sein. Im Laufe der nächsten Tage dürfte die Druckerei abgebaut sein. Die Maschinen sollten verkauft werden und Frau Kleinert sollte ihren Anteil erhalten. Die Schließung des Copyshops könnte ähnlich schnell verlaufen. Für die Gewerbehalle und den Copyshop gab es sicher Kündigungsfristen. Aber ob Frau Kleinert den Leerstand bezahlen musste oder nicht, sollte nicht das Problem der Ermittler sein. Für die Untersuchung der Rahmenbedingungen dieses Todesfalls war das unerheblich.

Auf der Rückfahrt nach Potsdam unterhielten sich die beiden Kollegen weiter über den Fall: „Was meinen Sie, Herr Bertram? Ob es bei den anderen Opfern ebenfalls eine Wiedergutmachung geben wird?"

„Tja, ich weiß nicht. Vielleicht nicht, wenn die Opfer sich nicht bei Elisabeth Kleinert melden. Ob Thomas Malecki ihr von den 66.000 € erzählt hat? Ob er sie von ihr einfordern wird? Wusste sie schon länger von der Fahrerflucht, oder hat sie es jetzt kürzlich erfahren? Immerhin erwartet ihn ein Gerichtsverfahren. Keine gute Ausgangslage für eine neue Beziehung. Spannende Fragen, nicht wahr?", antwortete Bertram.

„Ja, das stimmt. Eine schwierige Situation für den gemeinsamen Neu-anfang der beiden. Was wird mit Klaus Machner sein? Kann der viel-leicht etwas beweisen? Bargeld in Briefumschlägen, noch dazu ohne Zeugen übergeben, ist in der Beweisführung problematisch. Wie soll er das gegenüber Frau Kleinert glaubhaft darstellen?"

„Nach meiner Einschätzung macht der nichts", warf Bertram ein. „Wahrscheinlich wird er alles auf sich beruhen lassen. Wenn nicht, muss er einen Weg finden, wie er seine Opferrolle und das erpresste Geld glaubhaft machen kann. Wie das aussehen könnte, weiß ich al-lerdings nicht. Machner sagte, er verdient in der Bank sehr gut. Ich denke, er wird einfach einen Schlussstrich unter die ganze Sache zie-hen und nichts einfordern."

Elke Holbein sinnierte weiter: „Paul Cordelius hat wohl am wenigsten Schaden erlitten. Der scheint mir für eine Rückerstattung von Geld nicht in Betracht zu kommen. Bei ihm ist wohl nicht viel gelaufen."

„Da sind wir uns absolut einig. Von seiner Seite wird nichts gefordert werden", stimmte Bertram seiner Kollegin zu.

Er parkte den Dienstwagen im Hof des Präsidiums. Im Büro ange-kommen, fanden sie eine Notiz auf dem Schreibtisch. Das Treffen mit dem Dienststellenleiter war auf 17:30 Uhr verschoben. Dann würde zusätzlich der zuständige Staatsanwalt teilnehmen, der in anderer Sa-che zufällig im Präsidium einen Termin wahrnahm.

„Muss ich unbedingt mit? Das wird ja immer später", erkundigte sich Elke Holbein.

„Nein, wenn Sie was Besseres vorhaben, dann nur los", entgegnete Bertram. Sie verließ das Büro und nickte ihm dabei noch einmal zu.

Während ihres Heimweges dachte Elke Holbein über den Fall nach. Wahrscheinlich hatte ihr Kollege während der Rückfahrt im Auto die richtige Einschätzung der Situation geschildert. Die Angelegenheit würde mit hoher Wahrscheinlichkeit nicht weiter verfolgt.

Der Gerichtsmediziner hatte nichts feststellen können, das einen gewaltsamen Tod bewies. Die beteiligten Personen hatten mehr oder minder gute Alibis. Zwar war die Zusammensetzung und der Zusammenhalt der Menschen um Markus Kleinert fast als spektakulär und ungewöhnlich zu bezeichnen, aber daraus konnte man einen Kriminalfall mangels Beweisen höchstens basteln.

Die letzten Überlegungen zu den beteiligten Personen während der Rückfahrt aus Berlin, müssten in weiteren Ermittlungen genau beobachtet werden. Vielleicht sollte es weitere Ermittlungen geben. Mit etwas Glück verhielt sich einer der Beteiligten vielleicht zukünftig unklug und lieferte einen echten Beweis für ein Kapitalverbrechen.

Sie hatte sich zwar im Inneren für das Vorliegen eines Mordes entschieden, aber es wäre ihr gleichgültig, wenn der Tod Markus Kleinerts zu den Akten käme. Es gab genug Arbeit im Präsidium und der nächste Fall war mit Sicherheit schon zur Anzeige gebracht worden.

Diese Ermittlung war nach Kommissarin Holbeins Einschätzung ausgereizt. Nach der Auflösung von Druckerei und Copyshop war zu erwarten, dass alle zur Ruhe kamen. Es gäbe keine Treffen und keine Erpressungen mehr. Sie hielt es für gegeben, dass die Leute nichts mehr miteinander zu tun haben wollten. Damit müssten sich weitere Ermittlungen wirklich auf Zufälle oder Fehler beschränken. Das dürfte den Vorgesetzten und dem Staatsanwalt nicht ausreichen, um weiter an dem Fall arbeiten zu lassen.

Um 17:30 Uhr fand sich Hauptkommissar Bertram im Dienstzimmer seines Vorgesetzten ein. Er war nervös, weil er die anstehende Entscheidung fürchtete.

Der Staatsanwalt war bereits im Büro anwesend. Die beiden Männer tranken Kaffee und unterhielten sich, während sie auf Bertram warteten. Worum es dabei ging, konnte Bertram aus den letzten Wortfetzen nicht heraushören.

„Nur immer herein, Hauptkommissar Bertram. Nehmen Sie doch bitte Platz", lautete die Begrüßung. Ein kurzer Händedruck mit dem Staatsanwalt und schon waren sie beim Thema.

Bertram wurde nach der Beweislage seines Falles gefragt. Ob irgendetwas gegen einen natürlichen Tod sprach. Bertram schilderte die ungewöhnlichen Zusammenhänge, die Erpressungen und die im Zuge der Ermittlungen aufgeklärte Fahrerflucht mit schwerer Körperverletzung vor einigen Jahren. In groben Zügen wusste der Staatsanwalt davon bereits. Details kannte er nicht und wollte keine Details hören. Ihm war nur daran gelegen, ob er mit dem Tod Kleinerts einen Mordfall vor sich hatte, oder nicht. Auf Spekulationen, Vermutungen, Einschätzungen und so weiter, wollte er sich nicht einlassen.

Mit einem letzten Versuch wollte Bertram die beiden überzeugen, dass ein Tötungsdelikt vorliegen könnte. Er beschrieb das Verhältnis zwischen Elisabeth Kleinert und Thomas Malecki. Dabei arbeitete er heraus, dass die beiden offensichtlich fest davon ausgegangen waren, Kleinert käme nicht mehr nach Hause. Mit seinem Vortrag hoffte Bertram, noch einmal Interesse und Zweifel zu wecken. Mit mehr Zeit rechne er sich gute Chancen aus, den Fall aufzuklären, appellierte er an die beiden Männer. Aber es war vergebens. Der Vorgesetzte blickte den Staatsanwalt an. Ihre Blicke trafen sich. Sie brauchten den Kopf weder zu schütteln, noch mussten sie nicken. Sie waren sich längst einig. Vielleicht sogar schon vor Bertrams Eintreten in dieses Büro.

Der Staatsanwalt ergriff das Wort und wandte seinen Blick auf Hauptkommissar Bertram: „Sie haben hier einen Fall, der keiner ist", äußerte der Staatsanwalt. „Ihre Vermutungen und Kombinationen von Hinweisen aus den Anhörungen der Beteiligten in allen Ehren. Sie haben keinen einzigen stichhaltigen Beweis. Selbst der Obduktionsbericht ist eindeutig. Es gibt keine Hinweise des Gerichtsmediziners, dass der Tod absichtlich herbeigeführt wurde. Ihre Ermittlungen sind zwar sehr detailliert und bringen viele bemerkenswerte Dinge ans Licht, aber nichts von diesen Informationen erklärt den Hergang und die Umstände des Todes. Es tut mir leid, Herr Bertram, aber die Sache wird kein Kriminalfall werden. Eine Anklage kann auf den vorliegenden Indizien nicht aufgebaut werden. Sie können nicht einmal sagen, wer oder wie viele Personen angeklagt werden müssten. Also, erledigt, mein lieber Hauptkommissar Bertram."

Der Staatsanwalt sah Bertram mit abschätzendem Blick an. Eigentlich war es ihm gleich, wie Bertram darauf reagieren würde. In den Fall noch mehr Zeit zu investieren, erschien ihm nicht gerechtfertigt. Die Staatsanwaltschaft litt unter Personalmangel und steigender Anzahl verschiedenster Delikte. Da keine Anzeichen eines gewaltsamen Todes für eine Straftat sprachen, hatte er sich zur Einstellung der Untersuchung entschlossen.

Die vorangegangene Unterhaltung mit Bertrams Vorgesetztem hatte ihn in seiner Entscheidung bestätigt. Sie hatten über Bertrams Leistungsprofil und Qualifikation gesprochen. Dabei war keine überzeugende Beschreibung von Bertrams Fähigkeiten herausgekommen. Der Vorgesetzte war eher der Meinung, dass Bertram sich in den Details verrannt habe. Wahrscheinlich wolle er sich nur lange mit dem Fall aufhalten, damit er keine unangenehmeren Fälle übertragen bekäme. Nun sollte der Beamte die Akten abschließen und für neue Aufgaben eingesetzt werden können. Das war ganz im Sinne beider Männer. Bertram schien es nach ihrer Beobachtung jedenfalls hinzunehmen.

So schnell wird also alles entschieden, dachte Bertram und nickte. Er hatte mit diesem Ergebnis bereits gerechnet. Nun hatte er es verbindlich gehört. Sein Chef sagte noch einige aufmunternde Worte, lobte die akribische Ermittlung, die vielen zusammengetragenen Fakten und die detaillierten Berichte. Dann komplimentierte er Bertram aus dem Büro, dankte noch einmal für die ausgezeichnete Arbeit und wandte sich wieder seinem Kaffe und dem Staatsanwalt zu.

Er würde sich damit abfinden müssen, sinnierte Bertram. Es war nicht das erste Mal, dass ein Fall beendet wurde, bevor man richtig gründlich eingestiegen war. Der Personalmangel und die steigende Zahl der Delikte führten wohl dazu. Er bekäme wahrscheinlich schon bald den nächsten Fall auf den Tisch. Vielleicht wieder etwas mit viel Schreibarbeit. Im Winter war es im Büro recht angenehm. Jetzt, wo es auf den

Sommer zuging, war es für ihn erstrebenswerter, nicht im Büro zu hocken. Zu dieser Jahreszeit hätte er liebend gern mehr Außentermine gehabt.

Vielleicht würde er an diesen Fall noch oft zurückdenken und sich an verschiedene Dinge erinnern. Die Erpressungen, die bizarre Gruppe, die nur durch den von einem einzigen Mann ausgehenden Druck zusammengefügt war. Der „Club Regenbogen", in dem einige Menschen ihre seltsamen Triebe auslebten, der stotternde Kuckuck am Schwielowsee und viele Dinge mehr. Er könnte vielleicht sogar irgendwann das fehlende Puzzleteilchen finden. Dann käme er ganz groß raus, wenn er doch noch einen Mord nachweisen könnte. Wenn!

Welche Fragen ihm wohl im Laufe der Zeit noch einfielen? Er wusste es nicht. Ob er nun enttäuscht oder erfreut sein sollte, dass diese Sache zu Ende war, darüber war er sich noch unklar. Klar war ihm, dass er sich seinen Feierabend wirklich verdient hatte. Morgen früh wollte er eine Stunde später anfangen. Schließlich war er heute länger geblieben. Eine Beförderung gab es für ihn vor seiner Pensionierung ohnehin nicht mehr. Warum sollte er sich also ein Bein ausreißen?

Schwamm drüber, dachte Bertram. Auf dem Heimweg überlegte er sich verschiedene Varianten seines möglichen Abendessens. Markus Kleinert und seine Todesumstände hatten ab sofort keine Priorität mehr in seinen Gedanken. Nur der Kollegin Holbein musste er noch Bescheid geben. Aber erst Morgen. Das war früh genug.

Teil II

Kapitel 12   **Gedanken nach dem Minigolf**

Markus Kleinert war zufrieden. Er hatte wieder einmal seine Truppe, wie er sie nannte, für einen seiner Spielabende zusammengetrommelt. Es waren zwar noch nicht alle da, aber Peter Berges kam öfter etwas später als die anderen. Schließlich hatte er den weitesten Weg und blieb manchmal im Stau stecken. Manchmal war er noch mit seinen beruflichen Angelegenheiten beschäftigt und konnte nicht früh genug starten. Er würde es Peter nachsehen, schließlich musste der Geld verdienen, damit er es ihm wieder abnehmen konnte.
Markus wollte wie immer seinen Spaß haben und sich bei den Spielen die größte Mühe geben. Er war nun mal ein Gewinnertyp, wie er sich in aller Unbescheidenheit selbst einschätzte.

Heute gab es ein Minigolfturnier. Das machte Markus am meisten Spaß. Er hatte sich vorgenommen, alle zu schlagen und als Sieger hervorzugehen. Manchmal murrten die anderen Teilnehmer, weil sie sich nichts aus Minigolf machten. Aber das war ihm gleichgültig. Sie hatten eben noch nicht erkannt, dass Koordination und Geschicklichkeit vorhanden sein mussten, wenn man den Parcours bezwingen wollte. Beides war bei ihm exzellent ausgeprägt, das war ihm klar. Daher musste er den Abend unweigerlich als Champion beschließen. Wahrscheinlich teilten die anderen deswegen seine Begeisterung für Minigolf nicht, weil sie gegen ihn und seine Geschicklichkeit keine echte Chance hatten.

Paul Cordelius hatte bereits seinen Auftrag ausgeführt, die Bahnen von letztem Laub oder Unrat zu befreien. Markus genoss es, wenn man seinen Anweisungen folgte. Er verpackte sie in Form von Vorschlägen. Darauf fielen die meisten herein. Wenn das nicht funktionierte, gab er kurzerhand klar formulierte Aufträge. Es war seltsam, aber die meisten Menschen reagierten auf Führung mit Gehorsam. Markus freute sich über seine Autorität.

Pauls Besen lehnte noch am Baum neben einer Minigolfbahn. Die Minigolfanlage war für jedermann zugänglich. Man brauchte nur einen Ball und Schläger. Dann konnte jeder dort kostenlos Minigolf spielen.

Die Anlage war alt und stammte aus der Zeit kurz nach der Wende. Damals sorgte man noch für die Bevölkerung und solche sportlichen Einrichtungen wurden zum Gemeinwohl gebaut. Damit haute man das letzte Geld der Gemeinde auf den Kopf, hatte man ihm erzählt. Später kam die Eingemeindung von Ferch nach Schwielowsee. Es war die Zeit der Gebietsreformen. Seitdem kümmerte sich niemand mehr regelmäßig um die Instandhaltung der kleinen Sportanlage.

Die Bahnen hatten am Beton und den Umrandungen eine nicht zu übersehende Patina angesetzt. Als das Haus auf der anderen Seite der Uferpromenade später an den Münchner Unternehmer wechselte, bat dieser seinen Mieter Paul Cordelius, regelmäßig auf das Ufergrundstück und die Bahnen zu achten.

Die Bahnen waren dem neuen Eigentümer gleichgültig, aber das Grundstück jenseits der Uferpromenade sollte auf keinen Fall zuwuchern. Der herrliche Ausblick auf den See und der Zugang zum Bootssteg, mussten unter allen Umständen freigehalten werden. Dazu war die regelmäßige Pflege des Ufergeländes erforderlich, obwohl es gar nicht zum Grundstück des Gebäudes gehörte.
Mit der Gemeinde gab es eine stillschweigende Abmachung, dass er den Bewuchs niedrig halten durfte, so lange er das Grundstück und die Bahnen für jedermann geöffnet hielt. Das klappte nun schon ein paar Jahre reibungslos.
Auf Anweisung des Eigentümers hatte Paul Cordelius nach und nach etwas Gebüsch und kleinere Bäume entfernt. So entstand die als Hundewiese genutzte Fläche. Hier tobten die Hunde, oft von ihren Besitzern animiert, herum. Sie apportierten begeistert Stöcke, Bälle oder Frisbeescheiben.

Die fünf Bahnen waren nicht besonders anspruchsvoll. An der einen oder anderen Stelle bröckelte der Beton schon. Aber das störte das Vergnügen von Markus nicht. Er würde das als zusätzliche Herausforderung werten. Der Minigolfball war wegen der Unebenheiten umso schwerer in die gewünschte Richtung zu bekommen.

Paul war schon da, er hatte die Schläger mitgebracht. Klaus war allgemein sehr pünktlich. Markus konnte annehmen, dass er ebenfalls auf dem Weg war.

Thomas kam gerade zu Fuß den Weg hinunter und ging auf die Uferpromenade zu. Er hatte sich wie Paul eine Kühltasche mitgebracht. Ein paar Flaschen Bier konnte man immer gebrauchen, fand Markus Kleinert. Als Gegenleistung für seine organisatorische Vorbereitung der Zusammenkünfte, bediente er sich regelmäßig an den Getränken der Mitspieler. Das schien ihm ein gerechter Lohn für seine kreative Arbeit. Er fragte die anderen nie, ob es ihnen recht wäre, sich das Bier einfach zu nehmen. Als Organisator fand er es vollkommen in Ordnung, dass er für sein soziales Engagement für die Gruppe belohnt wurde und man ihm so die gebührende Wertschätzung für sein Organisationstalent bewies.

„Hallo Thomas, alles klar bei Dir?", begrüßte er den Neuankömmling. „Wir sind hier schon fleißig bei der Arbeit und bereiten alles vor." Paul stand hinter Markus. Er warf diesem einen missbilligenden Blick in den Rücken. Thomas wusste sofort, warum. Mit ziemlicher Sicherheit hatte Markus bisher nur gequatscht, und Paul hatte die Arbeit erledigt. So war das eigentlich immer mit Markus, diesem Schwätzer.

„Peter ist noch unterwegs?", wollte Thomas wissen.

„Ja, aber er muss bald da sein, Klaus auch", informierte Markus.
„Heute werden wir mal wieder sehen, wer der Beste am Schläger ist. Das wird ein harter Abend für Euch, also strengt Euch an", versuchte Markus die anderen zu motivieren.
Keiner stieg darauf ein. Klaus Machner fuhr gerade neben dem Hauptgebäude auf einen der freien Parkplätze und kam mit einer Fla-

sche Mineralwasser zur Minigolfanlage herunter. Hinter ihm hielt ein Firmenwagen von Peter Berges, und der stieg eben auf der Beifahrerseite aus. Er wandte sich noch mit knappen Worten an seinen Fahrer und warf dann die Tür ins Schloss. Er kam den Weg hinunter. An seinem Arm hatte er ebenfalls eine Kühltasche, die er wie einen Einkaufskorb trug.

„Hallo zusammen", sagte er knapp und kurz angebunden. Er lächelte nicht. Markus übernahm wie immer die Wortführung. Mit einer Münze wurde die Reihenfolge der Spieler ausgelost.

„Man hätte auch einfach so anfangen können", warf Paul ein.

Markus wollte das nicht: „Ich bin mir sicher, dass durch die ausgeloste Reihenfolge der Spielspaß gesteigert wird. Schließlich muss jedes Spiel nach genauen Regeln verlaufen."

Markus belehrte seine Mitspieler über die für heute von ihm festgelegten Regeln und Punktevergabe. Eine Widerrede duldete Markus nicht. Schließlich war er Experte für Spielregeln und wusste nur zu gut Bescheid. Er würde dafür sorgen, dass alle gehörigen Spielspaß haben würden.

So wurde es also gemacht. Klaus und Peter hatten keine eigene Meinung dazu. Zumindest äußerten sie keine. Sie wirkten betont lustlos, als spürten sie keinen Ehrgeiz für das Spiel. Markus forderte sie zu einem Wettkampf heraus: „Wer die wenigsten Schläge benötigt, der ist am Ende der Champion."

So vergingen gute zwei Stunden mit dem Spielen. In mehreren Durchgängen ermittelte Markus, wer der Champion werden würde. Paul hatte den Auftrag, die Ergebnisse mitzuschreiben. Nach jedem Durchgang forderte Markus ihn auf, den aktuellen Zwischenstand laut vorzulesen. Alle sollten hören, dass er, Markus, der Champion werden würde. Außerdem sollte sein Vorsprung den anderen als Ansporn dienen.

Es wurde relativ wenig gesprochen, zumindest von dreien der Teilnehmer. Markus kommentierte beinahe jeden Schlag, lobte den vor ihm schlagenden Paul bei jedem gelungenen Spielzug und entschuldigte Fehlschläge damit, dass das auch dem Besten, sogar ihm, mal passieren könne. Markus war ganz in seinem Element und applaudierte mit Klatschen und Bravorufen, wenn eine Kugel im Loch versenkt wurde. Peter und Klaus fanden sein Verhalten wie immer kindisch und übertrieben. Wie sich ein erwachsener Mann so infantil aufführen konnte, war beiden ein Rätsel.

Klaus war der schlechteste Spieler, Peter stand ihm in nichts nach. Offensichtlich wollten sie das Spiel bald möglichst beenden. Markus tat Ihnen nach seinem Sieg den Gefallen. Sie gingen über die Uferpromenade nach oben zur Außenterrasse und ließen sich auf Pauls Gartenmöbeln neben dem Saunahäuschen nieder.

Paul hatte von Markus die Anweisung erhalten, die Schläger und den Besen im kleinen Schuppen am Zaun zu verstauen. Zum Spielen gehöre anschließend immer das Aufräumen, hatte er gesagt. Anschließend war Paul kurz ins Haus gegangen und hatte kaltes Bier aus dem Kühlschrank mitgebracht. Er bot es allen an, nur Markus griff zu. Thomas und Peter hatten ihr eigenes Bier. Klaus blieb bei seinem mitgebrachten Mineralwasser. Er sagte, er müsse nachher noch Auto fahren, deshalb werde er keinen Alkohol trinken.

„Was für ein gelungener Abend, mal wieder", stellte Markus mit großer Zufriedenheit fest. „In fairem Wettkampf haben wir den Besten ermittelt und nun lasst uns das feiern."

Markus hob seine frisch geöffnete Flasche Bier an und wollte mit den anderen anstoßen. Nur Paul reagierte darauf. Die beiden anderen hoben nur kurz ihre Flaschen und nahmen danach einen Schluck.

„Das nächste Treffen machen wir auf dem Boot, was Männer?", stellte Markus als nächste Idee vor. Die anderen nickten oder murmelten eine Bestätigung. Segeln war die einzige Angelegenheit, zu der Peter und Klaus gerne kamen. Nicht wegen Markus oder Paul. Sie segelten ganz einfach gern. Markus war zwar immer nervig angeberisch, aber immerhin stellte er das Boot zur Verfügung. Auf ihren kleinen Ausflügen auf dem See wurde nach einer Weile immer der Anker geworfen und es gab eine Pause zum Baden. Das war bei allen Teilnehmern eine beliebte Unterbrechung. Danach wurde noch ein paar Mal der Schwielowsee von Nord nach Süd abgesegelt. Meistens ging es abends mit Motorkraft zurück zum Steg.

Es wurde über einen möglichen Termin gesprochen und festgestellt, ob alle teilnehmen könnten. Das war der Fall.

„In vier Wochen also wieder hier bei Paul, aber dann geht´s raus mit dem Boot auf den See", stellte Markus fest und war mit sich und der Welt offensichtlich hoch zufrieden. Er blickte um Beifall heischend in die Runde. Es störte ihn, dass er von den anderen so wenig gelobt wurde. Schließlich war er doch der Vordenker bei ihren Zusammenkünften.

Man sprach noch über das eine oder andere Thema, eigentlich lauter belangloses Zeug. Eine interessante Unterhaltung wollte sich einfach nicht ergeben. Thomas schwadronierte vom Segen des Sozialismus. Peter hielt ihm entgegen, dass die einzige Errungenschaft daraus „Armut für Alle" bedeuten würde. Es war knapp 21:00 Uhr, als sich Klaus und Peter verabschiedeten. Peter hatte vorher seinen Fahrer angerufen, um sich abholen zu lassen. Als der Wagen für Peter an den Parkplätzen eintraf, ergriff Klaus die Gelegenheit und verabschiedete sich mit Peter zusammen von den anderen. Er sagte, er wolle mit seiner Frau noch etwas besprechen. Markus, Thomas und Paul blieben sitzen.

Kaum waren die beiden ein paar Meter weg, erinnerte Markus Paul: „Du denkst daran, dass für den geplanten Segelausflug der Außenborder betankt sein muss. Es ist auch nötig, das Boot mal wieder zu säubern. Es waren schon wieder jede Menge Spinnen darauf zu sehen, als ich neulich nachgeschaut habe."

Paul nickte. Thomas sah den beiden anderen hinterher, die sich in Richtung der Autos auf den Weg gemacht hatten. Ihm war schon in einigen Situationen aufgefallen, wie Paul ausgenutzt wurde. Warum er selbst hier saß, wusste er ja. Was konnte es wohl bei Paul sein? Was bei Klaus oder Peter? Hier stimmte doch seit Jahren nichts. Eigentlich wollte er ebenfalls hier weg. Dann konnten sich die beiden von ihm aus noch im Club tummeln. Er würde zu seiner Wohnung zurückkehren und auf ein Schäferstündchen mit seiner neuen Eroberung hoffen. Hauptsache Markus wurde beschäftigt.

Als sich Klaus seinem Wagen näherte, fragte Peter ihn. „Kann ich Dich mal irgendwo allein treffen, ich möchte unbedingt mit Dir unter vier Augen reden."

Als hätte Klaus schon lange auf so ein Angebot gewartet, antwortete er spontan: „Natürlich. Wann und wo?"

„Ich melde mich bei Dir", stellte Peter in Aussicht und stieg auf der Beifahrerseite ein. Der Wagen fuhr rückwärts und wendete. Ziemlich verwundert über das unerwartete Angebot für ein Treffen zu zweit, sah Klaus dem Wagen nach.

Klaus fuhr ebenfalls nach Hause. Unterwegs dachte er über den Gesprächswunsch von Peter Berges nach. Sie ahnten oder wussten voneinander, dass sie beide Markus Kleinert nicht zum Freund haben wollten. Darüber brauchten sie sich nicht zu unterhalten. Die Abneigung und die fehlende Herzlichkeit waren zum Greifen spürbar. Peter betrieb das ganz offenkundig und versteckte seine Einstellung zu Markus selten. Beiden war klar, dass hier nur auf Druck gehandelt wurde. Womit Markus Kleinert ihn selbst erpresste, wussten nur Markus und er. So sollte das auch bleiben. Vielleicht war es bei Peter Berges ebenfalls eine Erpressung. Hoffentlich wollte der nicht über die Erpressungsgründe sprechen. Das müsste er als Gesprächsinhalt ablehnen. Davon sollte niemand weiter erfahren.

Klaus wünschte sich einen Verbündeten. Vielleicht gab es einen Weg, Kleinert als Erpresser loszuwerden. Dieser Mann hatte ihm schon so viel Zeit und Geld gestohlen. Klaus war außerdem noch immer wütend auf Markus, wegen des durch eine Lüge beeinflussten Bootskaufes vor ein paar Jahren. Damals hatte Kleinert ihn durch eine Lüge aus dem Geschäft herausgedrängt und das Schiff sogar preiswerter erstanden. Markus hatte bei dem Vorgespräch mit dem Eigentümer damals nichts über eine eigene ernsthafte Kaufabsicht gesagt. Er hatte nur über den geforderten Preis mitdiskutiert.

Dieser Drecksack lud ihn immer wieder auf das Boot ein, das er sich mit seiner dreisten Vorgehensweise unter den Nagel gerissen hatte. Markus schien das sogar richtig auszukosten. Klaus neidete Markus das Boot zutiefst. Irgendwann würde er sich an Markus dafür rächen. Das hatte er sich fest vorgenommen.

Der Tag würde kommen, nämlich dann, wenn er in Rente ginge. Also war jeder Tag ein Tag weniger für Markus Kleinerts Erpressung. Dann, mit dem Eintritt in die Rente, löste sich der Erpressungsgrund in Luft auf. Einen Job den man nicht mehr hat, kann man schließlich nicht verlieren. Dann, ja dann, könnte er gegen dieses Schwein vorgehen. Wie, wusste er noch nicht. Eine Rechtsberatung bei einem Anwalt könnte eventuell Klarheit bringen. Mit einer Strafanzeige gegen Markus könnte er sich befreien. Einen öffentlichen Prozess wegen Erpressung, konnte er sich als Genugtuung sehr gut vorstellen. Er malte sich aus, wie Markus Kleinert in Handschellen zum Antritt seiner Gefängnisstrafe abgeführt wurde. Was für eine Blamage!

Mit Peter als Verbündetem könnte er sich wohler fühlen, wahrscheinlich auch stärker. Die beiden anderen Männer behagten ihm nicht so sehr. Thomas war ein sozialistischer Spinner, der lauter finanzielle Wohltaten verteilen wollte. Das irgendwer das dazu nötige Geld erwirtschaften musste, blendete der Idiot aus. Dieser, von Neid auf gut verdienende Leistungsträger zerfressene Linke, war wegen seiner politischen Überzeugung für Klaus nicht akzeptabel. Wenn Thomas von seinem Gehalt in der Bank wüsste, würde er ihn wahrscheinlich ebenso wie Peter ständig mit seinen linken Parolen provozieren. Banker hatte Thomas pauschal als „Bankster" und damit als Verbrecher bezeichnet. Er war jedoch kein Bankster. Er spekulierte nicht und ruinierte auch keinen von seinen Kunden. Er war davon überzeugt, dass er vielen Menschen ihre Träume vom eigenen Haus oder der eigenen Wohnung ermöglichte. Bisweilen hatte er Leuten wegen drohender finanzieller Überlastung von einem Kauf oder Bau wegen ihres zu geringen Einkommens abgeraten. Sie hatten ihre Pläne anschließend drastisch reduziert und schließlich ganz aufgegeben, als er ihnen alles vorgerechnet hatte. Nein, er hielt sich für einen ehrlichen Bankangestellten, der verantwortungsvoll seine Aufgaben erledigte.

Dann war da noch Paul. Der taugte wohl ebenso nicht als Verbündeter. „Beamter mit zwielichtigem Hobby", hatte er ihn heimlich für sich getauft. Dieser „Club Regenbogen" war ihm suspekt. Mit Schwulen und Lesben wollte er nichts zu tun haben. Sie sollten machen, was sie wollten, aber privat und diskret. Er wollte daran nicht einmal mit Wissen teilhaben. Als Paul einmal ein paar Einzelheiten erzählt hatte, war er froh, keine derartigen Veranlagungen zu Fetisch oder Partnerwechsel zu haben. Ja, vielleicht war er prüde. Na und? Er sah nicht ein, warum man alles stets zu tolerieren hatte. Schon gar nicht, weil Markus immer in dieses alberne Toleranzgefasel einstimmte. Wer wusste schon, was Markus in dem Club trieb? Schließlich war er dort Mitglied.

Toleranz hatte für Klaus Machner letztlich etwas mit Gleichgültigkeit zu tun. Das war seine Devise. Klaus stellte diesen Mangel in der ganzen Gesellschaft fest. Die Öffentlichkeit wurde seit Jahren dazu erzogen, gegenüber jedem Mist Toleranz zu üben. So wurde die Gesellschaft vielen Dingen gegenüber immer gleichgültiger. Wer sich nicht tolerant verhalten wollte, wurde regelmäßig angeprangert und verunglimpft.

Die ganze Gesellschaft wurde zudem in Richtung einer Einheitsmeinung beeinflusst. Wich man davon ab, bekam man Probleme. Dafür gab es in den letzten Jahren immer mehr Schlagwörter. Die Presse benutzte sie oft. Begriffe wie: homophob, islamophob, rechtspopulistisch, linkspopulistisch, und wie das alles hieß. Es widerte ihn an, dass man kaum noch seine Meinung sagen konnte. Stets kam irgend jemand aus seinem Loch gekrochen und belehrte einen über angeblich korrekt gestaltetes Sprechen, Denken oder Verhalten. Dazu gab es immer mehr Verbote. Warum durfte man Worte wie „Neger" nicht mehr benutzen? Man wurde sofort als Rassist eingestuft, wenn man es dennoch tat. Es gab immer weniger Freiheit. Er träumte davon, selber wieder frei zu sein. Vor allem frei von Markus Kleinert.

Klaus Machners Gedanken schweiften ab zum „Club Regenbogen". Warum Menschen Beiträge für einen Club zahlten, in dem sie dann zusehen konnten, wie es die eigenen Ehepartner mit anderen trieben....er durfte sich das gar nicht ausmalen. Es schüttelte ihn. In seiner Ehe war in dieser Beziehung eine gewisse Ruhe eingekehrt. Aber das störte ihn nicht, seine Frau ebenfalls nicht. Jedenfalls hatte sie sich nie darüber beklagt. Für Klaus Machner war das nicht das Thema Nummer eins. Für Paul schien es weit wichtiger zu sein und das schaffte einen gewissen Abstand zwischen ihnen. Es verhinderte eine Vertrauensbildung. Nein, Paul kam als Verbündeter wohl nicht in die engere Wahl.

Was immer Peter mit ihm unter vier Augen besprechen wollte, mit an Sicherheit grenzender Wahrscheinlichkeit würde Markus das Thema sein. Hatte Peter die Schnauze voll von ihm? Hatte er vor, ihn abzuschütteln? Wusste er etwas oder hatte er eine Idee, was man gegen Markus machen könnte? Peter wollte sich bei ihm melden. Hoffentlich bald. Klaus war aufrichtig neugierig, was Peter bereden wollte. Es keimte eine Hoffnung auf, dass sich an den bisherigen Verhältnissen vielleicht etwas ändern ließe.

Im anderen Fahrzeug hing Peter Berges seinen Gedanken nach. Sie waren ganz ähnlich gelagert, wie die von Klaus Machner. Der Auszubildende, der für seinen Fahrdienst am Wochenende immer eher Schluss machen durfte, konzentrierte sich auf den Verkehr. Bis Berlin war nicht viel los, aber selbst um diese Uhrzeit war es ab der Stadtgrenze und in der City ganz schön voll. Hektisch preschten die Autos durch den dichten Stadtverkehr. Der Auszubildende musste sich sehr auf das Autofahren konzentrieren.

Man musste sich gegen diesen miesen Verbrecher irgendwie zusammentun und eine Allianz gründen, überlegte Peter Berges. Das hatte er schon oft gedacht. Es konnte doch nicht sein, dass Markus ungeschoren mit Ihnen sein perfides Spiel treiben konnte. Das musste aufhören! Man musste das zu Ende bringen, zur Not mit Gewalt. Er hatte schon lange darüber nachgedacht, aber den Gedanken immer wieder verworfen. Zu gefährlich. Wenn es nicht klappte oder wenn man sogar erwischt wurde, dann wäre sein Leben ruiniert. Richtig ruiniert. Davon hätten weder seine Frau noch seine Tochter etwas. Seine Tochter hätte einen Verbrecher zum Vater. Das käme erschwerend dazu. Aber weiter nichts zu unternehmen, wäre auf Dauer unerträglich und ganz bestimmt keine gute Entscheidung.

Klaus war vielleicht in der identischen Lage wie er selbst. Das wollte Peter herausfinden. Die Ablehnung von Klaus gegenüber Markus war deutlich zu bemerken. Da musste etwas zwischen den beiden sein. Er wollte gar nicht genau wissen, was es war. Er wollte den Grund für seine eigenen Erpressung schließlich ebenfalls nicht preisgeben. Das war unnötig und konnte geheim bleiben. Für ihn bestand auch kein Interesse daran zu erfahren, womit Klaus wohl zu seinem Verhalten gezwungen wurde. Für ein Loskommen von Markus war das irrelevant.

Wenn sie sich nur beide in einem ersten Schritt darauf verständigten, ob sie beide Opfer einer Erpressung waren. Damit könnte man etwas anfangen. Daraus ließe sich etwas entwickeln, was in eine gewünschte Allianz gegen dieses kriminelle Subjekt Markus Kleinert münden könnte. Er empfand bereits Hoffnung, weil Klaus sofort eingewilligt hatte. Lange hatte er das Für und Wider abgewogen, Klaus anzusprechen. Die Gefahr, dass Markus darüber von Klaus informiert werden könnte, war gegeben. Das durfte aber nicht passieren. Markus durfte nichts vom beginnenden Komplott erfahren, zu dem sich einige seiner Opfer zusammenschlossen. Zunächst einmal müsste es gelingen, dass sich zwischen Klaus und ihm Vertrauen aufbaute
Er wusste, dass Markus in Pauls merkwürdigem Club Mitglied war. Seltsame, wenn nicht abartige Vorgänge spielten sich dort zwischen den Clubmitgliedern ab. Davon hatte Paul bereits einmal erzählt, zum Beispiel, wie sich neue Paarkonstellationen, auch zwischen Frauen oder zwischen Männern bildeten. Rollenspiele zu dritt oder zu viert sollten der Renner sein. Leute die Lust mit Leder oder Gummi emp-

finden, gingen dort ebenfalls ein und aus. Er, Peter Berges, benötigte solche Fetische zur Stimulation nicht.

Er war mit einer intelligenten, hübschen und attraktiven Frau verheiratet, die er sehr liebte. Er bewunderte ihre Schönheit. Ihre gemeinsame Tochter, die sich mit dem Gedanken einer Verlobung trug, war ein Abbild ihrer Mutter. Die Tochter hatte eine gute Ausbildung erhalten und sollte bald in der Firma mitarbeiten. Sie würde ihren zukünftigen Mann vielleicht dorthin mitbringen. Er studierte noch in Berlin an der Technischen Universität. Er hatte zuerst einen Lehrberuf erlernt, kurz darin gearbeitet und sich dann entschlossen, ein Studium aufzunehmen. Ein netter junger Mann, fleißig und strebsam. Ein Mann mit guten Manieren, den Peter sich in seinem Unternehmen als Nachfolger gut vorstellen konnte.

Peter wünschte sehr, dass dieser verdammte Parasit Kleinert verschwände. Der Tag war nicht mehr allzu fern, ab dem seine Tochter in der Buchführung mitarbeitete. Sicher käme sie schnell dahinter, dass mit den Zahlungen nicht alles stimmte. So hohe Bargeldbeträge, wie sie bei ihm verbucht wurden, waren im Geschäftsbetrieb nicht erforderlich und allgemein unüblich. Natürlich hatte er immer wieder aus den erzielten Erlösen mit anderen Geschäftspartnern Teile der Gewinne abzweigen müssen. Damit musste er stets die fehlenden 50% der Rechnungen von Markus ausgleichen. Die Lieferanten der Apparate wollten schließlich ihr Geld zu 100% haben. Bei den Betriebsmitteln konnte er teilweise gar keine Einnahmen verbuchen. Die mussten immer aus den Gewinnen der Tätigkeiten für andere Kunden bezahlt werden. Es gab daher zahlreiche Bestellungen im Einkauf, keine vorhandenen Waren, aber auch keine eingehenden Zahlungen für Verkäufe dafür. Seine Tochter war nicht dumm, sie würde sehr schnell mit Fragen zu ihm kommen. Für die Belege, die er dem Finanzamt vorlegen musste, war das alles ein Problem. Bisher war ihm eine intensive Betriebsprüfung erspart geblieben. Aber er konnte so etwas nicht für alle Zeit ausschließen. Auch sein Betrieb musste irgendwann geprüft werden.

Eigentlich hätte Peter schon längst ein reicher Mann sein können, wenn ihn nicht dieses skrupellose Parasitenschwein erpressen würde.

Er verdiente zwar recht gut, aber viel des hart erarbeiteten Geldes, floss an Markus Kleinert.

Peter Berges merkte, wie er sich in Gedanken in seine Wut hineinsteigerte. In den letzten Jahren hatte sich in ihm viel Wut, ja Hass, aufgestaut. Klaus war vertrauenswürdig genug für eine Allianz. Andere weniger.

Dieser schmierige kleine Grundbuchbeamte mit seiner schwuchteligen Veranlagung taugte nicht für eine Allianz gegen Markus. Hoffentlich sah Klaus das ähnlich. Sonst wäre der Traum von einer gemeinsamen Vorgehensweise schnell ausgeträumt. Zumindest aber gefährdet. Peter Berges hätte unter normalen Umständen niemals Kontakt mit diesen Schmierlappen Kleinert und Cordelius gepflegt.

Blieb noch Thomas. Diese linksradikale Ratte. Kein Geld, aber ständig das Geld anderer verteilen wollen. Wie er diese Typen verachtete! Thomas nervte ihn oft mit seinem politischen Gerede. Natürlich wusste Peter, dass er nur geärgert und provoziert wurde. Wahrscheinlich verachtete Thomas ihn wegen seines Erfolges ebenfalls.

„Nun gut, dann verachten wir uns eben gegenseitig. Meine Position ist mir dabei deutlich lieber als seine", dachte Peter.

Thomas kam ebenso wenig wie Paul für eine Allianz in Betracht. Sie hätten also eine Zweierallianz. Nur er und Klaus. Zumindest für den Anfang. Wohin dieses Bündnis dann führte, dass konnte man jetzt noch nicht absehen. Vielleicht eröffneten die kommenden Gespräche mit Klaus neue Perspektiven. Für die beiden anderen Kandidaten gäbe es im Komplott vielleicht Verwendung. Besser und sicherer wäre es aber wohl, wenn Klaus und er zu zweit blieben.

Wenn man eine Basis mit Klaus finden könnte, dann müssten sie gemeinsam nach einem Weg suchen, wie man gegen Markus wirksam vorgehen sollte. Die Frage war nur, was sollte man tun? Keiner von Ihnen schien etwas gegen Markus in der Hand haben, womit man ihn seinerseits unter Druck setzen konnte. Das schied also ziemlich sicher aus. Vielleicht konnte man etwas Handfestes konstruieren? Wie wäre es, wenn man ihn in eine Falle lockte, ihn irgendwie kompromittierte oder wenn es gelänge, ihm eine Straftat unterzuschieben? Es müsste etwas Gravierendes sein, damit er keine Möglichkeit zur Gegenwehr erhielt. Ansonst würde alles noch schlimmer werden.

Berges versank in angenehmeren Gedanken. Er freute sich auf seine Wohnung und auf seine Frau. Sie würde wie so oft abends in seinem Arm liegen, sich an ihn kuscheln und mit ihm gemeinsam einschlafen. Sie liebten das beide und es wurde ihnen nicht langweilig.
Für seine Frau und die Zukunft seiner Tochter musste er Markus das Handwerk legen. Das zweite Enkelkind war unterwegs. Sie mussten ohne Druck frei leben. Sein Geheimnis durften sie nie erfahren. Sonst wäre alles Glück zerstört. Das Markus Kleinert ihn ausgerechnet damit erpresste, dieses Glück aufs Spiel zu setzen, das war das Schlimmste an der ganzen Sache.

Ihm schoss ein Gedanke durch den Kopf. Bedeutete es nicht ein unnötiges Risiko, wenn er nicht die Höchststrafe für seinen Peiniger in Betracht zog? Die Höchststrafe war angemessen. Nein, sie war sogar geboten! Markus musste in die Defensive manövriert werden, ohne sich allein aus ihr lösen zu können. Aber wie reagierte ein solch bösartiger Charakter unter Druck? Ob er wirklich still abwartete und nichts unternahm? Alles beenden? Vielleicht sogar Geld zurückgeben? Oder würde er wild um sich schlagend seine zerstörerischen Informationen in alle Welt hinausposaunen?

Peter Berges beschloss an diesem Abend, während das Auto durch die Toreinfahrt auf den Innenhof fuhr, dass Markus Kleinert sterben musste. Er hatte den Tod verdient, nicht unbedingt wegen der Schwere der Taten. Nein, dass war es nicht. Es war der Charakter von Markus Kleinert. Es war nicht möglich, diesen selbstverliebten, überheblichen, dreisten, skrupellosen und empathielosen Menschen zu einem bestimmten Verhalten oder einer Unterlassung zu bewegen. Daher blieb nur übrig, dass er sterben musste. Psychopathen wie Markus, konnte man nicht anders loswerden. Man musste sie beseitigen.

Es erstaunte ihn selbst zutiefst, dass er vor diesem Entschluss nicht im Inneren zurückzuckte. Innerlich wurde er sogar ruhiger, weil nun eine

Entscheidung gefallen war. Die Zeit des Grübelns war nun bald vorbei. Er fühlte keine Skrupel gegenüber Markus. Es war entschieden.

Seine Frau war noch wach und erwartete ihn schon. Sie tranken ein Glas Rotwein, zusammen aus demselben Glas. Sie erzählte von ihrem Tag und von der gemeinsamen Tochter. Sie hofften, bald ihr zweites Enkelkind in den Arm nehmen zu können. Hauptsache die Geburt verlief diesmal reibungslos. Wegen vorzeitiger Wehen, hatte es in der ersten Schwangerschaft immer wieder Probleme gegeben. Das löste bei der werdenden Mutter damals erhebliche Aufregung aus.

Eine kurze Unterhaltung über das Treffen mit den anderen folgte, dann gingen sie zu Bett. Frau Berges war irritiert darüber, dass ihr Mann nie von den Gesprächen bei den Treffen berichtete. Sie bekam keine vernünftigen Antworten von ihm, wenn sie ihn auf die Treffen ansprach. Er war dann immer einsilbig und kurz angebunden. Offensichtlich wollte er nicht darüber sprechen. Das machte ihr Sorgen, denn sie hatte schon mehrmals Anläufe genommen, diese Sorgen mit ihm zu teilen. Jedes mal war sie damit gescheitert. Warum auch immer. Manchmal empfand sie seine Verschlossenheit als Vertrauensmangel ihr gegenüber. Das tat weh. Sie liebte ihren Peter über alles und hatte häufig Sorgen, dass dieses Glück vielleicht einmal enden könnte. Vertrauen war für sie der Grundpfeiler ihrer Ehe.

Sie lagen wie immer unter der Bettdecke. Die letzten Minuten verliefen, wie Peter Berges es sich bereits im Auto ausgemalt hatte. Beide waren sie ausgesprochen müde. Sie schliefen eng umschlungen gemeinsam ein. Sein letzter Gedanke vor dem Einschlafen war, dass ihm und seiner Familie niemand, wirklich niemand, ein Leid zufügen durfte. Auch nicht Markus Kleinert.

Kapitel 13   **Kontaktaufnahmen**

Es war wie immer ein Routinetag für Klaus Machner in der Bank. Viel Papierkram, eine längere Besprechung und diverse Unterschriften. Dann kam der Anruf von Peter Berges.

Peter wollte sich mit ihm an einem unauffälligen Platz treffen, wo sie sich in Ruhe und vor allem unbeobachtet und unerkannt unterhalten konnten. Berlin und Potsdam boten dafür jede Menge Möglichkeiten. Peter legte Wert darauf, dass der Treffpunkt so gelegen sein müsse, dass alle beide dort unerkannt blieben. Das klang fast konspirativ, dachte Klaus.

Peter schlug vor, sich nicht zusammen in der Öffentlichkeit sehen zu lassen. Er wollte im Auto mit ihm sprechen. Sie würden eine unauffällige Stelle zum Parken suchen und dann reden. Der Treffpunkt sollte in Berlin Spandau sein. Das Parkdeck eines großen Supermarktes in der Nähe des Motorradwerkes, „Am Juliusturm", da wo auch die Zitadelle in der Nähe steht, sollte die erforderliche Anonymität sicherstellen. Klaus wusste, wo das war und willigte ein. Das Treffen sollte am nächsten Tag um 16:00 Uhr stattfinden.

In der Bank verabschiedete sich Klaus Machner am nächsten Tag mit der Begründung, er habe einen schon lange geplanten Arzttermin wahrzunehmen. Die Sekretärin nickte. Das war nichts Besonderes.

Er kam ein paar Minuten zu früh in Spandau an. Vorsichtig fuhr er die schmale steile Auffahrt auf das Parkdeck hinauf. Die geschwungene Rampe wies zahlreiche Striemen an den Wänden auf. Sie zeugten von den vielen Schrammen, die sich hier mancher Autofahrer bereits geholt hatte. Das Parkdeck lag oben über dem Einkaufszentrum, in welchem mehrere Geschäfte untergebracht waren. Das war praktisch zum Ein- und Ausladen.

Die Parkflächen waren nur etwa zur Hälfte belegt. Er suchte sich einen Platz, von dem aus die Zufahrtsrampe zu sehen war. So würde er Peters Ankunft nicht verpassen. Er stellte den Motor ab und wartete. Nach einigen Minuten sah er Peter. Er kam nicht wie erwartet die Rampe herauf gefahren. Peter kam aus dem Gebäude zu Fuß auf den Wagen zu. Er stieg auf der Beifahrerseite ein und sie begrüßten sich.

„Hallo Klaus, schön das Du gekommen bist", sagte Peter.

„Hallo Peter", begrüßte ihn Klaus.

„Ich bin mit der U-Bahn hier. Unten vor dem Einkaufszentrum ist ein U-Bahnhof. Und hier oben, mitten in der Öffentlichkeit, da fallen wir überhaupt nicht auf. Ich müsste sonst mit einem Firmenwagen hier aufkreuzen. Meine Frau ist mit unserem Privatwagen unterwegs, weißt Du?", berichtete Peter.

„Na, dass ist doch bestimmt praktisch für Dich, oder? So sparst Du Dir bestimmt eine Menge Zeit und vergeudest sie nicht im Stadtverkehr", meinte Klaus.

Peter nickte und erwiderte: „Ich hoffe vor allem, dass unser Gespräch keine Zeitverschwendung werden wird. Was hältst Du von diesem Ort als Treffpunkt? Nirgends kann man sich besser verstecken, als inmitten vieler Menschen. Und dennoch sind wir nicht in der Öffentlichkeit, wo uns jemand erkennen könnte."

Klaus nickte zustimmend. Er teilte diese Einschätzung über die Unauffälligkeit. Es stimmte, der Ort war klug gewählt. Obwohl immer wieder Kunden auf dem Parkdeck zu ihren Fahrzeugen oder zum Einkaufszentrum liefen, kümmerte sich niemand um das Auto, in dem zwei Männer saßen und sich unterhielten. Fast niemand bemerkte überhaupt, dass sie darin saßen. Entweder waren die Menschen auf den bevorstehenden Einkauf konzentriert, oder mit dem Einladen ihrer Einkäufe beschäftigt.

Peter erläuterte, dass er das Parkdeck unter anderem deshalb ausgewählt hatte, weil es dort keine Kameraüberwachung gab. Es konnte Ihnen also niemand über irgendwelche Aufzeichnungen auf die Spur kommen können.

„Ich freue mich jedenfalls, dass Du da bist. Du denkst Dir sicher schon, worauf das Gespräch abzielen wird?", kam Peter langsam zum Thema.

Klaus war gespannt und nickte. Er sagte nichts und sah Peter von der Seite erwartungsvoll an. Jetzt sollte es sich gleich erweisen, ob seine Hoffnungen berechtigt oder vergebens waren.

Peter fuhr langsam sprechend fort: „Tja, wie fange ich es an? Es fällt mir nicht leicht, einen vernünftigen Einstieg in mein gewünschtes Thema zu finden. Wie Du Dir sicher denken kannst, geht es um Markus und unsere Treffen", begann Peter vorsichtig das Gespräch.

„Natürlich, worum sonst sollte es gehen. Lass´ uns das abkürzen. Wir müssen nicht um den heißen Brei herumreden. Ich gehe davon aus, dass Du über unsere Zusammenkünfte unter Leitung von Markus reden möchtest. Stimmt doch, oder?"

„Stimmt, darum geht es mir", bestätigte Peter. „Wir wissen beide, dass mit uns als Gruppe etwas nicht stimmt. Wir passen nicht zusammen, wir haben uns alle nicht von allein kennengelernt. wir sind alle durch Markus zusammengetrommelt worden. Siehst Du das auch so?"

Klaus bestätigte es durch ein Kopfnicken. Peter nahm einen weiteren Anlauf: „Ich habe nichts gegen Dich, Du bist ein netter Kerl. Aber ich weiß nicht, ob wir uns ohne Markus überhaupt getroffen hätten. Ich selbst möchte zu keinem der Treffen kommen, weil mir an keinem von Euch tatsächlich etwas liegt. Bei Dir vermute ich, ist es genau so. Du lässt oft erkennen, dass Du keine Lust auf die Begegnungen hast. Liege ich da richtig?"

Klaus nickte wieder: „Das hast Du vollkommen richtig beobachtet. Ich weiß oft gar nicht, was ich da soll."

„Dann frage ich Dich jetzt mal direkt, warum kommst Du immer wieder dorthin?" Peter hatte sich lange vor dieser direkten Frage gefürchtet. Wenn jetzt nicht die erwartete Antwort kam, wäre er ratlos.

„Warum kommst Du dorthin?", lautete die Gegenfrage von Klaus. Es traten einige Sekunden Schweigen ein.

Peter griff das Gespräch wieder auf und fuhr fort: „Ich vermute, aus dem gleichen Grund wie Du. Markus Kleinert weiß etwas über mich, womit er mich in der Hand hat. Er pfeift, ich muss springen. Der Kerl erpresst mich, damit ich zu diesen Treffen komme. Ich muss Euch vorspielen, dass ich mit Markus befreundet bin. Dabei möchte ich ihn am Liebsten auf den Mars schießen."

Klaus sah auf das Lenkrad vor sich hinab. Er sprach leise, als er antwortete: „Das kenne ich nur zu gut aus eigener Erfahrung."

Peter Berges machte nach dem letzten Satz von Klaus eine Pause und antwortete nicht gleich. Nun war es heraus. Gleich sollte sich erweisen, ob das weitere Gespräch einen Sinn haben würde. Die Sekunden verstrichen endlos langsam.

Klaus sah ihn an und meinte: „Also Du auch." Dann schwieg er wieder. Peter war erleichtert. Klaus war ein Leidensgenosse, das war eine Basis. Eine gemeinsame Basis.

„Klaus, ist es bei Dir genau so wie bei mir, dass Markus Druck auf Dich ausübt, damit Du sein Freund sein sollst?"

„Ja. Er verlangt von mir, dass ich ihn mögen soll", gab Klaus zu.

„Bei mir ist es auch so. Ein schlechter Witz, nicht wahr?"

„Es ist krank. Man kann so etwas nicht erzwingen. Er erreicht damit bei mir höchstens das Gegenteil", gab Klaus zu.

„Geht mir genau so. Ich suche mir meine Freunde selbst aus. Unter Zwang geht da gar nichts", stellte Peter fest.

„Na dann sind wir uns über diese Sache schon mal absolut einig", ergänzte Klaus.

Sie schwiegen einen Moment. Dann fuhr Peter fort, dass er sich zur Zeit nicht gegen den von Markus ausgeübten Zwang wehren könne. Er wolle aber für sich behalten, welche Information Markus über ihn habe. Außerdem mochte er nichts darüber wissen, womit Markus Klaus in der Hand habe. Es sei unerheblich und solle sein Geheimnis bleiben. Klaus war damit einverstanden. In der Tat hatte er sich bereits Sorgen gemacht, ob die Gründe für die Erpressungen zur Sprache kommen sollten. Er war erleichtert, dass das Eis zwischen ihnen zu brechen schien. Beide hatten vor dem ersten heimlichen Kontakt durchaus ein paar Ängste ausgestanden, ob das Gespräch nicht in einem Fiasko enden könnte.

Nachdem nun das Gespräch erste Ergebnisse zeigte, wurden beide zusehends lockerer. Peter fragte: „Siehst Du es als Nötigung an, oder ist es Erpressung, was Markus mit Dir macht?"

Klaus sah ihn kurz an und erwiderte: „Markus ist ein verlogener Mistkerl. Er hat mich um den Kauf des Segelbootes gebracht. Mit einer dreisten und verlogenen Vorgehensweise. Schon deswegen kann ich ihn nicht leiden. Eigentlich müsste es heute mein Boot sein, mit dem wir ab und zu unterwegs sind. Ich werde von ihm wegen einer anderen Sache erpresst und muss ihm ab und zu Geld geben. Immer in bar. Es gibt keine Nachweise. Ich hasse den Kerl!"

Peter war perplex. Eine so deutliche Antwort hatte er nicht erwartet. „Bei mir handelt es sich ebenfalls um Erpressung. Es geht dabei um viel Geld, oder besser gesagt, um bedeutende Werte", umschrieb Peter seine Situation.

„Und? Hasst Du ihn?", erkundigte sich Klaus.

Peter nickte. „Er bedroht meine Familie und meine Ehe. Ja, ich hasse ihn. Er ist gefährlich für mich."

Sie schwiegen wieder eine Weile. Beide dachten nach, wie man nun gemeinsam etwas verändern sollte. Sie erörterten wenig später, wie ungewöhnlich, ja krankhaft es sei, eine Freundschaft auf Grundlage von Erpressung zu gründen. Das Thema war schnell abgeschlossen, da sich die beiden Männer einig waren. Sie vereinbarten, dass sich jeder Gedanken machen sollte, wie die Situation zu ändern sei. Über alles wollten sie Stillschweigen gegenüber den anderen bewahrt werden.

Bei beiden herrschte die gleiche Unsicherheit sowie Ablehnung gegenüber Paul Cordelius und Thomas Malecki. Zunächst wollten Sie ausloten, ob sie zu zweit eine Möglichkeit finden könnten, Markus Kleinert in die Schranken zu weisen. Sollten Sie dabei nicht zu einem brauchbaren Ergebnis gelangen, könnte man immer noch einen oder beide in das Komplott einbeziehen.

Sie waren sich darüber einig, dass sie den Kontakt zu Markus Kleinert keineswegs einfach abbrechen konnten. Bis sie eine wirksame Strategie gegen ihn fanden, wollten sie streng diskret vorgehen. Es sollte keine Kontakte über Telefon oder Handy zwischen ihnen beiden geben. Keiner durfte sich Notizen machen oder ganze Szenarien aufschreiben. Nichts dergleichen. Dann konnte niemandem etwas auffallen. So wollten Sie versuchen, sich gemeinsam gegen Markus Kleinert zu stemmen. Sie gaben sich die Hand darauf und versprachen, selbst im Kreis der Familie keine Andeutungen zu machen. Das Bündnis war nun besiegelt. Wenn es erfolgreich war, ginge die Knechtschaft unter Markus Kleinert ihrem Ende entgegen.

Nach der Verabschiedung stieg Peter aus und ging wieder in das Einkaufszentrum zurück. Sein Weg führte ihn über die Rolltreppen nach unten ins Erdgeschoss. Von da aus ging er durch das Eingangsportal hinaus und hinüber zum Eingang der U-Bahnstation. Er nahm die nächste Bahn in Richtung Zentrum. Unterwegs musste er noch einmal umsteigen, um nach Hause zu kommen.

Klaus fuhr vorsichtig die schmale gewundene Rampe vom Parkdeck zur Straße hinunter. Dann kämpfte er sich anschließend durch den dichten Feierabendverkehr durch Spandau in Richtung Potsdam. Er folgte der Bundesstraße durch Potsdam, fuhr durch Geltow weiter über Ferch nach Caputh. Er kam später nach Hause als sonst. Seine Frau schluckte die Begründung, er sei noch bei Papierkram und einer Besprechung aufgehalten worden, ohne mit der Wimper zu zucken. So etwas kam ab und zu vor.

Klaus Machner verbrachte den Abend mit vielen Gedanken über seinen neuen Verbündeten. Er war erleichtert, dass er nicht mehr allein in seinem Schicksal gefangen und diesem Erpresser ausgeliefert war. Nun schien ihm die Situation zwar immer noch belastend, aber nicht mehr hoffnungslos. Peter Berges war ein tatkräftiger Mann, dessen war sich Machner sicher. Sie beide zusammen würden mit der Zeit etwas finden, wie sie ihren Erpresser loswerden könnten.

Es vergingen zwei weitere Treffen der Gruppe um Markus Kleinert. Da war zunächst die kleine Segeltour, die Markus schon während des Angrillens bei Paul angekündigt hatte. Der Ausflug war eher kurz, weil das Wetter nicht so richtig passte. Ein heraufziehendes Gewitter zwang Markus, die Tour vorzeitig abzubrechen und das Boot mitsamt seinen Männern in Sicherheit zu bringen.

Wie immer produzierte Markus sich als Gönner, Gastgeber, Organisator, Weltbürger, Gutmensch, Geschäftsmann, Angeber und Nervensäge. Eigentlich konnte ihm nach seiner Meinung niemand das Wasser reichen. Auf seinem Segelboot war er als Skipper ohnedies derjenige, der das Sagen hatte. Markus erklärte den anderen, obwohl sie die Gegebenheiten längst kannten, dass er als Skipper nun seiner hohen Verantwortung nachkommen musste. Der Schwielowsee sei an vielen Stellen recht flach. Das führe dazu, dass sich bei starken Böen, die bei Gewittern häufig auftreten, spontan ungewöhnlich kräftige Wellen bilden. Sie könnten gefährlich werden und daher wollte er nun auf dem schnellsten Wege zum Steg zurückfahren.

Niemand hatte dagegen etwas einzuwenden. Diese Eigenart des Schwielowsees war allen bekannt, die in seiner Nähe wohnten. Wer schon öfter mit Seglern aus der Gegend zu tun hatte, war durch deren Berichte gewarnt, selbst wenn sie nicht aus der Umgegend stammten. Auf dem See hatte es in der Vergangenheit mehrere Unfälle infolge von Gewittern gegeben. Vor allem kleinere Segelboote fielen der Kombination von Windböen und plötzlich auftretenden Wellen zum Opfer. Sie wurden bei heftiger Schräglage meist ungünstig von Wellen getroffen und kippten um. Einige waren sogar komplett gekentert. Zum Glück kamen dabei selten Menschen ernsthaft zu Schaden. Aber am Schwielowsee hatte es auch schon Knochenbrüche und sogar Todesfälle bei Bootsunfällen gegeben.

Das zweite Event hatte auf einer Bowlingbahn in Spandau stattgefunden. Zunächst wollte Markus ein weiteres Grillen veranstalten, aber der vorgesehene Gastgeber, Klaus Machner, sagte das rigoros ab. Bei ihm könne in nächster Zeit definitiv keine Zusammenkunft der Gruppe stattfinden. Markus war sehr wütend. An Land wagte ihm niemand ernsthaft zu widersprechen. Markus genoss dort in der Regel seine Machtstellung über die Männer und spielte mit ihnen nach Belieben.

Klaus sollte ihm begründen, warum er aus der Reihe tanzte, hatte Markus von ihm verlangt. Klaus erzählte ihm die erfundene Geschichte, dass er in letzter Zeit viel Streit zu Hause habe und der Haussegen derzeit schief hänge. Vielleicht werde sich ja alles wieder einrenken, aber im Augenblick belaste das seine Ehe einfach zu sehr, wenn er daheim noch Grillabende abhielte. Markus schluckte die Story. Er gab sich großzügig und bot an, er könnte gern mit der Gattin sprechen, wenn es helfen würde. Klaus lehnte dankend ab.

Der Abend auf der Bowlingbahn erschien allen als langweiliges Zusammentreffen der Gruppe. Markus spielte wie gewohnt den überragenden Bowlingmeister. Er wusste alles besser und legte wie üblich seinen völlig übertriebenen Ehrgeiz an den Tag. Die anderen ließen ihn gewähren und machten gute Miene zum bösen Spiel. Klaus hatte im Ausgleich für seine Absage des Grillabends auf seinem Grundstück die Auflage erhalten, die Miete für die Bowlingbahn zu bezahlen. Außerdem sollte er dem Champion als Siegprämie ein Getränk nach Wahl spendieren.

Klaus willigte ein. Alles war besser, als dieses Arschloch bei sich zu Hause bewirten zu müssen, dachte er.

Nach Beendigung des Bowlens fuhren sie gemeinsam zurück nach Ferch. Klaus musste Markus, Paul und Thomas mitnehmen. Es machte ihm nichts aus. Er kam sowieso durch den Ort, wenn er weiter nach Caputh fuhr. Peter ließ sich ausnahmsweise nicht abholen. Er nahm die U-Bahn und kam so ebenfalls gut nach Hause. Markus ließ sich mit bei Paul absetzen, beide wollten noch im Club vorbeischauen.

Tatsächlich waren andere Mitglieder im Club. Sie hatten Cocktails gemixt und plauderten über die nächsten Vergnügungen. Markus gesellte sich dazu und wurde in eines der geplanten Rollenspielchen eingebaut. Er wollte sich als Verführer und aus seiner Sicht genialer Liebhaber an dem Sexspiel beteiligen. Die Frau die er beglücken sollte, war eigentlich nicht sein Typ, aber er spielte gerne mit. So fand der Abend einen für ihn sehr erquicklichen Ausklang, fand Markus sichtlich zufrieden.

Mit Paul, der sich in der Zwischenzeit mit anderen Gästen beschäftigte, diskutierte er anschließend ausführlich über das Rollenspiel. Markus wollte bei der nächsten Durchführung die Rollen erweitern und Paul ebenfalls einbeziehen. Ob das Paar damit einverstanden war, musste noch herausgefunden werden. Paul sollte das arrangieren und ihm dann Bescheid geben. Markus war absolut überzeugt davon, dass man seine brillante Idee zur Drehbuchänderung nicht ablehnen konnte. Er war schließlich ein kreativer Kopf. Seine Vorschläge waren definitiv eine sensationelle Verbesserung des Rollenspiels. Paul war davon nicht so überzeugt, aber er schwieg. Diskussionen mit Markus waren stets sinnlos. Der beharrte immer auf seiner Meinung und war bestrebt, dass man seine Vorschläge annahm, weil sie ganz einfach die besten seien.

Es verstrichen einige Tage. Alle gingen ihrer Arbeit nach und verbrachten die Abende mit ihren Angehörigen oder Freunden. Echten Freunden. Markus saß zu Hause vor dem Fernseher und sah sich die Tagesschau an. Elisabeth bereitete in der Küche das Abendessen zu.

An Peter, Klaus und Thomas hatte er gerade die Erinnerung für das nächste Treffen von seinem Smartphone versandt. Paul hatte er schon im Club angesprochen. Eine weitere Nachricht sandte er nur an Klaus. Er teilte ihm mit, dass er ihn beim Treffen gerne 15 Minuten allein sprechen wolle. Markus grinste, als er die Nachricht sendete. Mit Klaus hatte er verabredet, dass eine solche Nachricht 1500 € im Briefumschlag bedeutete. Klaus hatte das Geld zum Treffen mitzubringen. Bisher hatte er das ohne zu Murren getan. Die Summen variierten in der Höhe. Es waren schon bis zu 3000 € fällig gewesen. Das kam immer auf seinen aktuellen Finanzbedarf an.

Gut das er Klaus und Peter hatte. So konnte er seine Elisabeth schön zum Essen ausführen. Markus bezahlte immer. Er liebte es, vor ihr den großen Mann zu spielen. Oft gab er ein übertriebenes Trinkgeld oder ließ großspurig Personal aus der Küche rufen, um dann als Dank ein Getränk für den Koch oder die Köchin zu spendieren.

Seine Frau war kein besonders intelligentes weibliches Exemplar, davon war er überzeugt. Sie war attraktiv und im Bett ganz gut. Das gefiel ihm. Wenn sie älter wurde, wollte er sich vielleicht nach etwas anderem umsehen, dachte er. So ganz taufrisch war sie nicht mehr. In letzter Zeit hatten sie sich nicht mehr viel zu sagen, war ihm aufgefallen. Nun, er wollte die Augen offen halten.

Ein paar Gedanken musste er sich wohl um Peter machen. Der schien ihm in letzter Zeit etwas aufsässig. Bei den Treffen war er zwar folgsam, aber geschäftlich wurde er schwierig. Neulich hatte Peter sich gegen die Lieferung einer neu bestellten Druckmaschine aufgelehnt.

„Eine zwölf Monate alte Anlage muss nicht ersetzt werden", hatte Peter ihm mitgeteilt.

Markus hatte die neuwertige Maschine aber bereits verkauft. Sie war nicht ausgelastet, die Druckerei lief nicht wie erwartet. Als zusätzliche Einnahmequelle diente daher der Verkauf. Markus war wegen dieses kreativen Einfalls für eine neue Bargeldquelle stolz auf sich. Nun wollte Peter aber nicht wie üblich zum halben Preis liefern.

Markus musste Peter tatsächlich ausführlich dessen ausweglose Situation verdeutlichen und ihm erneut drohen. Der Kerl befand sich schließlich nicht in der Position, sich gegen ihn aufzulehnen. Peter gab schließlich nach. Markus schmunzelte. Dieser Idiot sollte noch lange eine ergiebige Geldquelle sein. Der Verkauf von Geräten beeinträchtigte das Tagesgeschäft nicht. Die Druckerei lief alles andere als gut. Die Informationen, die er von Thomas bekam, waren nicht besonders ergiebig. Die erzielbaren Gewinne reichten für die Gewerbehallenmiete und das Gehalt des Rentners. Darüber hinaus blieb nicht viel übrig. Eine Enttäuschung, fand Markus. Er hatte sich viel mehr Insiderwissen aus dem Rathaus erhofft. Aber Thomas, dieser Versager, war offensichtlich zu dumm, um anständige Daten in die Hände zu bekommen.

Während Markus seinen Gedanken für das nächste von ihm organisierte Treffen nachhing, trafen sich seine Opfer und besprachen das weitere Vorgehen.

Auf dem Parkdeck in Spandau war wieder nicht viel los. Klaus und Peter saßen zu ihrer zweiten Besprechung erneut im Auto. Regen tropfte leise und gleichmäßig auf die Scheiben und das Blech. Sie unterhielten sich darüber, wie sie die letzten Treffen erlebt und wahrgenommen hatten.

„So geht es nicht weiter", sagte Klaus. „Wir müssen etwas unternehmen. Etwas, damit Markus uns nicht mehr schaden kann. Außer der Erpressung, geht mir das Getue von diesem Idioten mehr und mehr auf die Nerven."

Peter sah ihn an und wollte wissen: „Was stellst Du Dir konkret vor?"

Klaus meinte: „Ich bin mir nicht sicher, wie wir es bewerkstelligen sollen. Es muss etwas sein, das ihn dazu zwingt, uns in Ruhe zu lassen."

Sie erörterten einige Vorschläge, die sie sich unabhängig voneinander ausgedacht hatten. Darunter befanden sich Möglichkeiten, ihn in eine schlimme Situation zu bringen, eine Straftat zu inszenieren und ihm anzuhängen oder sich gemeinsam offen gegen ihn aufzulehnen. Jeder der Vorschläge führte am Ende zum gleichen Ergebnis. Die Erfolgsaussichten waren zu gering. Die Gefahr, die von Markus ausging, war zu groß. Wenn er sein Wissen wie angedroht anwandte, säßen beide am Ende tief in der Tinte.

Klaus äußerte sich resigniert. Er hatte alle seine Einfälle vorgetragen. Am Ende jedes Szenarios wurde ihm in der Diskussion mit Peter klar, dass man damit keinen Erpresser stoppen konnte. Markus Kleinert wahrscheinlich erst recht nicht.

Peter sah Klaus prüfend an. Sollte er es wagen und ihn von seiner Erkenntnis über Markus Kleinerts notwendigen Tod zu informieren? War Klaus schon so weit? Welche Reaktion war zu erwarten??

Klaus starrte auf das Lenkrad vor ihm. „Er ist ein Schurke. Aber wir können ihn ja nicht umbringen. Was sollen wir nur machen?"

Peter fasste allen Mut zusammen: „Warum können wir das nicht?"

Die Frage schlug wie ein Blitz bei Klaus ein. „Du meinst, wir planen einen Mord an Markus? Spinnst Du?"

„Ich weiß nicht ob ich spinne. Mir fällt nichts anderes Wirksames ein. Wenn Markus stirbt, ist jegliche Gefahr, die jetzt von ihm ausgeht auch tot", versuchte Peter seinem Vorhaben einen logischen Zusammenhang zu verleihen.

Klaus wehrte ab: „Wie soll das gehen? Was passiert, wenn es rauskommt? Nein, das ist mir zu heikel. Ich bin doch kein Mörder!"

Peter ließ einige Sekunden verstreichen. „Denk´ mal in Ruhe darüber nach. Vielleicht ist es eine Sache der gründlichen Vorbereitung und guter Planung." Peter versuchte Klaus zu beruhigen.

Nach einigen Sekunden wollte Klaus wissen: „Du hast Dir also schon Gedanken in diese Richtung gemacht?"

„Ja." Peter sprach nun ruhig und eindringlich: „Ich sehe keine andere Lösung des Problems. Das Restrisiko, wenn er am Leben bleibt, wird immer bestehen bleiben. Das haben wir eben als Ergebnis gemeinsam festgestellt, oder nicht? Alle unsere bisherigen Vorschläge enthielten das Risiko der Erfolglosigkeit." Peter wartete auf Antwort.

Klaus bestätigte: „Damit hast Du zweifellos Recht. An eine solch radikale Lösung habe ich allerdings bisher nicht ernsthaft gedacht."

Peter hakte ein: „Nicht ernsthaft? Also war der Gedanke bei Dir zumindest kurzzeitig einmal da, oder?"

„Ja, ja. Schon. Aber ich habe ihn schnell wieder verworfen. Wir können doch keinen Mord begehen", gab Klaus zu bedenken.

„Ich schlage vor, wir sollten ihn in unsere Möglichkeiten einbeziehen", insistierte Peter. Er wollte Klaus nicht mehr von der Angel lassen, nachdem er ihn bereits erfolgreich mit dem Gedanken infiziert hatte.

„Wir können ja mal darauf ´rumdenken", lenkte Klaus ein und fuhr fort: „Müssen wir es denn selbst erledigen? Es gibt doch angeblich diese Auftragskiller aus dem ehemaligen Ostblock. Kann man da nicht jemanden anheuern?"

Peter war insgeheim erleichtert, dass Klaus auf die Idee einging. Er gab zu bedenken: „Ist das wirklich eine gute Idee, Klaus? Egal womit Du oder ich jetzt erpresst werden. Das sind höchst kriminelle Leute. Dann werden wir demnächst wahrscheinlich von denen wegen eines Auftragsmordes erpresst. Die werden wir nie wieder los."

„Nun ja. Das stimmt. Daran habe ich im ersten Moment nicht gedacht. Wahrscheinlich kämen wir vom Regen in die Traufe", stimmte Klaus nachdenklich zu.

Klaus bat um Bedenkzeit, da diese Überlegungen für ihn neu waren. Er könne sich nicht spontan dazu entschließen, ein Menschenleben auszulöschen. Er müsse darüber nachdenken, auch wenn er das Objekt aus tiefstem Herzen hasste. Peter verstand das. Er gab zu, dass er diese Gedanken schon länger mit sich herum trug. Der Entschluss dazu habe bei ihm lange gedauert und sei ihm nicht leicht gefallen. Mittlerweile habe er jedoch durch die Erpressungen eine Belastungsgrenze erreicht, der er sich nicht länger beugen wolle. Er sei bereits so weit, dass er schon konkrete Pläne gemacht habe. Darüber wollte er aber nicht sofort sprechen. Erst einmal sollten ein paar Tage vergehen, um sich genau zu überlegen, ob und wie man es gemeinsam angehen wolle, oder lieber nicht.

Sie verabredeten sich zu ihrem nächsten vertraulichen Gespräch. Selbe Zeit, selber Ort, nächste Woche. Dann sollten sie beide die Sache mit etwas Abstand und kühlem Kopf betrachten können.

Klaus Machner verbrachte in den kommenden Nächten viele schlaflose Stunden. Auf der Arbeit konnte er sich kaum konzentrieren. Er war nervös. In ihm tobte ein Kampf, sich Peters Vorhaben anzuschließen, oder es abzulehnen. Mit seinem Gewissen konnte er eine solche Tat durchaus vereinbaren, hatte er festgestellt. Sein Hass auf Markus Kleinert war groß. Die Wut wegen des weggeschnappten Segelbootes saß tief. Ihm stand zwar keine Selbstjustiz zu, aber die richtige Justiz konnte er in diesem Fall nicht nutzen. Daher betrachtete er sich als Sonderfall. In seiner Lage war Selbstjustiz vertretbar, redete Klaus sich ein.

So legte er sich Tag für Tag seine eigene Sichtweise der Dinge zurecht. Jeden Tag fand er einen weiteren Entlastungsgrund für sich. So näherte Klaus sich Stück für Stück über mehrere Tage seiner Entscheidung. Schließlich hatte er sich so viele Stunden damit beschäftigt, dass sich in seinen Gedanken eine Art Gewöhnungseffekt breit machte.

Am Ende der Woche war sich Klaus Machner sicher. Er würde sich Peter anschließen. Allein hätte er den Mut dazu sicher nicht aufgebracht. Peter Berges kannte er als eine starke Persönlichkeit. Mit ihm gemeinsam hatte er den Mut, Markus Kleinert für alle Ewigkeit das Handwerk zu legen.

Markus war ein derartiger Mistkerl, dass er den Tod redlich verdient hatte. Selbst wenn er sich zum Mörder degradierte, war ihm jetzt jedes Mittel recht. Er wollte sich von seinem Peiniger befreien. Bis zu seinem Renteneintritt konnte er einfach nicht mehr warten. Zu den verhassten Treffen wollte er ebenfalls nicht mehr gehen. Die nun getroffene Entscheidung, Markus zu ermorden, ließ die kommenden Treffen erträglicher erscheinen. Alles konnte bald ein Ende finden, spätestens wenn ein ausgereifter und durchführbarer Plan erarbeitet wäre. Peter hatte angedeutet, dass er sich schon detaillierte Gedanken gemacht hatte. Klaus fieberte den Einzelheiten entgegen.

Kapitel 14 **Die Mitwisser**

Wieder auf dem Parkdeck, nach dieser Woche schwerwiegender Überlegungen, saßen Klaus und Peter erneut zusammen im Auto und diskutierten Vorschläge. Peter war froh, dass Klaus sich seinem Vorhaben anschloss. Er hatte inständig darauf gehofft, aber er war sich nicht ganz sicher gewesen, wie Klaus sich entscheiden würde. Klaus war ohne Umschweife zur Sache gekommen und hatte ihn schon bei der Begrüßung mit seiner Entscheidung konfrontiert.

„Hallo, Peter. Ich mache mit. Ich meine, ich mache es mit Dir zusammen", hatte Klaus ihm eröffnet.

„Ich habe das gehofft. Wir brauchen einander in dieser Sache", antwortete Peter und erwiderte den kräftigen Händedruck von Klaus.

„Hast Du schon einen genauen Plan, was mit Markus passieren soll? Du hast da neulich etwas angedeutet, dass Du schon Gedanken zur Tat entwickelt hast. Ist das richtig?", wollte Klaus wissen.

„Noch nichts endgültig Durchdachtes. Ich wollte erst mal hören, ob Du überhaupt mitmachen wirst. In Frage kämen ein Autounfall, ein Sturz, oder ein inszenierter Raubmord. Mehr Vorstellungen habe ich noch nicht", antwortete Peter.

Klaus ergänzte: „Mir fällt noch Gift oder eine Krankheit ein, oder ein spurloses Verschwinden. Wenn er einfach verschwindet und nicht gefunden wird, kann niemand einen Mordverdacht begründen. Damit wären wir sicher unterwegs", vermutete Klaus.

„Wie willst Du jemand tödlich erkranken lassen? Und das kurzfristig?", erkundigte sich Peter.

„Du hast Recht, das wird nichts."

„Spurloses Verschwinden klingt gut", pflichtete Peter bei. „Aber es birgt Risiken, wenn er eben doch irgendwie durch einen blöden Zufall wieder auftaucht. Wie willst Du ihn tatsächlich und absolut endgültig verschwinden lassen?"

„Darüber habe ich mir noch keine Gedanken gemacht. Verscharren? Verbrennen? Zerstückeln?" Klaus stellte diese Fragen in den Raum, obwohl es ihn innerlich schüttelte. Solche Grausamkeiten aus dem eigenen Mund zu hören, erschreckte ihn.

Peter wehrte ab: „An solche Brutalitäten und Schreckensszenarien habe ich auch schon gedacht. Wir sollten uns fragen, ob wir so etwas überhaupt könnten. Ich glaube, ich kann keinen Menschen zerstückeln."

„Ich wohl ebenfalls nicht", stellte Klaus fest.

Die beiden sammelten verschiedene Möglichkeiten, wie sie Markus Kleinert aus dem Leben befördern konnten. Bei allem was ihnen einfiel, blieb am Ende immer etwas Verdächtiges zurück, das auf die Spur zu ihnen führen konnte. Ein Autounfall schien die geschickteste Art. Dabei musste nur absolut sicher sein, dass Markus den Unfall nicht zufällig überlebte. Nach etwa einer Stunde hatten sie sich noch immer nicht auf eine Todesart verständigt.

Peter schlug eine weitere Idee vor: „Könnten wir vielleicht einen Selbstmord vortäuschen?"

„Oh, prima Idee. Das könnte man vielleicht inszenieren", stimmte Klaus zu.

Sie diskutierten und entwarfen verschiedene Arten von Mord, den sie als Selbstmord tarnen wollten. Sie gingen mehrere Möglichkeiten durch. Bei allen Vorschlägen fand sich ein recht hohes Risiko, das alles schief gehen konnte. Das Vortäuschen eines Selbstmordes barg mindestens so viele Möglichkeiten der Entdeckung und möglicher Fehlschläge, wie die bisherigen erwogenen Todesarten. An der Leiche könnte immer durch die moderne Technik Spuren gefunden werden. Sie stimmten überein, dass sie beide zu wenig Ahnung von den technischen und wissenschaftlichen Möglichkeiten der Gerichtsmedizin hatten, um Markus ohne verwendbare Spuren aus der Welt zu schaffen.

Sie saßen schweigend nebeneinander, nachdem sie gerade wieder eine mögliche Variante verworfen hatten. Eigentlich waren sie beide enttäuscht. Es musste doch eine Möglichkeit geben! Warum kamen sie nicht auf eine durchführbare Idee? Peter fasste in Gedanken zusammen, dass sie fast immer an dem Fakt gescheitert waren, dass man bei der Untersuchung der Leiche Spuren für einen gewaltsamen Tod finden könnte. Bei einem Selbstmord waren derartige Spuren nicht schlimm oder verdächtig. Ein Selbstmord hinterlässt nun mal einen getöteten Menschen. Wenn aber die Spuren auf ein Herbeiführen des Todes durch jemand anderen als den Toten wiesen, dann wurde es gefährlich. Klaus und Peter fehlte ganz einfach entsprechendes Wissen über Kriminaltechnik.

Peter hatte einen Geistesblitz! Das war es! Die Leiche durfte ganz einfach keine Rückschlüsse zulassen. Es dürfte nichts darauf hinweisen, dass der Tod nicht von allein eingetreten sei.

„Mir fällt da noch etwas ein", sagte Peter. „Die beste und unverdächtigste Art, ist ein mehr oder weniger natürlicher Tod. Es darf keine Anhaltspunkte für ein Verbrechen geben. Dann legen die Behörden das schnell zu den Akten."

„Wie willst Du Markus eines natürlichen Todes sterben lassen?", fragte Klaus mit Neugier und Ironie in der Stimme.

Peter fuhr fort: „Na, wir führen den Tod selbstverständlich aktiv herbei. Aber wir sorgen dafür, dass es nach einem natürlichen Tod aussehen wird. Nicht nach Selbstmord, verstehst Du? Absolut ohne Spuren. Es wird ganz einfach nicht möglich sein, ein Fremdverschulden zu beweisen. Dann können sie ihn untersuchen, so viel sie wollen und werden feststellen, dass niemand nachgeholfen hat. Wenn nichts auf gewaltsame Tötung hinweist, kann man anschließend auch niemand zum Verdächtigen machen. Es muss ganz einfach ein ungeklärter Fall bleiben."

Klaus dachte über das Gehörte nach. „Du hast Recht, das scheint mir im Moment die beste Variante zu sein. Weißt Du schon, wie wir das realisieren?"

„Nein, noch nicht. Aber ich habe bereits eine vage Vorstellung, was uns dabei zu Hilfe kommen könnte. Vielleicht habe ich auch schon einen Ort, der sich eignet." Peter war nun überzeugt, dass sich die Überlegungen einer konkreten Planung näherten. Er fand seine Idee eines natürlichen und unerklärbaren Todes von Sekunde zu Sekunde besser. Klaus war ebenfalls begeistert und schien regelrecht glücklich zu sein, dass sie auf dem Weg zu einer umsetzbaren Lösung waren.

Peter öffnete die Beifahrertür, um auszusteigen. Zum Abschied schlug er vor: „Lass´ uns darüber ein paar Tage nachdenken, wie wir das bewerkstelligen könnten. Spontan fällt mir jedenfalls nichts Zündendes ein."

„Gut. So machen wir das. Nächste Woche wieder hier?", verabschiedete ihn Klaus.

„In Ordnung. Wie immer." Peter gab ihm die Hand, stieg aus und ging mit schnellen Schritten durch das Einkaufscenter Richtung U-Bahnhof. Sogar auf den Rolltreppen blieb er nicht stehen.

Beide fuhren nachdenklich nach Hause. Nun hatten sie eine planbare Vorstellung. Die Ausführung war noch ungewiss, aber wie es am Ende aussehen sollte, das wussten sie jetzt. Keine Spuren eines unnatürlichen Ablebens. Nun musste noch die geeignete Todesart gefunden werden. Dann konnte es an die Feinplanung gehen.

Beide hatten einige Bedenken, wozu sie sich als Menschen plötzlich in der Lage fühlten. Den Tod eines anderen zu organisieren und dazu in konspirativen Treffen Pläne zu schmieden, war schon seltsam. Es zeugte von erheblicher bisher versteckter krimineller Energie. Außerdem wäre Markus´ Ehefrau dann Witwe. Kinder existierten offensichtlich keine bei den Kleinerts. Ob seine Frau sehr unglücklich wäre? Mussten sie darauf überhaupt Rücksicht nehmen? Sie überlegten, ob mit der Schuld zu leben möglich war. Beide kamen zu dem Schluss, dass es schon ginge. Markus Kleinert musste aus dem Genpool der Menschheit entfernt werden!

Die beiden verschworenen Männer trafen sich wie verabredet eine Woche später erneut. Beide waren auf die Ideen des jeweils anderen neugierig. Ebenfall darauf, welche Vorschläge zur Umsetzung des Vorhabens der Partner entwickelte.

Peter war aufgeregt und berichtete: „Es ist diese Woche eine Idee in mir gereift, die konkretisiert zu unserem Plan werden könnte. Wir müssen daran denken, uns unwiderlegbare Alibis zu schaffen. Der Zeitplan muss jeden Verdacht gegen uns selbst entkräften können. Wir sorgen dafür, dass alle nachweislich an anderer Stelle gewesen sind, wenn Markus stirbt. Damit scheiden wir als mögliche Verdächtige aus, falls die Polizei die Sache intensiver untersucht, als wir es befürchten."

„Wie soll das denn gehen? Dann muss ja jemand anders Markus töten." Klaus verstand Peters Absichten nicht.

Der versuchte es anders zu erklären: „Pass auf, die Alibis müssen für jeden Außenstehenden so aussehen, also glaubhaft sein. Niemand darf uns mit dem Ort des Todes in Verbindung bringen. Wir müssen uns gegenseitig Alibis verschaffen. Dazu müssen wir die beiden anderen einweihen."

„Nein! Darüber waren wir uns doch einig. Wir können den beiden nicht vertrauen. Das geht überhaupt nicht, was Du da vorschlägst" wehrte Klaus ab.

„Ich weiß, es passt Dir nicht, ich bin ja auch nicht begeistert, aber wir sollten diese Idee wirklich einmal bis zum Ende durchdenken."

„Was ist, wenn die beiden anderen sofort zur Polizei rennen? Es gibt doch keinen Grund, warum sie uns nicht anzeigen sollten?", wollte Klaus wissen.

„Dieses Risiko sind wir beide schließlich auch eingegangen und keiner von uns ist zur Polizei gerannt", versuchte Peter zu beschwichtigen.

„Glaubst Du wirklich, dass Thomas und Paul freiwillig Umgang mit Markus haben? Ich denke, dass es ihnen genau wie uns ergeht. Er zwingt sie dazu."

Klaus wurde nachdenklich und fragte: „Meinst Du wirklich? Ich finde es falsch, mehr Mitwisser zu haben. Viel zu gefährlich."

Peter wollte weitere Argumente vorbringen. Er stimmte Klaus natürlich zu, dass mehr Mitwisser gefährlich seien. Andererseits waren sie dann auch Mittäter, die sich sicher nicht durch Anzeige selbst in Gefahr brächten.

Davon wollte er Klaus überzeugen „Wir sollten die Einweihung nicht gleich verwerfen. Wir sollten beide einbeziehen, Paul brauchen wir sogar. Wir benötigen vielleicht die Räume im Club. Das ist ein idealer Ort, an dem uns niemand bemerken wird. Wir brauchen sozusagen mehr Personal. Es müssen sich mehrere Personen gegenseitig Alibis beschaffen und bestätigen. Je mehr, desto besser."

Klaus kam auf den geplanten Ort zu sprechen: „Der Club soll also der Ort sein, wo es passieren wird? Meinst Du Paul wird darüber begeistert sein"

„Ja, im Club. Ob Paul begeistert sein wird, wage ich zu bezweifeln. Ich bin für jeden besseren Vorschlag zu haben. Also hör zu, ich erzähle Dir, wie ich es mir vorstelle."

Peter Berges erläuterte seinen Plan, wie er Markus Kleinert vom Leben in den Tod befördern wollte. Es gäbe keine Spuren, da sich Markus nicht wehren würde. Peter erklärte, wie es nach der Tat so aussehen konnte, dass alle Mittäter sich zum Todeszeitpunkt nachweislich an anderen Orten aufhielten. Zunächst verstand Klaus nicht jeden Handlungsschritt, dann stimmte er darin überein, dass es so gehen konnte. Die anderen mussten sich in ihren Aussagen und Zeitangaben nur genau an die Vorgaben halten, dann konnte alles funktionieren.

„Kompliment, Peter. Du hättest auch damit Karriere machen können. Wie kommst Du nur auf so was?", fragte Paul verwundert.

„Ach ich weiß es nicht. Es schoss plötzlich durch meinen Kopf. Aus heiterem Himmel sozusagen", erklärte Peter seine Ideen. „Wir müssen unbedingt davon ausgehen, dass die Polizei den Tod von Markus untersuchen wird. Dabei wird man auf uns aufmerksam werden. Wir werden die letzten Menschen sein, die ihn lebend gesehen haben."

„Was ja auch stimmt", bestätigte Klaus.

„Natürlich ist es sehr wahrscheinlich, dass die Polizei die seltsame Zusammensetzung unserer Gemeinschaft herausbekommt. Wenn wir Glück haben, bleibt sie unentdeckt. Dann dürfte es schnell vorbei sein, mit der Untersuchung." Peter versuchte alle Unwägbarkeiten in die Planung einbeziehen.

Die Frage war nur, wie man mit den beiden anderen möglichen Mittätern in Kontakt kommen sollte. Welche Reaktion war zu erwarten, wenn sie von dem Mordkomplott Kenntnis erhielten? Das war eine heikle Angelegenheit. Wer sollte sich Malecki vornehmen? Sie konnten ihn beide nicht leiden. Mit Paul wäre ein Gespräch einfacher. Darin stimmten Klaus und Peter überein. Die Männer vereinbarten, dass die beiden anderen nicht sofort in den genauen Ablauf eingeweiht werden sollten. Was sie nicht kannten, das konnten sie auch nicht verraten. Ob das gelingen würde, war nicht sicher. Es musste sich erweisen. Es sollte nun zunächst der Kontakt vermittelt und die Aufforderung zu einem Treffen eingeleitet werden.

Das geschah bei einem von Markus organisierten Kegelabend in Potsdam, als Peter die beiden anderen um deren Aufmerksamkeit bat. Markus war gerade zur Toilette gegangen. „Klaus und ich haben mit Euch etwas zu besprechen. Markus darf davon nichts erfahren. Es soll eine Überraschung für ihn sein. Kommt an den genannten Ort und lasst Euch von niemandem sehen, der Euch kennt." Mit diesen Worten schob er jedem einen kleinen Zettel mit einer Orts- und Zeitangabe zu.

Klaus konnte sich ein Grinsen kaum verkneifen. Eine Überraschung für Markus. Das hatte eine gewisse Ironie. Ihm würden überraschend seine kriminellen Machenschaften um die Ohren fliegen. Überraschung! Köstlich! Klaus hatte einen feinen Sinn für solchen Humor. Innerlich machte er sich oft solche Gedanken und amüsierte sich über andere.

Thomas und Paul blickten überrascht drein und steckten die Zettel schnell in die Hosentaschen. „Na, da sind wir aber gespannt", sagte Thomas mit wenig Begeisterung in der Stimme.

Paul war ebenfalls nicht euphorisch gestimmt. „Was soll denn das werden? Wollt ihr, dass wir ihn gemeinsam überraschen? Reicht Euch das Theater Monat für Monat denn nicht?"

Das kam unerwartet. Klaus und Peter sahen sich an.
„Ruhig jetzt", kam es von Peter. „Es geht um genau das Theater. Ihr werdet es ja hören. Und kein Wort zu Markus! Bitte!" Die letzten Worte hatte Peter sehr eindringlich betont. Thomas hatte wohl anfangs geglaubt, es könnte eine positiv gemeinte Überraschung für Markus geplant sein. Erst die Bemerkung von Paul schien ihn dann in die richtige Richtung zu lenken. Die abschließende Bemerkung von Peter sollte nun alle Zweifel beseitigt haben.

Markus betrat gerade wieder die Kegelbahn. Sie beendeten die Unterhaltung und begannen sich um das Kegeln zu kümmern. Der Abend verlief wie die meisten. Markus gab ständig Hinweise, wo man die Kugel aufzusetzen hatte und welchen Drall man ihr mitgeben müsse. Es war, als kegele er mit lauter Hinterwäldlern, die noch nie eine Kegelbahn gesehen hatten. Er bediente begeistert die Zählanlage und rief jeweils den nächsten Kegler auf. Er war wie stets bei Spielen oder Wettkämpfen voll in seinem Element.

Klaus feuerte seine Kugeln beim Spiel ohne Ehrgeiz ab. Er war von Markus und seinem übertriebenen Spieltrieb genervt. Ihm war das Ergebnis wie immer völlig egal. Er wandte sich stets unmittelbar nach dem Wurf von der Bahn ab und kam zur Bank zurück. Er sah nicht hin, ob und welchen Erfolg sein Wurf hatte. Markus kritisierte ihn deswegen als unsportlich, was Klaus mit einem Schulterzucken beantwortete.

Peter war an diesem Abend besser als Markus und gewann. Es machte ihm Spaß, dem verhassten Angeber eine Niederlage zu bereiten. Das ärgerte Markus maßlos, er war kein guter Verlierer. Thomas kegelte lustlos mit. Mit seinen Gedanken war er bei der Ankündigung des gemeinsamen Gespräches. Er musterte Klaus und Peter intensiv. Was hatten die beiden vor? Wussten sie etwas über Elisabeth und ihn? Hatten sie irgendwie etwas mitbekommen? Nein, das konnte es nicht sein. Sonst würden sie Paul nicht dabei haben wollen. Er war neugierig geworden.

Die Zusammenkunft sollte entsprechend des überreichten Zettels am nächsten Donnerstagabend stattfinden. Sie sollten nach Berlin Kladow kommen, „Ritterfelddamm 112". Dort gab es das italienische Restaurant „Fontana di Trevi". Thomas war noch nie dort gewesen. Vielleicht war das Essen dort in Ordnung. Mal sehen. Er musste bis dahin wohl oder übel seine Neugier im Zaum halten.

Der Kegelabend verlief nicht mit den üblichen politischen Sticheleien von Thomas. Seit er den Zettel bekommen hatte, ahnte er größere Ereignisse für die nahe Zukunft voraus. Paul hatte die Zusammenkünfte als Theater bezeichnet. Wie sehr er das genoss. Endlich sprach jemand darüber, was an diesen Abenden für eine lächerliche Show ablief. Thomas hatte sich in den letzten Jahren nicht getraut, die Sache selbst anzusprechen. Markus hatte ihm so strikte Verhaltensregeln gegeben, dass schon der kleinste Widerstand für ihn zur Katastrophe hätte werden können. Ob die anderen ebenfalls so klare Anweisungen hatten? Wahrscheinlich. Aber was sollten sie schon tun, wenn sie alle mit irgendetwas aus ihrer Vergangenheit erpressbar waren? Was es wohl war? Was konnte Markus über diese Männer wissen? Bei ihm selbst war es eine zufällige Angelegenheit gewesen. Hätte er Markus nicht im Auto mitgenommen, wüsste der nichts von der Fahrerflucht. Waren es bei den anderen auch zufällige Begebenheiten, oder hatten die richtig Dreck am Stecken?

Paul war ähnlich unruhig wie Thomas. Er hatte sich in den letzten Tagen über Markus geärgert. Der hatte sich erst zum Bier bei ihm eingeladen, sich anfangs nett mit ihm unterhalten, um dann das Boot zu inspizieren. Er wollte mit einem neuen Bekannten eine kleine Segeltour am nächsten Wochenende unternehmen. Als er vom Bootssteg zurückkam, bemängelte Markus den Zustand des Bootes. Ihm waren zu viele Spinnweben am Boot und einige Enten hatten ihre Hinterlassenschaften auf dem Bug platziert. Auf dem Steg war sogar ein ganzer Berg derartiger Verschmutzungen. Das musste entfernt werden, einem Gast wäre das Boot in diesem ekeligen Zustand nicht zumuten.

Paul fühlte sich nicht zuständig, Boot und Steg sauber zu halten: „Also hör mal, mein Bester. Ab und zu mache ich das für Dich. Aber ich bin nicht Dein Matrose, den Du zum Deckschrubben einteilen kannst."

Markus sah das anders: „Das sehe ich anders. Du tust, was ich Dir sage! Damit das unmissverständlich ist, hörst Du jetzt genau zu. Bis Freitagabend sind die Reinigungsarbeiten am Steg und auf dem Boot auszuführen. Ansonsten kannst Du Dich auf ein Gespräch mit Deinem Chef im Amtsgericht vorbereiten. Unter Freunden ist es wohl nicht zu viel verlangt, wenn man solidarisch miteinander umgeht. Schließlich nehme ich Dich oft genug auf dem Segelboot mit. Da kannst Du einen solchen Freundschaftsdienst wohl schlecht ablehnen. Das wäre unkameradschaftlich. Du musst als Beamter nicht so viel Zeit auf der Arbeit verbringen wie ich als Selbständiger. Es ist absolut gerecht, wenn Du etwas von Deiner Freizeit zur Unterstützung Deines Freundes verwendest. Ich tue schließlich auch sehr viel für Dich."

Paul war verblüfft über die Dreistigkeit. Die Sache mit den herausgegebenen Grundbuchinformationen hing ihm nun schon ein paar Jahre an. Markus ritt immer wieder darauf herum. Paul hatte es gründlich satt, dass er ständig ausgenutzt wurde. Er willigte trotzdem ein, weil er als friedliebender Mensch keinen Streit haben wollte. Eigentlich fand er Markus sexuell sehr anziehend. Aufgrund dieser neuerlichen Aktion von Markus war dessen Attraktivität deutlich gesunken. Sollten sie sich im Club wieder einmal näherkommen, wollte er ihn abweisen. Er wusste, dass Markus ein eitler und selbstverliebter Narziss war. Damit konnte er ihn treffen. Ablehnung vertrug Markus Kleinert nicht schmerzlos.

Thomas und die anderen standen wahrscheinlich so wie er unter Druck. Er wollte sich ganz in Ruhe und vollständig anhören, was Peter und Klaus zu erzählen hatten. Vielleicht kam ein interessanter Abend auf ihn zu. Ohne Markus würden die Gespräche mit Sicherheit vollständig anders verlaufen, als in dessen Anwesenheit. Da das Treffen ohne Markus stattfinden und der nichts darüber erfahren sollte, konnte es sich nur um Markus selbst handeln. Wahrscheinlich hatten die anderen das Theater satt und wollten die Meinung der anderen hören. Etwas anderes konnte eigentlich nicht Anlass für ein geheimes Gespräch sein.

Am liebsten wollte Paul diesen saublöden Kegelabend endlich verlassen und lieber wieder im Club bei seinen wirklichen Interessen weilen. Am Abend wollten sich zwei neu in den Club eingetretene Paare treffen und nach der Sauna etwas Spaß miteinander haben. Da wollte er gern mitmischen. Als sich die Leute tags zuvor bei ihm anmeldeten, hatte er sofort ein flaues Gefühl im Magen. Der jüngere der beiden Männer war ihm sympathisch. Dessen Freundin war auch nicht übel. Mal sehen, was sich ergeben würde.

Der Kegelabend zog sich bis fast 22:00 Uhr hin. Endlich wurde von Markus das Schlusswort mit dem nächsten Termin verkündet. Paul war angesäuert. Wenn er Pech hatte, waren die Leute im Club mit ihrem Programm schon durch. Dann konnte er sich an nichts mehr aktiv beteiligen. Sie würden sich dann zum Ausklang nur noch miteinander unterhalten. Wenn das so wäre, hätte ihm Markus die Tour vermasselt. Das nähme er Markus übel, dachte er. Glaubte dieser kleine Mann wirklich, dass er unentbehrlich oder unersetzbar sei? So von sich eingenommen konnte ein erwachsener Mensch mit gut 50 Jahren Lebenserfahrung eigentlich nicht sein. Oder etwa doch? War Markus vielleicht in seinem Verlangen nach Selbstbestätigung und Anerkennung durch andere krankhaft übersteigert? Ach, egal. Markus war ein Blödmann. Blödmänner kommen und gehen.

Kapitel 15   Die Verschwörung beginnt

Am Donnerstagabend um 18:30 Uhr, sollte das gemeinsame Essen der vier Männer stattfinden. Alle waren pünktlich erschienen. Die Autos parkten auf den Stellflächen hinter dem Lokal. Von der Straße aus waren sie nicht zu sehen. Im Inneren des Restaurants befand sich wenig Publikum, man war fast allein in einer Ecke des großen Gastraumes.

Der Tisch war durch Klaus Machner reserviert worden. Der hatte um Abstand zu anderen Gästen gebeten, da eine geschäftliche Besprechung stattfinden sollte. Der Wirt entsprach den Vorgaben und wählte wunschgemäß einen möglichst abgelegenen Tisch. Damit sich vorerst keine weiteren Gäste in die Nähe setzen sollten, hatte er auf den umstehenden Tischen ebenfalls Reservierungskärtchen aufgestellt. Im vorderen Gastraum war Platz genug. Nur wenn wider Erwarten eine größere Anzahl Gäste als üblich zum Essen käme, hätte er den einen oder anderen Tisch wieder freigegeben. Da es ein normaler Wochentag war, erwartete der Wirt keinen außergewöhnlichen Ansturm von Kunden. Die Männer konnten sich wahrscheinlich unbehelligt unterhalten.

Das Grüppchen der vier Teilnehmer hatte bereits Getränke bestellt und studierte interessiert die Speisekarte. Als die Getränke an den Tisch gebracht wurden, nahm der Kellner die weiteren Bestellungen auf. Alle hatten noch nicht zu Abend gegessen und daher nutzten sie die Gelegenheit gerne.

Peter Berges hatte sich entschlossen, die Führung zu übernehmen. Er hielt es für besser, wenn von Anfang an eine gewisse Hierarchie entstand. Keinesfalls wollte er sich von Paul oder gar Thomas, diesem Dummschwätzer, die Dinge aus der Hand nehmen lassen. Nach seiner Auffassung, waren er selbst und Klaus die beiden Führungspersonen. An Paul und Thomas wollte er nur Anweisungen geben, denen sie folgen sollten. Immerhin waren Paul und Thomas an der Entstehung des Planes nicht beteiligt. Sie sollten lediglich bei der Ausführung eine Rolle spielen. Bei Klaus setzte er einfach dessen stilles Einverständnis voraus. Bei ihren Gesprächen auf dem Parkdeck hatte Klaus nicht den Eindruck vermittelt, dass er der Hauptverantwortliche sein wollte.

Peter begann: „Also liebe Leute, da sitzen wir nun. Heute mal ohne Markus. Klaus und ich haben uns neulich spontan und unverbindlich unterhalten. Wir sind zu dem Schluss gekommen, dass mit Euch ebenfalls unbedingt zu tun. Ich schlage vor, wir beginnen es locker und können ruhig dabei essen. Dann sehen wir erst einmal, wie weit wir übereinstimmen und ob wir für die weitere Entwicklung in unserer Sache einhelliger Meinung sind. Bis dahin und während des Essens, möchten Klaus und ich mit Euch über das, wie hat Paul neulich gesagt?, „Theater", sprechen."

Alle schauten gebannt auf Peter. Klaus wusste natürlich, wie es weitergehen sollte. Er beobachtete die Reaktion der beiden Neulinge. Schon in den nächsten Minuten sollte sich zeigen, ob die erste Hürde genommen werden konnte.

Peter begann vorsichtig: „Also wir haben festgestellt, dass Ihr zu den Treffen mit Markus nur unter Zwang erscheint. Jedenfalls glauben wir beide, das aus unseren Beobachtungen Eures Verhaltens schließen zu können. In unserem Gespräch haben Klaus und ich uns gegenseitig informiert, dass wir wirklich nicht freiwillig, sondern unter Zwang erscheinen. Und um das nun von Euch genau zu erfahren, haben wir dieses Essen hier arrangiert. Jetzt möchten wir gerne hören, ob es tatsächlich der Fall ist".

Thomas war der erste, der sich zu Wort meldete. „Mein Gott! Dafür muss man ja wohl nicht besonders sensibel sein. Sei doch nicht so umständlich. An unserer sogenannten Freundestruppe stimmt eigentlich überhaupt nichts! Ich jedenfalls mag weder Markus, noch wären wir vier hier befreundet. Ich komme nur, weil Markus mir das regelrecht befiehlt und ich mich nicht dagegen wehren kann."

Paul sah ihn überrascht an. Klaus und Peter waren zufrieden und tauschten einen kurzen Blick. Das war ja wirklich vielversprechend. Eine so klare Aussage hatten sie nicht gleich zu Anfang erwartet. Sie waren vorsorglich von einem Reden um den heißen Brei ausgegangen. Die Sache schien sich zum Glück schneller zu entwickeln, als anfangs gedacht.

Peter erklärte: „Du brauchst nicht zu beichten, womit Dich Markus in der Hand hat. Bei Klaus und mir ist es auch so, dass wir Markus ausgeliefert sind. Wir werden erpresst zu den Treffen zu kommen und wir müssen beide so tun, als ob wir gute Freunde von Markus sind. Paul und Du, Ihr sollt wissen, dass wir uns nicht gegenseitig verraten haben, worum es bei unserer Erpressung geht. Das soll auch so bleiben, finden Klaus und ich. Es ist für jeden von uns unwichtig, worum es dabei geht. Für uns ist aber wichtig, dass wir alle im gleichen Boot sitzen."

Sie schwiegen einen Moment, weil das Essen serviert wurde. Der Kellner brachte die ersten beiden Bestellungen, hinter ihm ging eine junge Bedienung, die ihm beim Tragen der weiteren zwei Teller behilflich war.

Als sie sich entfernt hatten, wünschten sich die Männer einen guten Appetit und begannen zu essen. Zunächst war es still und alle kümmerten sich um ihre Mahlzeit. Sie sahen sich dabei abwechselnd an und versuchten die Gedanken des jeweils anderen zu erraten. Klaus sah freundlich drein, Peter versuchte jedem ein aufmunterndes Lächeln zu zeigen. Paul sah verstört und unsicher aus, Thomas hatte einen regelrecht grimmigen Blick.

Das Schweigen begann langsam peinlich zu werden, daher brach Peter es und begann mit dem Gespräch. Thomas hatte seinen Zwang zur Teilnahme bereits offengelegt Als Nächster und Letzter musste Paul noch seine Situation darstellen. Von ihm hatten sie bisher noch keine Äußerung gehört.

Peter sprach Paul an: „Wie ist es mit Dir, Paul? Magst Du Markus und uns sehr, oder geht es Dir etwa auch wie uns?", wollte Peter wissen.

„Das kannst Du Dir doch denken", entgegnete Paul. „Natürlich ist es so wie bei Euch. Ich mag Markus allerdings im Gegensatz zu Euch zumindest etwas. Er nutzt mich zwar dauernd mit Pflegearbeiten an seinem Boot und anderen Kleinigkeiten aus, aber wir verstehen uns im Club besonders gut."

Klaus griff schnell ein: „Verschone uns mit Einzelheiten. Bitte!"

„Schon gut, das hatte ich gar nicht vor. Markus erpresst mich tatsächlich, damit ich zu den Treffen komme und dort seinen Freund mime. Sonst ließe ich mir die anderen Sachen von ihm natürlich auch nicht gefallen." Paul wandte sich seinem Essen zu und steckte sich den nächsten Bissen in den Mund.

Peter schluckte einen Happen herunter und stellte dann fest: „Nun, dann sind wir wohl alle vier Leidensgenossen, oder? Da stellt sich die Frage, wie wir zukünftig damit umgehen wollen?"

Thomas meinte: „Also ich sehe da für die Zukunft wenig Hoffnung auf Veränderungen."

Es trat eine kurze Pause ein. Sie belauerten sich gegenseitig, wer als Erster den Vorschlag für Gegenmaßnahmen formulierte.

„Das Spielchen läuft doch jetzt schon diverse Jahre. Warum sollte Markus das aufgeben? Es macht ihm offensichtlich Spaß und er profitiert wahrscheinlich finanziell davon", stellte Thomas ergänzend fest.

Klaus und Peter hatten vereinbart, nicht über Geld zu sprechen. Das hätte schon als Hinweis auf die Art der Erpressungen aufgenommen werden können. Sie ließen sich daher nichts anmerken.

„Also ich fände es schon ganz gut, von Markus deutlich mehr Abstand zu haben und wenn er mich außerhalb des Clubs nicht mehr dauernd aufsucht", erklärte Paul für sich.

Peter fasste zusammen: „Es ist wohl keiner von uns an einer endlosen Fortsetzung der erzwungenen Freundschaft zu Markus Kleinert interessiert, oder?"

Alle Männer nickten zustimmend. „Nun", fuhr Peter fort, „dann lasst uns jetzt gemeinsam überlegen, was wir dagegen tun können. Wie kriegen wir es hin, dass Markus uns nicht weiter drangsaliert und uns in Ruhe lässt? Und zwar uns alle."

Alle schwiegen. Peter fragte weiter: „Hat es schon mal jemand versucht?"

Thomas nickte: „Ja, ich, vor ein paar Monaten." Alle drei sahen ihn erwartungsvoll an.

„Wie Ihr alle beobachten konntet, bin ich weiter zu den Treffen erschienen. Es war zwecklos. Er drohte sofort und zwar äußerst massiv und kaltschnäuzig. Ich glaube, der Mann hat kein Gewissen." Thomas blickte sie der Reihe nach an.

Die weitere Unterhaltung drehte sich um die Art der Formulierungen und Aussagen von Markus Kleinert, die er bei seinen Forderungen zum Erhalt der Freundschaft verwendet hatte. Sie stellten fest, dass Ihnen allen fast die identischen Phrasen vorgetragen worden waren. Nachdem sie die Teller geleert hatten, wurde der Tisch abgeräumt. Sie bestellten eine weitere Runde Getränke.

Die Männer tauschten sich anschließend darüber aus, wie oft und wie drastisch die Verbote von Markus Kleinert waren, untereinander Kontakt zu pflegen oder sich über die Zusammensetzung der Gruppe zu unterhalten.

Peter schlug eine Vereinbarung zu ihrem gerade geführten Gespräch vor: „Wir vier sollten unter allen Umständen darüber Stillschweigen bewahren und uns bis zum kommenden Donnerstag überlegen, was als Befreiung von unserem Erpresser helfen könnte."

Alle stimmten zu und versprachen mit niemand anderem darüber zu sprechen.

Peter sah Klaus an und fragte ihn: „Habe ich etwas vergessen, oder sind wir durch?"

„Ich glaube, das war alles. Mir fällt für heute jedenfalls nichts mehr ein", bestätigte Klaus.

Peter sprach ein kurzes Schlusswort und erklärte die Gesprächsrunde für beendet. Er war über den Verlauf sehr zufrieden, niemand hatte seine Rolle als selbsternannter Moderator angezweifelt.

Sie ließen den Kellner die Rechnungen bringen. Er wurde gebeten, jedem eine eigene zu erstellen. So geschah es. Sie bezahlten jeder für sich, dann verließen sie das Lokal. Auf dem Parkplatz hinter dem Restaurant fand noch eine kurze Verabschiedung statt, dann fuhr jeder allein nach Hause.

Peter und Klaus waren erleichtert. Diese erste Hürde war genommen. Markus sollte nichts davon erfahren. Sie hatten die anderen ins Boot holen können. Vorher hatte darin eine große Gefahr bestanden. Überraschend war die von Thomas an den Tag gelegte Vernunft. Kein Wort über Politik war gefallen. Er konnte also auch vernünftig sein und nicht nur schwafeln.

Klaus saß im Wagen und dachte an Paul und Thomas. Was die beiden wohl sagen würden, wenn sie von den schon existierenden Plänen wüssten? Ob sie dann die Flucht ergriffen? Er wollte sich mit Peter zu Beginn der nächsten Woche wieder auf dem Parkdeck in Spandau treffen. Dann wollten sie gemeinsam die Einzelheiten und Abläufe Ihres Vorhabens besprechen.

Es gab noch viele Eventualitäten zu bedenken. Nicht alle Details waren schon aufgezählt worden. Der Plan sah ursprünglich vor, dass die beiden anderen zwar erfahren durften, dass Markus umgebracht werden sollte, jedoch sollten sie dabei nicht mitbekommen, wer genau der Täter war. Der Teil für Paul und Thomas sollte so aussehen, dass sie nur absolut felsenfest bei ihren Aussagen und den darin enthaltenen Zeitangaben bleiben mussten. Klaus war sich nicht sicher, ob sie schon alles bedacht hatten. Er hatte Angst, sie könnten etwas übersehen. Er hatte von Anfang an Zweifel, ob man die anderen von Informationen ausschließen sollte. Er wollte eine Hemmschwelle aufbauen, um sie von einer Benachrichtigung der Polizei abzuhalten. Sie mussten unbedingt Mitwisser, besser noch, Mittäter werden.

Wahrscheinlich konnten sie den ursprünglichen Plan sowieso nicht weiter verfolgen. Nun waren sie zu viert. Paul und Thomas waren in der Durchführung als aktive Personen eingesetzt. Später musste der tote Markus versteckt werden, um nach einer gewissen Zeit zum Auffinden seiner Leiche von jemand bereitgelegt zu werden. Das sollte laut Peters Plan die Aufgabe für Paul und Thomas werden. Dazu mussten die beiden die Leiche sehen, berühren und transportieren. An eine Geheimhaltung war daher jeder weitere Gedanke verschwendet.

Peter hatte seine Bedenken geäußert, ob das mit der Unkenntnis von Paul und Thomas sich überhaupt verwirklichen ließe. Nach Peters Ansicht war es nicht möglich, ohne dass die beiden komplett eingeweiht sein mussten. Seine Begründung lautete allerdings anders, als die von Klaus. Peter befürchtete, wenn die beiden anderen nicht über die Details Bescheid wüssten, könnte es in späteren Untersuchungen der Polizei zu unbeabsichtigten Äußerungen kommen. Nur wenn der Tatablauf wirklich in allen Einzelheiten bei Paul und Thomas bekannt war, konnten sie erkennen, ob oder wann eine Befragung brenzlig wurde. Es konnte die Situation entstehen, dass ohne es zu wollen, belastende Antworten im Verhör gegeben würden.

Das Wochenende verging rasch. Der Montag war auf dem Parkdeck ein hektischer Tag. Viele Leute waren zum Einkaufen unterwegs und auf dem Parkdeck war entsprechend viel Betrieb. Es hatte Geld gegeben, es war Monatsanfang. Da gingen viele Leute eben einkaufen.

Wie immer saßen die zwei im Wagen und schmiedeten ihren Plan. Sie hatten sich noch einmal über die komplette Einweihung von Paul und Thomas in die Details unterhalten. Ihr ursprüngliches Vorhaben hatten sie nach kurzer Aufzählung der Argumente über Bord geworfen. Es ging einfach nicht ohne die beiden anderen. Im Moment erörterten sie, wie sie jegliche Spuren einer gewaltsamen Tötung an der Leiche verhindern konnten.

Peter stimmte Klaus zu: „Du hast vollkommen Recht, dass unter allen Umständen keine Spuren von Gewalt an der Leiche zu finden sein dürfen."

Klaus äußerte die nicht unbegründete Sorge: „Markus wird sich doch sicher wehren. Und zwar heftig. Wer lässt sich schon widerstandslos abmurksen? Wenn er um sich schlägt oder irgendwo aufprallt, dann können leicht Verletzungen entstehen."

Peter hatte sich in den letzten Tagen für dieses Problem eine Lösung ausgedacht und erklärte: „Wir betäuben ihn. Dann wehrt er sich bestimmt nicht."

Klaus war skeptisch und entgegnete: „Wie willst Du das machen? Im Blut oder im Urin kann man solche Mittel mit Sicherheit nachweisen. Sonst wäre es ja kinderleicht, jemanden um die Ecke zu bringen."

„Du hast nicht Unrecht. Aber ich weiß eine Methode. Es muss ein ganz bestimmtes Mittel sein, dass man nach 3-4 Stunden nicht mehr nachweisen kann. Sei beruhigt, so was gibt es und ich habe es", lehnte sich Peter zufrieden lächelnd zurück.

Klaus war erstaunt, dass es eine so einfache Lösung geben sollte: „Na, dann lass´ mal hören. Das wäre ja zu schön, um wahr zu sein."

Peter erzählte ihm, um welche Substanz es sich handelte und wie er daran gelangt war. In der Apotheke konnte man es offiziell kaufen, aber nur in geringer Konzentration und nur mit Vorlage des Ausweises. Zusätzlich musste man eine Angabe zur geplanten Verwendung machen. Das kam natürlich absolut nicht in Betracht. Dieses Detail war also geklärt.

„Was benötigen wir noch?", fragte Klaus.

„Eine Dachlatte oder so was. Länge 200 bis 220 cm". Es kann auch ein Zaunpfahl sein. Hauptsache er ist stabil und bricht nicht so leicht, erfuhr er von Peter.

„Eine Dachlatte kann ich mitbringen. So was habe ich noch im Schuppen ´rumliegen."

„Vom Hausbau?", wollte Peter wissen.

„Ja, da ist allerhand an Resten übrig geblieben."

„Dann lieber nicht. Das Holz könnte als Spur zu Dir führen, falls man es findet und es mit dem Fall in Verbindung gebracht wird. Kauf lieber ein Stück im Baumarkt. Irgendwo. Das ist sicherer. Und nicht mit Karte bezahlen, sondern mit Bargeld", riet Peter.

Klaus war einverstanden. Es durfte keine Spuren geben, die auf eine Beteiligung der Männer schließen lassen konnte. „Die Rollen bringe ich mit. Was meinst Du? Reichen fünf Stück?", fragte Peter.

Klaus überlegte kurz und antwortete: „Bestimmt. Das wird genügen. Aber nimm´ nicht zu kurze Rollen."

Die Männer verabschiedeten sich und verließen das Parkdeck. Sie hatten noch vereinbart, dass jeder den Plan noch mehrmals in Gedanken prüfen sollte. Jedes noch so kleine Detail konnte alles zu Fall bringen und die ganze Sache für alle fatal enden lassen. Keiner wollte ins

Gefängnis. Ihre Planung sollte lückenlos alles erfassen, was als Störung auftreten könnte oder zur Aufdeckung geeignet wäre.

Das nächste Essen beim Italiener wurde mit Spannung erwartet. Die Reaktionen der anderen waren schwer abzuschätzen, man konnte einfach nur hoffen. Schließlich erzählte man nicht oft jemandem, dass er als Mittäter für einen Mord eingeplant worden sei.

Das nächste Treffen wurde kurzfristig in ein anderes Lokal verlegt. Es sollte niemand eine Erinnerung an eine mehrmals auftretende Gruppe haben. Es war wieder ein italienisches Restaurant, mit ähnlichen räumlichen Gegebenheiten. In Spandau gab es mehrere davon.

Peter hatte mit Klaus über einen Ortswechsel gesprochen und sie hatten die anderen entsprechend instruiert. Peter hatte sie von einer Telefonzelle aus angerufen, als er mit seinen Arbeitern unterwegs war. So würde der Kontakt später unbemerkt bleiben und konnte keinen Verdacht erregen. Mit dem Handy oder dem Festnetz wäre es nachweisbar geworden. Die Fahrzeuge sollten in Nebenstraßen und auf einem Supermarktparkplatz geparkt werden. Einen kaum einsehbaren eigenen Parkplatz, besaß dieses Restaurant nicht.

Diesmal lief alles ähnlich ab, wie beim ersten Zusammentreffen. Erst wurden die Getränke bestellt, dann das Essen. Wieder übernahm Peter aus eigenem Antrieb die Leitung der Gesprächsrunde.

„Wir sind auf Eure Vorschläge gespannt. Was ist Euch beiden eingefallen, Markus loszuwerden? Fängst Du an, Paul?", begann Peter den Abend.

Paul druckste zunächst herum und erzählte dann ungefähr die gleichen aussichtslosen Vorschläge, die zwischen Peter und Klaus anfangs kursierten. Diese waren alle bereits als nicht sicher eingestuft worden . Sie bargen alle das Restrisiko, dass Markus weitermachte. Die Männer diskutierten es kurz, dann kamen sie tatsächlich zu einer einheitlichen Meinung.

Thomas sagte: „Dann darf ich das mal zusammenfassen, was wir da gerade besprechen. Es kommt nach unserer Auffassung nur eine solche Lösung in die engere Wahl, die es Markus unmöglich machen soll, weiter Druck auf uns auszuüben. Wir wollen ihm kein Schlupfloch für weitere Erpressungen bieten. Habe ich das richtig verstanden?"

Die anderen nickten. Thomas fuhr fort: „Dann habe ich keine eigenen Vorschläge, die etwas Neues beinhalten. Die Diskussion darüber, erbrächte das identische Ergebnis." Damit hatte Thomas einen Schlussstrich unter die bisherigen Vorschläge gesetzt.

Paul blickte ratlos in die Runde. „Dann können wir also gar nichts untenehmen und sind diesem Erpresser weiter machtlos ausgeliefert? Das soll das doch wohl heißen, oder?"

Peter ergriff die Gelegenheit, so wie er es damals bei Klaus gemacht hatte. Er legte nun die Karten offen auf den Tisch. Er war aufgeregt. Die Reaktion der anderen war nicht vorhersehbar. Sie hatten bisher lediglich die Erkenntnis gewonnen, dass man Markus nur schwer, vielleicht gar nicht stoppen konnte.

„Nein, das heißt es nicht", antwortete Peter. „Es gibt eine durch uns herbeizuführende Tatsache, die es beenden kann."

„Ich glaube", warf Thomas langsam sprechend ein, „ich weiß worauf Du hinaus willst. Ist das Dein Vorschlag, was ich vermute?" Peter nickte.

Paul verstand nicht und fragte: „Was vermutest Du, was Peter meint? Nun klärt mich endlich mal auf."

Paul wurde sichtlich nervös, weil er nicht auf die richtige Lösung des Problems kam. Peter half ihm auf die Sprünge: „Paul. Wer kann nichts mehr sagen und wer kann nicht mehr handeln?"

Paul wurde blass. „Ein Toter sagt nichts mehr", sagte er leise und schob seinen Teller zurück.

Es trat eine Stille am Tisch ein, die unnatürlich wirkte. Spannung lag in der Luft. Peter und Klaus warteten ab. Thomas sprach es zuerst aus: „Er soll also sterben?" Klaus und Peter nickten.

„Wer soll ihn umbringen und wie?", fragte Thomas weiter. Paul sah ihn entsetzt an. Das nahm hier eine Entwicklung, die er sich in seinen kühnsten Träumen nicht ausgemalt hatte. Alles in ihm sträubte sich gegen die gerade geäußerten Absichten. Paul wäre am liebsten aufgesprungen und weggelaufen. Wo war er da nur hineingeraten?

Klaus beantwortete die Frage von Thomas: „Das kann Euch beiden erst einmal gleich sein. Keiner von Euch beiden muss es tun. Wir sind mit der Planung noch nicht ganz zufrieden. Da müssen wir an einigen Details noch feilen. Wir wollten versuchen, es so zu organisieren, dass wir nicht alle dabei sind. Es reicht, wenn wir alle Mitwisser sind und nicht alle Täter. Es wird funktionieren, wenn alle so mitmachen, dass unsere Alibis wasserdicht passen. Dazu müssen wir alle den Ablaufplan kennen und uns minutiös an die getroffenen Absprachen halten."

Peter ergänzte: „Wir nehmen an, dass wir Hilfe von Euch benötigen werden. Es wird wahrscheinlich erforderlich, dass noch mindestens einer von Euch beiden, besser alle beide, mithelfen. Wohlgemerkt, nicht bei der Tötung, nur beim Wegschaffen der Leiche und bei der Spurenbeseitigung. Fair wäre es, wenn wir es alle vier gemeinsam durchführen und sich keiner ausschließt. Für jeden soll ein Part dabei sein."

Wieder herrschte Stille. Paul wirkte nicht gerade begeistert, stellte Peter fest. Die Reaktion von Thomas war überraschend gelassen. Von ihm hatte er heftige Skepsis oder Ablehnung erwartet. Aber davon war nichts zu erkennen. Thomas saß still da und schien die Gedanken zu verarbeiten, die ihm gerade vorgetragen worden waren.

Paul schlug das Herz noch immer bis zum Hals: „Nee Leute! Ich will Bedenkzeit haben. So einfach kann ich mich nicht dazu entscheiden, an einem Mord mitzuwirken. Überhaupt kann ich im Moment kaum glauben, was ich da eben gehört habe."

Klaus beruhigte ihn: „Ruhig Blut, Paul. Es ist ein Plan. Ein Vorschlag, den wir mit Euch erörtern möchten. Noch ist überhaupt nichts passiert. Niemand hat irgendwem ein Haar gekrümmt."

„Dabei bleibt es auch, wenn wir uns nicht zu gemeinsamem Handeln zusammenfinden können. Dann geht die Erpresserei durch Markus eben bis zum Sankt Nimmerleinstag weiter", ergänzte Peter.

Er wollte Paul lieber sofort die Konsequenz einer Absage vor Augen führen. Paul war unter ihnen vermutlich die schwächste Persönlichkeit. Er hatte das geringste Selbstvertrauen, kein Rückgrat. Diese Schwuchtel als Mittäter und Mitwisser zu haben, war nicht ideal!

„Du möchtest sicher einige Tage lang Bedenkzeit haben, nicht wahr Paul?", bot Peter ihm an. „Klaus konnte sich auch nicht spontan entscheiden. Das ist vollkommen normal und in Ordnung."

„Allerdings brauche ich dafür etwas Zeit", antwortete Paul. Er sah verstört aus und schaute abwechselnd die drei Männer an.

„Diesem Wunsch schließe ich mich an", warf Thomas ein. „Über diese neue Sachlage muss ich auch erst mal nachdenken und in mich gehen. Ich sehe anhand der vorausgegangenen Diskussion im Moment keine andere gangbare Möglichkeit. Aber was ihr beide Euch da ausgedacht habt, ist schon ein echter Hammer. Das muss ich erst mal sacken lassen."

Peter bestätigte: „Natürlich. Wir werden niemanden bedrängen. Wer mitmacht, muss das aus eigenem Antrieb tun. Es ist ja kein Kavaliersdelikt. Wenn übrigens einer von Euch nächste Woche einen besseren Vorschlag vorbringen kann, wären wir Euch sehr dankbar. Wir sind ebenfalls nicht begeistert von dieser Lösung unseres Problems, aber uns ist nichts Besseres eingefallen."

Klaus sprach das Schlusswort: „Also. Bedenkt bei Euren Überlegungen, dass keiner von Euch beiden die Tötung selbst ausführen soll. Ihr müsst auch nicht dabei anwesend sein. Es geht für Euch als Mitwisser nur darum, dass Markus nach der Tat völlig unversehrt und eines erklärbaren Todes gestorben, aufgefunden wird. Ist das klar? Das wird Eure Aufgabe. Die genaueren Details geben wir Euch beim nächsten Treffen. Es wird kein Blut fließen! Habt Ihr das verstanden?" Beide nickten.

Peter gab für das nächste Treffen ein Restaurant in Wilmersdorf bekannt. Sie bezahlten wieder jeder für sich, was sie gegessen und getrunken hatten. Danach trennte sich die Gruppe und die Männer fuhren nach Hause. Schon in einer Woche sollten alle in der angekündigten Sitzung ihre Entscheidungen mitteilen.

Die Woche verging für alle vier langsam und quälend. Klaus und Peter machten sich Sorgen, wie die Entscheidungen der beiden ausfielen. Thomas und Paul rangen mit sich, wie sie sich positionieren wollten.

Thomas war von der Idee, Elisabeth allein zu besitzen, sehr angetan. Elisabeth würde Markus´ Tod eine Menge Scherereien bei einer Scheidung ersparen. Er hielt Peter und Klaus für zwei harte Typen, die bestimmt genügend Intelligenz für einen guten Plan aufbrachten. Da die Initiative von ihnen ausging, hatte er nicht das Gefühl, selbst die Schuld als Mörder auf sich zu laden. Mithilfe oder Beihilfe wäre alles, was man ihm zur Last legen könnte. Sein Vertrauen in eine gute Planung war enorm. Er entschloss sich, das Risiko einzugehen und seine Mithilfe anzubieten. Diese Entscheidung fiel bereits am nächsten Tag. Thomas befragte sein Gewissen. Es versuchte nicht wirklich, ihm etwas auszureden.

Viel Zeit verwendete Thomas darauf zu entscheiden, ob er Elisabeth einweihen sollte. Ihre Beziehung zu Markus war seltsam. Einerseits hasste sie Markus, weil er sie oft ausnutzte und unterdrückte. Aber dennoch gab es Momente, da nahm sie ihn sogar in Schutz. Eine Beziehung zwischen Täter und Opfer, wie sie bei Entführungen angeblich häufig auftrat. Man benannte das mit dem Fachbegriff „Stockholm-Syndrom". Thomas hatte viel darüber gelesen und sich oft gefragt, ob er mit ihr darüber sprechen sollte.

Vielleicht würde sie erkennen, dass genau diese Konstellation auf ihre Ehe zutraf. Vielleicht könnte sie sich dann leichter endgültig von Markus abwenden. Thomas sah Elisabeth eher als eine Gefangene ihres Mannes und nicht als dessen Ehefrau. Vielleicht konnte man sie in das Vorhaben, Markus loszuwerden, am Ende sogar einbeziehen. Er wollte darüber noch einige Zeit nachdenken. Die anderen wussten außerdem noch nicht, dass er mit Elisabeth ein Verhältnis hatte. Vielleicht änderte das die Vorgehensweise.

Kapitel 16   Der Vorlauf

Bei Paul machte sich in den ersten beiden Tagen Panik breit. Er konnte sich kaum vorstellen, Markus aus dem Weg zu räumen. Er entwickelte Horrorvorstellungen wie aus diversen Spielfilmen, wie er die Leiche entsorgen sollte. Was stellten die sich vor? Verscharren, verbrennen? Aber nein! Sie hatten gesagt, Markus sollte tot aufgefunden werden. Ohne Anzeichen eines gewaltsamen Todes. Es würde also kein Blut fließen. Klaus hatte das bestätigt. Das beruhigte Paul aber nur wenig.

Paul erinnerte sich daran, nie von Markus gut behandelt worden zu sein. Das ständige Herumkommandieren und seine gönnerhafte Art fand er zum Kotzen. Den Tod hatte er ihm dafür aber noch nie gewünscht. Wer wusste schon, ob die anderen nicht viel schlimmer erpresst wurden. Vielleicht hatten sie wirkliche Gründe, Markus so zu hassen. Er entschloss sich, den Plan erst einmal in allen Details anzuhören. Wenn seine Rolle darin erträglich war, wollte er sich einen Ruck geben und konnte Markus endlich loswerden.

Mit dem neuen jungen Pärchen im Club hatte Paul einen jungen Mann mit geeigneter Veranlagung kennengelernt. Markus war in dieser Beziehung für ihn also endlich entbehrlich. Er war nur noch ein Ärgernis auf absehbare Zeit. Paul entschloss sich mitzumachen, wenn die Details des Plans schlüssig schienen. Er ließ sich nur eine winzige Hintertür für einen Rückzieher, dann nämlich wenn er die Leiche zu sehr berühren müsste. Das traute er sich nicht zu. Es wäre ihm außerdem lieb, wenn er das Gesicht des Toten nicht sehen müsste. Er nannte sich selbst ein Weichei. Ja, gestand er sich ein, so war er nun einmal.

Die vier Männer empfanden ihr Treffen schon beinahe als festes Ritual, als Sie sich erneut zusammenfanden. Der Gastraum des Wilmersdorfer Restaurants war zwar nicht besonders leer, aber das Stimmengewirr machte ein Mithören ihrer Gespräche praktisch unmöglich. Zwischen den Tischen sorgten Pflanzenkübel für optische Abtrennungen. Sie konnten ihre Besprechung durchführen, durften dabei lediglich keine eindeutigen Vokabeln laut benutzen. Thomas und Paul waren neugierig, wie die Aktion ablaufen sollte. Klaus und Peter waren gespannt darauf, wie die Entscheidungen der beiden Mitwisser ausgefallen waren.

Peter fragte: „Und? Wie habt Ihr Euch entschieden?"

„Ich bin dabei", sagte Thomas. „Bedingung ist, dass ich nur beim Aufräumen und bei den Alibis mitmachen muss."

Alle blickten nun Paul an. „Ich auch", sagte er leise. „Auch nur unter Bedingungen. Ich will der Leiche auf keinen Fall ins Gesicht sehen müssen. Außerdem will ich den Körper nicht direkt berühren. Er muss irgendwie vollständig verhüllt oder bedeckt sein."

Klaus und Peter holten tief Luft. Das war genau die erhoffte Entwicklung. Nun mussten sie den beiden Neulingen behutsam den Plan erläutern. Klaus und Peter hatten auf dem Parkdeck ausführliche Gespräche darüber geführt. Ihnen war klar, dass immer etwas schief gehen konnte, aber sie waren entschlossen, die Tat durchzuziehen. Sie beide wollten Markus Kleinert eigenhändig töten. Ohne äußere Spuren. Ihnen war ein funktionierendes Vorgehen dafür eingefallen.

Ein Problem stellten die sicheren Alibis dar. Sie durften keinesfalls zu der Zeit in der Nähe von Markus sein, die der Gerichtsmediziner als den Todeszeitpunkt festlegen oder zumindest als möglichen Zeitraum eingrenzen würde. Sie mussten zum amtlichen Todeszeitpunkt nachweislich an anderer Stelle unter Zeugen sein. Ihre Absicht war es, den Gerichtsmediziner zu täuschen. Dann konnte es funktionieren. Sie hatten sich für die Tat etwas Besonderes ausgedacht und waren sehr stolz auf diesen Einfall.

Die beiden Helfer sollten die Leiche erst dann zum Auffinden aus dem Versteck holen, wenn Machner und Berges weit weg und unter Zeugen waren. Die Täuschung des Gerichtsmediziners musste dazu führen, dass die Alibis für Paul und Thomas glaubwürdig aussahen. Die bei den Vernehmungen genannten Uhrzeiten bildeten den zentrale Punkt. Wenn sich alle zu den gegenseitig ausgesprochenen Alibis ohne Abweichung bekannten, konnte man ihnen nicht auf die Schliche kommen.

Eigentlich entwickelten sie nun alle einen gewissen Ehrgeiz für die Sache. Die Männer planten immerhin etwas Besonderes. Sie arbeiteten an einem Plan für ein perfektes Verbrechen. So etwas kam schließlich nicht alle Tage vor. Die grausame Tatsache, dass sie dabei zu Mördern wurden, trat in den Hintergrund.

Thomas wollte endlich Einzelheiten erfahren: „Nun möchte ich wissen, wie die Tat ungefähr ablaufen soll. Worin genau werden Pauls und meine Aufgaben bestehen? Wie wird Markus aus dem Leben befördert?"

Peter gab ihm die Antworten. Geplant war, einen Grillnachmittag bei Paul im Garten zu organisieren. Angrillen hatte Markus selbst schon für Anfang Mai geplant und genau da sollte es passieren. Er nannte die Todesart. Markus würde ertrinken.

Nachdem das vollbracht sei, wollten Klaus und Peter sich nach einem weiteren Arbeitsschritt ihres Planes zu den Orten ihrer sicheren Alibis begeben. Die Tötung sollte ohne Beisein von Paul und Thomas durchgeführt werden. Alle notwendigen Utensilien waren bereits vorhanden. Paul und Thomas hätten tatsächlich nichts unmittelbar mit dem Vorgang zu tun.

Zuerst mussten sie Markus Leiche eine Weile aufbewahren. Das war der Zeitraum, um den man den Gerichtsmediziner betrügen wollte. Paul und Thomas sollten nach dieser Zeitspanne, wenn alle Alibis abgesichert waren, Markus zum passenden Zeitpunkt wieder auftauchen lassen, damit er gefunden werden konnte. Alle hörten aufmerksam zu.

Es wurden noch weitere Einzelheiten besprochen. Hier und da gab es Rückfragen zum genauen Ablauf oder der Bedeutung des einen oder anderen Details. Peter erklärte, warum die Tat während des Angrillens geschehen sollte. Es hatte deshalb mit genau diesem Zeitpunkt zu tun, weil er sein Alibi exakt darauf aufgebaut hatte. Klaus erklärte, er habe sein eigenes Alibi ebenfalls bereits auf den Samstag ausgerichtet. Es war sichergestellt, dass genügend Zeugen für ihn aussagen konnten. Daher stand nun das Datum fest.

„Wir befreien uns von Markus schon jetzt am Samstag? Das ist mir jetzt aber ein bisschen kurzfristig", wandte Paul ein.

„Das ist auch für mich etwas überraschend schnell", stimmte Thomas zu.

„Es muss jetzt sein. Sonst müssen wir völlig umdisponieren und alle Alibis neu organisieren", erklärte Klaus. „Wir haben schon die beiden wichtigsten Alibis, jetzt benötigen wir noch für Euch beide gute Ausreden. Das ist also schon die halbe Miete."

„Also gut", sagte Thomas, „Augen zu und durch!"

„So sei es also", fügte Paul mit einem leichten Seufzer an.

Nach etwa 30 weiteren Minuten hatten sie die Aussagen von Paul und Thomas abgestimmt. Es sollte nicht alles komplett perfekt an den Alibis sein, aber natürlich so wasserdicht, dass niemand in Verdacht geriet. Dafür glaubten sie, einen vernünftigen und glaubhaften Mittelweg gefunden zu haben. Wenn alles zu perfekt passte, könnte die Polizei am Ende vielleicht doch misstrauisch werden.

„Bedenkt bei allen Aussagen zu den Alibis vor allem eines, unser bester Schutz ist Markus´ Leiche. Die Polizei wird oberflächlich bleiben, weil keine Spuren von Gewalt bei ihm zu finden sein werden." Das waren die Schlussworte von Peter.

Sie berieten noch ein paar Details für die benötigten Utensilien. Am Ende waren sie sich einig, dass an alles gedacht war. Sie schworen sich gegenseitig, am kommenden Samstag, genau wie versprochen zu verfahren. Dann trennten sie sich und fuhren nach Hause.

Paul und Thomas waren nach Stunden noch immer sehr aufgewühlt. Ja zu sagen, war nicht besonders schwierig gewesen. Nun aber stand die Ausführung unmittelbar bevor. Nur noch drei Tage Zeit, sich an die Entsorgung einer Leiche zu gewöhnen.

Klaus und Peter waren ruhiger. Die jetzige Anspannung der beiden anderen hatten sie längst hinter sich. Ihr Entschluss und die geplante Vorgehensweise, waren vielfach durchdacht. In Gedanken hatten sie ihr Vorgehen wieder und wieder durchgespielt. Sie waren sich sicher, dass der Plan reibungslos funktionierte. Völlig frei von Bedenken oder Skrupeln, waren weder Peter noch Klaus. Natürlich hatten beide Angst wegen der Ausführung des geplanten Verbrechens. Es überwog bei beiden jedoch die Aussicht auf die Befreiung von Markus Kleinert. Diese Aussicht war verlockend. So verlockend, dass sie das Verbrechen in Gedanken damit rechtfertigten. Endlich konnten sie danach wieder ein ungezwungenes Leben führen.

Sie sollten sich später nie wieder treffen, hatte Klaus während des letzten Gespräches vorgeschlagen. Paul und Thomas meinten, das ließe sich im kleinen Ferch wohl kaum vermeiden, dass man sich ab und zu über den Weg liefe. Das war realistisch. Für Paul und Thomas gab es von Zeit zu Zeit zufällige Begegnungen. Auf jeden Fall sollten keine weiteren organisierten Treffen stattfinden. Darin war man sich einig. Ob das Verdacht bei jemandem erregen könnte, war eigentlich egal. Man konnte es damit erklären, dass Markus die treibende Kraft gewesen war. Diese sei nun weg. Daher zerstreue sich die Gruppe nun. Ironischer Weise musste man bei dieser Darstellung nicht einmal lügen. Es war die Wahrheit. Nichts als die Wahrheit.

Thomas befand sich in einem Gewissenskonflikt. Er überlegte nach wie vor, Elisabeth einzuweihen. Wenn sie ebenfalls mitmachte, dann hätte er mit ihr eine ganz andere Basis. Es wäre ein gemeinsames Wissen, dass sie dann verband. Keiner könnte den anderen damit erpressen oder manipulieren. Damit setzte man sich jeweils selbst der Gefahr der Strafverfolgung aus.

Seinen Vorteil sah Thomas darin, dass er ihr gegenüber nicht mit einer Lüge leben musste. Es gab dann keine Heimlichkeiten zwischen ihnen. Die könnten die Beziehung sonst wahrscheinlich sehr belasten. Andererseits hatte er den drei Männern geschworen, dass er keine Informationen an andere Personen weitergab. Da saß er nun in der Zwickmühle und kam zu keiner sinnvollen Entscheidung. Zog er sie ins Vertrauen, verlor er wahrscheinlich das Vertrauen der anderen und musste Vorwürfe ertragen. Zog er sie nicht ins Vertrauen, musste er mit dem Geheimnis leben. Mit dem Geheimnis, ihren Mann umgebracht zu haben. Er konnte sich nicht endgültig entscheiden, welche der beiden Varianten die bessere war.

Thomas grübelte weiter. Sein Alibi war von allen das am wenigsten prüfbare. Er sollte einfach sagen, er wäre zum Todeszeitpunkt schon im Bett gewesen und hätte geschlafen. Damit war er nicht besonders zufrieden. Die anderen meinten, er solle sich auf die unversehrte Leiche verlassen und dass niemand ein Verbrechen vermuten oder nachweisen könnte. Das war ihm nicht sicher genug. Ihm kam der zündende Gedanke, wie er seinen Versprechungen gerecht werden konnte. Er wollte Elisabeth in sein Alibi einbeziehen, aber nicht in das Verbrechen. Damit konnte er leben, stellte er sich vor. Sollten sie tatsächlich zusammenleben, dann hätte sie zumindest die Gewissheit, dass er nichts mit Markus´ Tod zu tun hatte. Denn er war ja zu der amtlichen Todeszeit bei ihr.

Den anderen wollte er nichts davon erzählen. Sie konnten ruhig in dem Glauben gelassen werden, dass er das schlechtere Alibi benannte. Das Verhältnis mit Elisabeth wollte er erst dann zugeben, wenn man es seitens der Polizei herausfinden, oder ihn als Verdächtigen ins Visier nahm. Vorher nicht. Elisabeth sollte gegenüber der Polizei ebenfalls nichts von ihrer Beziehung verraten. Sie hielten diese nun schon ein paar Monate erfolgreich geheim. Sie sollte sich daher nicht anders verhalten als bisher. Wenn sie es freiwillig erzählte, brächte sie sich als untreue Ehefrau nicht nur in Verruf, sondern könnte eventuell das Interesse der Polizei wecken. Thomas fand, dass seine neue Idee für alle Beteiligten die passende Lösung darstellte. Er musste also versuchen, mit seinem schwachen Alibi durchzukommen. Sein Verhältnis zu Elisabeth war sozusagen seine Trumpfkarte, wenn er in Schwierigkeiten geraten sollte.

Der Samstag rückte näher. Jeder der vier Verschwörer erledigte die ihm übertragenen Aufgaben. Dann war es so weit. Das Angrillen war für den Nachmittag vorgesehen.

Klaus bereitete seinen Beutel vor. Er stellte eine Flasche Mineralwasser hinein. Der Rest der erforderlichen Gegenstände befand sich schon bei Paul. Der sollte für ihn und die anderen Männer das Grillfleisch besorgen. Das hatten sie so abgesprochen. Es war sowieso egal, was auf den Grill kam. Es gab Wichtigeres zu tun an diesem Nachmittag. Anschließend fuhr er mit seinem Auto gegen 16:00 Uhr von Caputh nach Ferch. Im Bauch hatte er ein flaues Gefühl. Heute wollte er einen Menschen vorsätzlich töten.

Thomas bereitete seine Kühltasche für das Grillen vor. Sechs kalte Flaschen Bier sollten wohl reichen, dachte er. Einige kleine Schnapsfläschchen, die man mit zwei oder drei Schlucken leeren konnte, packte er dazu. Eine Unterhose, ein T-Shirt, ein warmer Pullover und ein Handtuch komplettierten den Inhalt. Er musste lediglich aufpassen, dass Markus die Kleidungsstücke nicht sah und dumme Fragen dazu stellte. Anschließend ging er zu Fuß in Richtung Schwielowsee zu Paul Cordelius. Thomas zitterte innerlich vor Aufregung. Hoffentlich blieb er im entscheidenden Augenblick ruhig und seine Nerven gingen nicht mit ihm durch.

Peter hatte seine Kühltasche auf die Rückbank des Firmenwagens gestellt. Etwas Bier, vorsichtshalber eine Rolle Isolierband, das war schon alles. Er grübelte. Sein Entschluss sollte nun in die Tat umgesetzt werden.
Bei seiner Tochter im Krankenhaus war alles geregelt und vorbereitet. Der Kaiserschnitt war nötig, hatte der Arzt angemahnt, weil es dem Kind im Mutterleib langsam schlechter ging. Die Versorgung mit Nährstoffen und Sauerstoff erfolgten nicht ausreichend. Daher war vor einer Woche der Kaiserschnitt für die kommende Nacht geplant. Je nachdem, welches Aufkommen an Notfallpatienten zu behandeln wa-

ren, könnten Verzögerungen eintreten. Noch bestand keine akute Gefahr für das Kind, hatte man ihnen versichert. Um unnötige Risiken zu vermeiden, wollte man das Kind lieber holen. Das war auf jeden Fall für diese Nacht vorgesehen.

Peter Berges hatte seine Tochter beauftragt, etwas für ihn zu tun. Sie sollte um kurz nach 23:00 Uhr die Krankenschwester darum bitten, ihre Eltern anzurufen. Er hatte seiner Tochter versichert, dass er lieber die ganze Nacht in ihrer Nähe bleiben wollte. Peters Frau fand das lächerlich. Er hatte der werdenden Mutter das Versprechen abgenommen, ihn nicht wegen seiner fürsorglichen Ängstlichkeit zu hänseln und unbedingt anrufen zu lassen. Seine Tochter hatte ihn angelächelt und gerne zugesagt. Es war ihr erster Kaiserschnitt und sie konnte jede Unterstützung brauchen, da sie Angst vor dem Eingriff hatte. Ihr Verlobter würde die ganze Zeit im Krankenhaus sein, dessen war sie sicher. Die Aussicht, die Eltern in der Nähe zu haben, machte ihr Mut. Wenn alles wie geplant mit Markus Kleinert erledigt war, hatte Peter Berges ein gut nachprüfbares und wasserdichtes Alibi vorzuweisen.

Pauls Vorbereitungen waren bereits abgeschlossen. Er hatte alles eingekauft, um was ihn die Männer gebeten hatten. Das Fleisch für Klaus und die anderen lag im Kühlschrank. Einige Flaschen Bier waren kalt gestellt. Er hatte Angst, dass er den Anblick des Toten nicht ertragen könnte. Er war nervös und unkonzentriert. Ständig wiederholte er in Gedanken die geplanten Abläufe und was er später zu tun hatte, wenn die anderen alle gegangen waren. Wie gruselig es sich wohl anfühlte, zukünftig hier zu leben? Er konnte sich keine Vorstellung dazu machen. Er musste es abwarten.

Den Grill hatte er vormittags aus dem Keller geholt und im Garten aufgestellt. Er war schon mit einer ordentlichen Portion Holzkohle gefüllt. Die Grillzange und seine Schürze lagen bereit, eine Flasche Grillanzünder und ein Feuerzeug ebenfalls.

Die Gartenmöbel hatten im Geräteschuppen überwintert. Nun standen sie in der Nähe des Grills. Auf dem Tisch standen die Teller und daneben lag das Besteck. Er hatte Servietten dazu ausgelegt. Alles war auf der Terrasse unter der großen Eiche aufgebaut, gleich neben dem kleinen Saunahäuschen.

An die Tür der Sauna hatte er ein Schild gehängt. Darauf stand in dicken Lettern „defekt" und die Tür war abgeschlossen. Noch steckte der Schlüssel von außen.

Die Clubmitglieder hatten von ihm am Tag zuvor eine E-Mail erhalten, dass die Sauna leider einen Defekt habe und zunächst nicht genutzt werden könne. Die Bastrollos an den Fenstern der Saunakabine hatte er heruntergerollt. Ebenso das lange Rollo an der Außentür. Niemand konnte in das Innere der Sauna sehen. Das war ein eminent wichtiger Punkt bei der Ausführung des Plans.

Nun konnte es losgehen. Pauls Angst war noch immer da, aber sie ließ langsam nach. Er musste es nicht mit ansehen und nicht mit Markus allein sein. Paul fasste Mut und wurde zuversichtlich. Er wollte durchhalten.

Kapitel 17   **Die Vorbereitung**

Alles für das Angrillen war fertig vorbereitet. Paul musterte noch einmal alle bereitgestellten Dinge. Da waren außer dem Grill noch Tisch und Gartenstühle, Kohle, Anzünder, Geschirr, eine Rolle Küchenpapier, Besteck und Soßen. Es konnte also losgehen. Das Fleisch wollte er erst kurz vor Beginn aus dem Kühlschrank holen. Sie hatten richtiges Glück mit dem Wetter. Für die Jahreszeit war es angenehm warm und sonnig. Erst der Abend sollte eine schnelle Abkühlung bis hin zu ungemütlichen Temperaturen bringen.

Paul dachte an die weiteren Gegenstände, die er gemäß der Anweisungen von Klaus und Peter in der Sauna untergebracht hatte. Da war zunächst einmal eine Dachlatte, ungefähr zwei Meter. Klaus hatte sie neulich mitgebracht, als er vom Baumarkt in Werder zurück nach Caputh fuhr. In einer Tüte befanden sich 5 Rollen Klarsichtfolie, wie man sie zum Verpacken von Lebensmitteln benötigt. Jede Rolle hatte eine Länge von 30 Metern und zählte zur Kategorie der recht stabilen Folien. Er verdrängte die Gedanken, was Peter und Klaus wohl damit anfingen. Er wollte sich nicht einmal in Gedanken das Geschehen ausmalen. Sie hatten ihm beschrieben, wie Markus bewegungsunfähig gemacht werden sollte. Die Idee war gut, sie funktionierte zweifellos und man konnte sicher sein, keine Spuren zu hinterlassen. Peter trat während der Vorbereitungen als führender Kopf auf, Klaus stand als sein williger Helfer und Unterstützer neben ihm. Paul sah sich selbst und Thomas bestenfalls als Mitläufer an.

Zu weiteren Überlegungen kam er nicht mehr, weil in diesem Moment Markus den Weg zur Uferpromenade herabgelaufen kam. Es war zu früh, eigentlich war als Zeitpunkt für das Treffen 16:00 Uhr vereinbart worden. Paul verspürte Unbehagen in sich aufsteigen. Er wollte mit Markus möglichst wenig Zeit allein verbringen. Er fürchtete ihn. Markus könnte etwas von seiner Anspannung bemerken und Verdacht schöpfen, dass etwas nicht stimmte. Nervös rückte Paul einige der Gegenstände auf dem Tisch hin und her. Es sollte nach Beschäftigung aussehen, als ob er gerade mit den restlichen Vorbereitungen zu tun hätte. Paul merkte, wie seine Hände zitterten. Er zwang sich zur Ruhe und atmete tief durch. In ein paar Minuten sollten weitere Gäste eintreffen. Diese Zeit musste er nun irgendwie überstehen. Er hob den Kopf und sah in die Richtung von Markus.

„Hallo Paul, altes Haus. Alles fertig vorbereitet? Oder muss ich noch mal eine Inspektion vornehmen?", fragte Markus schon aus etwa 15 Meter Entfernung.

„Mach´ was Du nicht lassen kannst", entgegnete Paul. Es erstaunte ihn, dass seine Stimme nicht wie seine Hände zitterte. Er klang ganz normal. Gott sei Dank, dachte er.

„Nun sei mal nicht gleich eingeschnappt. Unter Freunden ist doch wohl ein kleiner Scherz erlaubt. Ich will doch nur, dass es uns bei meinem Grillnachmittag an nichts fehlt."

„Dein Grillnachmittag? Ich dachte immer, es wäre unser Grillnachmittag? Wenn es Deiner ist, dann hättest Du ja die Vorbereitungen übernehmen können." Paul war über sich selbst verwundert. So mutig hatte er sich lange nicht gegen Markus aufgelehnt. Hoffentlich wurde Markus nun nicht ungehalten deswegen.

Der nahm die Sache aber leicht: „Du Mimose. Reg´ Dich ab und erzähl´ mir lieber, ob das Boot sauber und betankt ist. Vielleicht mache ich Morgen eine kleine Tour über den See. Es soll leichten Wind geben, laut Wetterbericht."

Paul hatte sich nicht um das Boot gekümmert. Er hatte sich während der Vorbereitungen für das Grillen in einem stillen Selbstgespräch gedacht: „Du und Dein Scheißboot. Das wird am Ende dieses Abends nicht mehr wichtig sein. Du wirst nie wieder mit Deinem Boot irgendwo in See stechen. Selbst wenn es nur der Schwielowsee ist. Ich werde es genießen, dass das nervige Herumkommandieren und das überhebliche Auftreten mir gegenüber bald beendet sein wird. Du Mistkerl wirst gleich Deine Henkersmahlzeit einnehmen, ohne es zu wissen. Das bereitet mir insgeheim eine richtige Genugtuung. Ich werde mir nichts anmerken lassen, egal welche blöden oder gemeinen Dinge Du im Verlauf des Grillabends noch zu mir oder den anderen sagen wirst. Es spielt alles keine Rolle mehr. Es wird mich nicht mehr treffen oder verletzen. Du wirst kurz nach dem Essen Deine Strafe für alles erhalten, was Du mir und den anderen angetan hast. Es wird unser Tag der Befreiung werden."

Bei aller noch vorhandenen Angst vor der endgültigen Ausführung der Tat, kristallisierte sich die Vorfreude auf die demnächst wiedererlangte Freiheit heraus. Paul fasste mehr und mehr Mut. Mit dieser Aussicht auf den Ausgang des Abends konnte er mit Markus ruhig und gelassen umgehen. Ja, er fühlte sich sogar ein wenig überlegen gegenüber seinem Peiniger.

„Ich bin noch nicht dazu gekommen, nach dem Boot zu sehen. Es war zu viel vorzubereiten für das Angrillen. Aber es wird rechtzeitig zur Verfügung stehen. Versprochen", log er Markus an.

„Na gut. Ich will noch mal ein Auge zudrücken. Nicht, dass Du mir hier nachlässig wirst, mein Lieber." Markus klang sehr arrogant und überheblich bei seinen Worten.

„Arschloch!", dachte Paul im Stillen und ließ das Thema einfach ruhen. Sie unterhielten sich noch ein paar Minuten über belanglose Dinge. Dabei kamen sie auf den Club und die neuen Mitglieder zu sprechen.
Markus gab Anregungen für Rollenspiele, die er gerne durch Paul organisiert haben wollte. Markus war in seinen Plänen natürlich selbst der große Verführer.
Ein Pizzabote schwebte ihm vor, der eine junge Hausfrau beim Ausliefern der Pizza verführte, weil sie nicht bezahlen konnte. Pizza gegen Sex, sozusagen.
Eine andere Idee sollte ihn als attraktiven Vater zum Inhalt haben, der zusammen mit seiner Ehefrau abends aus dem Theater zurückkam. Dort trafen sie auf die junge Frau, die sie als Babysitter engagiert hatten. Anstatt den Babysitter zu bezahlen, sollte sich ein Gespräch ent-

wickeln, der Mann sollte der jungen Frau Avancen machen, worauf sie willig einginge. Die Ehefrau fühlte sich ebenfalls sehr zu der jungen Frau hingezogen. Anschließend sollten die beiden Eheleute in einer wilden Orgie zu dritt den Babysitter vernaschen. Für beide Rollen war die junge Frau aus Potsdam vorgesehen, die sich kürzlich mit ihrem Freund im „Club Regenbogen" angemeldet hatte.

Markus sagte: „Sie könnte ein brauchbarer Ersatz für Elisabeth sein. Die kommt langsam in die Jahre. Das will ich aber erst einmal ausgiebig und unverbindlich testen."

Paul hörte schweigend zu. So war Markus immer. Er benutzte die Menschen, dann warf er sie verächtlich weg, wenn er alles hatte, was er wollte.

Thomas und Klaus kamen fast gleichzeitig an. Thomas spazierte gerade neben dem Hauptgebäude an den Parkplätzen entlang, als Klaus mit dem Auto ankam. Wie geplant, saß seine Frau am Steuer. Sie brachte ihn zum Angrillen, weil er sie darum gebeten hatte. Auf diese Weise konnte er dort mit den anderen etwas trinken. Seine Heimfahrt sollte mit einem Taxi stattfinden.

Thomas wartete einen Moment, bis Klaus ausstieg. Der verabschiedete sich gerade mit einem Kuss von seiner Frau und stieg dann aus. Frau Machner wendete den Wagen und fuhr weg.

„Alles bereit für nachher?", fragte Klaus leise.

„Alles bereit", bestätigte Thomas in gleicher unauffälliger Lautstärke.

Sie gingen gemeinsam durch das seitliche Tor des Grundstückes, an der Sauna vorbei zu der Sitzgruppe am Grill. Die Neuankömmlinge begrüßten die beiden anderen und bemühten sich trotz ihrer Nervosität um möglichst normales Auftreten.

„Dann fehlt ja nur noch Peter", stellte Markus fest. „Ich glaube, ich muss für ein wenig mehr Disziplin sorgen, damit wir hier künftig pünktlich beginnen können. Es ist ja schon nach 16:00 Uhr", versuchte Markus einen Scherz. Keiner lachte.

Allen war klar, dass Peter aufgrund seines langen Anfahrtsweges fast immer als Letzter erschien. Daran war überhaupt nichts Besonderes. Den Männern ging unabhängig voneinander der Gedanke durch den Kopf, dass Markus nicht zuletzt wegen seines arroganten und anmaßenden Redestils sowieso eine Abreibung verdient hatte. Die Art der Abreibung war in diesem Fall zwar sehr heftig, aber man war sich darüber einig, dass sie angemessen für dieses kriminelle und gemeine Subjekt war. Wie hatte es nur geschehen können, dass sie sich alle diese Dinge über Jahre hinweg hatten gefallen lassen?

Jeder für sich hing seinen eigenen Gedanken und Vorstellungen nach, wie befreit man Leben konnte, wenn die Erpressungen mit dem heutigen Abend ihr Ende fanden.

Es war eine gute Minute still. Jeder suchte sich einen Sitzplatz. Markus tat wirklich alles dafür, dass sich niemand mehr in zusätzliche Schuldgefühle verstrickte.

„Mein Güte, Ihr Pfeifen", setze Markus wieder an. „Das hier wird ein gemütliches und amüsantes Angrillen. Hier herrscht ja eine Stimmung wie auf einer Beerdigung. Schluss mit Trübsal blasen! Jetzt ist gute Laune angesagt."

Die drei Männer sahen ihn an. Klaus dachte sich mit dem ihm eigenen stillen Humor: „Beerdigung! Köstlich! Wenn der wüsste, wie nah er dran ist."

Thomas dachte mit leichter Wut im Bauch: „Arschloch! Ich geb´ Dir gleich gute Laune."

Paul sagte leise mit einem gespielten Lächeln: „Na dann wollen wir den Grill zur Steigerung der Laune mal anwerfen. Peter wird ja sicherlich bald da sein. Wer möchte ein kaltes Bier?"

„Dein Herr und Meister!", rief Markus in fröhlichem Tonfall und grinste breit dazu.

„Sonst niemand?" fragte Paul die anderen. Die schüttelten den Kopf und wandten sich ihren mitgebrachten Getränken zu.

Während die Holzkohle im Grill durchglühte, traf Peter ein. Der Firmenwagen setzte ihn bei den Parkplätzen ab, fuhr ein Stück rückwärts, wendete und verschwand Richtung Berlin. Peter wurde von allen begrüßt und nahm ebenfalls am Tisch Platz. Er stellte seine Kühltasche neben den letzten freien Gartensessel auf den Boden, zog den Reißverschluss ein kurzes Stück auf und nahm eine Flasche Bier heraus. Paul schob ihm den Flaschenöffner zu. Peter entfernte den Deckel, hob die Flasche an und blickte aufmunternd auf die Männerrunde.

„Nun denn! Auf gutes Gelingen! Prost", lautete sein Trinkspruch.

„Prost", kam es fast wie aus einem Mund von den anderen zurück.

Außer Markus, hatten alle den Hintergrund von Peters Trinkspruch sofort erkannt. Es war sozusagen der Auftakt für die geplante Tat.

Jetzt begann das verabredete Schauspiel, das die vier Männer sich ausgedacht hatten. Peter hatte die Aufgabe, zu Beginn das Gespräch auf die Sauna zu lenken. Er warf einen Blick auf das Schild an der Sauna. „Was ist denn kaputt?", wandte er sich an Paul.

„Irgendwas stimmt mit dem Thermostat nicht. Das Ding regelt die Temperatur nicht zuverlässig", beschrieb Paul den Fehler.

„Das kann man doch bestimmt reparieren", meinte Peter. „Ein neuer Thermostat kostet ja nicht die Welt."

Im Frühstadium der Planung, hatten sie die Räume des Clubs als Tatort vorgesehen. Davon waren sie bald wieder abgekommen. Es gab durchaus ab und zu spontane Besuche von Mitgliedern, hatte Paul ihnen berichtet. Damit schieden die Räume natürlich aus. Es tat sich damit kein großes Problem auf, denn die Sauna spielte in der Planung von Anfang an eine wichtige Rolle. Man konnte sie bei der Planänderung von Anfang an verwenden. Anstatt nur Aufbewahrungsort für die Leiche zu sein, sollte sie nun auch als Tatort dienen.

Die Sauna war ein zentraler Punkt im gemeinsamen Plan. Ohne sie funktionierten die Alibis nicht. In ihr sollte Markus den kurzen Rest seines Lebens und einige Zeit danach eingesperrt verbringen. Darum war es wichtig, dass niemand die Sauna an diesem Tag nutzen durfte. Der Defekt war in Wirklichkeit nicht vorhanden, aber diese Lüge und das zugehörige Schild, stellten die ungestörte Verfügbarkeit der Sauna für den Mordplan sicher.
Nun geschah etwas gänzlich Unerwartetes. In ihrem Plan hatten sie die unbändige Sucht von Markus, sich zu jeder sich bietenden Möglichkeit zu profilieren, nicht ausreichend einkalkuliert.

Markus sah eine Chance, sich vor den anderen als großer Techniker aufzuspielen. „Ich werde nach dem Essen mal sehen, was ich für Dich tun kann, Paul. Mit Elektrozeug kenne ich mich gut aus. Vielleicht bekomme ich das wieder hin", warf Markus ein.

„Danke, Markus. Das ist nicht nötig. Da kommt ein neuer Thermostat rein und fertig", lehnte Paul das Angebot ab.

Markus gefiel das nicht. Er hatte sich bereits festgelegt, dass er den Fehler suchen und beheben wollte. Er war nicht einverstanden, dass seine Hilfe abgelehnt wurde. „Na hör´ mal. Ich habe angekündigt, dass ich mich nach dem Essen um den Defekt kümmern werde. Ich bin als Dein guter Freund, der mir schließlich ebenfalls immer zu Hilfe kommt, geradezu verpflichtet und werde gerne helfen. Eine Ablehnung meiner Hilfe ist wohl in falscher Bescheidenheit geäußert, was mein Lieber? Das werde ich daher nicht akzeptieren."

Paul ärgerte sich nur kurz. Schließlich hatte er insgeheim beschlossen, dass er sich von solchem Getue nicht mehr beeinträchtigen lassen wollte. Thomas dagegen, sah irritiert aus. Es war nicht im Plan vorgesehen. Auf eine spontane und ungeplante Abweichung vom Drehbuch war er nicht vorbereitet. Sein Gesicht hatte einen eher ratlosen Ausdruck angenommen.

Peter und Klaus hatten im selben Moment denselben Gedanken. Das war sogar eine glückliche Fügung! Sie warfen sich spontan einen Blick zu. In ihrer beabsichtigten Vorgehensweise gab es bisher eine Schwachstelle, die könnte nun vielleicht wegfallen.

Markus musste in die Sauna gebracht werden. Da man nicht annehmen konnte, dass er sich gegen seinen Willen dorthin bringen ließ, sollte er überraschend betäubt werden. Das war nötig, damit keine körperliche Gewalt auf dem Weg in die Sauna angewendet werden musste. Hintergrund war die Vermeidung von Kampfspuren am Körper.

Die Betäubung war im Außenbereich geplant, weil man die Clubräume nicht mehr zur Verfügung hatte. In den Räumen wäre man unbeobachtet gewesen. Ein zusätzliches Risiko bestand damals noch darin, dass jemand den Transport des Betäubten in die Sauna hätte beobachten können. In der neuen Planung geschah die Betäubung direkt vor der Sauna. Also im Außenbereich. Wenn das jemand zufällig beobachtete, dann waren Schwierigkeiten programmiert. Wenn Markus den Weg in das Saunahäuschen nun freiwillig antreten wollte, war die Schwachstelle überwunden. Die Betäubung konnte dann von niemandem beobachtet werden. Klaus und Peter hofften, dass Markus von sich aus die Sauna betrat.

Klaus hatte die Situation schnell analysiert und beschloss, Markus noch stärker zu motivieren: „So ein Thermostat ist doch sicher kein einfaches Bauteil, oder? Ich verstehe als Bankangestellter zwar nicht viel davon, aber kann man denn so etwas überhaupt reparieren?"

Markus sprang sofort darauf an: „Paaah, natürlich. Ihr Sesselpupser habt natürlich mal wieder keine Ahnung von Technik. Ich bin zuversichtlich, dass das Ding wieder zu reparieren ist. Nur wenn etwas richtig durchgebrannt oder zusammengeschmolzen ist, dann kann selbst ich nichts mehr daran ausrichten." Markus hatte sich angeberisch aufgeplustert und aufrecht hingesetzt. So wollte er offensichtlich größer wirken, damit man ihn ernst nehmen sollte. Um Beifall heischend blickte er in dir Runde.

Peter grinste fast unmerklich und dachte sich seinen Teil. Ein lächerlicher Wicht war Markus. Er spielte immer den großen Meister. Egal, ob er von der Materie etwas verstand, oder nicht. Jeder sollte ihn für einen Tausendsassa halten. Klaus hatte es geschickt angefangen, stellte Peter anerkennend fest. Markus wollte mit Sicherheit aus eigenem Entschluss in die Sauna gehen und sich die vermeintlich defekte Elektrik ansehen. Das war ideal. Niemand konnte als Beobachter daran etwas bemerkenswert finden. Keiner, der sie zufällig beim Grillen sah, hätte eine Erinnerung daran, dass Markus in die Sauna gegangen war. Erst recht nicht, ob er wieder herauskam.

Im Ablauf war vorgesehen, dass zunächst das Essen stattfinden sollte. So betrachtet, war das Timing für den Reparaturversuch optimal. Nach dem Essen sollte Markus von Klaus und Peter betäubt und dann unverzüglich in die Sauna gebracht werden. Ob er nun selbst hineinging oder nicht, musste man abwarten. Auf alle Fälle war es zum richtigen Zeitpunkt der ursprünglich geplanten Abläufe. Wenn zu viel Zeit verginge, sollte Peter ihn wie geplant im Freien betäuben. Der Zeitplan bot nicht viel Spielraum. Höchstens eine halbe Stunde.

Die Betäubung sollte durch Äther stattfinden. Über diese Art der Betäubung hatte Peter mit Klaus zu Beginn der Planung auf dem Parkdeck gesprochen. Äther war die Substanz, die jeder mit Angabe eines Verwendungshinweises und Angabe der Personalien in Apotheken legal erwerben konnte. Die Konzentration war dabei allerdings nur gering. Eine Betäubung hätte bis zu ihrer Wirksamkeit länger als 15 bis 20 Sekunden gedauert. Das wäre ausreichend Zeit für Markus gewesen, sich heftig körperlich zu wehren. Daher musste eine höhere Konzentration des Äthers benutzt werden.

Peter Berges hatte über seine Firma die legale Möglichkeit, höhere Konzentrationen von Äther zu erwerben. Das war offiziell schon vor Jahren bei der Berufsgenossenschaft und den Ordnungsbehörden angemeldet und genehmigt worden. Er bezog seinen Äther nicht in Apotheken, sondern von Herstellern spezieller Reinigungsmittel für die Industrie. In den Mitteln war ein deutlich höherer Anteil an Äther, als er in der Apotheke erhalten hätte. Seine Leute benötigten die Industriereiniger regelmäßig für die Säuberung von Photozellen und Photowalzen seiner Scanner und Vervielfältigungsmaschinen, bei deren Reparatur und Wartung. Die Arbeiter, die damit umgehen mussten, hatten alle einen speziellen Lehrgang für den Umgang mit derartigen Gefahrstoffen absolvieren müssen. Peter hatte den Lehrgang persönlich mitgemacht, daher wusste er über die Anwendung, Eigenschaften und Gefahren gut Bescheid.

Mit der höheren Ätherkonzentration des Industriereinigers, war eine Betäubung in weniger als 5 Sekunden zu erreichen. Peter hatte es an sich selbst ausprobiert. Im Lager seiner Firma hatte er am Vortag heimlich einen Test mit Hautkontakt gemacht. Er wollte sicher sein, dass keine Hautreizung bei direktem Kontakt auftrat. Immerhin waren in der Flüssigkeit neben Äther weitere chemische Substanzen enthalten. Er stellte auf seinem Unterarm, den er mit einem mit Reinigungsmittel getränkten Lappen einige Sekunden berührte, nach etwa einer Minute eine leichte Rötung fest. Er wiederholte den Versuch an einer anderen Stelle des Unterarms, wischte nach der Erstberührung von wenigen Sekunden die Stelle aber gründlich mit einem mit Wasser getränkten Handtuch sauber. Diesmal trat keine Hautreaktion auf. Es musste also funktionieren, wenn man Markus sofort das Gesicht abwusch. Blieb nur zu hoffen, dass die Haut von Markus so wie Peters Haut reagierte.

Sie hatten einen Selbstversuch von Peter in Spandau auf dem Parkdeck in Klaus´ Auto durchgeführt. Diesmal hatten sie in einem abgelegenen und kaum frequentierten Winkel geparkt. Klaus war die Zeit damals unendlich lang vorgekommen, bis Peter sich langsam wieder zu rühren begann. Klaus hatte die Zeiten gestoppt und auf ihn aufgepasst, damit ihm nichts passierte. Zunächst maß Klaus die Zeit bis zum Verlust des Bewusstseins und im weiteren Verlauf die Dauer der Betäubung bis zum Beginn der Aufwachphase.

Nach etwa fünf Sekunden war Peter damals bewusstlos geworden. Erst nach 22 Minuten begann er aufzuwachen. Peter hatte noch bestens in Erinnerung, dass ihm beim Aufwachen ziemlich übel war. Er spürte Kopfschmerzen und konnte die ersten Minuten nicht klar denken. Seine Koordination war leicht gestört und er hatte Schwierigkeiten, sich daran zu erinnern, was er eigentlich dort tat. Nach etwa 15 Minuten ging es ihm wieder fast normal. Auf dem Weg zur U-Bahn nahm er einige tiefe Atemzüge. Dann waren die Symptome nahezu weg.

Da Markus kleiner und leichter war, dürften sogar zwei bis drei Sekunden für eine wirksame Betäubung ausreichen, hoffte Peter. Eine Flasche mit dem Reinigungsmittel lag in Peters Kühltasche bereit. Daneben befand sich ein weiches Baumwolltuch. Es sollte, mit Äther getränkt, Markus auf Mund und Nase gedrückt werden. Mehrere Handtücher lagen im Vorraum der Sauna neben dem Waschbecken und der Dusche. Damit konnte alles wie in Peters Selbstversuch bei Markus wiederholt werden. Paul hatte im Rahmen seiner vorbereitenden Aufträge das Waschbecken halb mit Wasser gefüllt. Im Wasser lag ein Frotteehandtuch und hatte sich komplett vollgesogen. Für das sofortige Abwaschen des Reinigers vom Gesicht war damit alles vorbereitet.

Ursprünglich sollte Markus draußen vor dem Saunahäuschen betäubt werden. Verabredet war, dass Klaus und Markus sich gegenüberstehen sollten. Klaus sollte mit ihm ein Gespräch führen. Peter sollte mit dem Tuch hinter Markus treten und ihn betäuben. Sie hatten vor, ihn beim Zusammensacken gemeinsam aufzufangen. Vorsichtig, damit keine Spuren entstehen konnten. Der Vorgang hatte direkt an der Saunatür stattfinden sollen, aber noch im Freien. Die Gefahr, dass jemand Augenzeuge werden konnte, war gegeben. Nun war diese Gefahr eliminiert, da Markus den Weg in die Sauna noch aus eigener Kraft gehen wollte.

Kapitel 18 Alles nach Plan

Paul rief die anderen. Er hatte den Grill kontrolliert und festgestellt, dass die Grillkohlen optimal durchgeglüht waren. Sie legten ihr Grillfleisch auf.

Markus befahl Paul: „Du grillst mir meine Steaks, Paul. Schön halb durch. Du weißt ja, wie ich sie haben will." Paul murrte etwas, fügte sich aber.

Thomas hielt sich an seinen Auftrag, wie üblich mit seinen politischen Ambitionen Peter auf die Nerven zu gehen. Klaus und Paul hörten sich das routinierte Agitieren von Thomas wie gewohnt an. Innerlich waren sie belustigt, da sie über das Scheingefecht der beiden natürlich Bescheid wussten. Peter diskutierte mit und lehnte wie üblich die Thesen und Ansichten von Thomas ab. Die beiden führten ihre Diskussion wie immer mit gebremster Leidenschaft. Es hörte sich sehr glaubwürdig an. Markus konnte keine Besonderheiten im Ablauf des Treffens feststellen. Schließlich griff Klaus ein und lenkte das Gespräch auf andere Themen. Peter tat wie gewohnt ungehalten und schmollte. Markus schöpfte tatsächlich keinerlei Verdacht.

Alles lief nach Plan. Als das Fleisch fertig war, aßen sie. Immer wenn einer der Männer zum Ausdruck brachte, wie lecker oder wie gut sein Fleisch war, kommentierte Markus das mit einer Antwort: „Mein Stück musst Du erst mal probieren, erst dann weißt Du, was ein wirklich gutes und schmackhaftes Stück Fleisch ist."

Es war wie immer. Egal was gesagt wurde, Markus hatte etwas Besseres, konnte etwas Besseres, besaß etwas Besseres oder verfügte über bessere Kenntnisse über etwas. Die übliche Angeberei.

Paul war zuerst fertig. Er stellte seinen Teller auf den Beistelltisch neben dem Grill. Seine Aufgabe sollte laut Plan sein, jetzt den Alkoholgenuss zu forcieren. Er stellte kleine Fläschchen mit Vodka, Korn und Magenbitter auf den Tisch. Dann forderte er alle auf: „ Dann langt mal tüchtig zu. Das wird dem Magen bei der Verdauung behilflich sein."

So wurde es gemacht. Als die erste Runde beendet war, forderte Paul sofort zur zweiten Runde auf: „Auf einem Bein kann man nicht stehen", benutzte er als Trinkspruch.

Am Ende dieser zweiten Runde, stellte als Nächster Thomas seine mitgebrachten Bestände kleiner Schnapsfläschchen auf den Tisch.

Paul erfüllte seinen Drehbuchauftrag: „Ooooch Mensch, doch nicht alles durcheinander und nicht so schnell."

Thomas lächelte und folgte seinerseits dem Drehbuch: „Dann setzt Du eben einmal aus, du Memme. Das ist halt nur was für richtige Männer."

Markus reagierte wie ein dressierter Hund. Er sprang sofort darauf an und griff sich ein Fläschchen: „Prost, Männer!", und leerte es in einem Zug.

Klaus und Peter sahen sich kurz an. Alles lief nach Plan. Paul und Thomas hatten im ersten Teil ihre Aufgaben einwandfrei erledigt. Nun konnte es bald zum etwas längeren zweiten Teil kommen. Ab da gab es keine Möglichkeit mehr für einen Abbruch.

Thomas überlegte, wie er das Augenmerk von Markus wieder auf die angeblich defekte Sauna lenken konnte. Absichtlich verschüttete er beim Nachwürzen seines letzten Happens etwas Soße auf dem Tisch. „Oh, verflixt! Paul hast Du mal einen Lappen parat?", brachte er aufgeregt hervor.

Paul reagierte nicht sofort, daher antwortete Klaus für ihn: „Mann, Thomas. Ist alles in der Sauna. So wie immer beim Grillen."

„Schlüssel steckt", ergänzte Paul.

„Du kannst doch ein Küchenpapier nehmen", meinte Paul und reichte ihm die Rolle. Klaus riss zwei Blätter ab und wischte die verschüttete Soße vom Tisch.

Peter war mit der Entwicklung der Lage sehr zufrieden. Klaus hatte sofort kapiert, worauf Thomas hinaus wollte. Tatsächlich begann der Alkohol bei Markus bereits sichtbar zu wirken.

Er drehte den Kopf in Richtung Sauna: „Da muss ich ja auch noch ran. Bleibt mal wieder alles an mir hängen, was?", gab er großspurig von sich. „Paul ich brauche Werkzeug. Wo hast Du Deinen Schrott?"

„Ich hol Dir, was Du benötigst", versicherte Paul und stiefelte in Richtung Kellereingang des Hauptgebäudes davon.

Nach wenigen Minuten kam Paul mit einem Schraubendreher und einer isolierten Zange wieder. „Hier Markus, aber mach´ nicht noch mehr kaputt."

„Du hast ja keine Ahnung", sagte Markus und stand auf. Er ging auf die Saunatür zu, die Thomas in der Zwischenzeit aufgeschlossen hatte. Im Vorraum war neben der Glastür zur Saunakabine ein elektrischer Regler montiert. Er hing mit dem Saunaofen im Inneren der Kabine zusammen. So konnte die Temperatur vom Vorraum aus geregelt werden, ohne dass die Glastür zur Kabine geöffnet werden musste.

Markus stand vor dem Regler. Der Alkohol bewirkte, dass er sich nicht gut konzentrieren konnte. Er überlegte: „Entweder ist dieses Ding hier draußen kaputt, oder der Schalter im Inneren des Ofens in der Saunakabine. Der wird von dem Regler hier draußen ausgelöst. Da muss demnach auch noch ein Temperaturfühler im Inneren sein, der dem Drehregler außen mitteilt, wann es innen zu heiß oder zu kalt wird. Je nach Impuls dieses Temperaturfühlers und der Stellung des Drehreglers, muss der Ofen sich ein oder ausschalten. So viel ist also über die Funktionsweise bekannt."

Markus war ratlos. Er hatte wie so oft den Mund zu voll genommen. Er hatte nicht die geringste Ahnung, woran es liegen könnte. Markus drehte an dem Regler herum, ging in die Saunakabine, kniete sich vor den Saunaofen und suchte dessen Schaltkasten. Irgendwo musste eine Abdeckung sein, oder eine Klappe. Das Aufstehen und Hinknien fiel ihm wegen des Alkohols schwer.

Markus wurde klar, dass man hier entweder auf gut Glück Teile austauschen konnte, oder mit einem Messgerät die vorhandenen Bauteile auf ihre Funktion prüfen müsste. Davon hatte er aber kaum Ahnung, obwohl er zu Hause ein solches Multimeter hatte. Er realisierte, dass er hier nichts reparieren konnte. Außerdem hatte er eigentlich gar keine Lust dazu. Sollte Paul doch sehen, wie er seine Scheißsauna repariert bekam. Er überlegte, was er den anderen denn nun erzählen würde. Eine Blamage kam für Markus jedenfalls nicht in Betracht.

Er kniete vor dem Saunaofen auf den Fliesen und überlegte, ob er die Verkleidung komplett abschrauben sollte. Eigentlich hatte er keine Lust dazu, wiederholte er in Gedanken. Ein weiteres Bier würde ihn mehr reizen. Markus beschloss, die Aktion an dieser Stelle abzubrechen. Er legte sich rasch ein paar möglichst technisch und gebildet klingende Ausdrücke zurecht und formulierte im Kopf einen Satz daraus. Das Geräusch von Schritten signalisierte ihm, dass gerade jemand hinter ihm die Sauna betrat.

Markus drehte sich nicht um und legte in wichtigtuerischem Ton los: „Mit an Sicherheit grenzender Wahrscheinlichkeit ist der Kontaktgeber, welcher mit dem Koppelsignal zwischen Innensensor und Regeleinheit korrespondiert, durch thermische Überlastung....", weiter kam er nicht.

Peter hatte Markus beobachtet, als der sich in die Sauna begab. Er ließ ihn nicht mehr aus den Augen und näherte sich unauffällig bis auf weinige Meter der offenen Tür des Saunahäuschens.

Als Peter Berges durch die Außentür in den Vorraum blickte und Markus Kleinert mit dem Rücken zum Eingang kniend vor dem Saunaofen sah, handelte er blitzschnell und entschlossen. Er würde nur wenige Sekunden benötigen. Die Situation war absolut ideal. Schnell ging er die wenigen Schritte zu seiner Kühltasche. Mit hastigem Griff öffnete er sie. Peter schnappte sich das Baumwolltuch und die Flasche mit dem Reinigungsmittel. Er schüttete ungefähr den Inhalt einer Kaffeetasse der mit Äther angereicherten Flüssigkeit über das Tuch auf seinem linken Handteller und tränkte es.

Mit vier oder fünf Schritten war er zurück an der Saunatür und trat ein. Markus kniete noch immer leicht gebeugt vor dem Saunaofen und quatschte eine pseudotechnische Erklärung für den nicht vorhandenen Defekt vor sich hin.

Peter zögerte nicht eine einzige Sekunde, griff mit der rechten Hand am Kopf vorbei an die Stirn von Markus und zog seinen Kopf leicht zurück. Die linke Hand mit dem stark riechenden Tuch legte er über Mund und Nase von Markus. Der war so überrascht, dass er versuchte den Kopf zu drehen und nach Luft schnappte. Das führte ihn in einen sofortigen Dämmerzustand. Ein Stechen in der Lunge tat unglaublich weh. Vor seinen Augen wurde alles unscharf. Ihm wurde erst schummerig, dann schwindelig, dann wurde es dunkel um ihn. Markus fühlte, wie er zu Boden gelegt wurde. Dann verlor er das Bewusstsein.

Peter hatte genau im richtigen Moment gehandelt. Da Markus sich schon auf den Knien befand, bestand kaum eine Gefahr der Verletzung beim Zusammensacken des Körpers. Wie erwartet, trat die Betäubung schnell ein. Nach drei bis vier Sekunden lag Markus Kleinert, sanft abgelegt, auf dem Boden der Sauna. Peter eilte in den Vorraum und holte das klatschnasse Handtuch aus dem Waschbecken. Schnell und sorgfältig wischte er Markus eventuelle Reste des Reinigungsmittels aus dem Gesicht. Gleich würde sich zeigen, ob eine Hautreizung eintreten würde. Markus war mucksmäuschenstill und atmete gleichmäßig. Peter überzeugte sich von Atmung und Puls. Nun kam die entscheidende nächste Phase: Lagern und Verpacken.

Zunächst griff Peter das für die Betäubung benutzte Tuch und entfernte es aus der Saunakabine, damit sich kein weiterer Äther verbreiten konnte. In der Sauna roch es stark nach dem Mittel. Klaus kam hinzu und half ihm, er stellte die beiden Fenster in der Saunakabine auf Kipp. Die Glastür zum Vorraum ließen sie ebenfalls offen, die Eingangstür des kleinen Saunagebäudes auch. Es musste gründlich gelüftet werden. Weit und breit waren keine möglichen Zeugen zu sehen. Niemand konnte den auf dem Boden liegenden Markus entdecken, selbst wenn man in die Nähe der Sauna kam.

Peter hatte bei seiner Betäubungsaktion, so wie Markus eine Portion der Dämpfe eingeatmet, nur viel weniger. Peter fühlte einen leichten Schwindel und Schwäche. Nach einigen tiefen Atemzügen an der frischen Luft erholte er sich schnell und vertrieb das unangenehme Befinden. Sein Puls beruhigte sich langsam. Das war also geschafft. Gott sei Dank. Dieser wichtige Schritt hatte geklappt.

Nachdem die Saunakabine und der Vorraum nicht mehr nach Äther rochen, schloss Klaus die Fenster und Türen wieder. Das Baumwolltuch ließ er draußen im leichten Wind auslüften. Als es kaum noch nach Äther roch, warf Paul es auf die glühenden Reste der Holzkohle im Grill. Dort begann es nach einigen Sekunden zu qualmen und brannte kurz darauf mit heller Flamme. Nach wenigen Sekunden war es verschwunden und nur noch Asche übrig.

Alle wollten sie nun mit Markus noch einmal sprechen. Jeder hatte das Bedürfnis, ihm den eigenen Grund für dessen kommendes Ende mitzuteilen. Dann wollten sie weiter ihrem Zeitplan folgen. Sie hatten in ihrer Vorbereitungsphase übereinstimmend geäußert, dass jeder von Ihnen Markus Kleinert noch etwas auf dem Weg in den Tod mitteilen sollte. Thomas und Peter hatten bedauert, dass sie ihn nicht schlagen durften. Das wäre für sie ein gutes Ventil ihrer Wut auf den Erpresser gewesen. Da dies nicht in den Plan mit einer völlig unversehrten Leiche passte, wählten sie als Ersatz die verbalen Prügel.

Für Paul kam nur ein kurzer Abschied in Frage. Markus musste sich von ihm noch ein paar Vorwürfe anhören. Außerdem wollte er ihm mitteilen, dass ihre Beziehung im Club sich wegen des jungen Mannes aus Potsdam demnächst stark geändert hätte. Markus sollte selbst erfahren, wie sich jemand fühlt, der einfach ausgetauscht und weggeworfen wird.

Klaus wollte bei seinen letzten Worten für Markus tief in dessen Augen schauen. So wollte er ihm seine Abscheu und Hass demonstrieren. Markus sollte leiden. Angst war ein mächtiges Gefühl, das wollte Klaus erzeugen. Markus sollte bewusst miterleben, wie sein Tod vorbereitet und dann umgesetzt wurde. Peter und er wollten das tun.

Thomas hatte vor, Markus diverse Schimpfworte an den Kopf zu werfen. Bevor er die Sauna verließ, wollte er ihm außerdem mitteilen, dass Elisabeth seine Geliebte war. Markus sollte erfahren, dass sie nun mit ihm glücklich sei. Sogar seine Frau hatte ihn verlassen. Markus sollte wissen, dass alle gegen ihn waren.

Peter hatte die Absicht, seine Wut an Markus verbal auszulassen. Er wollte es wie Klaus machen und Angst schüren und Hass zeigen. Die Art des Todes und wie man seine Leiche hinterher behandelte, sollten in Markus Furcht und Verzweiflung auslösen. Vor allem sollte Markus unbedingt erfahren, dass niemand für seinen Tod bestraft werden konnte. Er starb praktisch ungesühnt und damit umsonst. Peter bemerkte dabei an sich, dass er wohl eine sadistische Rache plante. Dieser Wesenszug war ihm neu. Nach kurzer Überlegung kam Peter zu dem Schluss, dass es eine einmalige Empfindung war. Ausgelöst durch die Schuld von Markus Kleinert. Peter selbst machte sich keine Vorwürfe.

Im Moment befand sich alles im zeitlichen Rahmen. Die Betäubung war erfolgreich verlaufen. Niemand hatte etwas gesehen oder bemerkt. Markus konnte noch nicht von jemandem vermisst werden. Es wusste praktisch niemand vom geplanten Angrillen an diesem Tag. Es war also nicht zu erwarten, dass jemand heute noch Fragen zur Größe der Gruppe stellte. Markus lag wie geplant bewusstlos in der Saunakabine, bereit für seine Fesselung.

Peter sah kurz nach Markus. Atmung und Puls waren gleichmäßig. Er kam wieder aus dem Saunahäuschen und rekapitulierte gegenüber den anderen, was laut Planung in den nächsten Schritten geschehen muss-te: „So, er schläft jetzt. Das hält maximal 20-25 Minuten an. Dann müssten wir nachdosieren, wenn wir nicht rechtzeitig fertig werden. Aber das passt nicht gut zu unserem Zeitplan. Wir müssen jetzt also schnell sein."

Thomas wollte wissen: „Braucht ihr mich wirklich nicht, ich helfe Euch gern."

Klaus übernahm die Antwort: „Dein großer Einsatz mit Paul kommt am Abend. Lass´ uns jetzt unseren Part durchziehen. Da drin ist es zu eng für so viele Leute. Wir bekommen das schon hin. Wenn nicht, melden wir uns."

„Na gut. Dann werden Paul und ich hier draußen mal auf Grillgruppe machen. Vielleicht sieht uns jemand und kann bestätigen, dass hier Leute gegrillt haben. Es wird sich ja wohl kaum jemand die Anzahl oder die Gesichter der Anwesenden einprägen."

Während Paul und Thomas den Außenbereich mit Leben füllten und aufpassten, dass niemand in die Nähe der Sauna kam, begaben sich Klaus und Peter in die Saunakabine. Nun kam der Teil der Fesselung, die es Markus unmöglich machte, sein Schicksal abzuwenden.

Markus Kleinert sollte bewegungsunfähig gefesselt seinen Mördern später noch bei deren Abschiedsworten zuhören müssen. Man wollte ihm außerdem keine Gelegenheit zum Antworten gewähren. Keiner wollte sich irgendwelches Gewinsel um Gnade, oder Entschuldigun-gen und Schwüre für Wiedergutmachung anhören. Dazu kam, dass sie ein Schreien um Hilfe befürchten mussten. Das konnten sie erst recht nicht riskieren. Markus Kleinert musste aus diesem Grund wirksam geknebelt werden. Natürlich mit einem Material, dass hinterher nicht nachgewiesen werden konnte. Paul hatte ihnen in der Vorbereitungs-phase von Markus´ Vorliebe für Folien erzählt. Besser hätte es gar nicht passen können, fanden die anderen. Damit ließe sich problemlos ein wirksamer Knebel basteln. Klaus hatte damals ironisch gemeint, sie täten Markus vielleicht einen Gefallen mit der Wahl des Materials. Dazu hatte er gegrinst

Im Angesicht seines sicheren Todes in naher Zukunft hofften die Männer, ihre durch die Erpressungen erlittenen Demütigungen mittels Rache ausgleichen zu können. Sie erwarteten, ja sie erhofften, einen hilflosen, kleinlauten, angsterfüllten, verzweifelten Markus Kleinert. Der sollte nun für einige Stunden komprimiert ähnlich starke Qualen durchleiden, wie er sie den anderen im Verlauf von Jahren zugefügt hatte. Darin bestand ihre Rache. Markus sollte Todesangst ausstehen, ob sie ihm tatsächlich etwas antun wollten. Er hätte dabei Zeit genug, sich seiner Untaten zu erinnern.

Erst danach wollte man ihn töten. Es gab keine andere Möglichkeit mehr. Wenn sie jetzt einen Rückzieher machten, könnte Markus sie alle zusätzlich erpressen. Immerhin hatten sie nun gemeinsam eine Körperverletzung und eine Freiheitsberaubung an ihm begangen. Sie wollten nun weiter den Plan umsetzen und sich genau an ihr Drehbuch halten.

Diese Phase für die letzten Worte war unbedingt erforderlich. Es musste noch Zeit abgewartet werden. Diese Zeit wollten sie für ihre Rache nutzen.

Wenn sie Markus zu früh töteten, dann war mit hoher Wahrscheinlichkeit ein Nachweis des Äthers im Blut möglich. Daher musste er weitere drei bis vier Stunden am Leben bleiben und atmen. Äther ist eine sehr flüchtige Substanz. Über die Atmung konnten die Überreste des Betäubungsmittels in seinem Körper abgebaut und ausgeatmet werden. Die Atmungsfrequenz von Markus sollte durch die Angst und seine zu erwartende Aufregung erhöht sein. Nach etwa drei Stunden war das Risiko einer möglichen Entdeckung des Äthers wahrscheinlich gebannt. Zur Sicherheit wollten sie noch etwas länger warten.

Peter hatte sich dieses Wissen aus dem Internet angeeignet. Er war dabei sehr vorsichtig vorgegangen und hatte keinen seiner eigenen Computer genutzt. Er war einfach in ein Internetcafe gegangen und hatte sich etwa eine Stunde mit dem Thema beschäftigt. Tatsächlich gab es über Äther diverse Veröffentlichungen aus medizinischer Sicht. Daraus hatte er die wichtigen Informationen entnommen, die zunächst in seinem Selbstversuch Verwendung fanden. Der Versuch musste sein, weil er keine verwertbaren Angaben über die Wirkung von Äther in verschieden hohen Konzentrationen finden konnte. Peter hatte sich daher entschlossen, es ganz einfach selbst auszuprobieren.

Wenn sie nach der geplanten Zeitspanne zum Abatmen des Äthers sicher waren, dass dieser sich komplett verflüchtigt hatte, war das Ende von Markus Kleinerts Leben nah. Klaus und Peter sahen dem Moment ängstlich, aber dennoch entschlossen entgegen. Bei Paul und Thomas herrschte Spannung, aber keine Angst. Sie brauchten nicht persönlich Hand anzulegen. Sie sollten nur Mitwisser sein. Nicht einmal direkte Zeugen sollten sie werden, weil sie außerhalb der Sauna blieben und daher nicht zu Augenzeugen wurden. Alles lief nach Plan.

Kapitel 19   **Die Ausführung**

Peter gab als Kommando: „Komm Klaus, lass′ uns loslegen, bevor das Schwein wieder zu sich kommt. Bis dahin muss er fixiert sein."

Klaus stieg darauf ein: „Du gibst die Anweisungen, was ich jeweils tun soll. Je eher er nicht mehr schreien und sich nicht mehr bewegen kann, desto sicherer für uns. Also los."

Sie nickten Paul und Thomas zu, öffneten die Saunatür und schlossen sie hinter sich wieder. In der Saunakabine lag Markus Kleinert auf dem Boden. Er lag leicht gekrümmt auf der linken Seite. Die Beine waren etwas angezogen. Auf dem Boden lag das nasse Handtuch, mit dem das Gesicht von den Resten des Industriereinigers gesäubert worden war. Peter hob es auf und hängte es im Vorraum neben der Dusche an einen freien Haken. Im kleinen Regal neben dem Waschbecken lag eine Plastiktüte. Darin waren einige Paare Latexhandschuhe, Papierschutzanzüge, ein PVC-Schlauch und ein kleiner Trichter.

Peter entnahm zunächst zwei weiße Papieranzüge. Er hatte sie in einem Fachgeschäft für Arbeitskleidung gekauft und bar bezahlt. Niemand kannte ihn dort. Derartige Anzüge wurden in Reinräumen von Laboren getragen. Zum Beispiel bei der Herstellung von Computerchips. Ein gängiges und unauffälliges Produkt. Zumindest in Fachgeschäften für Arbeitskleidung. Die beiden Männer zogen die Anzüge an. Dann streiften sie sich Latexhandschuhe aus der Haushaltsabteilung eines Supermarktes über ihre Hände.

Sie hoben Markus zu zweit vorsichtig auf und legten ihn auf der unteren Bank in der Saunakabine ab. Er lag nun mit dem Gesicht nach oben ruhig da. Sein Atem ging gleichmäßig. Sie hatten ihn so abgelegt, dass seine Beine über das seitliche Ende der Bank auf den Boden hingen. Das Gesäß war noch auf der Bank.

„Also, wir beginnen wie besprochen mit den Beinen. Zuerst kommt die Schutzschicht", übernahm Peter das Kommando.

Klaus hob Markus' Beine an den Knöcheln an. Er hob sie so weit, bis sie eine waagerechte Linie mit dessen Oberkörper bildeten. In dieser Position hielt er sie fest. Peter nahm sich die erste Rolle der Klarsicht-folie und begann die Beine zusammenzuwickeln. Peter wickelte insge-samt drei Lagen Folie von den Knöcheln bis hinauf zur Hüfte.

„Nun kommt die Rückenschiene. Also anheben", gab Peter als weitere Anweisung.

Klaus kippte Markus vorsichtig an den Beinen zur Seite, während Peter ihn an der Hüfte anhob. Das brachte Markus etwas in Seitenlage. Peter legte mit einer Hand die lange Dachlatte unter den Körper und richtete sie aus. Sie schloss nun fast genau mit den Füßen von Markus ab, wenn man ihn hinstellte. Am Kopfende überragte sie den kleinen Mann ein ganzes Stück. Sie legten ihn beide ab. Klaus hielt Markus' Beine ausgestreckt parallel zur Dachlatte.

Markus lag rücklings auf der Bank, unter sich die Dachlatte. Klaus hielt die Beine mit dem darunter liegenden Holz waagerecht. Peter wickelte eifrig mit Klarsichtfolie die Beine an der Dachlatte fest. Nach wenigen Umrundungen mit der Rolle konnte Klaus Markus loslassen. Der untere Teil von ihm war nun mit der Dachlatte verbunden. Er konnte die Beine nicht mehr bewegen. Mehrere Lagen dieser robusten Folie ergaben eine enorm stabile Fesselung. Spuren wurden dabei nicht erzeugt, denn unter der Dachlatte befanden sich drei Lagen des geschmeidigen aber festen Materials.

Nun richteten sie Markus auf, bis er auf dem Ende der Bank saß. Seine Beine waren, gehalten durch die Dachlatte und die Folie, waagerecht in der Luft. Der Teil der Dachlatte für den Oberkörper, lag nach wie vor lang auf der Bank. Der Oberkörper des sitzenden Opfers wurde von Klaus senkrecht gehalten. Peter umwickelte Markus' Bauch und Brust mit drei Lagen Haushaltsfolie. So erhielt der Oberkörper, wie zuvor die Beine, eine polsternde Schicht zur Dachlatte.

Anschließend stellten Sie Markus aufrecht hin. Die Latte lag nun an seinem Rücken an und stand senkrecht. Klaus musste nur den Oberkörper stützen, Peter hielt die Dachlatte in der Senkrechten. Als Markus stabil senkrecht an die Dachlatte gelehnt stand, konnte Klaus ihn allein halten, obwohl es einiges an Kraft erforderte.

„Durchhalten, gleich steht er von selbst", spornte Peter den sichtlich angestrengten Klaus an. Der nickte mit zusammengepressten Lippen. Sein Gesicht rötete sich vor Anstrengung.

Markus wurde nun zusammen mit der Dachlatte weiter eingewickelt. Seine Arme wurden an den Oberkörper angelegt. Peter fixierte den Oberkörper zunächst notdürftig mit wenigen Windungen um den Brustkorb und die Schultern an der Dachlatte. Das gelang und nun konnte Peter, ausgehend von den Oberschenkeln und über das Gesäß, schnell den restlichen Oberkörper umwickeln und an der Dachlatte befestigen. Zwischen Dachlatte und Körper befand sich nun entlang des gesamten Körpers ein robustes Polster aus drei Lagen Folie. So sollte es keine Scheuerstellen am Körper geben und keine Spuren der Dachlatte an der Kleidung zu sehen sein.

Peter und Klaus wickelten und wickelten. Nicht zu fest, damit Markus weiter ausreichend atmen konnte und damit sich keine Druckstellen bilden sollten. Nicht zu locker, damit sich nichts verschieben konnte. Währenddessen verrannen die Minuten. Eine knappe Viertelstunde hatten sie bereits mit dem Einwickeln verbracht. Noch war genügend Zeit übrig und Markus gab bisher nicht zu erkennen, dass seine Betäubung nachließ.

Mehre Lagen der Folie, die auf der jeweils darunter befindlichen Lage nicht rutschte, ergaben einen regelrechten Kokon. Da die Arme am Körper anlagen, konnte Markus sie nicht mehr bewegen. Die Dachlatte verlief nun vom Kopf, den Rücken entlang bis zu den Füßen. Markus konnte sich nicht mehr beugen oder setzen. Er war in seiner ganzen, wenn auch bescheidenen Körperlänge, fixiert.
In Höhe des Hinterkopfes war an der Dachlatte ein zusammengelegtes Handtuch als Polster angebracht. Es war mit Folie umwickelt, damit

es an Ort und Stelle blieb. Der Hinterkopf war in Höhe der Stirn ebenfalls an die Dachlatte angelehnt und über die Stirn mit Folie umwickelt. Die Nase war frei. Markus sollte nicht ersticken. Er stand da, wie an einem Marterpfahl. Auch seinen Kopf konnte er jetzt nicht mehr bewegen.

Als letzte Aktion wurde ihm ein Knäuel geknautschter Folie in den Mund gesteckt. Damit er es nicht mit der Zunge herausdrücken konnte, war über den Mund mit einem schmalen Folienstreifen zwischen Nase und Kinn durch drei Windungen rund um den Kopf eine wirksame Barriere entstanden.

Peter und Klaus schwitzten. Es war eine anstrengende Aktion. Sie begutachteten gemeinsam ihr Werk. Markus stand in der Ecke der Sauna. Mit zwei Seilen war er auf Höhe seiner Brust und zusätzlich über seine Knie an den Holzwänden befestigt. So konnte er nicht nach vorn oder seitlich umkippen. Als stabile Befestigungspunkte für die Seile hatte Paul vormittags je zwei Ösen aus Metall in das Kiefernholz gedreht, an denen die Seile befestigt wurden. Die Ösen konnten später ohne größere Schäden zu hinterlassen einfach wieder herausgeschraubt werden.

„Perfekt! Der ist völlig handlungsunfähig. Es kann also weitergehen", stellte Peter zufrieden fest.

„Ich bin gespannt, wann er wach wird", fügte Klaus hinzu. „Wenn er sich rührt, machen wir mit dem Programm weiter. Er muss mehr trinken."

Peter bestätigte: „Wir füllen ihn ab, wenn wir ihm jeder unsere Meinung sagen. Während er uns zuhören muss, flößen wir ihm jeder Schnaps ein."

„Hoffentlich wird er nun bald wach. Darauf freue ich mich schon", ergänzte Klaus und wischte sich Schweiß von der Stirn.
„Behältst Du ihn im Auge? Ich sehe mal nach unseren beiden Komplizen", sagte Peter und wandte sich dem Ausgang zu. Peter feixte bei

der Bezeichnung „Komplizen" und grinste. Obwohl ihm die Dimension ihres schrecklichen Vorhabens bewusst war, konnte er sich seinen Humor nicht verkneifen.

Sie hatten jetzt alle Voraussetzungen geschaffen, dass Markus keine Gefahr mehr darstellte. Zumindest nicht mehr durch körperliche Gegenwehr. Im Moment wies sein Körper keine sichtbaren Spuren auf. Nichts deutete auf Gewalt hin. Klaus blieb in der Sauna sitzen und wartete auf ein Lebenszeichen von Markus. Der stand in der Ecke und atmete gleichmäßig. Peter verließ unterdessen das Saunahäuschen und gesellte sich zu den anderen.

„Ist er wie geplant verpackt? Hat alles geklappt wie geplant?", wollte Thomas wissen.

„Ja, alles genau nach Plan. Bis jetzt sind keinerlei verdächtige Spuren an ihm entstanden", gab Peter zur Antwort.

„Wie ein Schulbrot sozusagen?", fragte Paul.

„Genau so", kam es von Peter. Sie schwiegen einige Sekunden. Alle sahen auf den Schwielowsee hinaus.

Peter brach das Schweigen: „Sobald er sich rührt, geht es weiter im Programm. Wir müssen ihm noch mehr Alkohol geben. Er soll angetrunken sein."

Dieses Vorgehen hatten sie sich ausgedacht, weil es die Story eines etwaigen Unfalls untermauerte. Alkoholisiert als Leiche im Wasser gefunden zu werden, ließ breiten Raum für Spekulationen. Zum Beispiel „Ertrinken durch Kontrollverlust". Mit etwas Glück, wählte die Polizei relativ schnell eine solche Version. Und sei es nur, um den Fall des Markus Kleinert, der nur Arbeit bedeutete, schnell abzuschließen. Oben in den Baumwipfeln rief ein Kuckuck, der sich bei seinem Ruf verhedderte und nur stotternd zum Ende kam.

„Da war er wieder, mein stotternder Freund", sagte Paul. Er lächelte und sah nach oben. Er konnte den Vogel allerdings nicht entdecken. Mittlerweile war es 18:00 Uhr geworden. Bis spätestens 22:00 Uhr sollte Markus sterben.

Klaus kam aus dem Saunahäuschen: „Es geht los, er kommt langsam zu sich. In einigen Minuten ist er klar genug, damit er wirklich mitbekommt, was jeder von uns ihm noch mitteilen möchte."

Die Männer standen auf und holten die restlichen kleinen Schnapsfläschchen. Markus sollte davon noch einige austrinken. Jeder hatte sich seine letzten Worte an Markus Kleinert in den vorangegangenen Tagen zurechtgelegt. Sie hatten vereinbart, dass nichts davon als Notiz oder Text niedergeschrieben werden durfte. Weder auf Papier, noch in einem Computer. Jeder sollte frei sprechen. Es durfte absolut nichts darauf hinweisen, dass eine geplante Straftat vorlag. Daran hatten sich alle gehalten. Peter ging voran, Klaus und die anderen folgten ihm in die Sauna.

Markus hatte die Augen geöffnet und blickte sich verwundert und ungläubig in der Sauna um. Das Bild, das ihm seine Augen vermittelten, war unscharf. Irgend etwas war mit ihm geschehen, etwas war nicht in Ordnung. Einen Moment schloss er die Augen wieder. Nach einigen Sekunden öffnete er sie erneut. Bei geschlossenen Augen fühlte er einen leichten Schwindel. Er brauchte einen Bezugspunkt, damit der Schwindel nachließ. Er versuchte sich zu bewegen. Das funktionierte nicht. Seine Muskeln schienen ihm zwar zu gehorchen, aber er brachte keine Bewegung zustande. Etwas hielt ihn von oben bis unten fest. War er etwa gelähmt?

Als er merkte, dass er vollständig bewegungsunfähig war, schoss ein Stoß Adrenalin in sein Blut. Das machte ihn schnell wach. Der Schwindel ließ rapide nach. Er versuchte zu sprechen, was aufgrund der Knebelung natürlich nicht gelang. In seinen aufgerissenen Augen war beginnende Panik zu erkennen. Sein Blick ging hin und her. Den Kopf konnte er ebenso wenig bewegen, wie Arme oder Beine. Jemand kam durch die Außentür in den Vorraum. Dahinter noch weitere Personen.

Markus starrte Peter, der nun in der Tür zur Saunakabine stand, mit aufgerissenen Augen an. Markus schnaufte heftig durch die Nase. Langsam aber sicher begriff er, dass mit ihm etwas Unerwartetes geschehen war. Was genau, wusste er noch nicht und konnte keinen klaren Gedanken fassen, was weiter geschehen mochte.

Peter begutachtete aus der Entfernung die Seile, mit denen Markus senkrecht fixiert war. Die Wandbefestigungen saßen stabil und die Seile waren stramm gespannt. Er befand die Arretierung als ausreichend und fest. Es konnte also losgehen. Er sagte kein Wort zu Markus, sah ihm aber kurz in die weit aufgerissenen Augen.

Peter trat zur Seite und verschwand seitlich im Vorraum. Er ließ Thomas durch, der sich die Szene erst einmal in Ruhe ansah. Sie hatten beim letzten vorbereitenden Treffen die Reihenfolge für die Vorträge ihrer letzten Worte ausgelost. Thomas sollte als Erster reden, dann Klaus, anschließend Paul und als Letzter war Peter an der Reihe. Jeder sollte dafür sorgen, dass Markus noch mehr Alkohol zu sich nahm.

Sie wollten es ihm durch den kleinen PVC-Schlauch, der hinter das Folienknäuel in seinem Mund führte, langsam einflößen. Die kleinen Schnapsflaschen waren ideal dafür. Der Schlauch hatte keinen großen Durchmesser. Es war ein Schlauch, wie er bei Aquarien Verwendung fand. Markus konnte nur in kleinen Schlucken mit mehr Alkohol versorgt werden. Er sollte keinesfalls etwas davon in die Lunge bekommen. Mit seiner Zunge konnte er nicht viel gegen die eingeflößte Flüssigkeit ausrichten. Er musste den Schnaps schlucken, ob er wollte oder nicht. Die langsam aus dem Schlauch rinnende Flüssigkeit löste unweigerlich einen häufigen Schluckreflex aus, was den Alkohol in den Magen beförderte.

Der kleine Trichter am Anfang des Schlauches, bot den Männern eine komfortable Möglichkeit, keinen Alkohol zu verschütten und diesen gut dosiert in den Schlauch zu leiten. Markus selbst war in jeder Hin-

sicht nicht mehr handlungsfähig. Er war seinem Schicksal nun wehr-
los ausgeliefert. Sein Herz schlug heftig, Angst bemächtigte sich seiner Sinne. Panik herrschte in seinen Gedanken.

Kapitel 20 Schlusswort von Thomas

Da stand Markus also gefesselt in der Ecke. Thomas betrachte ihn von oben bis unten. In der leicht glänzenden Plastikfolie, die wie ein Kokon oder die Puppe einer Raupe aussah, musste er sicherlich schwitzen. Thomas hatte sich in den letzten Tagen oft gefragt, wie das wohl aussehen würde. Nun wusste er es und stellte fest, dass er es genoss.

Thomas näherte sich und sah Markus aus kurzer Entfernung in die Augen. Er erinnerte sich nicht mehr genau, was er sich als Rede ausgedacht hatte. So hatte er sich seine eigene Verfassung nicht vorgestellt. Er war viel aufgeregter, als er es sich ausgemalt hatte. Eigentlich wollte Thomas sich völlig ruhig und gelassen geben. Im Moment war er aber so aufgeregt, dass ihm das absolut nicht gelang, und er seine vorbereitete Rede völlig vergessen hatte.

Er improvisierte: „So, Du Schwein. Das ist das Ergebnis Deiner Erpresserei gegen mich. Heute wirst Du dafür büßen."

Thomas öffnete eine der kleinen Schnapsflaschen. Er hob sie über den Kopf von Markus und goss einen Schluck des Alkohols in den kleinen Trichter, der am Ende des dort befestigten PVC-Schlauches eingesteckt war. Die Dachlatte ragte über den Kopf von Markus nach oben hinaus. Der Alkohol rann aus dem Trichter in den Schlauch.

„Keine Angst, das ist kein Gift. Du trinkst jetzt Vodka. Brennt vielleicht ein wenig im Hals. Schluck´ ihn einfach runter."

Markus versuchte den Kopf zu bewegen und gab kehlige Laute durch den Knebel von sich. Tatsächlich spürte er, wie der Alkohol in seinen Rachen lief. Es brannte im Hals. Er schluckte mehrmals hintereinander.

Markus war mit einer Mischung aus Panik, Unglauben und Wut wach geworden. Jetzt war ihm klar, dass sie sich gegen ihn zusammengetan hatten Diese Typen waren wohl völlig verrückt geworden! Sich gegen ihn aufzulehnen empfand er als Sakrileg. Er war ihre Respektsperson! Er hatte sie alle in der Hand und sie konnten es sich nicht leisten, sich seinen Zorn zuzuziehen.

Als Peter vorhin durch die Tür kam, hatte er in dessen Gesicht gesehen. Alles verschwamm in diesem Moment vor seinen Augen und er schloss sie kurz. Als er sie wieder öffnete, starrte ihm Peter in die Augen. So hatte er Peter noch nie gesehen. Es war ein hasserfüllter Blick. Große Entschlossenheit sprach daraus. Wie Pfeile trafen ihn Peters Blicke und gingen praktisch durch ihn hindurch. Peter war zur Seite getreten und zurück in den Vorraum gegangen. Nun stand Thomas, dieser Versager, vor ihm und quatschte.

Markus realisierte, dass die Situation kein Spaß war. Er war in Gefahr. Wahrscheinlich in Lebensgefahr. Sie würden aber noch mit ihm reden müssen. Dann könnte er die Angelegenheit schon regeln. Er wusste, dass er Menschen gut durch seine Art zu reden um den Finger wickeln konnte. Die meisten von ihnen waren zu blöd, um seine Taktik zu durchschauen. Er, Markus Kleinert, war den anderen überlegen. Er wandte immer die gleiche Masche an. Erst weckte er Interesse, dieses Interesse baute er anschließend bis zur Begeisterung aus. Dann mimte er den hilfebedürftigen kleinen Dummen, der unbedingt Unterstützung benötigte.
Das hatte in fast allen Fällen bisher funktioniert. Am Ende glaubten die Menschen, nur sie könnten im Moment bei einer Sache entscheidend helfen. Wenn sie ihm gleich den Knebel abnahmen, konnte er sich seine Freiheit mit der Macht der Worte schnell wieder zurückholen. Markus war sich sicher. Mit Thomas, diesem Pfeifenheini, würde er leichtes Spiel haben.

„Wir haben Dir Ratte das Maul gestopft", fuhr Thomas fort. „Du wirst niemanden von uns mehr mit Deinem saudummen Geschwätz auf die Nerven gehen. Du wirst nie wieder einen von uns erpressen oder demütigen. Nie wieder! Wie gut das klingt."

Thomas goss erneut Vodka in den Trichter. „Schluck´ das runter, Du Arschloch. Du magst keinen Vodka, ich weiß. Aber ab sofort wirst Du tun was ich sage, nicht mehr anders herum. Deine Zeit des Kommandierens ist vorbei. Du hast mich jahrelang gequält und viel Geld von mir erpresst. Dafür hasse ich Dich. Nimm´ noch einen Schluck!"

Der Vodka rann durch den dünnen Schlauch und brannte sich in die Kehle von Markus. Er funkelte Thomas wütend an. Was sollte das heißen? Er sollte nicht mehr sprechen dürfen?

Einige Sekunden vergingen, bevor Thomas erneut redete: „Viel Geld hast Du mich gekostet. Meine geerbten Wohnungen musste ich verkaufen. Dir war das egal. Hauptsache, Du konntest Dich bereichern. Die Erpressung wegen meiner Fahrerflucht hätte ich damals schon nicht dulden sollen. Dann wäre mir viel erspart geblieben. Aber ich war zu schwach, um mich gegen Dich und Dein brutales Vorgehen zu wehren. Heute weiß ich, dass ich einen Fehler gemacht habe. Ich hätte Dich sofort anzeigen müssen. Aber hinterher ist man ja bei seinen eigenen Fehlern immer schlauer."

Markus hörte zu. Was für ein Dummkopf dieser Thomas doch war. Durch eine Anzeige wäre seine Fahrerflucht aufgeflogen. Er, Markus Kleinert, hatte das mit seiner Großzügigkeit verhindert. Eine Gegenleistung für das Schweigen war dafür mehr als gerechtfertigt. Daraus nun einen Vorwurf zu konstruieren, war ziemlich unfair. Markus verstand Thomas nicht. Warum war der Kerl so undankbar, obwohl er ihn vor Bestrafung geschützt hatte?

Thomas fuhr fort: „Schlimm war für mich, dass Du mich anschließend noch weiter missbraucht hast. Die besorgten Informationen aus dem Gemeinderat und dem Grundbuchamt waren eigentlich als Gefälligkeit gedacht. Du hast daraus weitere Erpressungsgründe gemacht. Darüber war ich enttäuscht. Dein wahrer Charakter kam mehr und mehr zum Vorschein. Du bist ein durch und durch schlechter Mensch. Ein minderwertiger Charakter. Du nimmst die Rolle des Gutmenschen ein, der andere führt oder ihnen den rechten Weg weist. Dabei hast Du immer nur eine einzige Sache im Sinn. Deinen Vorteil. Dir ist es gleichgültig, ob Deine Opfer leiden. Du wendest gnadenlos Gewalt mit Hilfe Deiner Erpressungen an."

Markus wusste nicht, ob er lachen oder weinen sollte. War er denn völlig missverstanden worden? Er hatte es stets gut gemeint, wenn er den planlos lebenden Thomas Malecki unter seine Fittiche nahm. Das mit dem Geld war doch schon lange her. Warum war Thomas so nachtragend?

„Und nun zu Deiner sagenhaften Idee der zu erpressenden Freundschaft. Einen so saublöden Einfall kann nur ein krankes Gehirn produzieren. Bei Dir stimmt etwas nicht. Glaubst Du wirklich, dass man Freundschaft erzwingen kann? Solches Schauspiel gibt es nur in der Politik oder im diplomatischen Dienst. Aber es sind Schauspiele. Hinter den Kulissen fliegen da die Fetzen. Und in diesem Stadium befinden wir uns jetzt. Hinter den Kulissen, Du Drecksack, hat sich etwas verändert. Wir alle wollen nicht Deine Freunde sein oder Deine Freunde spielen. Wir mögen Dich nicht einmal. Im Gegenteil, wir verabscheuen Dich. Du hast Dich uns aufgedrängt. Jeden willst Du Deiner Führung unterwerfen. Damit ist nun Schluss."

Erneut ließ Thomas Vodka durch den Trichter in den Schlauch laufen. Thomas blieb wieder nichts anderes übrig, als ihn zu schlucken. Vodka war ihm zuwider.

Thomas hänselte Markus: „Du kleine Witzfigur wolltest die Führungsposition in der Gruppe haben. Du hast sie Dir einfach genommen und keinem anderen eine Chance gelassen. Deine Erpressungen zu freundschaftlichem Verhalten hast Du mit den anderen auch durchgezogen. Das haben sie mir bestätigt. Du hast versucht, uns zu trennen und Kommunikation zwischen uns zu unterbinden. Das hat nicht geklappt. Du hast es übertrieben. Du warst zu gierig. Zu gierig nach Anerkennung. Zu gierig nach Vorteilen für Dich. Aber letzten Endes hast Du es damit vermasselt."

Markus musste sich eingestehen, dass seine aktuelle Lage wirklich nicht nach einem überzeugenden Siegeszug aussah. Er war handlungsunfähig und noch dazu ratlos.

Thomas fuhr fort: „Du hast diverse Fehleinschätzungen getroffen, Du machtgieriges Mistvieh. Bei mir hast Du geglaubt, dass ich Dir blind gehorche, weil ich Angst vor Aufdeckung habe. Das stimmte auch, aber nur für die Anfangszeit. Schon bald habe ich die Dinge rational betrachtet und die Unverhältnismäßigkeit Deines Vorgehens in Relation zu meinen Verfehlungen erkannt. Seit etwa drei Jahren denke ich schon darüber nach, wie ich Dich loswerden kann.
Mit Paul hast Du Dir absichtlich einen Schwächling ausgesucht. Der war bestimmt leichte Beute. Sein Club und sein persönlicher Bekanntenkreis waren für Dich interessant. Du hast selbst ein paar seltsame Veranlagungen, wie ich von Paul erfahren habe. Ist Dir mal das Lächerliche an Dir aufgefallen? Du willst selbst immer der mit der Führungsrolle sein. Aber Du lässt es Dir gern mal von Deinem Schwächling von hinten besorgen. Mein Gott, wie ekelig ist das alles? Jedenfalls machst Du im Club genau das Gegenteil mit Paul, den Du sonst wie einen Diener herumkommandierst.
Bei Klaus hast Du Dir einen starken Gegner gesucht. Der lässt sich nicht alles gefallen. Jedenfalls nicht auf Dauer. Den hast Du nur einige Zeit in der Hand. Er ist einer der Initiatoren dafür, dass Du da in der Ecke stehst und schwitzt. Er hat Familie. Er hat Stolz. Er hat Mut. Er ist es gewohnt, Entscheidungen zu treffen. Den hast Du unterschätzt, Du Dödel.
Ein Kardinalfehler in Deiner Nummer ist Peter. Der raucht Dich in der Pfeife, wann immer er will. Warum Du nicht schon lange eliminiert bist, weiß ich nicht. Peter wird seine Gründe für das lange Stillhalten haben. Jetzt hat er sie aber offensichtlich nicht mehr. Er ist für Deine jetzige Situation der Anstifter und Organisator. Unter seiner Leitung lässt sich niemand von uns mehr etwas von Dir gefallen.

Thomas goss erneut nach. „Und nun sieh mir noch einmal tief in die Augen. Das wird der letzte Blick in meine Augen sein. Du siehst mich nie wieder, Du Wurm. Ich Dich aber schon, wenn ich Dich, oder besser gesagt, Deinen Kadaver, nachher entsorge."

Thomas sah ihm in die Augen. Markus starrte zurück. Er versuchte dem Blick auszuweichen, aber Thomas blieb stehen und starrte ihn an. Markus wurde klar, dass die letzten Worte wohl so etwas wie die Ankündigung für seinen Tod waren. Er versuchte sich zu bewegen, sich zu befreien, zu schreien, den Kopf zu bewegen. Nichts davon gelang. Irgend etwas war ihm an den Rücken gebunden. Er konnte den Kopf nicht bewegen, den Körper nicht biegen, kein Bein anheben oder seitlich bewegen. Die Arme lagen fest am Körper an. Eine Bewegung war nicht möglich, nicht einmal ein Anwinkeln. Die Schultern konnte er etwas hochziehen, mehr gelang ihm nicht. Thomas hatte angedeutet, dass man seinen Knebel nicht mehr entfernen wollte. Das war wie ein Schock für Markus. Seine einzige und letzte Möglichkeit zur Gegenwehr, wären Worte gewesen.

Thomas trat einen Schritt zurück: „Ich will Dir zum Abschied noch etwas sagen. Elisabeth und ich sind seit einigen Monaten ein Paar. Du hast nichts davon bemerkt. Wir waren sehr oft zusammen in dieser Zeit. Du mit ihr nicht mehr, wie sie mir erzählte. Schon bald werde ich mit ihr zusammenziehen und wir werden ein neues und glückliches Leben beginnen." Thomas machte eine Pause, er wollte sich die Wirkung seiner Worte ansehen.

Markus traute seinen Ohren kaum. Thomas und Elisabeth? Niemals! Das konnte nicht sein. Das hatte er sich nur aus Boshaftigkeit ausgedacht. Er sah Thomas mit funkelnden Augen an. Elisabeth war nicht intelligent genug, etwas geheim zu halten. Sie war ein oberflächliches Plappermaul. Kein Organisationstalent. Ein abhängiges Schaf, das keinem etwas antun konnte. Wer sollte die schon haben wollen? Thomas etwa?

Der schloss seine Rede ab: „Ich hasse Dich abgrundtief! Stirb! Du hast es verdient! Scher Dich zum Teufel, wo Du hingehörst", waren seine letzten Worte an Markus.

Nachdem Thomas die Saunakabine verlassen hatte, trat Klaus ein. Er sah mit Genugtuung, wie Markus hilflos wie eine Mumie in der Ecke stand. „So, Du verdammter Hurensohn, jetzt kommt meine große Zeit mit Dir." Klaus stellte sich, wie vorher Thomas, dicht vor ihn und sah ihm in die Augen.

„Du trinkst jetzt noch mal auf mich und die Untaten, die Du an mir verübt hast." Klaus schraubte eine kleine Schnapsflasche auf und goss etwas Alkohol in den Trichter. Markus fühlte, wie die brennend scharfe Flüssigkeit in seinen Rachen rann.

„Von mir bekommst Du zu Deinem Abgang Cognac. Das Billigste vom Billigen. Den Mist gibt es beim Discounter an der Registrierkasse. Um Kopfschmerzen brauchst Du Dir aber keine Sorgen zu machen, glaub´ mir. Die erlebst Du nämlich nicht mehr."

Nachdem Markus geschluckt hatte, goss Klaus wieder nach. „Widerlich das Zeug, oder? Genau so widerlich wie Du. Als Du mir damals mit Deiner Lüge das Boot weggeschnappt hast, hätte ich Dir vielleicht im Laufe der Zeit verzeihen können. Mit der anschließenden Erpressung wegen meines Jobs und Deiner Geldforderungen, kann ich das nicht. Schon auf der Bootsmesse warst Du unfair, obwohl wir uns noch gar nicht kannten. Du hast da zwar viel gequatscht, hast aber zu keinem Zeitpunkt Dein eigenes Kaufinteresse an dem Boot erkennen lassen. Ich hätte mich natürlich ganz anders verhalten und wäre nicht weggegangen, wenn ich Dich als Konkurrenten erkannt hätte. Du magst das als kindisch empfinden, aber das Boot war mein Herzenswunsch."

Markus erinnerte sich an die Bootsmesse. Die Unterhaltung mit dem Eigentümer und Klaus hatte sich damals um die Angemessenheit des Preises gedreht. Wenn dieser Dummkopf nicht von einem weiteren Interessenten für das Boot ausgegangen war, dann war das doch seine eigene Schuld und nicht als sein Vergehen zu werten. Was wollte der denn eigentlich noch? Immerhin durfte er doch beim Segeln teilnehmen. Und das sogar mit der Chance, weitere nette Menschen und Freunde zu gewinnen. Markus bereute, dass er diesen undankbaren Mann zum Segeln mitgenommen hatte.

Klaus wechselte das Thema: „Nun mal zu Deinen unsäglich bescheuerten Treffen mit den sogenannten Freunden. Was bist Du für eine kranke Kreatur, die so etwas durch Erpressung zu erreichen versucht? Glaubst Du denn wirklich, dass so Freundschaften entstehen? Wie blöd oder wie krank bist Du? Keiner von uns mag Dich. Niemand von uns mag die anderen Teilnehmer so richtig, jedenfalls jeden mehr als Dich. Wir wissen voneinander, dass Du zu Deinen Erpressereien Spielregeln festgelegt hast, dass wir uns nicht untereinander austauschen dürfen. Das, Du Schwachmat, kannst Du auf Dauer nicht einmal in einem Kindergarten umsetzen. Unter Erwachsenen erst recht nicht."

In Markus stieg Wut auf. Er schnaufte regelrecht und das Atmen durch die Nase gab kaum genug Luft für die Lungen her. Was war denn nun los? Klaus lehnte sich gegen den Freundeskreis auf? Markus war sich sicher, dass Klaus keine richtigen Freunde besaß. Erst durch die Vermittlungsarbeit durch ihn, Markus Kleinert, hatte sich die Bereicherung durch Freundschaften im Leben dieses undankbaren Herrn Klaus Machner eingefunden. Pfui, wie undankbar!

„Ich hatte schon einige Zeit vor, mir Dich vom Hals zu schaffen. Leider hätte das noch einige Zeit gedauert. Du musst wissen, dass ich am Tag meines Renteneintritts zuschlagen wollte. Dann hättest Du meine Tätigkeit in der Bank nicht mehr sabotieren können. Hast Du Dir darüber mal Gedanken gemacht? Hast Du geglaubt, es würde immer so weiter und weiter und weiter gehen? Bist Du so dumm? Du hast meine berufliche Existenz bedroht. Das ist ein Angriff, der nicht ohne Gegenantwort bleiben darf. Du greifst damit nicht nur mich an. Du zielst damit auf mich, meinen Broterwerb, meine Ehe, meine Kinder, mein Haus, meinen Wohlstand und nicht zuletzt auf meinen Stolz. Was bildest Du Wurm Dir eigentlich ein? Glaubst Du wirklich, dass Deine Erpressungen dauerhaft ungesühnt bleiben werden? Wenn ja, hast Du nichts, aber auch gar nichts verstanden oder vernünftig geplant. Du bist ein Dilettant! Beruflich bist Du als Existenzgründer ein Versager. Hast immer geprahlt, was Du für ein toller Geschäftsmann bist, oder wie gut Dein Copyshop und die Druckerei angeblich laufen. Das kannst Du niemand mehr weismachen. Wir haben in der Bank mit solchen Unternehmen genug Erfahrungen. Es gibt in der Branche nur Probleme. Da wirst Du sicher keine Ausnahme sein. Du bist ein Lügenbold! Wenn es Dir finanziell gut ginge, hättest Du nicht regelmäßig Geld von mir verlangt."

Markus empfand die Rede als bodenlose Frechheit von Klaus. Der Copyshop und die Druckerei waren von ihren Grundkosten her gesehen hervorragend aufgestellt und der Konkurrenz haushoch überlegen. Gut, die Konkurrenz kaufte nicht für 50% des Preises ihre Maschinen ein und bekam nicht zum Nulltarif Betriebsmittel geliefert. Aber das war ja nicht sein Problem.

Dieser Machner war eigentlich ganz schön arrogant und anmaßend, wie er da mit seinen Vorwürfen daherkam. Seine Schwatzhaftigkeit hatte damals die Verletzung des Bankgeheimnisses erfüllt. Die ihm auferlegte Sanktion zur Wahrung dieser Verfehlung, als ein Geheimnis zwischen Freunden, war mild gewesen. Freundschaft, kein Kontakt zu den anderen und ab und zu ein wenig Essengeld für ihn und Elisabeth. Mein Gott, war das ein Grund für ein Verbrechen? Dieser Klaus Machner hatte wohl jegliche Verhältnismäßigkeit aus den Augen verloren. Dankbar, jawohl dankbar, hätte dieser Verräter sein müssen. Schließlich war Klaus selbst Schuld, dass seine berufliche Existenz plötzlich an einem seidenen Faden hing. Er hatte sie selbst dorthin gehängt! Er, Klaus Machner. Und nun wurden diese Vorwürfe und die zugehörige Schuld auf ihn, Markus Kleinert, projiziert? Das konnte doch wohl alles nicht wahr sein. Wut stieg in ihm auf.

Klaus sah Markus ins Gesicht. Der wich seinem Blick aus. Klaus holte zum letzten Kapitel aus: „Wir sind nun an einem Punkt, an dem wir uns trennen. Ich trenne mich von Dir. Ich werde es mit Gewalt tun. Vorher sollst Du noch wissen, wie ich Dich erlebt habe. Du hast es mich immer spüren lassen, dass Du mir das Boot weggeschnappt hast. Oft hast Du versteckte Anspielungen darüber gemacht. Du bist im

Geiste ein Sadist, Markus Kleinert. Deine kleinen Sticheleien und Nebenbemerkungen konnte nur der verstehen, der die ganze Wahrheit über den Bootskauf kannte. Du sollst wissen, dass ich mir jede Bemerkung gemerkt habe. Du sollst auch wissen, dass ich sie addiert habe. Und das ist der Grund, warum Du da in der Ecke stehst. Ich hasse Dich dafür. Das Boot tat mir im Herzen weh. Du wirst das natürlich nicht verstehen, aber es ist der Grund, warum ich Dich heute töten werde. Das Geld das Du erpresst hast, war für mich nicht so schlimm. Aber schlimm genug, es nicht zu vergessen. Geld habe ich mehr als Du vermutest. Wenn Du gewusst hättest, was ich verdiene, wäre Deine Gier ganz anders zu Tage getreten. Ich bin kein kleiner Bankangestellter. Aber mehr brauchst Du Versager darüber nicht zu erfahren. Du hättest einfach an jede Deiner Geldforderungen eine Null anhängen sollen. Dann hätte es mir weh getan. So war es für mich nur die Portokasse.

Markus hörte erstaunt zu. Verdammt! Da war ihm ja Einiges entgangen. Das wäre ja ähnlich viel wie bei Berges gewesen. Scheiße! Verpasst! Aber wollte dieser Klaus Machner ihn nun umbringen, weil ein Bootsverkauf durch seine eigene Dämlichkeit nicht wie gewünscht verlaufen war? Das Geld war angeblich nicht ausschlaggebend? Die durch ihn, Markus Kleinert, gestifteten Freundschaften wurden nicht wertgeschätzt? In was für einer Welt lebte er eigentlich? Markus verstand nicht, was Klaus so gegen ihn aufgebracht haben sollte, dass tatsächlich ein Mord stattfinden sollte. Was in Markus aufstieg, war die Angst vor seiner angekündigten Ermordung. Er spürte, wie ihm z der Schweiß ausbrach. Sein Puls raste. Panik erfasste ihn stärker, als er es sich je vorgestellt hatte. Offensichtlich meinte Klaus sein Worte ernst.

Klaus betrachtete den vor ihm stehenden Kokon mit Markus: „Ist Dir warm? Gut so. Hast Du Angst? Angst vor dem Sterben? Gut so. Hast Du begriffen warum es so gekommen ist? Wenn ja, gut so. Wenn nein, auch gut so. Es spielt nämlich überhaupt keine Rolle mehr, ob Du etwas verstehst oder begreifst. Es geht hier nicht mehr um Dich. Es geht nur noch um uns. Um uns Opfer. Ich nenne uns absichtlich nicht Freunde. Wir sind nämlich keine. Wir sind übrigens auch nicht Deine gehorsamen Kumpels. Alle nicht. Entgegen Deiner Anweisungen, haben wir uns zusammengetan und uns unterhalten. Wir haben uns gegenseitig berichtet, dass wir alle unter Zwang leiden. Übrigens haben wir dabei bestens gespeist. Und wir haben dabei auch entdeckt, dass wir Gemeinsamkeiten haben. Und zwar solche, die Du mit keinem von uns teilen würdest. Die hauptsächliche Gemeinsamkeit ist, dass wir mit einem Arschloch wie Dir, nichts zu tun haben wollen. Unter uns selbst, wäre der eine oder andere freundschaftliche Kontakt durchaus möglich. So lange es jedoch einen Markus Kleinert auf der Bildfläche gibt, lehnt das jeder von uns ab. Dich will jeder nur loswerden. Dich will keiner zum Freund haben. Dich lehnt jeder von uns aus tiefstem Herzen ab."

Markus bekam wieder Alkohol durch den Schlauch eingeflößt. Die Flasche war fast leer. Er wünschte, dass dieser lästige und impertinent auftretende Klaus Machner endlich verschwinden sollte. Es konnte ja alles gar nicht stimmen, was er da eben gehört hatte. Er war ein beliebter Mensch mit einem echten Freundeskreis. Schließlich hatte man viele Interessen, die man miteinander teilte. Das ging vom Grillen über Dart Spielen, Segeln, Skatabende, Restaurantbesuche, Kegeln, Bowling, bis hin zu dem geschätzten Minigolf. Von wegen, dass dabei keiner mitmachen wollte. Unsinn! Solch schöne Events mit den sozialen Kontakten untereinander mochte jeder.

„Bevor ich gehe, will ich Dir noch etwas ganz Persönliches mitteilen. Du hast mit Deinen Taten mein gesamtes Familienleben inklusive meiner beruflichen Existenz bedroht. Seit Jahren suche ich nach einem Ausweg. Peter ist der Schlüssel zu diesem Ausweg. Du sollst unbedingt wissen, dass ich mit ganzem Herzen und voller Überzeugung an Deinem Tod mitarbeite. Niemand hat sich zu erdreisten, mein Leben und das Leben meiner Familie zu bedrohen. Niemand! Du hast mich und das Leben meiner Familie bedroht. Dafür bekommst Du nun die Bestrafung. Ich werde einer Deiner Henkersein. Markus Kleinert, ich vergebe Dir nichts. Ich spreche Dich schuldig. Ich verurteile Dich hiermit zum Tode. Das Urteil wird noch am heutigen Tage vollstreckt."

Markus versuchte wieder sich zu bewegen oder zu schreien. Das misslang gründlich, weil Klaus erneut Alkohol in den Trichter gegossen hatte. Es war noch ein Rest in der kleine Flasche. Markus bekam einen leichten Würgereiz und musste husten. Nur durch die Nase zu atmen war schwierig. Seine Aufregung war groß. Er schnaufte tüchtig und bekam kaum genug Luft.

Der Kerl vor ihm hatte ihn gerade zum Tode verurteilt, hatte er das richtig verstanden? Was bildete sich denn dieser kleine Penner ein? Der war nur aus Versehen in seine gut bezahlte Stellung gekommen und bezog ein viel zu hohes Gehalt für praktisch gar nichts! Dieser Emporkömmling hielt sich sogar für einen Leistungsträger. Und jetzt verstieg sich dieses Nichts sogar dazu, sich über ihn zum Richter aufzublähen? Markus starrte Klaus mit Wut in den Augen an. Klaus hielt dem Blick stand. Der Alkohol begann Markus die Sinne zu betäuben. Nur die Angst blieb unverändert stark.

„Ich habe mich Dir viel zu lange gebeugt. Du bist eine Null. Nur durch Deine kriminelle Vorgehensweise bist Du überhaupt fähig, Dein Leben zu bestreiten. Es gibt wahrscheinlich kaum eine wirklich ehrliche Handlung in Deinem schäbigen Dasein." Klaus goss den Rest aus der Flasche in den Trichter, Markus begann zu schlucken.

„Ach ja, bevor ich es vergesse. Ich werde Deiner Frau von Deinen Sauereien im Club erzählen. Sie wird außerdem erfahren, dass Du ein Lügner und Erpresser bist. Nein, warst. Sie wird mir das Boot bestimmt günstig verkaufen oder schenken, damit ich eine Wiedergutmachung für die erlittenen Ungerechtigkeiten bekomme. Sie segelt ja genauso ungern wie meine Frau. Und jetzt, mein lieber Freund Markus, verabschiede ich mich von Dir. Wenn die beiden anderen mit Dir fertig sind, komme ich wieder." Klaus machte eine Pause und sah Markus ins Gesicht. Der zitterte vor Wut oder Angst. Sollte er sich ruhig in die Hosen machen. Er war ja gut verpackt.

Klaus näherte sich Markus bis auf kurze Distanz. Er fuhr leise und eindringlich fort: „ Ich bin einer Deiner Henker. Und ich kann es kaum erwarten, Dich loszuwerden. Es wird mir eine große Genugtuung sein, Dich nachher sterben zu sehen. Den Augenblick werde ich für immer in meinem Gedächtnis behalten. Ich werde diesen Eindruck den Jahren der Erpressung und der damit verbundenen Angst gegenüberstellen. Das wird mir eine Genugtuung sein. Du, Markus Kleinert, hast nicht über mich gesiegt. Du hast den Kampf gegen mich mit Pauken und Trompeten verloren. Du, Markus Kleinert, gehörst eigentlich geteert und gefedert, erhängt, geviertelt, und anschließend an die Hunde verfüttert. Aber für einen Widerling wie Dich, wäre das alles zu viel Aufwand. Du wirst auf einfachem Weg entsorgt."

Klaus drehte sich um und verließ die Saunakabine. Ein Gefühl der Erleichterung durchströmte ihn. Puls und Blutdruck waren extrem, aber er fühlte sich wohl. Sehr wohl. Diese miese Kreatur würde ihn nie wieder beeinflussen oder erpressen. Es tat gut, Markus so hilflos und verängstigt zu sehen. Er war fest entschlossen Markus´ Leben in ein paar Stunden ein Ende zu bereiten. Er setzte sich auf einen der Gartenstühle vor der Sauna und gönnte sich eine kühle Flasche Bier. Eine unglaubliche Befriedigung und ein Freiheitsgefühl durchströmten ihn. Er hatte mit der Vergangenheit bereits abgeschlossen. Nun würde alles besser werden. Der letzte Schritt war nun unausweichlich. Aber er wollte diesen letzten Schritt aus Überzeugung mitgehen.

Kapitel 22   Schlusswort von Paul

Der nächste Akteur in der ausgelosten Reihenfolge war Paul. Er hatte gehofft, dass er weder als erster, noch als letzter ausgelost wurde. Er fühlte sich nicht dazu berufen, eine Rede zum geplanten Verbrechen zu halten. Ebenso wenig sah er sich auserwählt, dass Schlusswort in dieser Angelegenheit zu verkünden. Wie gewünscht, war er im Mittelfeld gelandet. Ihm war nicht klar, wie er die letzten Worte mit Markus, besser gesagt, an Markus, gestalten sollte.

Paul betrat die Saunakabine und war sich noch immer nicht schlüssig, wie diese letzte Begegnung ablaufen sollte. Er wollte es jetzt einfach spontan angehen. Er musste da nur irgendwie durch. So weit er wusste, war Markus zu keinerlei Gegenwehr oder Meinungsäußerung fähig. Also insgesamt eine leicht zu bewältigende Situation. Paul betrat die Sauna. Durch die Glastür betrachtete er zunächst die Szene. Sie wirkte gespenstisch. In der Raumecke der Saunakabine stand der in Folien gewickelte Markus Kleinert. Geknebelt, bewegungsunfähig und mit Seilen an den Wänden fixiert. Paul raffte seinen Mut zusammen. Markus konnte ihm wirklich nicht mehr schaden. Er fasste sich ein Herz und entschloss sich, seiner aufgestauten Wut Raum zu verschaffen. Er öffnete die Glastür und schloss sie wieder hinter sich. Es war warm im Inneren der Saunakabine.

Paul kam auf Markus zu. Das war für Markus eine Überraschung. Dieser leicht devot veranlagte Untermensch war bisher ein leichtes Beutetier gewesen. Ohne viel zu murren und aus eigentlich lächerlichem Grund, hatte er sich problemlos ausnutzen und führen lassen. Wieso steckte er nun mit diesen Leuten unter einer Decke? Es konnte doch nicht sein, dass sein sporadischer Sexpartner etwas gegen ihn unternahm? Oder etwa doch?

„Hallo mein lieber Markus", säuselte Paul. „Bist Du verwundert über Deine Situation? Oh, das musst Du nicht sein. Ich wollte, dass Du es so angenehm wie möglich hast. Deshalb habe ich die Folien als das

Klügste befürwortet, als sie vorgeschlagen wurden. Du stehst doch auf das Zeug, nicht wahr? Ich wollte auch, dass sie Dir ein paar Tischtennisbälle hinten reinschieben. Darauf stehst Du doch ebenso, erinnerst Du Dich? Wir haben es zusammen ja mehrfach erlebt. Aber das wollten sie dann lieber nicht machen. Sie meinten, der Gerichtsmediziner bekäme so vielleicht den richtigen Eindruck von Dir und könnte zu viele Fragen stellen."

Paul betrachtete Markus. Er dachte an ihre gemeinsamen Erlebnisse im Club. „Es geht nun zu Ende, mit unseren gemeinsamen Aktivitäten. Es war übrigens gar nicht schlecht mit Dir. Du hast immer schön hingehalten. Die Konstellation gefiel mir besser, wenn ich dominant sein konnte. Mit den anderen Mitgliedern im Club, war ich nicht so glücklich. Da hast Du Dich immer wie ein Pascha aufgeführt und dachtest, dass Du darin Deine wahre Rolle gefunden hättest. Irrtum, Du Hochstapler. Du bist kein Pascha oder Mächtiger. Du spielst Dir das selbst nur vor. Du bist ein Nichts, ein Fußabtreter. Ein Mann mit miesem Charakter und ohne beachtenswerte Persönlichkeit. Du wurdest in der Vergangenheit nur durch Deine Erpressungen wahrgenommen. Das Einzige, was an Dir beachtlich ist, ist Deine kriminelle Energie."

Markus schäumte. Was? Er wurde nicht als der große Zampano anerkannt, der er unzweifelhaft war? Diesem Paul war offensichtlich das Gehirn gewaschen worden. Wie konnte jemand nur auf die Idee kommen, den Sachstand derartig verdreht darzustellen? Der Club von Paul lief in den schmuddeligen Räumlichkeiten mit den wenigen Mitgliedern schleppend vor sich hin. Er, Markus Kleinert, hatte für Inspirationen, ja Innovationen, gesorgt. Er hatte Regievorschläge gemacht. Er hatte Drehbuchvorlagen geliefert. Er hatte sich als Star etabliert. Er hatte allen Rollenspielen ein erfreuliches, von Befriedigung und Lust begleitetes, Happyend ins Drehbuch geschrieben. Wo war denn da irgend ein Ansatz für negative Kritik? Markus Kleinert in der Hauptrolle als glänzender Liebhaber war unentbehrlich. Der Club konnte in seinen Reihen nichts Ebenbürtiges, geschweige denn Überlegenes, aufbieten. Zumindest war darüber nie gesprochen worden. Er hatte immer gedrängt, dass man seine Ideen umsetzen sollte. Es musste nun endlich einmal eine Generalprobe stattfinden, damit er sein überlegenes Konzept vorführen konnte.

Paul setzte ein Lächeln auf: „Markus, lieber Markus. Was muss ich sehen? Du bist gefesselt? Du bist geknebelt? Darf ich daraus schließen, dass Du zum Zuhören verdammt bist? Das ist ja entzückend!" Paul klatschte dabei mit einer bewusst affektierten Bewegung in die Hände und strahlte Markus mit einem breiten Lächeln an.

„Unser Gespräch wird eventuell langweilig für Dich sein, weil Du ja nur zuhören kannst. Aber das macht gar nichts. Ich sehe ja immer an Deinen Augen, ob alles nach Deiner Zufriedenheit läuft, oder nicht. Auf alle Fälle rate ich Dir, jegliche Hoffnung auf Zukunft über Bord zu werfen. Du stirbst in den nächsten Stunden. Ohne Wenn und Aber. Ohne Zweifel.

Markus konnte nicht glauben, was ihm nun auch von Paul vorgetragen wurde. Was war da los? Er hätte Paul nur zu gerne ein paar Anweisungen erteilt, aber das war wegen des Knebels unmöglich.

Paul setzte seine Ansprache fort: „Du hast Dich wie ein Arsch benommen. Ein richtiger Arsch! Ich habe Dir den Bootsliegeplatz am Steg besorgt. Gedankt hast Du mir das nie. Und im Club? Es war ja ganz nett mit Dir, aber unsere Zeit wäre in den nächsten Wochen sowieso zu Ende gegangen. Vielleicht werde ich Dich sogar ein ganz klein wenig vermissen. Allerdings kannst Du meinem neuen Favoriten nicht das Wasser reichen. Du weißt schon, der Jüngling aus Potsdam mit seiner Freundin? Ja, ich sehe es an Deinen Augen. Du weißt, wen ich meine. Der ist am ganzen Körper noch stramm. Nicht so wie bei Dir, wo das Bindegewebe bereits nachlässt. Der Lack ist ab bei Dir, Markus."

Paul schraubte eine kleine Flasche auf und goss etwas Schnaps in den Trichter. Markus spürte wieder ein Brennen im Rachen und schluckte mehrfach. „Korn. Das Billigste ist für Dich noch zu teuer! Du bist das mieseste und skrupelloseste Stück Scheiße, das ich kenne. Du stirbst bald, das ist Dein Schicksal. Du stirbst nachher, weil Du es Dir mit uns allen verdorben hast."

Paul näherte sich und sah ihm erst von rechts, dann von links ins Gesicht. Danach entfernte er sich wieder etwas. „Ich töte Dich nicht eigenhändig. So was ist nicht mein Ding. Aber ich sorge dafür, dass keiner dafür belangt werden kann. Du sollst mit dem Wissen sterben, dass Du nicht gerächt wirst. Du kratzt nur ab. Niemand wird dafür bestraft. Du gehst als Blödmann von dieser Welt, dem nachts irgendwas zugestoßen ist."

Er goss wieder Alkohol in den Trichter, Markus schluckte wie vorher mehrmals schnell hintereinander. „Noch etwas sollst Du erfahren. Immer sollte ich Dich in den Rollenspielen unterbringen. In letzter Zeit hast Du sogar selbst Pläne dafür eingereicht, was gespielt werden soll. Das wollen die anderen Gäste nicht. Ich muss Dir sagen, dass die Frauen, bei denen Du ständig Deine Verführerrolle und den großen Liebhaber geben willst, sich bei mir beschwert haben. Sie wollen Dich nicht als Partner. Deine Nudel ist ihnen zu klein und Du bist ihnen nicht ausdauernd genug. Einige haben sogar mit dem Austritt aus dem Club gedroht, wenn Du Dich weiter aufdrängst."

Paul goss Alkohol nach. Markus würgte mit einem Brennen im Hals und konnte kaum schnell genug schlucken. „Am Besten ist es daher für uns alle, wenn Du weg bist. Im Club mag Dich niemand, hier mag Dich auch keiner, vor allem ich nicht mehr. Dein Scheißboot mache ich jedenfalls nie wieder sauber. Es wäre eine Lüge, wenn ich jetzt "leb´ wohl" sagen würde. Daher sage ich "stirb schön". Du warst eine Bürde für mich. Ich bin glücklich, dass ich Dich los werde und sogar schon einen deutlich besseren Ersatz für Dich habe."

Markus traute seinen Ohren kaum. Was nahm sich diese kleine Schwuchtel eigentlich heraus? So hatte er noch nie mit ihm geredet. Es konnte auch gar nicht stimmen, dass man ihn im Club ablehnte. Er war ein wirklich guter Liebhaber. Hatten die anderen Paul unter Drogen gesetzt? Dieses Verhalten verstand Markus überhaupt nicht. Paul hatte noch nie eine eigene Meinung vertreten oder sich zu eigenen

Wünschen geäußert. Sollte dieses Nichts etwa doch einen eigenen Willen und die Fähigkeit zu eigener Entscheidung besitzen? Er, Markus Kleinert, hätte sich dann in diesem Charakter enorm getäuscht! Komisch, er versuchte nicht, an seinen Fesseln zu rütteln, oder Laute von sich zu geben. Gegenüber Paul war er nicht wirklich wütend, nur völlig enttäuscht. Er hatte immer ein Machtgefühl gegenüber Paul verspürt. Nicht aus den Gründen einer Erpressung. Er hatte sich als Persönlichkeit für stärker und weit überlegen gehalten. War das etwa ein fataler Irrtum? Konnte dieser Schwächling tatsächlich abweichend von seiner eine eigene Meinung entwickeln und sich am Ende sogar damit durchsetzen?

Paul goss gerade den Rest der kleinen Flasche in den Trichter. Markus musste mühevoll schlucken. Den Paul, der da vor ihm stand, erkannte er nicht wieder. Paul sah ihm nun direkt in die Augen. Plötzlich näherte er sich auf wenige Zentimeter und sie stierten sich Auge in Auge an. „Ich bin froh, dass ich Dich gleich endgültig los bin. Niemand wird Dir nachtrauern. Diese Welt braucht Typen wie Dich nicht. Diese Welt wird ohne Dich besser dran sein. Du bist mir völlig verhasst!" Paul drehte sich um und verließ die Saunakabine.

Markus stand in seiner Ecke und starrte ihm nach. Das konnte doch nicht sein! Alle kündigten ihm seinen bevorstehenden Tod an. Na gut, er hatte sie ausgenutzt und um Geld betrogen. Aber deswegen einen Menschen umbringen? Er war doch schließlich Markus Kleinert. Keine gewöhnliche Person. Man musste ihn doch gern haben. Er tat außerdem so viel für die gemeinsamen Kontakte und organisierte immer alles so minutiös.

Das Geld war doch wohl nicht ausschlaggebend? Das hatte er aus guten Gründen bekommen. Schließlich hatten die Kerle alle etwas falsch gemacht. Für sein Schweigen war das Geld lediglich ein angemessener und gerechter Ausgleich. Aber hier schienen die Leute sich gegen ihn regelrecht zusammengerottet zu haben. Eine Verschwörung! Da machten ja alle Freunde der letzten Jahre mit! Diese Wichte! Alle waren doch wahrscheinlich nur neidisch auf seine Erfolge. Schließlich hatte er diesen Freundeskreis ins Leben gerufen. Nur ihm war es zu verdanken, dass man die vielen kurzweiligen Events gemeinsam in freundschaftlicher und geselliger Runde verbringen konnte. Soziale Kontakte waren schließlich immens wichtig. Er, Markus Kleinert, war der Organisator der freundschaftlichen Beziehungen. Ohne ihn gäbe es diesen Freundeskreis gar nicht. Diese Kretins würden ohne ihn einsam und ahnungslos nebeneinander her leben, ohne die Freuden von Gemeinsamkeiten, wie spannenden Spielen und geselligem Beisammensein, auch nur im Ansatz zu erfahren. Er, Markus Kleinert, war der Motor der wunderbaren Freundschaft! Darauf war er stolz. Diese Kerle hatten einfach gar nichts von ihm gelernt!

Das sollte nun alles gar nicht fortgesetzt werden? Sollte wirklich alles mit einem Mord an ihm enden? Konnte dies der Dank für seine unermüdliche Führungsarbeit sein? Durfte es so sein? Nein undenkbar, oder vielleicht doch? Stieß hier Markus Kleinert etwa auf so etwas wie Ablehnung? Oder gar auf Hass? Nur weil er vielleicht mal gegenüber dem einen oder anderen Freund deutliche Worte benutzt hatte, wollte man ihn beseitigen? Markus spürte, wie der Alkohol seine Gedankengänge beeinträchtigte.

Er hatte doch nur den richtigen Weg gewiesen, wie mit den verschiedenen Verfehlungen umzugehen war. Nämlich diskret! Er hatte sich stets als zuverlässiger, verschwiegener Freund und Unterstützer erwiesen. Aber natürlich konnte dieses Wohlwollen nicht umsonst von ihm erwartet werden. Er hatte jedem nur die Sanktion auferlegt, die derjenige zu leisten im Stande war. Hatte er dabei etwas übersehen? Hatte er vielleicht jemanden überfordert? Die vier müssten ihm für sein Augenmaß eigentlich dankbar sein!

Ein Hauch von Selbstzweifel tauchte in Markus auf. War er wirklich der böse Mensch, für den die anderen ihn offensichtlich hielten? Er hatte es immer nur gut gemeint. Er mochte vielleicht den einen oder anderen Fehler begangen haben. Wer war schon unfehlbar? Nein! Er hatte sich nichts vorzuwerfen! Diese Typen waren offensichtlich Verbrecher. In Markus keimte Wut auf. Diese Wut verdrängte für einen Moment die Angst. Doch die Angst kehrte schnell zurück. Der nächste Abschiedsredner betrat die Saunakabine.

Kapitel 23   Schlusswort von Peter

Peter Berges stand in der Kabinentür der Sauna und schaute ihn an. Mit seiner Körpergröße füllte er den Rahmen fast vollständig aus. Markus dachte, an Peter sei wohl kein Vorbeikommen möglich.

„Nun wollen wir es Dir mal gemütlich machen", begann Peter seinen Monolog. Er wandte sich dem Regler an der Wand im Vorraum zu und drehte dessen Spitze auf 50 Grad Celsius. Danach öffnete er den Sicherungskasten, der etwas höher und 40 Zentimeter weiter rechts in die Wand eingelassen war. Er schaltete die drei Sicherungsautomaten wieder ein, die Paul am Morgen ausgeschaltet hatte, bevor er das Schild mit dem Hinweis auf den angeblichen Defekt an der Außentür anhängte. Der Saunaofen knackte leicht, als er ansprang und sich zu erwärmen begann. Markus verstand nicht, warum der Ofen nun funktionierte.

Peter begann, es ihm zu erklären: „Tja, großer Techniker. Der Regler oder der Ofen sind nicht kaputt. Den haben wir nur lahmgelegt. Das gehört alles zum Plan."

Peter schloss die Glastür hinter sich, als er zu Markus in die Saunakabine eintrat. „Es sollte an Deinem heutigen großen Tag keiner die Sauna benutzen. Wir brauchen sie heute exklusiv für Dich. Die Clubmitglieder wissen Bescheid, dass hier im Moment kein Betrieb möglich ist. Niemand wird deswegen Verdacht schöpfen. Es kommt also keiner hierher, der Dir noch helfen könnte. Das heißt für Dich, Du bist verloren."

Markus versuchte wieder, sich loszureißen und scheiterte wie bei seinen vorigen Versuchen. Egal, wie sehr er zerrte oder sich zu bewegen versuchte, es blieb erfolglos.

„Spar Dir die Mühe. Das Zeug ist viel stabiler, als Du glaubst. Die Folie ist leicht elastisch, sie wird nirgendwo reißen, weil sie in mehreren Lagen gewickelt ist. Du stehst doch auf das Zeug, hat Paul erzählt. Jetzt immer noch? Wie ist das denn so? Geht Dir einer ab, wenn Du Dich damit ins Bett legst? Finde ich lächerlich, weißt Du?"

Peter kam langsam näher. Er hatte wie die anderen eine kleine Schnapsflasche dabei. Es war wieder der billige Cognac, von dem Markus schon vorhin getrunken hatte. Peter goss etwas davon in den Trichter.

„Ahnst Du schon, was mit Dir passieren wird? Ich glaube, Du weißt es. Du wirst heute sterben. Keine Sorge, es wird nicht lange dauern. Nur ein paar Sekunden. Die könnten unangenehm werden. Dann wird es vorbei sein."

Wieder musste Markus ungeliebten Cognac schlucken. Er spürte bereits deutlich die Wirkung. Drei kleine Schnapsflaschen hatte er nun intus. Vorher gab es zum Grillen schon Bier und nach dem Essen die ersten Schnäpse. Seine Angst hatte ihn in der Zwischenzeit ernüchtert. Der ständige Nachschub von hochprozentigem Alkohol, führte nun den Zustand leichter Trunkenheit wieder herbei.

„Am liebsten wäre es mir und übrigens auch unserem eher zart veranlagten Banker gewesen, Dir so richtig die Fresse zu polieren. Ich wollte Dich schon oft schlagen, habe es mir aber immer verkniffen. Alle Zähne sollte man Dir ausschlagen und die Nase brechen. Deine Augen sollten so zugeschwollen sein, dass Du nichts mehr daraus sehen kannst. Das wünschte ich mir oft. Wir sind von der Maßnahme abgekommen, weil man uns sonst vielleicht etwas nachweisen könnte. Aber wir haben einen anderen Weg gewählt." Peter goss wieder nach. „Es wird viel eleganter gelöst und keiner kann uns am Ende verdächtigen."

In der Saunakabine wurde es nun langsam richtig warm. In seinem Folienkokon schwitzte Markus ohnehin schon. Peter betrachtete Markus und begann, ihm das weitere Vorhaben zu erläutern.

„Du wirst nun noch etwa drei Stunden dort in der Ecke stehen, vielleicht etwas länger. Du wirst schwitzen und atmen. Um Dir Kühlung zu verschaffen, wird sich Deine Atmung vertiefen und die Atemfrequenz erhöhen. Das wird die Reste des Äthers durch das Ausatmen aus Deinem Blut entfernen. Du musst nämlich wissen, dass man Deinen Tod als unerklärlichen Unfall ansehen wird. Niemand wird verhaftet, niemand wird angeklagt, niemand wird bestraft. Du bleibst ein tot aufgefundener Idiot, der sich wegen zu viel Alkohol irgendwie aus Versehen im Schwielowsee ertränkt hat. Ob absichtlich oder nicht, bleibt im Ergebnis scheißegal. Das überlassen wir den Behörden, die dürfen sich dazu etwas ausdenken."

Markus sah ihn ungläubig an. Was sollte das alles? Warum die Wärme in der Sauna? Hätten sie ihn doch einfach länger gefesselt dort stehen lassen. Warum sollte er schwitzen und hecheln?

„Verstehst Du nicht, nicht wahr? Das sehe ich ein. Ich werde es Dir erklären, pass also gut auf, lieber Freund."

Markus starrte ihn an. Wie eiskalt Peter gesprochen hatte. Keine Aufregung war in seiner Stimme zu erkennen. Sollte er nun erfahren, was sein genaues Schicksal war?

Peter setzte sich auf die untere Ebene der Saunabank und erklärte die Zusammenhänge. Er sah zu Markus leicht nach oben und musste dazu seinen Kopf etwas heben.

„Ich habe Dich vor ungefähr einer Stunde betäubt. Da war es knapp 18:00 Uhr. Etwa drei Stunden braucht es, bis der Äther sich wirklich verflüchtigt hat. Sicherheitshalber warten wir daher länger. Du wirst also zwischen 21:30 Uhr und 22:00 Uhr ins Jenseits befördert. Klaus und ich werden das gemeinsam machen. Damit wir belastbare Alibis haben, darf Dein Todeszeitpunkt vom Leichenbeschauer nicht so früh festgelegt werden. Daher bleibst Du noch ein paar Stunden in der warmen Sauna. Die Leichenstarre tritt wegen der ausbleibenden Auskühlung Deiner Leiche später ein. Deshalb haben wir es so gemütlich warm gemacht. Der Gerichtsmediziner wird für Dich eine falsche

Todeszeit annehmen. Wenn Klaus und ich bereits zwei bis drei Stunden nachweislich an anderer Stelle sind, wirst Du von Paul und Thomas entsorgt. Irgendein Spaziergänger wird Dich finden und die Polizei rufen."

Markus bekam Panik. Er wollte nicht sterben! Jeder Versuch, die Folien zu dehnen oder zu zerreißen, schlug fehl. Durch das mehrmalige Hochziehen seiner Schultern, hatte sich die raue Dachlatte an einer kleinen Stelle durch die 3 Lagen Folie an seinem Nacken gescheuert. Eine kleine Schürfwunde war an der Stelle entstanden. Markus spürte in seiner Panik nichts davon. Er fühlte in seiner rechten Wade ebenfalls nichts. Dort drückte die Dachlatte gegen die weiche Wade und hinterließ eine Druckstelle. Nicht besonders kräftig, aber später nachweisbar. Hier war die Folie von Peter etwas zu stramm gewickelt worden. Der Gerichtsmediziner hatte später zwar beide Blessuren entdeckt, es hatte aber niemand die richtigen Schlüsse daraus ziehen können.

Die Panik und das Adrenalin im Blut ließen keine Schmerzempfindungen für diese kleinen Verletzungen in Markus aufkommen. Einzig und allein der Fluchtgedanke beherrschte sein Denken. Aber er konnte nicht fliehen. Er konnte gar nichts. Das steigerte die Angst und die Panik in Markus weiter.

Peter war aufgestanden und hatte ihm den Rest des Alkohols in den Trichter eingefüllt. Nun setzte er sich wieder. Er wollte Markus noch mehr Angst machen. Er selbst hatte die letzten Jahre ständig in Angst gelebt. In Angst, dass seine Frau von der Vergangenheit erfuhr. Das hörte nun auf. Keine Angst um seine Familie mehr. Diese Befreiung sehnte er herbei. Mitleid empfand er nicht für Markus. Es war ihm gleichgültig, ob Markus krank oder kriminell war. Völlig gleichgültig. Er wusste nur eine Sache ganz genau. Er wollte diesen Mann töten.

„Du hast mit Deinen Erpressungen mein Geschäft zeitweise an den Rand des Ruins gebracht. Durch große Anstrengungen konnte es weiter entwickelt werden. Das war eine schwere Zeit. Das viele Geld, dass Du ergaunert hast, tat mir weh. Ich hätte es gern für meine Familie ausgegeben und nicht für Dich verkommenen Schuft. Die Sorgen, die Du mir bereitet hast, weil Du mein Familienglück zu zerstören drohtest, wenn ich nicht gefügig bin, waren allerdings der schlimmste Aspekt. Das verzeihe ich Dir niemals, habe ich mir schon sehr lange geschworen. Heute räche ich mich an Dir. Das wird meinen Hass auf Dich befriedigen. Ich habe Dir gegenüber keine Skrupel."

Peter betrachtete Markus. Dann überprüfte er die beiden Seile, mit denen Markus im Raumwinkel befestigt war. Alles saß zu seiner Zufriedenheit fest.

„Jetzt lasse ich Dich allein. Ich will Dich nicht in Deinen letzten Stunden stören. Denk´ über Dein Leben nach. Denk´ darüber nach, wie Du gedroht hast, mein Leben zu zerstören. Vielleicht kommst Du dann darauf, dass Du damit einen Fehler gemacht hast. Wenn nicht, ist es gleich. Du wirst mit oder ohne diese Erkenntnis aus meinem Leben verschwinden. Du darfst zur Strafe für Deine Erpressungen nicht weiterleben. Wir haben das so beschlossen. Wir sind Deine Richter und Deine Henker." Peter ging schnell einen Schritt auf Markus zu. Seine Nasenspitze war nur 3 cm von der Nasenspitze des Gefesselten entfernt.

„Du hast es verdient! Es ist richtig so!", Peter zischte es halblaut. Dann wandte er sich um, ging zur Glastür und verließ Markus. Er schloss die Glastür der Saunakabine und danach die Holztür des Häuschens. Markus starrte ihm nach. Den leeren Blick in Richtung Glastür.

Der Hass in Peters Stimme und dessen Worten hatte ihn beeindruckt. Hatte er wirklich Fehler gemacht? Nun ja, vielleicht, als er begann Maschinen zu verkaufen? Vielleicht hatte er da etwas übertrieben? Das mochte zutreffen. Aber sonst? Markus grübelte und hatte Angst vor dem Sterben. Noch wusste er nicht, wie er enden sollte und was sie anschließend mit seiner Leiche tun würden. Besonderen Wert schienen sie darauf zu legen, dass er unversehrt bleiben musste. Es sollte nach einem Unfalltod aussehen, den niemand erklären konnte. So hatte er es jedenfalls verstanden. Was da nun genau passieren sollte, hatte er den Worten nicht entnehmen können. Was hatten die vier Männer mit ihm vor?

Minute um Minute verstrich. Quälend langsam verstrich die Zeit. Markus überlegte, ob er nicht irgendwie den Plan durchkreuzen könnte. Sie wollten ihn völlig unbeschädigt als Leiche auffinden lassen. Wie könnte er es schaffen, sich irgendwelche Spuren von Gewalteinwirkung zuzufügen? Erneut unternahm Markus heftige Versuche, sich innerhalb seines Kokons aus Folien zu bewegen. Es war zum Verrücktwerden! Nicht eine einzige Bewegung gelang. Er war wie eingegipst. Zusätzlich fühlte er, dass seine Blase randvoll war. Schließlich hatte er außer dem Schnaps vorher beim Grillen schon Bier getrunken. Was sollte er tun? Er konnte sich ja nicht bemerkbar machen.

Diese Schweine! Ihnen musste das doch klar sein. Sie hatten es bestimmt so einkalkuliert. Es war eine zusätzliche Demütigung, dass er sich nassmachen sollte. Markus steigerte sich in Wut. Nichts, was er an Bewegung versuchte, gelang. Er gab es auf. Er gab sich auf. Er ließ seiner Blase freien Lauf. Es war ein warmes und nasses, unangenehmes Gefühl. Er hasste sie dafür. Nun gab es Hass auf beiden Seiten, dachte er resignierend.
Er, der immer nach Harmonie strebte, sollte mit Hassgefühlen streben, durch Männer, die ihrerseits ihn hassten. Verrückte Welt! Die Angst und das Grauen kehrten zurück. Sein Gehirn lief auf Hochtouren, aber in einer Endlosschleife von Todesangst und Verzweiflung.

Während der Wartezeit bis kurz vor 21:45 Uhr, hatten sie im Garten gesessen. Direkt neben dem Saunahäuschen. Der Abend war bereits kühler geworden und Paul hatte ihnen Jacken geliehen. Peter war zu groß dafür, er hatte eine Decke um die Schultern gelegt. Sie sprachen nicht viel. Ihnen kam die Wartezeit furchtbar lang vor. Sie tranken Bier und sahen minutenlang schweigend auf den See hinaus. Das Warten war quälend. Der Zeitraum zum Abbau des Äthers war eine harte Prüfung für die Beteiligten.

Paul hatte noch einmal Holzkohle auf der Restglut des Grills verteilt. Dort glühte sie noch und wärmte die Männer. In der Glut verbrannten sie nacheinander alles, was nicht mehr gebraucht wurde. Die Papieranzüge, Latexhandschuhe, den Trichter und den PVC-Schlauch. Auf dem Tisch lag eine Geldbörse und daneben ein Handy.

Klaus entnahm die Geldscheine und Münzen. Er legte sie auf den Tisch und fragte: „Was machen wir damit?"

Paul antwortete:„Wenn wir es uns teilen, dann ist es sogar ein Raubmord, oder?"

Die anderen nickten. So wie es aussah, wollte niemand das Geld haben. Thomas schlug vor: „Wir könnten es spenden. Dann hat dieser Mistkerl wenigstens ein gutes Werk an seinem Ende getan."

Peter sagte: „Das ist eine gute Idee. Wofür wollen wir es geben? Hat jemand einen Vorschlag?

Paul meinte: „Im Werderpark ist eine Spendenbox für Tierfutter. Da kann man gekaufte Dosen oder Tüten mit Futter einwerfen, oder eben Umschläge mit Geld. Ich könnte das erledigen."
Thomas und Klaus nahmen den Vorschlag gleichzeitig an: „Gute Idee, Paul."

Peter griff das Geld und gab es Paul. „Das Handy muss weg. Jemand anderer Meinung?" Alle schüttelten leicht die Köpfe. Peter entnahm den Akku und gab ihn Paul. „Im Werderpark werden sicher irgendwo auch Batterien und Akkus zur Entsorgung gesammelt."

„Ja", bestätigte Paul. Das ist gar nicht weit von der Spendenbox für das Futter. Den Akku kann ich dort gleich mit entsorgen.

„Prima", schloss Peter das Thema ab. „Dann hinterlässt er hier keine Spuren." Peter nahm das Handy und warf es in den brennenden Grill. Es begann kurz darauf in wechselnden Farben zu brennen. Der aufsteigende Qualm stank heftig. Die Männer sahen schweigend zu, wie sich das Telefon in einen unförmigen Klumpen verwandelte und immer kleiner wurde. Bald war nichts mehr davon zu erkennen. Die leere Geldbörse folgte auf dem gleichen Weg.

Ein leichter auflandiger Wind hatte sich nach der Abendflaute entwickelt. Er wehte nicht nur den Qualm, sondern auch kleine Teile der Asche von den Papieranzügen weg. Peter sah häufig auf die Uhr. Er hatte seinen Fahrer für ungefähr 22:15 Uhr bestellt. Bis dahin wollte er die anderen nach der schrecklichen Tat durch seine Anwesenheit unterstützen. Danach wollte er sich ausschließlich um sein eigenes Alibi kümmern.

Klaus hatte sich für die gleiche Uhrzeit ein Taxi geordert. Nun warteten sie auf das Ende ihres Abends und ihre Abholung. Für Paul und Thomas sollte es noch einige Zeit weiter gehen. Sie mussten die Leiche zum Auffinden vorbereiten und dafür sorgen, dass der tote Markus Kleinert schnell entdeckt wurde.

Markus schwitzte und atmete schwer. In der Saunakabine waren durch den Saunaofen seit drei Stunden knapp 50 Grad Celsius konstant gehalten worden. Markus´ Beine waren vom Urin vollständig nass. Er stank nach Urin. Es war entwürdigend. Er hatte viel nachgedacht, war aber zu keinem klaren Gedanken fähig. In seinem Kopf ratterten zahllose Ideen und Vorstellungen durcheinander. Der Alkohol tat ein Übriges. Inzwischen lösten sich kurze Phasen von Wut, Resignation,

Angst, Grauen, Hoffnung und Verzweiflung ab. Er war total verwirrt und wollte eigentlich nur möglichst schnell alles hinter sich bringen.

Markus hörte, wie sich die Tür des Vorraumes öffnete. Eine Plastikwanne wurde von Paul in den Vorraum gestellt. Thomas kam hinter ihm herein. Er hatte einen leeren Bierkasten dabei. Markus rätselte über diese Gegenstände, kam aber zu keinem Ergebnis. Den Bierkasten stellte Thomas in der Saunakabine an das Ende der unteren Sitzbank. Anschließend platzierte Thomas die Wanne darauf. Die beiden Männer gingen wieder. Niemand sprach ein Wort. Keiner sah ihn an. Sie schlossen die Glastür, damit die Kabine nicht auskühlte. Nach ungefähr drei Minuten waren sie wieder da. Sie begannen die Wanne mit Wasser aus Eimern zu füllen. Sie absolvierten drei Gänge und brachten so insgesamt etwa 60 Liter Wasser mit. Jedes mal schlossen sie hinter sich die Tür. Keiner von beiden schien ihn überhaupt wahrzunehmen.

Es vergingen einige Minuten. Dann kamen Peter und Klaus herein. „Jetzt ist es so weit. Jetzt kommt Dein Ende", sagte Peter. Klaus gab keine Silbe von sich. Er sah Markus nur an. Markus versuchte, den beiden Männern in die Augen zu blicken, aber jetzt wichen sie seinem Blick im Gegensatz zu ihrem Verhalten bei den Abschiedsworten aus.

Peter kam auf ihn zu und löste die Seile an den Knien und vor der Brust. Dann kippte er Markus langsam vornüber. Dabei hielt er ihn nicht am Körper fest, sondern am Ende der Dachlatte, die über den Kopf von Markus hinausragte. Als er ungefähr im Winkel von 45° vornüber hing, bückte sich Paul an das Fußende. Als Peter ihn noch weiter nach unten neigte, hob Klaus die Markus´ Beine an. Er hing nun waagerecht an der Dachlatte, das Gesicht nach unten. Die Folie hielt ihn sicher und unbeweglich fest. Sie legten ihn mit dem Bauch auf die untere Sitzbank der Sauna. Der Kopf ragte seitlich über das Ende der Sitzbank hinaus. Peter hielt die Dachlatte am Kopfende mit Mühe noch einige Zentimeter hoch. Markus sah direkt vor seinem Gesicht die Wanne mit dem von Paul und Thomas gebrachten Wasser. Sie war randvoll. Dem Aussehen und dem Geruch nach, war es Wasser aus dem Schwielowsee. Wenn Peter Markus auf der Bank ablegte, dann käme sein Gesicht ins Wasser. Er hätte keine Möglichkeit mehr zu atmen. Nun wurde ihm der Plan bewusst. Man wollte ihn ertränken. „Was für ein furchtbarer Tod", dachte Markus.

Klaus kam vom Fußende und stellte sich neben den gefesselten Körper. Er hielt mit beiden Händen seine Schultern fest.

Peter sah Klaus an. „Tun wir es!", sagte Klaus.

Peter nickte: „Also los. Das ist nun das Ende. Gleichzeitig der Beginn der Freiheit für uns alle."

Peters Gesicht war rot vor Anstrengung und Aufregung. Er legte Markus nun gänzlich auf der Bank ab. Markus tauchte mit dem Gesicht in die Wanne ein. Nase und Mund waren vollständig unter Wasser. Er versuchte sich hin und her zu wenden und entsprechend seinen Oberkörper hin und her zu werfen. Klaus und Peter hielten ihn sanft aber bestimmt fest. Die Folie in Verbindung mit der Dachlatte verhinderte die beabsichtigten Bewegungen fast vollständig. Im Todeskampf konnten weitere Kräfte freigesetzt werden, darauf waren Klaus und Peter vorbereitet. Aber die Fesselung mit den Folien war ausreichend, alle Bewegungen von Markus abzufangen.

Markus konnte den Kopf wegen der Fixierung an der Dachlatte nicht heben. Er konnte ihn nicht zur Seite drehen, weil ihn die Folie und die beiden Männer daran hinderten. Seinen Körper konnte er ebenfalls nicht herumwerfen. Markus schluckte Wasser. Er würgte. Er konnte den Reflex einzuatmen nicht länger unterdrücken. Es tat sehr weh, als das Wasser in die Lunge eindrang. Er hustete es mit der Restluft aus der Lunge aus. Das half nicht. Sobald er ausgehustet hatte, sog der Atemreflex umso mehr Wasser ein. Markus wurde schwarz vor Augen. Das Würgen, das Eindringen des Wassers in die Lunge und der Sauerstoffmangel, schmerzten enorm. Er zuckte in einigen unkoordinierten Bewegungen, kurz und schwächer werdend, dann lag er still. Markus Kleinert war tot.

„Mein Gott, das war furchtbar", sagte Klaus. Peter nickte. Sie ließen ihn noch einige Minuten mit dem Gesicht im Wasser liegen. Sie wollten ganz sicher gehen. Ihre Papieranzüge hatten sie bereits im Grill verbrannt, bevor sie zu ihrer letzten Tat zu Markus gekommen waren. Die vielen Lagen Folie schützte beide wirksam. Sie hinterließen keine nachweisbaren Spuren an Markus, nur an der Folie. Aber die sollte laut Plan spurlos verschwunden sein, wenn man Markus auffand..

Nur neue Latexhandschuhe hatten sie wieder übergezogen. Nun streiften sie auch diese ab und steckten sie in ihre Hosentaschen. Peter streckte Klaus die Hand hin. „Ich danke Dir, Klaus. Allein hätte ich das wahrscheinlich nicht gekonnt. Zu zweit trägt sich diese Last leichter."

Klaus ergriff die Hand und drückte sie. „Wir haben einen Menschen getötet. Versprich mir, dass Du Dein Schweigen darüber nie brechen wirst."

„Das verspreche und schwöre ich Dir", antwortete Peter. Dabei legte er seine zweite Hand auf den Handschlag. Er sah Klaus fest in die Augen.

Jetzt begann die Phase der Alibis. Nachdem sie Markus aus dem Wasser gehoben und auf der Saunabank abgelegt hatten, leerten sie die Wanne in den Bodenabfluss der Dusche im Vorraum. Als sie das Saunahäuschen mit der Bierkiste und der Wanne verließen, wurden sie erwartungsvoll von Paul und Thomas angeschaut.

„Ihr habt es also wirklich getan?", fragte Paul leise. Beide nickten. Peter schloss die Außentür der Sauna ab und gab Paul den Schlüssel. „Du brauchst keine Angst zu haben. Er sieht nicht entstellt oder grauenhaft aus."

Paul nickte. Er hatte Angst, dass er den Anblick nicht ertragen könnte. Er sortierte die Bierflaschen wieder ein, die er für die letzten Minuten aus der Kiste genommen hatte und stellte sie wieder neben den Tisch.

Klaus und Peter warfen ihre Latexhandschuhe in die restliche Glut des Grills. Sie begannen fast augenblicklich zu schmelzen und waren bald verschwunden.

Es war nun kurz nach 22:00 Uhr, Peter musste gleich von seinem Lehrling abgeholt werden. Das von Klaus bestellte Taxi konnte ebenfalls jeden Moment eintreffen. Der Fahrer würde die Uhrzeit und die Fahrt nach Caputh in Erinnerung behalten. So konnte Klaus bei der diagnostizierten Todeszeit von Markus Kleinert nicht in Verdach geraten können, da er zu dieser Zeit längst in Gesellschaft mehrer Damen war.

Das traf in gleicher Weise auf Peter zu. Der wollte die Nacht im Krankenhaus verbringen, weil er mit seiner Frau zu seiner Tochter in die Virchowklinik fuhr. Dort wollten sie das Ergebnis des Kaiserschnitts abwarten und sich auf der Station genügend bemerkbar machen. Peters Frau war gänzlich ahnungslos. Peter hatte mit seiner Tochter vereinbart, dass sie die Nachtschwester um etwas bitten sollte. Diese sollte um 23:15 Uhr bei Peters Frau anrufen und den geplanten Operationstermin um 23:30 Uhr bestätigen. Immerhin hätte es ja sein können, dass Notfälle aufgenommen werden müssten. Da wäre eine Nachricht über Verzögerungen mehr als sinnvoll gewesen. Hätte der Anruf keine Verzögerung zum Inhalt gehabt, wären sie planmäßig in die Klinik gefahren. Wäre es tatsächlich zu einer Verzögerung wegen Notoperationen unvorhergesehener Patienten gekommen, hätte Peter den nervösen und ungeduldigen werdenden Großvater gespielt, der trotzdem in der Klinik bei seiner Tochter sein wollte.

Damit waren die Alibis der beiden Haupttäter recht gut konstruiert. Blieben noch Paul und Thomas. Zunächst sollte Paul sein Alibi aufbauen. Dazu musste er am Tatort seine letzte Aktion zusammen mit Thomas durchführen. Der Tote musste auf das Boot gebracht werden. Nicht auf das Segelboot, sondern in das kleine Ruderboot, das zum Club gehörte. Nun kam die eigentlich letzte heikle Phase. Die alles entscheidende finale gefährliche Situation. Vom Saunahäuschen bis zum Ufer waren etwa 50 Meter zu überbrücken. Am Ufer befand sich ein von der Gemeinde eingerichteter Wasserwanderrastplatz. Dort konnten Paddler oder kleine Boote anlegen und Pause machen.

Die Uhr zeigte nun 23:30 Uhr, es war kaum Mondlicht vorhanden. Sie hatten aus dem Schuppen die große Schubkarre geholt und ein langes Brett darauf gelegt. Auf das Brett legte Paul an einem Ende eine zusammengelegte Decke, die in einer eigenen Plastiktüte steckte. Auf diesem Brett sollte Markus, so wie er verpackt war, zum Ruderboot gebracht werden. Die Decke in der Tüte sollte das Gesicht des Toten vor dem rauen Brett schützen.

Bei ihrem makaberen Transport führte sie ihr Weg an einer Straßenlaterne vorbei, die an der Uferpromenade stand. Das war der einzige helle Punkt, an dem sie gesehen werden konnten. Zunächst hatten sie überlegt, die Laterne zu verdunkeln oder zu beschädigen. Nach reiflicher Überlegung verwarfen sie diese Gedanken. Es konnte unnötige Aufmerksamkeit erregen. Sie waren nur wenige Sekunden in dem Lichtkegel zu sehen. Die Schubkarre mit ihrer Fracht sollte mit einer dunklen Plane abgedeckt werden. So dürfte eigentlich niemand Verdacht schöpfen, wenn es ungewollte Zuschauer geben sollte.

Paul und Thomas stellten die Schubkarre mit dem Brett neben das kleine Saunagebäude. Sie sahen sich um, ob sich noch Menschen in der Nähe befanden. Die Uferpromenade war in beiden Richtungen leer. Paul ging hinunter und lauschte auf Stimmen oder Schritte. Thomas ging ein paar Meter die Straße hinauf und sah vor dem Haus und in Richtung Zufahrtsweg nach. Nichts. Alles ruhig. Sie trafen sich wieder bei der Schubkarre.

„Also los jetzt, " raunte Thomas, „bringen wir es hinter uns."

„Ja, also los. Bringen wir es zu Ende", pflichtete Paul bei.

Sie schalteten in der Sauna kein Licht ein. Markus lag wie geplant auf der unteren Sitzbank. Die Konturen waren schwach zu erkennen. Paul war erleichtert, dass man das Gesicht nicht klar sehen konnte. Paul ergriff die Beine, Thomas nahm sich das schwerere Ende des Oberkörpers vor. Sie hoben Markus an und trugen ihn hinaus. Die Dachlatte verhinderte ein Durchbiegen des Körpers. Das erleichterte das Tragen. Auf der Schubkarre legten sie ihn mit der Dachlatte nach oben auf dem Brett ab. Das Gesicht ruhte auf der gepolsterten Plastiktüte. Bei einer Drehung des Körpers hätte die Karre umkippen können, deshalb verzichteten sie darauf. Thomas schob die Karre und Paul ging voraus. Er musste das Brett festhalten, denn sie mussten es weit nach vorn ziehen. Thomas hätte sonst die Handgriffe der Schubkarre nicht erreicht. Damit die Leiche nicht vornüber kippte, hielt Paul das Brett mit beiden Händen, indem er vorwärts ging, die Arme aber nach hinten gedreht hatte. So konnte er mit beiden Händen die vordere Brettkante fassen und gut halten.

Der Weg hinunter zum Ufer verlieh der Schubkarre mit ihrer Ladung wegen der Neigung Tempo. Sie waren nach wenigen Sekunden durch den Lichtkegel und im Dunkeln auf der Minigolfanlage. Das Ruderboot hatte Thomas vorbereitet. Es lag in der kleinen Sandbucht, dem Wasserwanderrastplatz. Die Ruder lagen darin. Außerdem lag eine dunkelgrüne Plastikplane im Bug. Das Boot war an einem der Uferbäume angebunden. Sie hoben Markus an der Dachlatte und den Beinen hoch und hievten ihn über die Bordwand. Vorsichtig legten sie ihn ab. Es durften keine Spuren durch unsanfte Berührungen entstehen.

Paul stöhnte auf. „Mein Rücken, au tut das weh!" Er hatte sich mit dem Gewicht in der Hand weit nach vorn gebeugt und sich dabei überschätzt. Im Rücken spürte er einen stechenden Schmerz, dazu hatte es geknackt. Paul konnte sich kaum aufrichten.

„Scheiße Thomas, ich kann mich kaum rühren. Ich werde Dir nicht helfen können", stöhnte Paul und versuchte sich an einem der Bäume aufrecht zu halten.

„Verdammt!", entfuhr es Thomas. „Ausgerechnet jetzt!" Er überlegte kurz. Den Rest musste er nun wohl oder übel allein erledigen. Er stieg ins Boot, drehte Markus vorsichtig auf den Rücken und deckte ihn mit der großen dunkelgrünen Plane aus Plastik ab.

„Du wartest hier ein paar Minuten. Ich bringe die Karre weg, dann brauchst Du das nicht mehr zu tun", wies er Paul an. „Und Du lässt niemanden auch nur in die Nähe des Bootes, ist das klar?" Thomas kletterte vorsichtig aus dem Boot und ging mitsamt der Schubkarre und dem Brett davon. Nach ungefähr fünf Minuten war er zurück. „Du gehst jetzt wie verabredet zu Deinem Club und bleibst bei denen. So lange wie möglich, hörst Du? Halte sie hin."

Diese kleine Abweichung vom Plan dürfte sicher kein Problem werden. Die paar Minuten an Land sollten bestimmt nicht zur Katastrophe anwachsen. Hoffentlich konnte Paul aus eigener Kraft bis zum Club zurückgehen. Das war unbedingt erforderlich. Den Rest hier draußen konnte er allein bewältigen. Thomas war sportlich und durchtrainiert. Paul meinte, es ginge ihm etwas besser, wenn er noch einige Minuten stehen bliebe. Er verabschiedete sich von Thomas. Die Leiche sollte hier weg, sonst könnten sie vielleicht am Ende doch noch von jemandem gesehen werden. Thomas schob das Boot leicht an und kletterte hinein. Paul sah ihm eine Weile nach, wie Thomas auf den See hinausruderte. Dann wandte er sich in Richtung Club. Langsam setzte er in kleinen Schritten seinen Weg dorthin fort. Es tat weh, aber es ging. Als er an der Uferpromenade ankam, blickte er zum Boot zurück. Thomas und das Boot waren schon weg, die Dunkelheit hatte das Boot bereits verschlungen. Er hatte nur ein leises Plätschern gehört. Sehr gut. Nun musste Paul sich um sein Alibi kümmern. Erst wenn er die letzten Gäste in ein dauerhaftes Gespräch verwickeln konnte, war er selbst vor Verdächtigungen sicher.

Die Aufgabe von Thomas bestand darin, die Leiche auszupacken und wegtreiben zu lassen. Der Schwielowsee würde ihm beim Auspacken behilflich sein. Als er das Boot losband und die Ruder in die Dollen einsteckte, rief ein Kuckuck. Für den Ruf eines Kuckucks war das eine absolut ungewöhnliche Zeit. Es musste wohl derselbe sein, den sie schon öfter gehört hatten. Das Tier stotterte.
„Hörst Du, Du Dreckschwein, Du bekommst noch ein Abschiedsständchen," murmelte Thomas und versuchte möglichst sachte und leise zu rudern. Was ihm nun bevorstand, war keine einfache Aufgabe, zumal er die Leiche wahrscheinlich dabei ab und zu berühren musste.

Aber es war nun wirklich zu spät, um sich darum noch viele Gedanken zu machen.

Thomas war froh, dass er Elisabeth in den Mordplan eingeweiht hatte. Zuerst war sie entsetzt, hatte nach einigen Minuten Überlegung darin aber ihre gemeinsame Chance gesehen. Mit Markus verband sie nichts mehr, mit ihm war sie fertig. Im Laufe ihrer Ehe hatte sie seinen Charakter zu spüren bekommen und darunter häufig zu leiden gehabt. Als sie von den Erpressungen erfuhr, war sie entsetzt. Thomas konnte ihr nur seine eigenen Erpressungsgründe nennen. Sie war sofort der Meinung, dass die Fahrerflucht gemeldet werden musste. Thomas sträubte sich erst, aber dann stimmte er zu. Er wollte sich offenbaren und die Strafe auf sich nehmen. Sobald die Ermittlungen in Richtung der Erpressungen gingen, wollte er die Fahrerflucht einfach gestehen. Warum die anderen erpresst wurden, konnte Thomas ihr nicht sagen. Es war nur ganz offensichtlich, dass es so war.

Ihre Zukunft hatte Elisabeth Kleinert bereits mit Thomas besprochen. Über das Schicksal oder den Verbleib von Markus wollte sie sich keine tieferen Gedanken machen. Richtigen Hass empfand sie nicht. Wie sie feststellen musste, empfand sie aber auch kein Mitleid. Offensichtlich war Markus ein viel böserer Mensch gewesen, als sie selbst es je vermutet hatte. Sie konnte damit leben, dass er sterben sollte. Für sie und Thomas bedeutete das einen ungestörten Neustart.

Thomas passte gut in ihr neues Leben. Er hatte ein festes Einkommen, er war sportlich, ein ausgezeichneter Liebhaber und ein lebhafter Gesprächspartner. Sie spürte, dass sie ihn liebte und er sagte, er liebe sie. Thomas akzeptierte, dass sie von Politik keine Ahnung hatte und überzog sie nicht dauernd mit politischen Diskussionen. So hatten sie eine Basis mit anderen Gesprächsthemen gesucht und gefunden.

Elisabeth sollte sein Alibi werden. Zunächst hatten sie vermutet, dass ihr Verhältnis bei der Polizei Verdacht erregen könnte. Immerhin könnten die betrügende Ehefrau und ihr Liebhaber das klassische Motiv haben, nämlich den Ehemann aus dem Weg zu räumen. Aber das wäre zu einfach für die Polizei und zu offensichtlich. Sie wollten ihre

Liaison im Zuge der Ermittlungen ganz einfach zugeben. Das sollte den Verdacht vermindern.

Thomas hatte Elisabeth erzählt, dass alle darauf hinarbeiteten, die zahlreichen Erpressungen und schlechten Charaktereigenschaften von Markus publik zu machen. Sie selbst sollte als Witwe ähnliche Hinweise geben. Das Verhältnis sollte sie zunächst nicht erwähnen. Es wäre zwar ein schwerwiegendes Motiv, aber es wäre nur eines unter mehreren. Die Ermittlungen sollten sich auf die Erpressungen konzentrieren.

Durch das spätere offene Eingestehen des Ehebruchs hofften sie dem Verdacht die Schärfe nehmen können. Daher wollten sie ihren Kontakt nicht all zu gut verstecken. Die Polizei sollte darüber stolpern. Bis dahin lägen bereits zahlreiche verwirrende Details vor, mit denen sich die Polizei beschäftigen konnte.

Elisabeth erfuhr von Thomas keine Einzelheiten über den genauen Mordplan. Sie musste ihm außerdem hoch und heilig versprechen, dass sie keinem der Männer gegenüber je erkennen ließe, dass sie etwas vom geplanten Mord gewusst habe. Das tat sie. Sie wollte Markus loswerden und ihr weiteres Leben mit Thomas verbringen. Das täte ihr gut, war ihre Überzeugung.

Mit Markus war sie schon lange am Ende. Sie hatte ihn anfangs wirklich einmal geliebt. Im Laufe der Jahre hatte er sie immer gleichgültiger behandelt. In letzter Zeit war er verbal bisweilen grob geworden und hatte sie häufig für einige Tage verlassen. Sie hatte zunächst keine Ahnung wo er sich aufhielt und war verzweifelt. Dann erzählte er ihr von dem Club und dass er dort einige Neigungen verwirklichen könne, die er ihr nicht zumuten wollte oder konnte. Sie hatte darauf zunächst ungläubig, später verstört reagiert. Sie empfand wenig Verständnis dafür, dass er Sex mit anderen hatte, unter anderem einem Mann. Diese tiefe Verletzung hatte beide innerlich längst getrennt. Das hatte sie sich längere Zeit nicht eingestehen wollen. Doch war es in dem Moment geschehen, als er es ihr gesagt hatte. Seitdem hatte sie sich körperlich von ihm ferngehalten. Sie spürte kein Verlangen mehr nach ihm und seiner Nähe. Berührungen ging sie so weit wie möglich aus dem Weg. Sie fand ihn abstoßend.

Thomas hielt Elisabeth auf dem Laufenden, wenn für sie etwas an relevanten Informationen dabei war. Er verabredete mit ihr, dass sie der Polizei gleich zu Anfang Informationen zukommen lassen sollte, die leichte Zweifel an seinem Unfalltod säen sollten. Die Polizei sollte viele passende Informationen erhalten und daraus am Ende die Story des unerklärbaren Unfalls herleiten.

Beim Zustand der Leiche durfte man nichts von fremden Einflüssen vermuten oder nachweisen können. Sie hatte zwar gefragt, wie denn das funktionieren solle, aber er bat um ihr Verständnis. Je weniger sie darüber wisse, desto besser für alle Beteiligten. Er versprach ihr, dass Markus nicht unnötig zu leiden hätte. Damit gab sie sich zufrieden.

Als nun der Termin durch Peter so kurzfristig ausgegeben wurde, ging sie mit Thomas noch einmal ihren und seinen Teil durch. Wenn sie sich peinlich genau an die Anweisungen hielt, konnte ihnen nichts nachgewiesen werden. Da an der Leiche nichts zu finden wäre, könnte man nur nach Vermutungen eine Anklage aufbauen. Die Erfolgsaussichten schätzten sie als gegen Null tendierend ein. Das schwache Alibi der beiden wurde dadurch irrelevant. Keine Anklage, kein Alibi notwendig. So fassten sie es zusammen.

Thomas ruderte langsam auf den See hinaus. Es war nicht viel zu sehen. Er hatte keine Positionslampen mitgenommen. Auf dem See lagen zu dieser Jahreszeit nahezu nie Boote über Nacht. Das begann erst Ende Mai oder Anfang Juni, wenn die Nächte nicht mehr so weit abkühlten. Mit gleichmäßigen und ruhigen Zügen ruderte Thomas Richtung Nordosten. Er drehte sich ab und zu kurz um und kontrollierte seine Richtung.

Sein Ziel lag in Richtung des kleinen Campingplatzes auf der gegenüberliegenden Seeseite. Die Bezeichnung für den Ort war „Flottplatz". Er wollte nicht ganz bis dorthin. Er würde mindestens 200 Meter davor anhalten. Dort gab es eine Sandbank. Er kannte sie gut, denn hier waren sie mit Markus manchmal zum Baden hingefahren. Man konnte hier problemlos im Schwielowsee stehen. Das war zum Beispiel günstig, um den Bootsrumpf von außen zu reinigen. Paul hatte diese Aufgabe im Auftrag von Markus stets auszuführen.

Thomas ließ sich Zeit. Es war ihm unheimlich, mit einer Leiche an Bord allein auf dem See zu sein, aber wenigstens war Markus ruhig. Sonst führte der ständig das Wort und schwang große Reden. Damit war nun Schluss, dachte Thomas. Endgültig. Es war gegen 1:30 Uhr als Thomas die Sandbank erreichte. Unterwegs hatte er eine gute halbe Stunde Pause gemacht. Es war wichtig, dass der Körper nicht zu früh im kühlen Wasser landete. Noch hatte Markus Leiche Wärme aus der Sauna in sich, dass konnte er spüren. Sobald er im Wasser lag, kühlte er sicherlich schnell aus. Die spätere Untersuchung würde auf Blut- und Gewebewerten beruhen. Durch die lange Wärmephase in der Sauna, sollten sich verschobene Zerfallsprozesse ergeben. Der Todeszeitpunkt dürfte daher später als er tatsächlich eingetreten war, errechnet werden.

Paul kam nach schmerzenden Schritten am Club an. Er trat in den Vorraum und hörte, wie sich im Nachbarzimmer Leute unterhielten. Er klopfte an und wurde hereingebeten. Das Pärchen aus Potsdam unterhielt sich angeregt mit einem weiteren weiblichen Gast. Sie hatten eine Flasche Rotwein auf dem Tisch stehen und drei Gläser. Sie waren bei der Nachlese ihres Rollenspiels und veranstalteten eine Art Manöverkritik. Paul beteiligte sich gern an diesem Gespräch. Es lenkte ihn von den letzten furchtbaren Ereignissen ab.

Sie boten Paul ein Glas Wein an und unterhielten sich mit ihm. Sie berichteten ausführlich von ihrem Abend zu dritt und dem Verlauf des Rollenspiels. Die Freundin des Potsdamers merkte an, dass sie froh war, als sie Markus beim Grillen gesehen habe. Hoffentlich sei er nach Hause gegangen. Paul bestätigte das. Sie vertraute Paul an, es wäre ihr nicht angenehm gewesen, wenn er teilgenommen hätte. Paul versicherte allen, dass Markus ziemlich angetrunken in Richtung Ferch aufgebrochen war, weil er nach seinem Segelboot auf dem Lagerplatz sehen wollte. Das sei um 23:30 Uhr gewesen. Er selbst habe Geschirr aufgeräumt und die Reste der Grillparty beseitigt. Als er in den Clubräumen noch Licht sah, wollte er noch kurz vorbeischauen. Nun war er froh, dass noch jemand Zeit für ein Schwätzchen hatte. Er sei noch nicht müde genug, um ins Bett zu gehen. Wegen seiner starken Rückenschmerzen könnte er wahrscheinlich sowieso nicht schlafen.

Pauls Alibi war nun gesichert. Die Zeugen konnten seine Anwesenheit im Club bestätigen. Als Todeszeitpunkt für Markus würde ein späterer Zeitpunkt bestimmt werden. Paul spürte, wie sich die Anspannung des Abends langsam legte. Er war in Sicherheit. Der Wein tat gut und trug zu seiner Entspannung bei. Nur die Rückenschmerzen waren lästig. Um 2:45 Uhr brachen die drei Clubmitglieder auf. Sie verabschiedeten sich von Thomas, gingen durch den Garten hinaus und fuhren gemeinsam weg. Paul schloss die Tür und setzte sich noch einmal allein in einen Sessel. Die Rückenschmerzen waren heftig. Er trank in Ruhe sein Glas Rotwein leer. Seine Gedanken waren bei Markus und Thomas. Hoffentlich ging alles glatt. Er hörte später nicht, wie Thomas zurückkam. Paul war im Sessel eingenickt. Er wurde erst gegen 6:00 Uhr wach und ging langsam hinauf in seine Wohnung.

Für Thomas begann auf dem See der letzte Akt. Er zog sich bis auf die Unterhose aus. Sein Handtuch und seine Wechselwäsche hatte er dabei. Es war kühl geworden und Thomas fröstelte im leichten Wind. Markus musste in einer letzten Kraftanstrengung quer über das Bootsheck bugsiert werden. Darum hob er nun Markus an und legte ein Ende der Dachlatte schräg über die Bordkante, anschließend hob er das andere Ende auf die gegenüberliegende Bordkante hoch. Das fand nah am Heck des Bootes statt. Über den Bordkanten, direkt unter der Dachlatte lagen Stofflappen, damit die Last rutschen würde. Markus lag nun quer am Heck des Bootes oben auf dem Rand. Thomas ruhte sich einen Moment aus. Dann setzte er sich auf den Boden und schob Markus vorsichtig Stück für Stück mit seinen Füßen weiter in Richtung Heck. Dabei musste er stets auf die Balance achten.

Markus seitlich über die Bordwand zu kippen, hätte die Gefahr von Blessuren oder des Kenterns beinhaltet. Über das Heck bestanden diese beiden Gefahren nicht. Es waren nur noch wenige Zentimeter, bis die Leiche das Heck erreicht haben würde. Thomas ließ ohne zu Platschen einen an einem Strick befestigten großen Ziegelstein ins Wasser gleiten. Nach kurzer Zeit war der Stein auf dem Grund. Er war an einer geeigneten Stelle der Sandbank. Hier war es flach genug. Der Stein diente als Anker, damit der leichte Wind das Boot nicht wegtreiben konnte. Weit und breit war niemand zu sehen oder zu hören.

Thomas ging vorsichtig zum Bug. Er kletterte über die Bugspitze und ließ sich langsam ins Wasser gleiten. So wackelte das Boot kaum seitlich. Im See war es kühl, aber auszuhalten. Er ging langsam zum Heck und rollte Markus langsam über das Bootsende ins Wasser. Es platschte leise, als er Thomas in die ausgestreckten Arme fiel. Das Boot trieb einige Meter ab, wurde dann aber vom Stein am Grund des Sees festgehalten.

Thomas machte sich an die Arbeit. Nachdem er sich vergewissert hatte, dass auf dem Campingplatz alles ruhig blieb, begann er mit dem Auswickeln der Leiche. Markus trieb vor ihm. Die Leiche schwamm an der Oberfläche. Sobald Thomas denn Anfang einer Folie gefunden hatte, brauchte er nur daran zu ziehen und Markus begann sich um die eigene Achse zu drehen. Mit der linken Hand hielt er den Körper auf Abstand. So wickelte er Meter um Meter ab. Er kannte die Reihenfolge der Bahnen. Er musste zuerst oben am Kopf nach einem Folienanfang suchen. Bald waren Kopf und Oberkörper frei. Es ging nicht komplett geräuschlos vor sich. Das Wasser plätscherte, wenn er zu schnell arbeitete. Immer, wenn eine Folienbahn gänzlich abgewickelt war, knüllte er sie zusammen und ließ das Wasser so gut wie möglich abtropfen. Danach warf er das Knäuel ins Boot. Dabei behielt er Markus stets im Auge, damit er nicht zu weit wegtrieb. Die Suche nach dem Beginn der nächsten Folie war schnell erfolgreich. Nach einigen Drehungen der Leiche machte er immer wieder Pause und beobachtete die Umgegend.

Am Schwielowsee war, wie an anderen Seen auch, nächtliches Plätschern nicht ungewöhnlich. Kormorane, Reiher, Enten und Schwäne verursachten solche Geräusche ebenfalls. Manchmal auch ein springender Fisch. Nur nachts kam das alles nicht so häufig vor wie tagsüber. Thomas hatte von jedem kleinen Geräusch den Eindruck, als müsse die ganze Gegend es hören. Ihm kam alles sehr laut vor. Er stand bis zum Bauchnabel im Wasser, ihm war kalt. Die Wassertemperatur war nicht das Schlimmste. Der leichte Wind sorgte an seinen nassen Hautstellen für das Kältegefühl.

Als Thomas den Oberkörper der Leiche frei von Folie hatte, konnte er ohne eine Drehbewegung des Körpers die Folie um dessen Beine abwickeln. Immer mehr von der Dachlatte wurde frei. Mit dem letzten Stück Folie schwamm die Dachlatte neben dem Toten im Wasser. Ein großes Knäuel nasser Folie lag nun im Boot. Die Dachlatte legte Thomas oben auf diesen Berg. Er würde sie mit zurück nehmen.

Währenddessen begann die Leiche abzutreiben. Der Rücken zeigte nach oben, das Gesicht lag im Wasser. Der leichte Wind aus Osten führte zu einer sanften Bewegung an der Oberfläche. Markus wurde davon mitgeschwemmt. Er trieb zurück in Richtung Ufer des Ortsteils Ferch Mittelbusch. Thomas kletterte ins Boot, trocknete sich ab und zog sich frische trockene Kleidung an. Ihm war noch immer kalt. Er hatte den Stein ins Boot gezogen und trieb nun mit dem Boot hinter Markus her. Mit leichten Ruderschlägen musste er ab und zu das Boot bremsen. Durch die größere Angriffsfläche für den Wind, trieb er mit dem Ruderkahn schneller als Markus. Er folgte der langsam treibenden Leiche in einigen Metern Abstand. Thomas kontrollierte den Weg, den Markus nehmen würde. Nach ungefähr 20 Minuten stand fest, dass Markus ein ganzes Stück weiter nördlich von seinem Todesort auf das Ufer treffen würde. Damit war Thomas zufrieden.

Auf seinem Rückweg wurde Thomas durch das Rudern langsam wieder warm. Er hatte die Folien in einen gelben Plastiksack für Verpackungsmüll gestopft, nachdem das Wasser weitgehend abgetropft war. Den Sack würde er einfach zu den anderen gelben Säcken im Schuppen bringen, wo die Hausgemeinschaft die gelben Säcke bis zur Abholung sammelte. Die Dachlatte musste zum Feuerholz für den Kamin gelegt werden. Sie war kurzfristig zur Verbrennung vorgesehen. Eigentlich waren das Pauls Aufgaben gewesen. Er sollte es am nächsten Vormittag erledigen. Aber aufgrund seines unerwarteten Rückenproblems, übernahm Thomas die Erledigung. Er musste sehr leise sein, damit niemand das Öffnen des Schuppens hörte. An der Tür zum Schuppen war ein Metallriegel, den man zur Seite schieben musste. Thomas kannte den Mechanismus gut, er war zuversichtlich, ihn lautlos öffnen und schließen zu können.

Das Boot befestigte Thomas seitlich am Steg. Alles ging nahezu lautlos über die Bühne. Es war 2:30 Uhr morgens. In den Kellerräumen des Clubs war noch Licht in einem der Zimmer. Thomas nahm nicht den kürzeren Weg zum Schuppen über das Grundstück. Er wollte keinerlei Risiko eingehen. Er umrundete das Grundstück auf der Uferpromenade und ging die Straße hinauf. Er musste durch 3 Lichtkegel von Laternen huschen. Alles blieb ruhig, niemand wurde aufmerksam, keiner sah ihn. Nachdem er den Schuppen sorgfältig und leise wieder verriegelt hatte, machte er sich auf den Weg nach Hause. Elisabeth würde schon auf ihn warten. Bestimmt konnte sie nicht schlafen, an einem so aufregenden Tag. Elisabeth würde ihn wieder aufwärmen, dessen war er sich ganz sicher.

Luise Heitholm lag wach in ihrem Bett. Sie konnte in letzter Zeit nicht gut schlafen. Sie stand auf und bereitete sich ein Tasse warme Milch zu. Das half ihr für gewöhnlich, um doch noch Schlaf zu finden. Ihr Hund lag im Flur auf seiner Decke. Er hatte nur ein Auge kurz geöffnet und sie mit einem Schwanzwedeln beim Vorbeigehen begrüßt.

Während sie am Küchentisch saß überlegte sie, am Morgen mit ihrem Liebling einen ausgiebigen Spaziergang auf der Uferpromenade entlang des Seeufers zu machen. Sie freute sich darauf, denn es war mildes Wetter angesagt worden. Dann ging sie wieder zu Bett und schlief zufrieden bis zum Morgen.